KB179020

이상한 존
Odd John

이상한 존
Odd John

올라프 스테이플던

김창규 옮김

차례

강정의 《이상한 존》 다시 쓰기

1장

존과 나

처음 존에게 일대기를 쓰고 싶다고 말했을 때, 존은 웃었다.

"세상에, 인간이란! 하지만 어쩔 수 없는 일이겠지요." 존이 말했다.

존이 말하는 인간이란 보통 '바보'와 동의어다.

나는 항의했다.

"하지만 고양이도 왕을 바라볼 수는 있잖니."

존이 대답했다.

"그렇죠. 그러나 고양이가 정말로 왕을 알아볼 수 있을까요? 야옹아, 내가 누군지 알겠니?"

이게 바로 괴상한 아이가 다 자란 성인에게 하는 말이다.

존의 말이 맞다. 내가 존을 갓난아기 때부터 알았고 어떻게 보면 개인적인 친분도 있지만, 나는 존의 내부, 그러니까 진짜 존에 대해서는 아무것도 알지 못한다. 오늘날까지 내가 아는 것이라고는 존의 일생 중 놀랄 만한 부분뿐이다. 존이 여섯 살이 되도록 걷지 못했다는 사실, 열 살이 되기 전에 강도짓을 몇 번 했고 경찰을 죽였다는 사실, 그리고 여전히 어린 소년처럼 보이던 열여덟 살 때 남쪽 바다에 자신의 비상식적인 개척지를 세웠다는 사실, 스물세 살이 되도록 외모가 전혀 달라지지 않았으며 당시 자신을 잡으러 온 여섯 강국의 전투선 여섯 척을 속여 넘겼다는 사실을 알고 있다. 또한 존과 그 추종자들이 모두 어떻게 죽었는지 알고 있다.

이런 사실과 더불어서 내가 기억하는 모든 것을 세상에 알려야 한다. 비록 여섯 강국 중 하나 또는 그 이상이 이 기록을 없애버릴 위험이 있어도 말이다.

그 외의 다른 것은 설명하기가 매우 어렵다. 불분명한 부분도 있지만 나는 존이 왜 자신만의 개척지를 세웠는지 알고 있다. 그리고 존이 그 임무에 모든 열정을 바치고도 성공하리라고 진심으로 믿은 적은 없다는 점 또한 알고 있다. 존은 빠르건 늦건 간에 언젠가 세상 사람들이 자신을 찾아내고 자신의 업적을 파괴하리라고 확신했다.

이상한 존

존은 이렇게 말한 적이 있다. "우리가 성공할 확률은 백만 분의 일도 안 되죠." 그리고 존은 웃었다.

존의 웃음은 듣는 사람을 이상하리만치 불안하게 만든다. 낮고, 빠르며, 또렷한 키득거림. 존의 웃음소리를 들으면 커다란 벼락 소리에 앞서 작게 우드득거리는 전조가 떠오른다. 하지만 벼락은 떨어지지 않고 짧은 정적이 뒤따를 뿐이다. 그러면 듣는 이들은 두피가 이상하게 근질거리는 느낌을 받는다.

이 비인간적이고 무정하면서도 결코 악의는 없는 웃음이야말로 존이라는 인물의 이해하기 힘든 면을 밝혀주는 열쇠라고 생각한다. 나는 매번 스스로 묻곤 했다. 존은 그 상황에서 왜 그렇게 웃었을까? 정확히 무엇 때문에 웃었을까? 그 웃음의 의미는 무엇일까? 그 이상한 소리가 정말 웃음이긴 한 걸까? 내가 속한 종種은 이해할 수 없는 다른 종류의 감정적 반응일까? 예를 들어 유아기의 존은 왜 찻주전자를 엎고 호되게 혼나 울면서도 웃었을까? 나는 존이 죽을 때 곁에 있지 않았지만, 이 점은 확신한다. 존은 종말을 앞두고 자신만의 방식으로 웃기 위해 최후의 호흡을 썼을 것이다. 왜 그랬을까?

이 모든 질문에 답할 수 없기 때문에 나는 존의 본질을 이해할 수 없다. 나는 존의 웃음이 내 예상을 완전히 뛰어넘는 개인적 경험의 일면에서 튀어나온 것이라고 확신한다. 그러므로 존이 직접 확인해준 사실이거니와, 나는 매우 무능한 일대기 작가다. 하지만 내가 입을 다물면 존의 독특한 경력에 관한 진실은 영원히 묻힐 것이다. 내가 무능하다고 해도, 한 가지 희망 때문에 가능한 한 많은 것을 기록해야 한다. 만약 존과 동등한 수준의 존재가 이 기록을 본다면 그 사람은 상상력을 통해 신비롭고도 영광스러운 존의 영혼에 도달할 수 있을 것이다.

존의 동족 혹은 존의 동족과 유사한 몇몇은 현재 살아 있으며, 새로운 이들이 출현할 가능성 또한 없지는 않다. 하지만 존이 스스로 깨달은 바와 같이, 그가 가끔 "널리 깨어 있는 자들"이라고 부른 극소수의 비정상인 중 거의 대부분은 육체적으로 병약하며 정신적으로는 심하게 불균형하여 세상에 이렇다 할 흔적을 남기지 않는다. 비정상인을 일방적으로 계발하려는 시도가 얼마나 한심한 것인지는, 불행한 빅터 스토트에 대한 J. D. 베레스퍼드의 보고서에 잘 나타나 있다. 나는 다음의 간략한 기록이 월등한 초인인 동시에 대체적으로 인간이기도 했던 존재에 관한 인상 정도는 전달하리라고 본다.

존이 그저 지적인 천재 이상의 존재라는 것을 알 수 있도록, 그가 스물세 번째이자 마지막으로 맞이한 여름에 존의 외모가 어떠했는지 맨 먼저 묘사하겠다.

존은 성인보다는 소년에 훨씬 가까웠지만, 기분에 따라서는 어려 보이는 얼굴에 신비로운 연륜과 지도자의 풍미가 묻어났다. 몸은 날씬했고, 사지는 길었으며, 사춘기의 특징인 미숙한 장난기가 넘치면서도, 한편으로는 신비하고 완전무결한 우아함을 제 것으로 소화했다. 사실 존을 아는 사람들은 그를 고귀하고 아름다운 생물로 보았다. 하지만 처음 보는 이들은 존의 기묘한 신체 비례에 불쾌감을 표하곤 했다. 그네들은 존을 거미 같다고 표현했다. 몸뚱이는 너무 여리고, 팔다리는 너무 길고 흐느적거리며, 얼굴에는 눈과 눈썹밖에 보이지 않는다고 투덜거린 것이다.

존의 특징을 이렇게 늘어놓고 보니 어떻게 그것들이 모여 아름다울 수 있는지 설명할 길이 없다. 하지만 존은 그랬다. 적어도 그리스의 신들이나 영화배우로부터 비롯된 선입견을 가지지 않은 지인들은 존에게서 아름다움을 볼 수 있었다. 겸손이라는 미덕이 부족한 존은 언젠가 이렇게 말했다.

"내 외모를 이용하면 사람을 어느 정도 시험할 수 있어요. 배울 기회가 있었는데도 나를 보고 아름답다고 생각하지 못한다면, 그 사람은 내면이 죽은 데다 위험한 거예요."

이제 인상에 대한 설명을 마무리하자. 존은 동료 이주민들과 마찬가지로 대부분의 시간을 나체로 보냈다. 밖으로 드러난 존의 성기는 스물세 살이라는 나이에도 불구하고 성숙하지 않았다. 폴리네시아의 태양에 그은 피부는 회녹색에 가까운 갈색이었으며, 뺨에는 홍조를 띠었다. 손은 무척 크고 건장했다. 신체의 다른 부분보다 손이 더 성숙한 것 같았다. 그런 의미에서 보자면 '거미 같다'는 표현도 적절했다. 머리는 확실히 컸지만 그렇다고 사지와 균형이 맞지 않을 정도는 아니었다. 존의 독특한 두뇌 발달이 단순히 부피 때문이라기보다는 대뇌 주름의 다중성에 의한 것임은 분명하다. 그렇다고 해도 존의 머리는 보이는 것보다 훨씬 컸다. 두피에 착 달라붙은 모발이 머리의 부피를 거의 가리지 않았기 때문이다. 존의 머리칼은 순수한 흑인 같은 고수머리였으나 백색이었다. 코는 작고 넓었으며 몽골족과 비슷했다. 입술은 두툼했지만 결의에 차 있었고 늘 바빴다. 존은 그 입술을 통해 자신의 생각과 느낌을 실시간으로 중계했다. 하지만 나는 존의 입술이 화강암처럼 완강하게 닫히는 것을 자주 보았다. 눈은 평균적인 기준으로 볼 때 얼굴에 비해 너무나 컸고, 그래서 고양이나 매와 같은 기이한 인상을 주었

이상한 존

다. 얇고 편평한 눈썹 때문에 눈이 더 커 보였지만, 완벽하게 천진난만하고 때로는 장난기까지 넘치는 미소가 그 효과를 완전히 상쇄했다. 존의 눈에는 흰자위가 거의 없었다. 동공은 거대했다. 기묘한 녹색 홍채는 기본적으로 순수한 섬유조직이었다. 하지만 열대의 태양 아래에 서면 동공은 문자 그대로 바늘 끝만큼 작아졌다. 한마디로 말해 존의 눈은 어느 부분보다도 가장 '이질적인' 부분이었다. 하지만 존의 시선에는 빅터 스토트에 관한 기록에 등장하는 기이하고 압도적인 위압감은 없었다. 하지만 그 눈의 주인이 소유하고 있는 무시무시한 영혼의 일부를 알면 그 속에 담긴 마법을 느낄 수 있었다.

2장

1단계

존의 아버지인 토머스 웨인라이트는 자신의 오래전 조상 중에 에스파냐와 모로코인이 있다고 믿었다. 실제로 토머스의 본성에는 라틴계, 심지어 아랍계와 같은 특성이 있었다. 사람들은 토머스가 꽤 영리하다는 사실을 인정했다. 하지만 토머스는 이상한 사람이었고, 대부분의 사람들은 그를 실패자로 여겼다. 북부 시골에서 쌓은 의학 경력은 토머스에게 재능을 실현할 여지를 주지 않았고, 진료의 기회가 와도 그 끝은 좋지 못했다. 몇 번인가 성공적으로 치료해서 신뢰를 얻을 뻔하기도 했다. 하지만 토머스는 환자를 다루는 데 능숙하지 못했기 때문에 환자들은 절대로 그를 신뢰하지 않았고, 결과적으로 그는 의사로서 성공하지 못했다.

토머스의 아내 역시 남편 못지않은 혼혈이었지만 그 계통은 전혀 달랐다. 그녀는 스웨덴 혈통이었다. 조상 중에는 핀란드와 라플란드인도 포함되어 있었다. 외모는 스칸디나비아풍이었고, 화사한 금발 덕분에 주부인데도 젊은 남성들의 눈길을 끌었다. 내가 토머스의 젊은 시절에 친구가 된 것도 원래는 그녀의 매력에 이끌려서였고, 나중에는 단순한 비범함을 넘어선 그 아들의 노예가 되었다. 그녀가 '흠잡을 데 없는 동물'이며 너무 아둔해서 지적 장애가 있는 것처럼 보인다고 말하는 사람도 있었다. 사실 그녀와 대화하다 보면 소와 이야기를 나누는 것만큼이나 말이 통하지 않는 경우도 있었다. 하지만 그녀는 바보가 아니었다. 그녀의 집은 잘 정돈되어 있었지만 특별히 그러려고 신경 쓰는 것 같지는 않았다. 그녀는 같은 방식의 멍함을 통해 꽤 까다로운 성격의 남편을 다뤘다. 토머스는 그녀를 '팍스'*라고 불렀다. "정말 평화로우니까." 토머스는 이유를 이렇게 설명했다. 흥미로운 것은 아이들 또한 어머니를 그렇게 불렀다는 점이다. 아이들은 아버지 역시 항상 "박사님"이라고 불렀다. 존의 손

---

* 로마 신화에 등장하는 평화의 여신.

위 남매는 세상사에 무지한 어머니를 보며 억지로 미소를 지었다. 하지만 어머니의 충고는 따랐다. 네 살 터울로 막내였던 존은 사람들이 팍스를 완전히 잘못 평가하고 있노라고 암시한 적이 있다. 팍스를 완전히 잘못 평가하고 있노라고 암시한 적이 있다. 언젠가 팍스가 지나치게 과묵하다고 말한 사람이 있었다. 존은 벌컥 웃어 그 사람을 당혹스럽게 만들고는 이렇게 말했다.

"팍스가 무엇에 흥미를 가지는지 아무도 눈치채지 못한 거예요. 그러니 말을 하지 않는 거죠."

이 위대한 모성 동물은 존을 낳기 위해 극심한 긴장감에 시달렸다. 팍스는 짐 덩어리를 11개월 동안 품고 다녔고, 의사들은 무슨 수를 쓰더라도 팍스를 해방시켜야 한다고 결정했다. 마침내 세상의 빛을 본 아기는 7개월 된 태아와 같은 기괴한 모습을 하고 있었다. 인큐베이터에서 온 정성을 다하고 나서야 아기를 살릴 수 있었다. 인공 자궁이 더 이상 필요치 않다는 결론이 내려진 것은 아기가 강제로 분만된 후 1년이 지나서였다.

나는 존이 태어난 후 1년 동안 그를 자주 보았다. 존의 아버지는 나보다 한참 연상이었지만, 당시 우리 두 사람은 공통된 지적 흥밋거리가 있었으며 둘 다 팍스를 존경한다는 사실에 부분적으로 힘입어 친밀한 사이를 유지하고 있었기 때문이다.

나는 존이라는 이름의 것을 처음 보았을 때 밀려온 메스꺼움을 기억한다. 그렇게 움직임 없고 축축한 살덩어리가 인간으로 자란다니, 믿을 수가 없었다. 그 물체는 때때로 발작적으로 움직이며 꿈틀거린다는 점만 제외하면 동물이라기보다 채소나 징그러운 과일 같았다.

그러나 태어난 지 1년이 지나자 존은 정상적인 신생아와 거의 비슷해 보였다. 눈을 감고 있다는 점만 달랐다. 18개월이 지나자 존은 눈을 떴다. 잠들었던 도시가 갑자기 생명을 얻은 것 같았다. 아기의 눈이라고 하기엔 무서웠다. 마치 돋보기를 통해 들여다보는 것 같았다. 거대한 동공은 동굴의 입구 같았고, 홍채는 빛나는 에메랄드의 모서리이자 테두리였다. 두 개의 검은 구멍이 생명으로 번쩍이는 것은 실로 경이로웠다! 팍스는 존이 눈을 뜨자마자 자신의 신기한 아들을 "이상한 존"이라고 불렀다. 팍스는 본디 어조에 별 변화가 없었지만, 그렇게 말할 때면 특별하고 미묘한 억양이 실렸다. 때로는 그 생물의 독특함에 대해 애정 어린 미안함을, 어떤 때에는 도전을, 또 어떤 때는 승리감을, 그리고 간혹 경외감을 담았다. 그 수식어는 일생에 걸쳐 존을 따라다녔다.

그 이래로 존은 한 명의 사람, 그것도 매우 널리 깨어

이상한 존

있는 사람이었다. 존은 매주 더욱 활동적이었고 더욱 많은 흥미를 품었다. 존의 눈과 귀와 사지는 쉴 틈이 없었다.

존의 신체는 2년 동안 위태롭게 발달했지만, 사고는 없었다. 음식 섭취에는 항상 어려움이 따랐지만 세 살이 되자 그럭저럭 건강한 아이로 자랐다. 하지만 여전히 이상한 아이였고 성장이 더뎠다. 토머스는 존의 발육 부진 때문에 고민했다. 그러나 팍스는 다른 아이가 너무 빨리 자라는 거라고 항변했다. "그 아이들은 몸과 정신을 결합할 시간이 없는 거예요." 팍스는 그렇게 단언했다. 마음이 불편했던 부친은 고개를 내저었다.

존이 다섯 살 때, 나는 거의 매일 아침 기차역으로 가는 길에 웨인라이트의 집에 들러 존을 보았다. 존은 마당에 내놓은 유모차에 앉아 제 목소리와 사지를 갖고 놀았다. 그 소음은 어딘가 질적으로 기묘했다. 그 차이를 말로 형용하기는 어렵다. 하지만 한 종류의 원숭이가 내는 소리가 다른 종의 것과 다르듯, 존의 목소리는 평범한 아이들과 달랐다. 성량이 풍부하고 미묘하게 야단스러웠으며 이질적인 조정과 변화가 담겨 있었다. 그 소리를 듣고 발육이 늦은 네 살배기 아이의 것이라고 생각하는 사람은 없었다. 존은 발육이 늦다고 하기에는 널리 깨어 있었지만, 네 살이라고 하기에는 너무 발육이 늦었다. 존의 거대한 눈이 커다란 경계심을 품고 사람을 꿰뚫어 보는 듯해서만은 아니다. 장난감을 만지작거리는 서투른 행동 하나에도 나이를 넘어선 목적의식이 있었다. 손가락을 제대로 움직이지 못했지만 존의 정신은 손가락에 매우 명확하고 지적인 임무를 일찌감치 부여한 것 같았다. 존은 그 일에 실패하자 낙담했다.

존은 확실히 영리했다. 우리 모두 그 점에 동의했다. 하지만 존은 기거나 입을 열려는 징조가 전혀 보이지 않았다. 그러다 갑자기, 자신의 세계를 돌아다니고자 애쓰기 훨씬 전에 말을 했다. 어느 화요일인가, 존은 평상시처럼 옹알거리고 있었다. 수요일이 되자, 예외적으로 침묵을 지키더니 엄마가 아기에게 건네는 유아어를 처음으로 알아듣는 것 같았다. 그리고 목요일 아침이 되자, 존은 아주 천천히, 그러나 아주 또렷하게 말을 해 가족들을 깜짝 놀라게 했다.

"우유-주세요."

그날 오후, 존은 더 이상 새로울 게 없는 방문객에게 이렇게 말했다.

"가요. 난-당신이-마음에-들지-않아요."

그와 같은 언어상의 업적은 보통 어린이들의 첫마디와는 명백하게 달랐다.

이상한 존

금요일과 토요일에는 기뻐하는 가족들과 조심스럽게 대화를 나눴다. 처음으로 입을 뗀 지 일주일이 지나 화요일이 되자 존은 일곱 살짜리 형보다 말을 잘했고, 그와 동시에 이미 말이란 것에 흥미를 잃기 시작했다. 말은 또 다른 기술의 하나로 전락했고, 소통을 위한 일상적 수단에 불과했으며, 존의 시야에 새롭게 경험하는 분야가 등장하고 그에 따라 표현할 필요가 생겼을 때만 확장되고 정제되었다.

존이 말을 하자, 존의 부모는 아들에 대해 한두 가지 놀라운 사실을 알았다. 예를 들어 존은 탄생의 순간을 기억했다. 존은 고통스러운 위기의 순간이 지나간 직후 어머니의 몸에서 떨어져 나오면서 실제로 숨 쉬는 방법을 배워야 했다. 호흡 운동을 시작하기 전에 존은 인공호흡에 생명을 의지해야 했고, 이 경험으로 폐를 조절하는 방법을 익혔다. 의지를 담아 오랜 시간 필사적으로 노력한 끝에, 존은 말하자면 엔진을 돌리고 '점화'하여 계속 돌게 했다. 마찬가지로 심장 또한 자의적으로 제어하는 것 같았다. 부모를 긴장하게 했던 초기의 '심장 문제'도 실은 아주 대담한 성격에 따른 자발적 간섭의 결과였다. 그 결과 존은 분노가 치솟는 상황에서도 화를 내고 싶지 않으면 손쉽게 자신의 반응을 조절할 수 있었다. 마찬가지로 분노가 필요한 상황에서는 꾸며낼 수도 있었다. 그야말로 '이상한 존'이었다.

존이 입을 뗀 후 아홉 달이 지났을 때, 누군가가 존에게 어린이용 주판을 주었다. 존은 그날 하루 종일 말을 하지 않았고 웃지도 않았다. 조급해하며 식사도 걸렀다. 존은 마침내 숫자가 주는 복잡한 즐거움을 터득했다. 존은 몇 시간이고 새 장난감을 사용해 모든 연산 방법을 수행했다. 그리고 갑자기 주판을 던져버리더니 천장을 보고 누웠다.

존의 어머니는 존이 피곤한 거라고 생각했다. 말을 걸었지만 존은 알아채지 못했다. 팍스는 부드럽게 존의 팔을 흔들었다. 반응이 없었다.

"존!"

팍스는 겁이 나서 더욱 격하게 존을 흔들었다.

"입 좀 다물어요, 팍스. 숫자 생각하느라고 바빠요."

그리고 존은 잠시 후 말을 이었다.

"팍스, 열둘 다음을 뭐라고 하죠?"

팍스는 스물까지 센 다음 서른까지 알려주었다.

"저 주판만큼이나 멍청하네요."

팍스가 이유를 물었고, 존은 자신이 설명하기에 적절한 단어를 모르고 있다는 사실을 깨달았다. 그러나 존은

26
이상한 존

주판으로 여러 가지 연산을 해 보였고, 팍스가 그것들을 어떻게 부르는지 알려주었다. 존은 승리감에 젖어 천천히 말했다.

"팍스, 당신은 정말 멍청해요. 당신은 (그리고 저 장난감은) 열씩 '세고' 열둘씩 세질 않아요. 그게 왜 멍청한 짓이냐면, 열둘은 '넷'으로 나눠떨어지고 '삼'으로도, 그러니까 '셋'으로도 나눠떨어지거든요. 열은 안 그래요."

팍스는 모든 사람이 열씩 세며, 그 이유는 처음 셈이 시작됐을 때 다섯 손가락을 기준으로 했기 때문이라고 알려주었다. 존은 팍스에게 눈을 고정하더니 그 환성 같고 딱딱거리는 소리로 웃었다. 이윽고 존이 말했다.

"그러니까 모든 사람이 멍청하다는 거네요."

나는 존이 그때 처음으로 호모 사피엔스의 어리석음을 깨달았다고 생각한다. 물론 그게 마지막은 아니었다.

토머스는 존이 수학적으로 날카롭다는 사실에 기뻐하며 영국 정신분석학회에 보고하려 했다. 그러나 팍스는 예상을 뒤엎고 지금 당장은 묻어두라는 결정을 내렸다.

팍스가 주장했다.

"존을 실험 대상이 되게 할 수는 없어요. 사람들은 분명히 존을 괴롭힐 거예요. 그게 아니라도 한심하게 난리를 피우겠죠."

토머스와 나는 팍스의 기우를 듣고 웃었지만, 결국 승자는 팍스였다.

존은 거의 다섯 살이 되었는데도 외양은 아기 같았다. 존은 걷지 못했다. 기지도 못했다. 혹은 기지 않았다. 다리는 아직도 유아의 것이었다. 존의 걸음마가 심각하게 늦은 것은 수학 때문인 듯했다. 존은 몇 개월 동안 수와 공간의 특성 말고 다른 것에는 전혀 관심을 보이지 않았고, 주의를 다른 곳으로 돌리도록 설득할 수도 없었다. 존은 몇 시간이고 유모차에 누운 채로 정원에서 '사고 수학'과 '사고 기하'에 몰두하며 근육 하나 움직이지 않았고, 어떤 소리도 내지 않았다. 한창 자라야 할 아이에게는 가장 안 좋은 일이었고, 존은 병에 걸렸다. 하지만 세상 그 무엇도 존을 일상적이고 활동적인 삶의 장으로 끌어내지 못했다.

방문객들은 존이 그렇게 긴 시간에 걸쳐 정신적으로 활동하고 있다는 것을 믿지 못했다. 존은 창백했으며 '정신을 놓은' 것 같았다. 그래서 속으로는 존이 혼수상태에 빠졌으며 지적 장애가 진행 중인 모양이라고 생각했다. 하지만 존은 가끔 자발적으로 입을 열어 사람들을 당황하게 만들었다.

존은 형의 집 짓기 상자와 마름모무늬의 벽지에 관심

을 가지면서 기하학을 공략하기 시작했다. 그러더니 치즈와 비누를 잘라 판, 육면체, 원뿔, 심지어는 구와 알 모양으로 만드는 단계에 이르렀다. 처음 칼을 다루어본 존은 매우 서툴렀기 때문에 손가락 여기저기를 베여 어머니에게 걱정을 끼쳤다. 하지만 며칠이 지나자 존은 놀라울 만큼 민첩해졌다. 존은 새로운 행동을 습득하는 데 매우 느렸지만, 한번 관심을 두면 환상적일 만큼 빠른 진척을 보였다. 다음 단계는 누나의 학교 수업용 기하학 교재를 활용하는 것이었다. 존은 몇 주 동안 황홀경에 빠져 수많은 종이를 채워나갔다.

그러던 존이 갑자기 시각적인 기하에 대한 관심을 모두 끊었다. 존은 누워서 명상하는 것을 더 즐겼다. 어느 날 아침, 존은 공식으로 만들 수 없는 의문 때문에 골머리를 썩었다. 팍스는 아무 도움도 주지 못했지만, 존의 아버지는 나중에 질문을 구성할 수 있도록 어휘를 보충해주었다.

"왜 차원은 세 개뿐이죠? 나이를 먹으면 더 많이 찾을 수 있을까요?"

몇 주 후, 더 놀라운 질문이 이어졌다.

"끝없이 직선을 따라간다면 얼마나 나아가야 제자리로 돌아올 수 있죠?"

우리는 웃었고, 팍스는 "이상한 존!"이라고 소리쳤다. 1915년의 일이었다. 토머스는 기존의 기하학 개념을 모조리 뒤엎었던 '상대성 이론' 논쟁을 떠올렸다. 다른 이들은 즐거워하는 데 그쳤지만 토머스는 마침내 그 이상한 질문에 감동받았고 대학에서 수학자를 데려와 아들과 대면시키자고 주장했다.

팍스는 거부했지만, 이 일이 얼마나 엄청난 결과를 불러올지는 미처 예상하지 못했다.

불려 온 수학자는 오만하게 굴다가 열광적으로 바뀌더니 어쩔 줄 몰랐다. 그리고 눈에 띄게 안심하며 다시 오만해졌다. 그런 다음 심각하게 실의에 빠졌다. 팍스가 눈치 빠르게 돌아가라고 권유하자(물론 아들의 안위를 위해서였다), 그 사람은 동료와 다시 와도 괜찮은지 물었다.

며칠 후, 두 사람이 찾아와 몇 시간 동안 꼬마 아이와 토론을 벌였다. 토머스는 운 나쁘게도 순회 왕진에 나간 참이었다. 팍스는 아들의 의자 옆에 앉아 조용히 뜨개질을 하다가 가끔 아들의 말문이 막힐 때면 거들어주었다. 하지만 토론은 팍스의 이해를 넘어섰다. 차를 마시며 쉬는 동안 방문객 하나가 말했다.

"이 아이의 상상력은 정말 경이롭습니다. 용어와 역사를 전혀 모르면서도 이미 자력으로 그 모든 것을 알아냈어요. 믿을 수가 없습니다. 시각화할 수 없는 것을 시각화하는 능력이 있군요."

팩스에 따르면, 방문객들은 그날 오후가 지나면서 동요하더니 화를 내기까지 했다. 존이 짜증을 내며 조용히 미소 짓자 상황은 더욱 악화됐다. 마침내 존이 잠자리에 들 시간이 되어 팩스가 토론을 그만하라고 선언했을 때, 팩스는 두 손님이 완전히 자제력을 잃었다는 것을 깨달았다.

"두 사람 다 표정이 심상치 않았어요. 마당 밖으로 쫓아냈는데도 싸우더라니까요. 게다가 인사도 한마디 없었어요." 팩스가 말했다.

하지만 그 며칠 후, 대학 관계자였던 그때의 두 수학자가 새벽 2시에 가로등 아래에 앉아 보도에 도형을 그려가며 '공간의 곡률'에 관해 토론했다는 사실이 알려져 충격을 주었다.

토머스는 막내둥이가 '유아기 신동'의 예외적이고 놀랄 만한 예라고만 단순하게 생각했다. 토머스는 이렇게 말하곤 했다.

"나이를 먹으면서 다 사라질 거야."

하지만 팩스는 달랐다.

"과연 그럴까요?"

존은 그 후 한 달 동안 수학에 대해 고심하더니 느닷없이 내팽개쳐버렸다. 나중에 왜 그때 그만두었냐고 토머스가 묻자, 존이 대답했다.

"수에는 사실 별로 대단한 게 없어요. 물론 믿을 수 없을 만큼 아름답긴 하지만, 다 알고 나면 그게 그거예요. 수는 끝냈어요. 그 안에 뭐가 있는지 다 알았다고요. 다른 게 필요해요. 똑같은 설탕 조각을 영원히 빨아 먹을 수는 없잖아요."

그 후 열두 달 동안 존은 부모를 놀라게 할 만한 일은 전혀 하지 않았다. 존이 읽기와 쓰기를 배우고 일주일 만에 형과 누나를 앞질렀다는 것은 사실이다. 하지만 수학적인 승리를 거둔 후로 그 정도는 평범한 성과에 불과했다. 정작 놀라운 것은 읽고자 하는 의지가 그토록 늦게 발현했다는 점이다. 팍스는 존에게 더 큰 아이들이 보는 책을 크게 소리내어 읽어주곤 했고, 존은 어머니가 왜 책만 계속 읽어줄 수 없는지 이해하지 못하는 게 분명했다.

그러다가 존의 누나인 앤이 병을 앓았고, 존의 어머니는 니무 바빠 아들에게 책을 읽어주지 못했다. 하루는 존이 큰 소리로 책을 읽어달라고 졸랐으나 팍스는 들어주지 않았다.

존이 요구했다.

"그럼 가기 전에 나한테 읽는 법을 알려주세요."

팍스는 웃으며 답했다.

"그건 오래 걸리는 일이란다. 앤이 나으면 알려줄게."

며칠 후, 팍스는 전통적인 방법으로 그 임무를 수행했다. 하지만 존은 전통적인 방법을 참아내지 못했다. 그리고 독창적인 방법을 개발했다. 존은 팍스에게 큰 소리로 읽으면서 읽는 부분을 한 단어씩 따라갈 수 있도록 손가락으로 짚어달라고 요청했다. 팍스는 그 방법이 너무 원시적이라 웃지 않을 수 없었지만 존에게는 효과가 있었다. 존은 단순하게 어머니가 내는 '소리'와 각각의 '모양새'를 기억했다. 존의 기억 능력에는 한계가 없어 보였으므로 가능한 일이었다. 존은 얼마 지나지 않아 어머니를 멈추게 하지 않고도 글자 각각의 소리를 분석하기 시작했고, 곧 영어 철자의 비논리성을 저주했다. 학습이 끝날 때쯤 존은 읽을 수 있었으나 당연히 어휘는 부족했다. 다음 한 주간 존은 집 안의 모든 아동서와 일부 '성인용' 책들까지 탐독했다. 물론 그 모든 책은 존에게 큰 의미가 없었다. 대부분의 단어에 익숙했기 때문이었다. 존은 혐오감을 표하며 금세 그 책들을 놓아버렸다. 하루는 누나가 학교에서 배우는 기하학 책을 집어 들더니 5분 만에 집어 던지며 말했다.

"애들이 보는 거잖아!"

그 후로 존은 흥미가 가는 것이라면 무엇이든 읽을 수 있었다. 하지만 책벌레가 될 징후는 보이지 않았다. 독서란 혹사당한 손에 휴식을 주기 위해 활동을 쉬면서 소일할 거리에 불과했다. 존은 가히 열정적이라 부를 만한 공작의 시기에 들어섰고, 판지, 전선, 목재, 점토를 비롯해 손에 잡히는 모든 물건을 이용해 갖가지 형태의 독창적인 것을 만들었다. 또한 그림에도 상당한 시간을 할애했다.

이상한 존

3장
무서운 아이

이윽고 여섯 살이 되자, 존은 운동으로 주의를 돌렸다. 그 기술을 배울 때 존은 신체적 외양이 보여주는 것보다 더욱 지적장애아 같은 모습을 보였다. 지적이고 건설적인 흥미 앞에 다른 것은 모두 뒷전이었다.

하지만 존은 독립적인 여행의 필요성과 새 기술을 정복하는 매력에 마침내 눈을 떴다. 다른 때와 마찬가지로 존의 학습 방식은 독창적이었고 진도는 빨랐다. 존은 기지 않았다. 존은 손을 이용해 의자 위에 곧게 서더니 양쪽 발로 번갈아 무게중심을 옮겼다. 한 시간 동안 그러고 나자 존은 지쳤고, 난생처음으로 완전히 낙심한 듯 보였다. 수학자들을 덜 떨어진 어린아이처럼 다루던 존은 집

안에서 가장 활동적으로 돌아다니는 열 살배기 형을 새롭고 존경에 찬 시선으로 바라보았다. 존은 일주일 동안 꾸준하게, 공경의 마음을 담고 형 톰이 걷고 뛰며 누나에게 '난폭하게' 구는 모습을 지켜보았다. 존은 매 순간을 열심히 마음에 담았다. 또한 성실하게 균형 잡기를 연습하며 어머니의 손을 잡고 몇 걸음을 떼기까지 했다.

하지만 그 주의 마지막에 이르자, 존은 일종의 신경 쇠약에 걸려 며칠이 지나도록 땅을 딛지 않았다. 존은 명백한 패배감을 느끼면서 독서와, 심지어 수학으로까지 되돌아갔다.

존은 땅바닥에 재도전할 만큼 회복하고 나자, 어떤 도움도 받지 않고 곧바로 방을 가로지르더니 기쁨에 겨워 신경질적으로 울음을 터뜨렸다. 전혀 존답지 않은 진행이었다. 존은 새 기술을 습득했다. 운동으로 근육을 강화하기 위해 필요한 기술일 뿐이었다.

하지만 존은 걷기에 만족하지 않았다. 존은 인생에 새 목표를 영입했다. 그리고 개성적인 방법을 통해 그 목적을 달성할 수 있도록 자신을 다졌다.

처음에는 미숙한 신체가 커다란 장애였다. 다리는 여전히 태아와 비슷했으며 짧고 굽은 상태였다. 그러나 꾸준히 사용한 결과, 그리고 (겉으로 보기에는) 굴하지 않는 의지 덕분에, 두 다리는 금세 곧게 자랐으며 길고 튼튼해졌다. 일곱 살이 되자 존은 토끼처럼 뛰고 고양이처럼 기어오를 수 있었다. 이제 존은 정상적인 네 살배기처럼 보였다. 하지만 어딘가 억세고 힘찬 구석이 있어 열아홉 살 먹은 개구쟁이 같기도 했다. 얼굴 윤곽은 유아형이면서도 간혹 마흔 살 성인의 표정을 지었다. 그러나 거대한 눈과 착 달라붙은 백발의 고수머리 덕분에 존은 연령을 초월하고 심지어 인간이 아닌 것 같은 느낌을 주었다.

존은 이제 근육을 아주 확연하게 조종할 수 있었다. 숙달된 움직임을 따로 배울 필요가 없었다. 개별 근육이 아닌 사지 전체가 주인의 의지에 따라 정확하게 움직였다. 그 사실은 존이 걸음마를 시도한 후 두 달 만에 수영을 배운 점으로 명백해졌다. 존은 물속에 서서 누이의 숙달된 손놀림을 한동안 바라보더니 바닥에서 발을 떼고 똑같이 따라 했다.

존은 여러 달 동안 다른 아이들의 다양한 육체적 행동들을 흉내 내고 그들에게 자신의 의지를 행사하기 위해 전력을 기울였다. 아이들은 처음에는 그런 존의 노력을 기뻐했다. 하지만 톰은 이미 동생이 자신을 능가한다는 사실을 깨달았기 때문에 기뻐하지 않았다. 존보다 나이 많은 동네 아이들은 처음에는 존의 성과에 영향을 덜 받았기 때문에 톰보다 관대했다. 하지만 존은 차츰 그 아이들을 무색하게 했다.

소중한 공이 지붕 홈통에 얹혔을 때 배수관을 타고 올라 홈통을 기어가서 공을 아래로 던진 것은 호리호리한 네 살배기 정도로밖에 보이지 않는 존이었다. 그리고 존은 순전히 장난삼아 기울어진 타일 사이로 난 길을 따라 기어가더니 지붕 마루에 걸터앉았다. 팍스는 장을 보러 나가고 없었다. 이웃 사람들은 아이의 생명이 위태로운 것을 보고 당연하게도 대경실색했다. 존은 재밌는 일이 벌어지겠다 싶어, 겁에 질려 움직일 수 없는 것처럼 연기했다. 정말로 어쩔 줄 모르는 것 같았다. 존은 흔들거리며 타일에 매달렸다. 그리고 비참하게 훌쩍거렸다. 눈물이 뺨을 타고 흘렀다. 사람들은 허겁지겁 동네 건축업자에게 전화를 걸었다. 인부들이 사다리를 갖고 도착했다. 구하러 온 사람이 지붕 위에 올라오자 존은 '약을 올리더니', 올라갈 때 이용했던 배수관 쪽으로 재빨리 이동해서는 놀라고 분노한 군중들의 눈앞에서 원숭이처럼 내려왔다.

토머스는 이 장난질에 대해 듣자 두려워하면서도 기뻐했다.

"우리 신동이 수학에서 묘기로 방향을 바꿨구먼."

그러나 팍스는 이렇게 말할 뿐이었다.

"존이 사람들의 주의를 끌지 않았으면 좋겠어요."

그다음으로 존이 탐낙한 것은 개인적인 용맹과 지배력이었다. 한때 작고 사악한 악마의 대명사였던 톰은 불쌍하게도 과거의 명예를 잃고 실의에 잠겼다. 하지만 누나인 앤은 존의 영리함을 숭배했으며 존의 노예가 되었다. 앤의 일생은 험난했다. 나는 마음속 깊이 앤에게 공감한다. 훨씬 나중에는 앤의 역할이 내 것이 되었기 때문이다.

존은 동네의 모든 꼬마에게는 영웅 또는 지긋지긋한 적이었다. 처음에 존은 자신의 행동이 다른 이들에게 영향을 끼칠 수 있다는 생각조차 하지 못했고, 아이들 또한 존을 '재수 없고 건방진 괴짜 꼬맹이' 정도로 여겼다. 문제는 간단했다. 존은 다른 아이들이 모르는 것을 언제나 알고 있었고, 다른 아이들이 못 하는 것을 거의 언제나 할 수 있었다. 희한하게도 존은 전혀 오만하지 않았다. 하지만 일부러 겸손한 척 노력하지도 하지 않았다.

그런 측면에서 존의 첫 번째 약점과 믿기 힘들 만큼 유연한 정신을 동시에 보여주는 사건이 있다. 이 사건은 이후 존이 동료들을 대하는 방식에 있어 전환점이 되었다.

존의 옆집에는 학교에 다니고 덩치도 큰 스티븐이 살

앗다. 스티븐은 비교적 복잡한 잔디깎이를 분해해서 마당에 펼쳐놓고는 끙끙대고 있었다. 존은 울타리 위에 올라가 입을 다물고 그 모습을 몇 분간 지켜보았다. 그리고 웃었다. 스티븐은 알아채지 못했다. 존은 울타리에서 내려오더니, 스티븐의 손에서 톱니바퀴를 낚아채서는 제자리에 꽂고 다른 부분을 조립하고 너트를 돌리고 나사를 조이고는 일을 끝냈다. 그동안 스티븐은 당황하며 혼란에 빠져 서 있었다. 존은 울타리 쪽으로 돌아가며 말했다.

"이런 일에 서툴다니 안됐어. 시간 나면 언제든지 도와줄게."

스티븐이 달려들어 두 번 넘어뜨리고는 울타리 쪽으로 밀쳐버리자, 존은 깜짝 놀랐다. 존은 잔디 위에 앉아 몸의 여기저기를 문질렀다. 처음에는 화가 솟았던 게 틀림없으나 결국 호기심이 분노를 이겼다. 그리고 상냥함에 가까운 목소리로 질문을 던졌다.

"왜 그런 거야?"

하지만 스티븐은 대답하지 않고 마당에서 사라졌다.

존은 앉아서 생각에 잠겼다. 그러다가 집 안에서 아버지의 목소리가 들리자 달려갔다.

"박사님, 안녕!" 존이 소리쳤다.

"박사님이 치료할 수 없는 환자가 있다고 해봐요. 그런데 어느 날 다른 사람이 와서 병을 고쳤어요. 그럼 어떻게 하시겠어요?"

토머스는 다른 일로 바빠서 별생각 없이 대답했다.

"모르지. 끼어들었으니 때려눕히기라도 하려나."

존이 숨을 들이쉬었다.

"도대체 이유가 뭐죠? 정말 바보 같잖아요."

존의 아버지는 여전히 딴눈을 팔며 대답했다.

"그렇긴 하지. 하지만 사람이란 건 늘 상식적으로 행동하진 않아. 상대방이 어떻게 나오느냐에 따라 달라지거든. 만약에 누가 나를 바보 취급했다면 분명히 때려눕히고 싶어질 거다."

존은 한동안 아버지를 주시하더니 말했다.

"알았어요!"

그러고는 갑자기 말을 이었다.

"박사님! 힘이 세져야겠어요. 스티븐만큼요. 만약에 저 책들을 다 읽으면⋯⋯."

존은 의학 서적 쪽을 보았다.

"무지하게 강해지는 방법을 알 수 있을까요?"

존의 아버지는 웃으며 대답했다.

"그렇겐 안 될걸."

그 후 6개월 동안 두 가지 야망이 존의 행동을 지배했다. 무적의 투사가 될 것, 그리고 동료 인간들을 이해할 것.

존에게는 후자가 더 쉬운 일이었다. 존은 때로는 직접 묻고 때로는 관찰하며 우리의 행동과 동기를 연구하는 일에 착수했다. 그리고 얼마 가지 않아 두 가지 중요한 점을 발견했다. 첫째, 우리가 스스로의 동기에 대해 놀랄 만큼 무지하다는 것. 둘째, 자신과 우리가 많은 점에서 다르다는 것. 훗날 존은 나에게 그때가 바로 자신의 독특함을 처음으로 자각했던 때라고 말한 바 있다.

존이 2주 만에 전혀 다른 사람이 되었다는 것을 덧붙일 필요가 있을까? 존은 겸손함과 영국인의 두드러진 특성인 너그러움을 완벽하게 정확히 꾸며냈다.

나이가 어렸고 외모는 더욱 어려 보였지만, 존은 이제 수많은 장난질에서 자연스럽게, 건방지지 않은 지도자 노릇을 했다. 주위에서 이런 소리를 흔히 들을 수 있었다. "존이라면 어떻게 해야 할지 알 거야." "가서 그 악당 녀석을 데려와. 걔가 이런 건 기가 막히거든." 공립 학교에 다니는 아이들이 산만하게 전투를 벌일 때마다(그 아이들은 하루에 네 번씩 동네를 휘저었다) 기습 계획을 짜는 것은 존이었다. 예상치 못한 맹공을 기적적으로 퍼부어 전세를 역전시키는 것도 존이었다. 존은 문자 그대로 번개 대신 주먹을 휘두르는 유피테르*였다.

그와 같은 아이들의 전투는 유럽에서 벌어진 대전大戰에 어느 정도 영향을 받은 게 사실이었다. 하지만 나는 존이 자신만의 목적을 위해서 일부러 일으킨 면도 있다고 생각한다. 존은 그런 싸움을 통해 육체적으로 강인해지고, 공인받을 수는 없는 일종의 지도력을 키울 기회를 얻었다.

동네 꼬마들이 이렇게 얘기하는 것도 놀라운 일은 아니었다. "존은 정말 대단한 꼬맹이야." 반면에 그 아이들의 부모는 존의 군사적 재능보다는 태도에 더욱 감명받았다. "존이 요샌 아주 귀엽네. 괴상한 짓도 안 벌이고 잘난 척도 안 하잖아."

스티븐조차 칭찬을 아끼지 않았다. 스티븐은 어머니에게 말했다.

"그 녀석, 이젠 괜찮아요. 때려준 게 효과가 있었어요. 잔디깎이 일을 사과하더니 자기가 망가뜨린 게 아니면 좋겠다고 하더라고요."

하지만 운명은 스티븐에게 놀라움을 준비해두고 있

---

* 로마 신화에 등장하는 모든 신의 우두머리. 그리스 신화의 제우스에 해당한다.

었다.

아버지가 부정적으로 답변했지만, 존은 의학 및 생리학 서적에 파묻혀 나머지 시간을 보냈다. 특히 해부도가 존의 관심을 끌었다. 존은 그 책들을 제대로 이해하기 위해 다른 책을 읽어야 했다. 당연한 일이지만 어휘력이 매우 부족했기 때문에 존은 빅터 스토트와 같은 길을 걸어야 했다. 그래서 커다란 사전을 첫 장부터 끝까지 읽는 것부터 시작했다. 다음 차례는 생리학 용어 사전이었다. 존은 곧 유창하게 읽을 수 있었고, 인쇄된 면을 재빨리 훑어보는 것만으로도 의미를 이해하고 영구히 기억할 수 있었다.

하지만 존은 이론에 만족하지 않았다. 어느 날 존이 부엌 바닥에 깔린 양탄자를 보호하기 위해 사려 깊게도 신문지를 깔아놓고 그 위에서 죽은 쥐를 절단하는 것을 보고 팍스는 소스라치게 놀랐다. 그 일이 있은 뒤 토머스가 아들의 이론적, 실험적 해부학 연구를 감독했다. 존은 수개월간 그 일에 푹 빠졌다. 그리고 절개법과 현미경 사용에 탁월한 재능을 보였다. 존은 틈날 때마다 아버지에게 문제를 냈고, 종종 아버지의 대답에 혼란스러워했다. 마침내 수학자 사건을 기억하던 팍스가 아버지를 그만 쉬시게 해드리라고 일렀다. 그 후로 존은 홀로 연구했다.

그리고 수학 때와 마찬가지로 갑자기 생물학 연구를 그만두었다.

팍스가 물었다.

"'수'를 끝낸 것처럼 '생명'도 다 배운 거니?"

"아뇨. 하지만 생명은 수처럼 연계되지 않아요. 패턴을 이루지 않는다고요. 저 책들 전부 어딘가 오류가 있어요. 아, 물론 책이란 게 원래 한심하다는 거야 알지만, 뭔가 더 근본적인 오류가 있어요. 그런데 그게 뭔지 모르겠어요." 존이 대답했다.

한편, 그즈음 존은 마침내 학교에 입학했다. 그러나 존의 학생 경력은 3주 만에 끝났다.

"아이가 너무 안 좋은 영향을 끼치는군요."

교장 선생님이 말했다.

"게다가 가르치기가 너무 힘든 아이예요. 무서워요, 저 아이는. 특정 분야에서는 재능을 보이지만 사실 지능이 낮습니다. 특수 교육을 받아야 해요."

그 후 법에 저촉되지 않기 위해 팍스가 직접 존을 가르치는 것처럼 굴었다. 존은 어머니를 기쁘게 하려고 교과서를 들여다보았고, 마음만 먹으면 암송할 수도 있었다. 존은 흥미 있는 부분은 저자와 같은 수준으로 이해했다. 지루한 분야는 무시했다. 존은 그런 방식으로 지적장애아의 둔함을 연기할 수 있었다.

생물학을 끝내면서 존은 모든 지적 추구를 그만두고 자신의 신체에 집중했다. 그해 가을, 존은 모험소설과 유도 관련 서적 몇 권만을 읽었다. 그리고 새 기술을 연습하며 스스로 고안한 방법으로 체력을 단련하느라 많은 시간을 보냈다. 또한 자신만의 원칙을 세우고 극도로 조심스럽게 음식을 조절했다. 소화기관은 이전부터 존의 약점 중 하나였다. 존의 소화기는 신체의 다른 부분보다 더 오래 유아 상태로 남아 있는 것 같았다. 존은 여섯 살이 되도록 특별히 준비한 우유와 과일만 소화할 수 있었다. 전쟁으로 인한 식량의 부족은 존이 영양을 제대로 수급할 수 없었던 또 다른 이유였고, 그래서 존은 소화불량을 항상 달고 살았다. 하지만 이제 존은 원료를 직접 만져서 복잡하지만 턱없이 부족하게 식단을 조절했다. 과일, 치즈, 맥아 분유, 통밀빵을 섭취하고 휴식과 운동 간의 간격을 세심하게 조절했다. 우리는 존을 비웃었다. 하지만 팍스는 웃지 않았고 존이 필요한 것을 얻을 수 있도록 배려했다.

음식 조절, 체력 단련, 강인하고 순수한 의지력 중 어느 것 때문인지는 몰라도 존이 체중과 연령에 비해 극단적으로 강인해진 것은 분명했다. 동네 아이들은 차례대로 존과의 싸움에 말려들었다. 그리고 차례대로 패배했다. 물론 존이 훨씬 큰 아이들과 대적할 수 있었던 것은 힘이 아니라 민첩성과 교활함 덕분이었다. 아이들은 이렇게 말했다.

"그 꼬마가 바라는 대로 뒤를 잡히면 그걸로 끝이야. 때릴 수가 없거든. 그 녀석, 너무 빨라."

신기한 것은 싸움이 벌어질 때마다 구경꾼들은 먼저 시비를 건 쪽이 존의 상대편이라고 여긴다는 점이었다.

절정을 찍은 사건은 당시 학교의 럭비부 주장이자 존과 완전히 좋은 친구 사이로 돌아선 스티븐과의 숙원을 해결했던 일이다.

어느 날인가, 토머스와 나는 토머스의 서재에서 이야기를 나누다가 정원 쪽에서 이상한 싸움 소리가 나는 것을 들었다. 밖을 내다보니 존은 요리조리 피하고 스티븐은 헛되이 달려들고 있었다. 존은 좌우로 깡충거리면서 아기 같은 주먹을 날려 스티븐의 얼굴을 한 대씩 세게 때렸다. 스티븐의 얼굴은 분노와 당혹감으로 얼룩져 알아보기 힘들었고, 놀랍게도 평상시의 상냥함은 온데간데없었다. 두 투사는 스티븐의 코에서 흐른 피로 범벅이었다.

존도 예전과는 다른 존재였다. 존은 웃음과 으르렁거림을 비인간적으로 섞어 입술을 바짝 당겼다. 스티븐의 주먹에 단 한 번 맞은 탓에 한쪽 눈은 반쯤 감겨 있었고, 나머지 눈은 가면에 뚫린 눈구멍 같았다. 존이 분노에 차면 홍채가 거의 말려 올라가서 보이지 않았기 때문이다.

너무나 예상치 못한 싸움이었고 비현실적인 상황이라, 토머스와 나는 한동안 움직이지 못했다. 마침내 스티븐이 악마 같은 상대 소년을 가까스로 붙잡았다. 아니면 존이 일부러 붙잡혔는지도 모른다. 우리는 존을 구하기 위해 계단을 뛰어 내려갔다. 그러나 마당에 나가보니 스티븐은 몸을 비틀고 헐떡거리며 배를 땅에 깔고 엎드려 있었고, 존은 타란툴라* 같은 손으로 스티븐의 팔을 뒤로 꺾어 붙들고 있었다.

나는 그 순간 존의 모습을 보며 무언가 사악한 것이 내재한다는 무시무시한 느낌을 받았다. 몸을 웅크리고 무언가를 꽉 붙든 품이 밑에 깔려 있는 소년을 고문하다가 생명을 빨아들이기 위해 준비하는 거미의 모습 그 자체였다. 그 광경을 보며 매우 불쾌했던 기억이 난다.

우리는 예상치 못했던 사태의 전환에 당황한 채 서 있었다. 존은 주변을 둘러보다가 나와 눈이 마주쳤다. 나는 어린아이의 얼굴에 그토록 오만하고 섬뜩하게 권력욕이

---

* 독거미과의 대형 거미.

떠오른 것을 본 적이 없다.

존과 나는 몇 초간 서로를 바라보았다. 존은 내 시선에 명백하게 떠오른 공포를 감지했는지 자신의 기분을 재빨리 바꿨다. 분노가 눈에 띌 만큼 순식간에 사라지더니 호기심이 그 빈자리를 메우고 다음으로 방심이 찾아왔다. 존은 갑자기 특유의 수수께끼 같은 웃음을 웃었다. 그 안에 들어 있는 것은 승리의 종소리라기보다 한 조각의 자조 또는 위압감이었다.

존은 희생자를 풀어주고 일어서서 말했다.

"늙은 친구 스티븐, 일어나라고. 흥분하게 해서 미안해."

하지만 스티븐은 정신을 잃었다.

우리는 사건의 전말을 끝내 알 수 없었다. 존에게 물었더니 이렇게 말했다.

"다 끝난 일이에요. 잊자고요. 스티븐만 불쌍하죠. 하지만 나는 절대 안 잊을 거예요."

며칠 후, 스티븐에게 물었더니 대답은 이랬다.

"다시 생각하기 싫어요. 다 제 잘못이에요. 이젠 알아요. 존이 유난히 친절하게 굴었는데 왠지 모르게 화가 치밀었어요. 꼬마한테 그렇게 맞다니! 하지만 존은 꼬마가 아니에요. 번개처럼 빠르다고요."

나는 이제 존을 이해하는 척하지 않는다. 하지만 존에 대해 한두 가지 가설을 세워보고 싶은 마음은 굴뚝같다. 이 사건의 경우 내 가설은 이렇다. 존은 이 일을 통해 자기 과시라는 단계를 통과했을 뿐이다. 그렇다고 해서 존이 잔디깎이 사건에 대한 복수심을 그때까지 키웠을 거라고는 생각하지 않는다. 존은 제 또래 가운데 가장 강한 상대에게 자신의 힘과 기술을 시험해보기로 냉정하게 결정했을 것이다. 그러한 목적을 염두에 두고 불쌍한 스티븐이 화를 내도록 찬찬히, 세심하게 몰아세웠을 것이다. 차가운 분노 속에서 더 잘 싸울 수 있었기 때문에 의도적으로 그런 상태를 끌어냈을 것이다. 내 생각이지만, 시험에 성공하려면 친구들 간의 싸움이 아니라 진짜 야수들의 격돌, 목숨을 건 투쟁이 필요했다. 어쨌든 존은 바라는 것을 얻었다. 그리고 그 과정 중 찰나의 순간에 단 한 번, 그 너머에 있는 무언가를 깨달았다. 적어도 나는 그렇게 생각한다.

4장

존과 어른들

내 생각에 스티븐과의 싸움은 존의 일생에서 기념비적인 사건 중 하나였지만, 겉으로 보기에는 그다지 달라진 것은 없었다. 존이 싸움을 그만두고 혼자 더 많은 시간을 보냈다는 점을 빼면 말이다.

존과 스티븐의 우정은 원래대로 돌아왔지만, 그 사건 이래 예전 같지는 않았다. 편안하지는 않았다. 두 사람 모두 평화를 절실히 원했지만, 동시에 누구도 마음을 열지 않았다. 스티븐은 큰 충격을 받은 것처럼 보였다. 또 패배할까 봐 두려워했다기보다는 자존심에 상처를 입은 것이다. 나는 기회를 보다가, 존은 보통 아이가 아니므로 그때의 패배는 결코 부끄러워할 일이 아니라고 스티븐에게 말해보았다. 스티븐은 그와 같은 위로에 펄쩍 뛰었다. 그리고 이성을 잃은 어조로 말했다.

"말로 하긴 어렵지만…… 주인을 물었다가 벌을 받은 개가 된 느낌이었어요. 나쁜 놈이 된 것처럼 죄책감을 느꼈고요."

존은 자신과 다른 사람들 사이에 가로놓인 골을 더욱 뚜렷이 느끼기 시작했던 것으로 보인다. 그와 동시에 친구의 필요성을 통감했겠지만, 존에게 필요한 것은 평범한 인간의 재량을 넘어서는 친구였다. 존은 여전히 옛 친구들과 놀았고 놀이를 이끌어가는 주체였다. 하지만 언제나 입속의 혀와 같은 거리감을 느꼈다. 외모상으로는 무리 전체에서 가장 작고 미숙한 존을 보면서, 나는 종종 어린 고릴라들 사이에서 일부러 자신을 낮추고 지내는 털이 바랜, 왜소하고 늙은 고릴라를 떠올렸다. 존은 격렬하게 뛰놀다가도 갑자기 무리에서 빠져나가서는 잔디에 누워 몽상에 잠기곤 했다. 또는 어머니가 집안일을 하거나 정원을 손질하거나 그도 아니면 멍하니 손을 놓고 있을 때(팍스는 늘 그랬다), 그 곁에 머물며 인생에 대해 얘기했다. 어떤 면에서 보면 존과 팍스는 인간 유아와 그를 주위 키우는 늑대 보모 또는 젖소 보모와 같았다. 존은 팍스를 완전히 신뢰했고 사랑했으며 심지어 깊고 복합적인 숭배심마저 품었다. 그러나 팍스가 존의 사고를 따라잡지 못하고 우주에 관한 끝없는 질문을 이해하지 못하자 존은 당황했다.

팍스는 보모로서 완벽하지 못했다. 다른 관점에서 보자면 완전히 잘못된 비교이기도 했다. 팍스의 지능은 존에 비해 한참 떨어졌지만, 다른 분야에서는 그 당시 존과 동등하거나 우월하기까지 했다. 두 사람은 경험을 인식하는 독특한 요령을 공유했고, 아주 특별하고 민감한 유머 감각에 뿌리를 둔 독특한 기호를 나누었던 것으로 보인다. 다른 사람들은 무덤덤하게 지나치는 일에 그들 모자가 즐거움과 이해를 교감하며 은밀한 눈짓을 나누는 광경을 나는 자주 보았다. 이 비밀스러운 흥겨움이 어떤 식으로든 존에게 인간 개개인에 흥미를 갖게 했고, 스스로의 동기를 빠른 속도로 파악하는 능력을 키워주었으리라. 하지만 우리의 행동 중에서 어떤 점이 두 사람의 흥미를 돋우었는지는 영원히 알 수 없었다.

존과 아버지의 관계는 사뭇 달랐다. 존은 아버지가 의사로서 가지고 있는 능동적인 정신을 잘 활용했지만, 두 사람은 자발적으로 공감하려 하지 않았고 지적인 흥미 외에는 취향도 겹치지 않았다. 나는 아버지의 이야기를 듣는 존의 얼굴에 비웃음, 때로는 혐오의 찡그림이 스쳐 지나가는 것을 자주 보았다. 특히 토머스가 아들에게 인간이나 우주의 본성에 대해 심오한 설명을 해주고 있노라고 스스로 믿을 때 그랬다. 물론 존은 토머스뿐 아니라 나나 다른 많은 사람에게도 조소와 불쾌감을 품었다. 하지만 무뢰한의 역할을 맡는 것은 주로 토머스였다. 토머스가 우리 중 가장 똑똑했으며 인간 종의 정신적 한계를 가장 인상적으로 보여주는 예이기 때문이리라. 나는 존이 일부러 아버지가 스스로를 배신하게끔 도발하지는 않았나 의심한다. 존은 마치 혼잣말하는 것처럼 보였다.

"이 행성을 지배하고 있는 별난 존재들에 대해 어느 정도는 이해해야 해. 그럭저럭 괜찮은 종이 있으니 실험은 해봐야지."

이쯤에서 나도 내 의지와 관계없이 그처럼 비현실적인 존재, 즉 존의 영향을 받았다는 사실을 털어놓아야겠다. 지금 와서 생각해보니, 존은 이미 그때부터 나를 장래에 활용할 도구로 점찍고 사로잡기 위해 첫걸음을 내디뎠던 것 같다. 우선 존은 중년의 나이였던 나를 자신의 노예로 상정했다. 내가 존의 행동을 보며 아무리 웃고 꾸짖어도 마음속으로는 자신을 월등한 존재로 보고 충심으로 복종하리라 여겼던 것이다. 그때만 해도 나는 독립적인 인생을 즐겼지만(당시의 나는 냉담한 마음씨를 지닌 저널리스트였다), 존은 얼마 안 있어 내가 무릎을 꿇으리라고 생각했다.

존이 태어난 지 8년 6개월이 되자, 사람들은 존을 별난 구석이 있는 대여섯 살짜리 꼬마로 취급했다. 존은 여전히 애들처럼 놀았고, 다른 아이들도 존을 괴짜 꼬마로 대했다. 하지만 존은 성인들의 어떤 대화에도 참여할 수 있었다. 물론 존은 너무 영리하거나 인생에 대해 너무 무지해서 평범한 역할을 맡기는 어려웠다. 그러나 단순히 수준 낮은 발언을 한 적은 단 한 번도 없었다. 사심 없는 말 한마디에도 놀랄 만한 뜻이 담겨 있곤 했다.

하지만 존의 천진함은 빠른 속도로 사라졌다. 존은 믿을 수 없는 속도로 어마어마한 양의 책을 읽어치웠다. 존은 자신이 인지할 수 있는 주제라면 어떤 책이든 두어 시간이 지나기 전에 독파했다. 하지만 대부분은 잠깐 들춰보고는 무가치하다는 듯 던져버렸다.

존은 책을 읽으면서 가끔 공장이나 광산 또는 선박 여행이나 역사적으로 의미 있는 장소나 특정 실험이 진행 중인 실험실, 그도 아니면 선박 여행에 데려다 달라고 요구했다. 그러기 위해서는 많은 노력이 필요했지만, 우리의 결정은 일의 성사 여부에 큰 영향을 미치지 못했다. 더욱이 팍스가 존이 외부에 노출되는 것을 두려워하는 바람에 다수의 여행 계획이 방해를 받았다. 탐험 여행을 떠날 때마다 우리는 존이 우연히 동행하게 되었고 그가 보이는 흥미는 별 뜻 없는 아이의 호기심이라고 관계자들에게 해명해야 했다.

존은 세상을 바라보는 데 연장자들의 도움을 전혀 필요로 하지 않았다. 그리고 누구의 대화든 '행동과 사물에 대한 생각을 알아보려고' 끼어드는 습관이 있었다. 길거리나 기차 안에서, 혹은 전원을 거닐다가, 눈이 거대하고 양모 같은 머리칼에 어른스러운 말씨를 쓰는 아이가 약삭빠르게 말을 걸면 어떤 사람이든 생각보다 더 많은 말을 한다. 나는 존이 이처럼 독창적인 연구 방식을 통해 인간의 본성과 현대 사회의 문제점에 대해 보통 사람이 평생에 걸쳐 배우는 것보다 더 많은 것을 두어 달 만에 깨우쳤다고 확신한다.

나는 그와 같은 실험 중 하나를 참관할 특권을 얻은 적이 있다. 그때의 실험 대상은 인접한 산업도시에서 큰 잡화점을 운영하던 사람이었다. 우리의 매그니트 씨*는 (가명을 쓰는 편이 안전하리라) 사업차 여행을 위해 9시 30분 발 기차를 탔는데 우리의 습격을 받았다. 존은 모르는 사

---

* Mr. Magnate. '거물' 혹은 '부자'라는 뜻.

이상한 존

람처럼 행동한다는 조건을 걸고 나서야 나의 참관을 허락했다.

우리는 사냥감이 회전식 개찰구를 통과하고 1등 객실에 자리 잡을 때까지 내버려두었다. 그리고 매표소로 향했다. 나는 분명히 '1등석 어른 하나와 아이 하나'의 표를 구입했다. 우리는 매그니트 씨의 차량에 따로따로 올라탔다. 들어가보니 존은 벌써 그 대단한 양반의 맞은편 구석에 자리를 잡았고, 매그니트 씨는 가끔 신문에서 눈을 들어 눈썹이 툭 튀어나오고 눈이 동굴처럼 깊은 기묘한 꼬마를 흘끔거렸다. 내가 존의 대각선 반대편에 앉은 지 얼마 되지 않아, 사업가 두 사람이 들어서더니 자리를 잡고 신문을 읽었다.

존은 〈코믹 컷〉인가 하는 잡지에 눈에 띄게 푹 빠져 있었다. 무대용 소품으로 구입한 잡지였지만 존이 즐겁게 읽고 있음은 분명했다. 당시의 존은 놀랄 만한 재능을 지녔지만, 한편으로는 '평범한 꼬맹이'였기 때문이다. 그 뒤의 대화에서 존은 상대의 생각처럼 조숙하지만 천진한 어린아이의 역할을 어느 정도 잘 연기했다. 하지만 존은 악마처럼 똑똑한 동시에 천진한 어린아이였다. 나는 존을 잘 알고 있었는데도 존이 한 말이 어디까지가 진심이고 어디부터가 연기인지 가늠할 수 없었다.

기차가 출발하자 존은 먹잇감을 뚫어지게 노려보았고, 우리의 매그니트 씨는 신문으로 벽을 쌓고 그 뒤에 숨었다. 존이 호기심을 잔뜩 담아 명료한 고음으로 묻자, 사람들의 시선이 모였다.

"매그니트 씨, 얘기 좀 나누실래요?"

존이 말하자 신문이 아래로 내려갔고, 신문의 주인은 어색해하거나 생색내는 것처럼 보이지 않도록 애를 썼다.

"물론이지, 꼬마야. 이름이 뭐니?"

"제 이름은 존이에요. 제가 좀 별나긴 하지만 그건 중요한 게 아니고요. 아저씨에 관해서 물어보려고요."

나를 포함한 모든 사람이 웃었다. 매그니트 씨는 엉덩이를 들썩였지만 상대에게서 눈을 떼지는 않았다.

"그래, 분명히 별나긴 하구나."

매그니트 씨는 그 말에 동의를 구하는 듯한 눈으로 우리를 둘러보았다. 우리는 적당히 웃어주었다.

"그렇죠. 하지만 제가 볼 때는 아저씨가 별난 사람이에요."

존의 대답에 매그니트 씨는 재미와 귀찮음 사이에서 잠시 머뭇거렸다. 하지만 존을 뺀 나머지 사람들이 모두 웃었으므로 관대하게 받아주기로 마음먹었다.

"나는 특별할 게 없는 사람인데. 그냥 사업가거든. 뭣 때문에 내가 별나다고 생각하니?"

"사람들은 제 머리가 다른 아이들보다 좋기 때문에 저보고 별나다고 해요. 제가 보통 사람보다 훨씬 머리가 좋다고 하는 사람들도 있죠. 아저씨는 웬만한 사람들보다 돈이 많으니까 별난 거예요. 아저씨가 비정상적으로 많은 돈을 갖고 있다고 하는 사람도 있고요."

사람들은 조금 걱정스러워하며 다시 한번 웃었다.

존이 말을 이었다.

"저는 제 머리를 어떻게 써야 할지 아직 모르겠는데, 아저씨는 돈을 어디에 써야 하는지 알고 계신가요?"

"꼬마야, 내 말을 믿을지는 모르겠다만 사실 나에게는 선택의 여지가 없단다. 돈 쓸 곳이 계속 튀어나오면 어쩔 수 없이 내줘야 하거든."

"그렇군요. 하지만 돈을 모두에게 내줄 수는 없잖아요. 선택에 필요한 큰 기준이나 목표는 있으실 거예요."

"흠, 이걸 어떻게 설명한다? 나는 제임스 매그니트란다. 아내와 가족이 있는 데다가 꽤 복잡한 사업을 운영하기 때문에 여기저기 책임질 일이 생기지. 내가 쓰는 돈은 거의 전부, 말하자면 그 모든 공들이 잘 굴러가도록 하는데 쓰인단다."

"알겠어요. 헤겔이 말한 것처럼 '내 맡은 바 소임'은 있지만 그 의미가 뭔지는 전혀 걱정할 필요가 없다는 거군요."

"걱정이라고!" 거물 씨가 콧방귀를 뀌었다. "걱정이라면 넘쳐나지. 하지만 어떻게 하면 싼 물건을 구해다 팔아서 손해를 보지 않고 이윤을 남길까 하는 매일매일의 현실적인 걱정에 지나지 않는단다. 그 '의미'를 걱정했다가는 얼마 안 가 사업이 산산조각 날 거다. 그럴 시간은 없어. 국가는 나에게 큰일을 맡겼고, 난 그저 따를 뿐이란다."

존은 잠시 쉬었다가 입을 열었다.

"큰 임무를 맡고 그걸 잘 해낸다면 얼마나 멋질까요. 아저씨는 그걸 잘하시나요? 그게 꼭 필요한 일일까요? 이 두 질문에 대한 대답은 모두 '그렇다'겠죠? 안 그러면 나라에서 아저씨께 대가를 지불할 리가 없으니까요."

매그니트 씨는 자신이 놀림을 받는 건 아닌가 의심하며 다른 여행자들을 차례차례 돌아보았다. 하지만 존의 눈에 순진함과 존경심이 담긴 것을 보고 마음을 놓았다. 존이 꺼낸 다음 말은 다소 당혹스러웠다.

"막중한 일을 하는 데다가 위험 요소도 없다면 정말 마음이 편하겠죠?"

우리의 대단한 인물께서는 대답했다.

"그것까지는 잘 모르겠구나. 하지만 나는 대중이 원하는 걸 가능한 한 싸게 공급하고 충분한 이윤을 얻어서 내 가족이 그에 걸맞은 안락함을 누리도록 하고 있단다."

"가족들을 잘살게 하려고 돈을 버시는 건가요?"

"그렇기도 하지만 다른 이유도 있지. 돈 쓸 곳은 정말 많단다. 꼭 알아야겠다면 말해주마. 나는 우리나라를 가장 잘 다스릴 거라고 생각하는 정당에 큰돈을 낸단다. 우리 시에 있는 병원과 구호시설에도 보내지. 하지만 가장 큰돈이 들어가는 건 역시 사업 확장이야."

"잠깐만요. 방금 흥미로운 사실들을 잔뜩 말씀하셨어요. 하나하나 짚고 넘어가야겠어요. 우선, 잘사는 문제인데요. 언덕에 있는 커다란 목조 주택에 살고 계신 것 맞죠?"

"그래. 엘리자베스 시대의 저택을 본뜬 거란다. 꼭 필요한 건 아니었지만 아내가 갖고 싶어 했거든. 지역 건축업자들에겐 꽤 벅찬 일이었단다."

"롤스로이스하고 울슬리도 몰죠?"

매그니토 씨가 아량을 보이며 말했다.

"그래. 토요일에 우리 집에 한번 오렴. 롤스로이스에 태워주마. 시속 80으로 달려도 30처럼 편안하단다."

존의 눈꺼풀이 닫혔다가 다시 열렸다. 내가 알기로는

흥겨운 경멸감의 표현이었다. 하지만 왜 경멸을 느꼈을까? 존은 속도광이었고 내가 조심스레 운전하는 게 항상 불만이었다. 존은 매그니토 씨에게서 화제를 돌리려는 비겁함을 엿보았을까? 나는 이 대화가 끝나고 나서야 존이 이미 운전사를 매수해서 매그니토 씨의 롤스를 여러 번 타보았다는 사실을 알았다. 심지어 운전하는 법까지 배운 상태였다. 페달에 발이 닿지 않아 등에 쿠션을 괴고서 말이다.

"고맙습니다. 꼭 가서 롤스로이스를 타보고 싶어요."

존은 고마움이 담긴 눈빛으로 부자 양반의 인자한 회색 눈동자를 들여다보며 말했다.

"물론 적절한 안락함이 없다면 일을 잘할 수 없으시겠죠. 큰 집과 자동차 두 대, 부인께서는 모피에 보석을 두르실 테고 기차는 일등석에 타시며 아이들은 일류 학교에 다니겠지요."

존은 매그니토 씨의 의심에 찬 시선에 말을 멈췄다가 계속했다.

"하지만 기사 작위를 받으셔야 진정으로 안락해지지 않으시겠어요? 왜 못 받으셨을까요? 벌써 낼 만큼 내셨잖아요. 그렇죠?"

여행객 하나가 키득거렸다. 매그니토 씨는 얼굴색이

변하며 숨을 몰아쉬더니 한마디 내뱉고는 신문 뒤로 후퇴했다.

"건방진 꼬마 녀석이구먼!"

"아, 죄송해요. 저는 다 존경할 만한 일인 줄 알았네요. 이제 보니 휴전 기념일* 같은 거네요. 돈을 내면 배지를 받고, 그러면 사람들은 '저 사람이 의무를 다했구나' 하고 생각하는 거죠. 다른 사람이 나를 알아주는 거야말로 진짜 행복이겠네요."

매그니트 씨가 다시 신문지를 치우고 상냥하지만 단호한 목소리로 말했다.

"잘 들어봐라, 꼬마야. 남에게 들은 얘기를 전부 믿어서는 안 된단다. 비방이라면 더욱 그렇지. 악의가 없다는 건 알겠다만…… 떠돌아다니는 얘기를 곧이곧대로 믿으면 안 된단다."

"정말정말 죄송해요." 존은 당황하고 상처받은 것처럼 보였다. "할 말과 하지 말아야 할 말을 구분하는 게 어려워서요."

매그니트 씨가 친절하게 말했다.

"그렇고말고. 좀 더 설명해줘야겠구나. 그럴 만한 자격

---

* 영국의 국경일. 제1, 2차 세계대전의 전사자를 애도하는 날.

이 있는 사람이 나 정도 되는 자리에 오르면 조국에 봉사하기 위해 최선을 다해야 한단다. 사업을 잘 이끌어나가는 것도 그중 하나고, 개인적인 영향력을 행사하는 것도 마찬가지지. 영향력을 발휘하려면 실제 그런 사람이어야 할 뿐 아니라 그렇게 보이기도 해야 해. 삶의 품위를 유지하기 위해서 그에 걸맞게 돈을 써야 하지. 고급스럽게 사는 사람에게 시선이 더 가는 법이란다. 물론 화려하게 살지 않는 게 더 편할 수도 있겠지. 날씨가 더운데도 법복에 가발까지 걸쳐야 하는 판사를 생각해보렴. 하지만 그걸 벗을 수는 없잖니. 품위를 위해서 희생하는 거지. 나는 크리스마스에 집사람에게 고급 다이아몬드 목걸이를 사줬단다(남아프리카산이니 돈은 우리 대영제국에 그대로 있지). 마을 회관에서 열리는 저녁 파티처럼 중요한 자리에 참석할 때면 그걸 꼭 걸쳐야 한단다. 집사람은 싫어할 때도 있지. 무겁고 불편하다나. 난 이렇게 얘기해준단다. '여보, 그건 당신이 중요 인사라는 표식이라오. 공직자의 배지 같은 거지. 그러니 걸고 다니구려.' 그리고 기사 작위 얘긴데, 내가 그걸 돈 주고 사고 싶어 한다는 건 비열한 거짓말이란다. 내가 지지 정당에 지원금을 내는 건, 경험에 비춰볼 때 그 정당이 상식에 따르며 충성스럽다고 확신하기 때문이야. 다른 당은 영국의 번영과 힘을 진정

이상한 존

으로 고려하지도 않고, 대영제국이 세계를 이끌어야 한다고도 생각지 않거든. 나는 가능한 한 모든 수단을 써서 우리 정당을 지원해야 한단다. 만약 당에서 나에게 작위를 내린다면 자랑스러운 일이지. 작위를 비웃으면서 위선을 떨 생각은 없어. 훌륭한 분들이 제국에 대한 내 충성심을 인정해준다는 뜻이기에 기쁠 테고, 작위가 제국을 더 잘 섬기는 데 도움이 될 게 분명하니 기쁠 거야."

매그니트 씨는 승객들을 곁눈질했다. 사람들은 모두 그에 동의하며 끄덕였다.

존은 진지하게 존경스럽다는 듯 말했다.

"고맙습니다. 그러니까 전부 돈 문제라는 거죠? 제가 뭔가 큰일을 하려면 꼭 돈이 있어야겠네요. 아는 분 중에 돈이 곧 힘이라고 하는 분이 있어요. 그분의 부인은 항상 피곤하고 까다로운 데다가 다섯 아이는 못생기고 멍청하죠. 그분은 일자리도 없어서 자전거까지 내다 팔았어요. 그분이 그러시는데, 자신과 아저씨의 처지가 그렇게 다른 건 불공평하대요. 하지만 사실 전부 그분 잘못이잖아요. 아저씨처럼 정신을 차리고 살았다면 그만큼 부자가 됐겠죠. 아저씨가 부자인 건 다른 사람하고는 상관없죠? 빈민가에 사는 사람들이 전부 아저씨처럼 생각했다면 롤스로이스를 굴리면서 다이아몬드를 걸치고 큰 집에 살았을 거예요. 그리고 제국의 걸림돌이 아니라 쓸모 있는 존재였겠죠."

내 반대편에 앉아 있던 사내가 킬킬거렸다. 거물 씨는 부끄럼타는 말처럼 곁눈으로 그 사람을 쳐다보다가 마음을 추스르고는 웃었다.

"우리 꼬마 친구는 그런 일들을 이해하기에는 아직 어리지. 더 이상 그 문제에 대해 얘기해봐야 얻을 게 없겠구나."

존은 충격을 받은 것처럼 대답했다.

"죄송해요. 전 제대로 이해했다고 생각했어요."

그리고 잠깐 끊었다가 말을 이었다.

"조금만 더 얘기해도 괜찮을까요? 여쭤보고 싶은 게 있어요."

"그러려무나. 뭔데 그러니?"

"주로 어떤 생각들을 하세요?"

"무슨 생각을 하냐고? 거참, 만사를 다 걱정하지. 사업과 가정, 집사람과 애들, 그리고…… 나라에 대해서도."

"나라에 대해서요? 어떤 걸요?"

"아주 복잡한 얘긴데. 어떡해야 영국이 무역수지를 회복해서 더 많은 외화를 벌고 국민들이 더 행복하고도 풍족하게 살 수 있을까 고민한단다. 그리고 어떡하면 정부의 힘을 강화해서 혼란을 일으키고 제국에 대해 불만을 토로하는 멍청한 사람들을 잠재울 수 있을까도 고민하지. 그리고……."

존이 그의 말을 끊었다.

"삶이 풍족하고 행복하려면 어떻게 해야 하는데요?"

"궁금증이 정말 많은 아이로구나. 사람이 행복하려면 재난을 당하지 않도록 끊임없이 일해야 하고, 활력을 유지하기 위해서는 오락거리도 좀 있어야겠지."

존이 끼어들었다.

"그리고 당연히 그 오락거리를 살 돈이 있어야겠죠."

"그렇지. 하지만 너무 많아서는 안 돼. 대부분은 돈이 많으면 낭비하거나 허투루 써서 오히려 해를 입거든. 그리고 돈이 아주 많으면 일을 안 하려고 든단다."

"하지만 아저씨는 돈이 많으면서도 일하시잖아요."

"그렇긴 하지만 나는 꼭 돈만 보고 일을 하는 건 아니거든. 사업이 아주 매력적인 게임이어서 재미도 있고, 또 나라에 필요하기 때문에 하는 거란다. 나는 스스로가 공공의 종복이라고 생각하지."

"하지만 다른 사람들도 공공의 종복 아닌가요? 다른 사람들의 일도 중요하잖아요."

"중요하지. 하지만 대개는 그런 식으로 생각하지 않거

든. 자발적으로 일하지 않는단다."

"아, 알겠어요. 아저씨하고 그 사람들은 다른 부류군
요. 아저씨처럼 살면 얼마나 멋질까요. 제가 그 사람들처
럼 될지, 아저씨처럼 될지 모르겠네요."

"그리 크게 다른 건 아니란다." 매그니트 씨가 너그럽
게 말했다. "설사 다르다 해도 그저 환경이 달랐기 때문
이지. 너는 아직도 앞날이 창창하잖니."

"저도 꼭 그랬으면 좋겠어요. 하지만 아직도 어느 쪽인
지는 모르겠네요. 어느 쪽이든 돈은 꼭 필요하겠죠. 한데,
아저씨는 왜 번거롭게 나라와 다른 사람들에 대해 신경
쓰세요?"

매그니트 씨가 웃으며 말했다.

"글쎄다. 아마도 다른 사람이 불행한 모습을 보면 내
기분도 안 좋기 때문이겠지." 매그니트 씨가 진지하게 덧
붙였다. "그리고 성경에서 이웃을 사랑하라고 하잖니. 나
라에 대해 신경 쓰는 이유는 내가 더 큰 것, 나 자신보다
더 위대한 무언가에 관심을 가져야 하기 때문이란다."

"하지만 아저씨는 이미 위대하시잖아요."

존이 영웅을 바라보는 눈으로, 하지만 진심을 담지는
않고 말했다.

거물 씨가 얼른 말했다.

이상한 존

"아니야, 아니란다. 그저 아주 위대한 것에 봉사하는 수수한 도구에 불과하단다."

"그게 뭐죠?"

"물론 우리 대영제국이지."

기차는 목적지에 도착했다. 매그니트 씨는 일어서서 선반에 있던 모자를 집었다.

"어린 친구, 오늘 얘기는 흥미로웠다. 토요일 오후 2시 반쯤에 우리 집에 오렴. 그럼 운전수에게 말해서 15분 정도 롤스로이스에 태워줄 수 있을게다."

"고맙습니다, 아저씨! 그리고 거물 부인의 목걸이도 구경할 수 있겠죠? 전 보석을 좋아해요."

"물론이지."

역 바깥에서 존과 다시 만나 그날의 여행에 대해 묻자, 존은 그저 특유의 웃음을 지을 따름이었다.

5장
사고와 행동

그 일이 있은 후 6개월 동안, 존이 어른들과 떨어져 지내는 시간은 점점 늘어났다. 부모도 존이 자신을 잘 추스를 수 있다는 것을 알았기에 완전히 홀로 시간을 보내도록 내버려두었다. 부모 모두 엿보기를 탐탁지 않게 여겼기 때문에 존이 뭘 하는지 묻는 법은 거의 없었다. 존의 행동에도 수상한 점은 없어 보였다. 존은 인간과 인간 세상에 대해 연구를 계속했다. 가끔은 자신의 모험 중에 어떤 사건이 있었는지 스스로 얘기하기도 했다. 때로는 토론에서 자신이 내세우는 관점을 분명하게 하기 위해 축적했던 자료를 내보이기도 했다.

우리가 나눈 대화로 판단해보건대, 특정 방면에 대한

존의 취향은 미숙했지만 다른 면에 대한 의식은 아주 빠르게 성장했다. 존은 여전히 전기 배 같은 기계 장난감을 만드느라 쉬지 않고 며칠을 보내곤 했다. 존의 모형 기차 시스템은 선로, 터널, 육교, 유리 지붕이 있는 철도역 등이 복잡하게 들어서 있는 모습으로 정원 전체로 퍼져나갔다. 존은 수제 모형 비행기 경연 대회에서 여러 차례 우승했다. 이런 활동들을 보자면 존은 또래보다 손재주와 창의성이 좋은 학생의 전형이었다. 하지만 이런 일로 보내는 시간은 사실 길지 않았다. 아이다운 활동 중에서 유일하게 많은 시간을 들이는 것은 항해였다. 존은 구조가 간단하면서도 돛과 구형 오토바이 엔진까지 갖추어 항해도 가능한 카누를 직접 만들었다. 그리고 그 배를 이용해 강어귀와 해안을 몇 시간이고 탐험하면서 놀랄 만한 열정으로 바닷새를 연구했다. 새에 관한 흥미는 강박에 가까웠는데, 존은 변명조로 이렇게 설명했다.

"바닷새들은 인간들이 복잡하게 수행하는 일을 독특한 방법으로, 훨씬 간단하게 해치워요. 하늘을 나는 북양가마우지나 먹이를 찾아서 진흙을 뒤지는 마도요를 보세요. 내 생각에 인간의 지능이라고 해봤자 하늘을 처음 날았던 초기 조류 정도예요. 정신적으로는 시조새 정도죠."

존을 사로잡은 활동 중에 가장 유치한 것조차도 이런

식으로 본성의 성숙함에 힘입어 빛나곤 했다. 예를 들어 〈코믹 컷〉에 흥미를 보인 것도 반은 순수했고 반은 그런 물건에 흥미를 갖는 자신의 어리석음을 즐겼기 때문이다. 존은 일생을 어릴 적 흥미를 가진 것에서 벗어난 적이 없다. 생의 끝자락에서 존은 천진한 소년처럼 장난쳤고 연극을 했다. 하지만 이런 측면들은 성숙한 면의 부가물에 불과했다. 일례로, 존은 국제 문제와 사회 정책에 있어서 개인이 추구해야 할 목표들에 대해 이미 의견을 세웠다. 또한 물리학, 생물학, 심리학, 천문학에 관해 방대한 서적을 읽었고, 철학적인 문제에 대해서도 진지하게 고민했다. 철학 자체에 대한 반응은 독특하게도 일반적인 수준의 철학을 갖춘 성인이 보이는 반응과 달랐다. 유명한 고전 철학 문제를 처음 접하자, 존은 거기에 푹 빠져서 일주일 내내 그 문제를 다룬 논문들을 읽었다. 그리고 다음 문제가 머릿속에 떠오를 때까지 철학에 대한 관심을 완전히 끊었다.

존은 그런 식으로 철학 영역을 수차례 두드린 다음, 심각한 군사 작전을 펼쳤다. 철학은 3개월 동안 존의 주된 지적 관심사였다. 때는 여름이었고, 존은 실외에서 공부하는 것을 좋아했다. 자전거에 책 상자를 싣고 짐받이에는 먹을 것을 매달고는 매일 아침 집을 나섰다. 존은 자전거를 강어귀의 점토 절벽 꼭대기에 세워놓고 해안을 따라 내려가다가 하루를 보낼 곳을 정했다. 그리고 천 쪼가리에 불과한 '수영복'만 걸친 채 뙤약볕 아래 누워 책을 읽거나 사색에 잠겼다. 가끔은 자리를 박차고 일어나 해수욕을 하거나 새를 구경하며 개펄을 거닐었다. 존은 근처에 있는 허물어진 석회 가마에서 돌을 가져다가 두 줄로 야트막한 벽을 세우고 그 위에 주름지고 녹슨 철판 두 장을 덮어서 비를 피할 피난처를 만들어놓았다. 만조에는 카누를 띄워 해로를 따라가기도 했다. 날씨가 좋으면 해안을 따라 1~2마일(약 1.6~3.2킬로미터)을 떠내려가며 책을 읽었다.

나는 존에게 철학 연구가 잘돼가는지 물어본 적이 있다. 그 대답은 기록해둘 만했다. 존은 이렇게 말했다.

"철학이란 건 한창 성장하는 정신에는 아주 유용하겠지만, 동시에 끔찍하리만큼 실망스러워요. 처음에는 마침내 성숙한 인간 지성을 발견했다고 생각했죠. 플라톤, 스피노자, 칸트에다가 몇몇 실재론자들을 읽으면서는 동류를 만났다고 생각했을 정도니까요. 나는 그 사람들과 함께 나아갔어요. 이전에 느껴보지 못한 힘을 끌어내서 그 사람들의 게임에 뛰어들었어요. 어떨 때는 뒤처지기도 했죠. 중요한 요점을 놓친 것 같기도 했고요. 그런 핵심들을 풀어나가면서 느꼈던 흥분, 그리고 마침내 위대한 지능의 소유자를 진짜로 마주친 기분이라니! 하지만 철학자들의 고리를 따라가면서 곳곳을 뒤져보니, 그 핵심이란 것들이 첫인상과 달리 분노에 찬 울부짖음에 불과하다는 충격적인 진실을 깨달은 거예요. 그처럼 확실하게 발달한 정신들이 간단한 사실들을 간과하다니 믿을 수가 없었어요. 그래서 존경을 담아 설마 그럴 리가 있을까 하며 근본적인 진리를 찾아봤어요. 그런데 세상에, 내가 틀렸던 거예요! 울부짖음이 전부였어요! 가끔이지만 한 철학자의 경쟁자가 상대의 울부짖음을 간파하고 자신의 영리함을 이용해서 무시무시하게 무장하고 나서는 경우도 있었어요. 하지만 내가 지금까지 살펴본 바에 의하면 대부분의 철학자들은 그런 사실을 눈치채지도 못했어요. 철학이란 꽤 재밌는 생각과 어이없을 만큼 유치한 실수를 놀랍도록 잘 짜 맞춘 것에 불과해요. 사람들이 개에게 던져주는 개껌과 비슷하죠. 치아 건강에야 좋을지 몰라도 식사로는 빵점이에요."

나는 존이 아직 철학자들을 판단할 만한 자격을 갖추지 못했을 수도 있다고 떠보았다.

"어찌 됐든 너는 철학을 흠잡기에는 터무니없이 어리잖니. 건드려보지도 못한 경험의 영역도 많고 말이야."

"물론이죠. 하지만, 흠, 예를 들어서 나는 섹스 경험이 없어요. 아직은요. 하지만 누가 농경 활동의 근저에 있는 동기가 (제대로 정의된) 섹스라고 말하면 그게 헛소리라는 건 알아요. 다른 예를 들어보죠. 나는 종교적 경험이 없어요. 아직은요. 언젠간 경험하겠죠. 어쩌면 종교적 경험이란 건 실제로 존재하지 않을 수도 있지만요. 그런데 (제대로 정의된) 종교적 경험이란 것이 천동설의 증거가 될 수는 없고, 종교적 경험을 가지고 우주의 존재 목적이 자아의 완성이라는 가설을 증명할 수 없다는 사실은 잘 알아요. 철학자들의 울부짖음은 내가 든 예보다는 모호하지만 결국 같은 문제예요."

당시 존은 아홉 살이 막 되려던 참이었다. 나는 존이 이중생활을 영위하며 그 둘 중 격정적인 쪽을 감추고 있다는 사실은 알지 못했다는 사실은 알지 못했다. 딱 한 번 잠시나마 의심을 품었던 적이 있지만, 내 머릿속에 떠오른 가능성이라는 것이 너무 비현실적이고 끔찍했기에 진지하게 캐물을 수가 없었다.

어느 날 나는 토머스에게 의학 서적을 빌리려고 웨인라이트의 집에 들렀다. 시간은 11시 30분쯤이었다. 존은 밤늦게까지 독서하는 습관이 붙어서 아침 늦게야 일어나곤 했다. 어머니가 화를 내야 침대에서 기어 나왔다.

팍스가 말했다.

"옷 입기 전에 나와서 밥부터 먹어라. 안 그러면 치워 버릴 거야."

팍스는 내게 '아침 차'를 내주었고, 우리 두 사람은 아침상이 차려진 식탁에 앉았다. 이윽고 잠옷 위에 가운을 걸친 존이 얼굴을 찡그리고 눈을 껌뻑이며 나타났다. 팍스와 나는 이런저런 얘기를 나누다가 팍스가 이야기를 꺼냈다.

"오늘 마틸다가 정말 끔찍한 얘길 해줬어요. (마틸다는 세탁부였다.) 펀치*만큼이나 재밌어하더군요. 오늘 아침에 매그니트 씨네 저택 정원에서 경찰관이 살해된 채 발견됐대요. 칼에 찔렸다던데요."

존은 아무 말 없이 아침을 먹었다. 우리는 한동안 얘기를 계속했다. 그때 놀랄 만한 일이 벌어졌다. 존이 버터를 집으려고 식탁 위로 팔을 뻗자, 가운의 소매 아래로 팔이 드러났다. 존의 손목 안쪽에 꽤 아파 보이는 상처가 나 있었고, 먼지가 많이 묻어 있었다. 전날 저녁에 존을 보았을 때는 분명 그런 상처가 없었다. 그것만으로는 특별히

---

* 〈펀치와 주디의 이야기Punch-and-Judy Show〉라는 영국 익살 인형극에 나오는 곱사등이 주인공.

이상한 일은 아니었다. 하지만 그다음 벌어진 일로 마음이 불편해졌다. 존은 자신의 상처를 보더니 재빨리 내 쪽을 곁눈질했다. 존과 나의 눈이 찰나이지만 마주쳤다. 그리고 존은 버터 접시를 집어 갔다. 그 순간 내 눈앞에는 존이 한밤중에 자기 방 쪽으로 뻗어 있는 배수관을 기어오르다가 팔을 다치는 모습이 떠올랐다. 매그니트 씨네 집에서 돌아오는 길에 벌어진 일일 것이다. 나는 즉시 마음을 진정시키고 생각했다. 내가 본 것은 아주 평범한 찰과상이고, 존처럼 지적인 모험에 푹 빠진 존재가 심야의 유희에 탐닉할 리 없으며, 존은 아주 섬세한 아이라 살인죄를 저지를 리가 없다고. 하지만 그 눈빛은 무슨 뜻이었을까?

그 살인 사건은 몇 주 동안이나 사람들에게 소문 거리를 제공해주었다. 당시 인근에는 아주 치밀하게 계획된 강도 사건이 여러 차례 벌어졌고, 경찰은 문제의 악당을 잡기 위해 부단히 노력했다. 피살자는 가슴에 예리한 자상을 입고 꽃밭에 누운 채 발견되었다. 상처가 심장을 관통한 것으로 보아 '즉사'한 것으로 판명됐다. 다이아몬드 목걸이와 값진 보석이 매그니트 씨의 집에서 도난당했다. 창턱과 배수관에 남은 흔적으로 보아, 강도는 위층을 통해 집으로 드나든 것 같았다. 따라서 강도는 배수관을 기어오른 다음 손이나 손가락만으로 엘리자베스풍 저택의 장식용 기둥을 향해 불가능해 보이는 도약을 한 셈이었다.

경찰이 닥치는 대로 체포하며 조사했지만 진범은 밝혀지지 않았다. 그러나 강도 행각의 열병은 사그라졌고, 시간이 지나자 사건은 사람들의 뇌리에서 사라졌다.

이쯤에서 나중에 존이 나에게 알려준 정보를 밝히는 게 좋을 것 같다. 사실 이 얘기를 들은 것은 존의 생애 중 마지막 해, 그러니까 성공적으로 개척지를 세운 후 '문명' 세계 사람들이 그곳을 발견하기 전의 일이었다. 나는 그때 이미 존의 전기를 쓰기로 마음먹었고, 충격적인 사건이 생기거나 그런 대화를 나누면 그 자리에서 적어두는 습관이 든 상태였다. 그 덕분에 살인 사건에 대한 존의 설명을 그대로 기록할 수 있었다.

존이 말했다.

"당시 나는 정신적으로 엉망이었어요. 나 자신이 그때까지 만나본 어떤 사람과도 다른 존재라는 것은 알고 있었지만 '뭐가' 다른지는 몰랐죠. 살아가면서 무슨 일을 해야 하는지도 몰랐지만, 머지않아 아주 크고 절박한 일을 해야 하며 그때를 위해 준비해야 한다는 건 알았어요. 그리고 난 어린아이였어요. 어른의 교활함과 결단력에

극적인 것을 좋아하는 아이의 취향이 섞여 있었죠.

그때 내가 얼마나 끔찍하게 혼란에 빠진 상태였는지 이해하기는 불가능할 거예요. 결국 당신이 나와 같은 정신의 궤적을 따를 수는 없으니까요. 하지만 이렇게 생각해봐요. 나는 세상에 대해 전혀 갈피를 못 잡고 있었어요. 세상 사람들은 사고와 지식의 거대한 체계를 세워놨지만, 나는 그 체계가 온통 실수에 근거한다는 걸 알고 있었죠. 내가 보기에, 이 세상이란 실용적인 목적으로 보자면 꽤 그럴듯했지만 한마디로 표현하면 미쳐 돌아가고 있었어요. 하지만 그걸 제대로 설명할 방법을 몰랐죠. 너무 어렸어요. 자료도 부족했고요. 경험해보지 못한 영역이 너무 거대했어요. 캄캄하고 낯선 방에서 뭔지 모르는 물건을 만져보는 것 같았죠. 독자적인 일을 해야 한다는 열망에 사로잡혀 있었어요. 그런데 그게 뭔지 모른다는 게 문제였죠.

게다가 성장할수록 더욱 외로웠어요. 조금이라도 수준이 맞는 사람이 점점 줄어들었으니까요. 물론 팍스가 있긴 했죠. 팍스는 큰 도움이 됐어요. 정말로 나와 같은 관점에서 사물을 바라봤거든요. 가끔이지만요. 그러지 못할 때도 내가 사물의 진상을 꿰뚫어 보고 환상에 속지 않는다는 것은 알고 있었어요. 하지만 팍스는 근본적으로 당신네 인간들에게 속해 있었지, 내 쪽은 아니었어요. 그리고 당신은 팍스보다 더 잘 못 보긴 하지만, 나의 활동적인 면에 더 동조했죠."

나는 반은 진지하게, 반은 농담 삼아 존의 말을 끊었다.

"믿을 만한 개는 된다는 거로군."

존이 웃었다. 나는 덧붙였다.

"그리고 전적으로 충성하기 때문에 가끔은 송곳니로 무는 것보다는 낫다고 여기기도 한다는 거고."

존은 나를 보며 미소 지었지만 내 기대와는 달리 동의하지는 않았다.

존이 입을 열었다.

"어쨌든 저주스러울 만큼 외로웠어요. 나는 귀신과 살아 움직이는 가면의 세상에서 살고 있었어요. 진짜 살아 있는 사람은 하나도 없었죠. 그리고 희한한 생각이 들었어요. 당신들을 찌르면 피가 나는 게 아니라 바람이 빠질 것 같았죠. 당신들이 왜 그 모양인지, 내가 놓치고 있는 게 뭔지 알 수 없었어요. 고민의 핵심은 내가 뭣 때문에 당신들과 다른지 모른다는 점이었어요.

그 혼란 속에서 분명해진 게 두 가지 있었어요. 가장 분명한 첫 번째는 내가 독립해야 하며 힘을 가져야 한다는 거였죠. 그러기 위해 이 미친 세상에서는 돈이 많이 필요했어요. 두 번째는 내가 서둘러 모든 경험을 체득해야 하며 그 모든 경험에 어떤 반응을 보이는지 정확히 알아야 한다는 사실이었죠.

어린아이였던 내가 생각하기에, 강도질 몇 번이면 이 두 가지 요구를 어떻게든 채울 수 있을 것 같았어요. 돈이 필요했고, 경험이 필요했으며, 내가 어떤 반응을 보이는지 주의 깊게 관찰해야 했어요. 양심에는 조금도 거리낌이 없었어요. 거물 씨나 그 일족들은 당해도 싸다고 생각했죠.

우선 기술부터 연구했어요. 책도 읽었고, 친구인 경찰관과 그 문제에 대해 토론도 해봤죠. 나중에 내가 죽인 그 사람 말예요. 몇 가지 실험도 해봤고, 악의는 전혀 없이 이웃집도 몇 군데 털어봤어요. 밤에 이 집 저 집을 침입하고 사람들이 숨겨놓은 소박한 금품을 찾아낸 다음 고스란히 남겨두고 집으로 돌아와 침대에 누워서는 얼마나 발전했는지 되새기며 뿌듯해했죠.

마침내 거사를 치를 준비가 됐어요. 첫 번째 집에서 집어 온 것은 주인이 한동안 찾지도 않을 것처럼 보이는 구식 보석 몇 점이었어요. 그 뒤로는 새 보석, 현금, 은접시를 훔쳤어요. 그런 물건은 놀라울 만큼 챙기기 쉬웠어요. 처리하는 게 훨씬 번거로웠죠. 간신히 원양 선박의 승무원과 접촉할 수 있었어요. 그 사람은 교외에 있는 자기 집에 몇 주에 한 번씩 들러서 내 장물을 사 갔어요. 그러고는 외국 항구로 물건을 가져가서 나한테 준 돈보다 열 배는 비싸게 팔았겠죠. 생각해보니, 물건이 외국까지 나갔는데도 검거되지 않은 건 정말 행운이었네요. 경찰이 장물을 발견하는 건 식은 죽 먹기였을 텐데 말이죠. 물론 그때의 나는 그런 위험을 생각지 못할 정도로 사회에 대해 무지했어요. 똑똑하긴 했지만, 정보가 없었죠.

몇 개월은 일이 술술 풀렸어요. 집을 열두 채쯤 털었고, 장물을 수백 파운드어치 가져다 팔았죠. 하지만 도둑질이 전염병처럼 번지자 당연히 사람들이 광분하기 시작했어요. 경찰의 주의를 분산시키려 작업 구역을 다른 지역으로 넓힐 수밖에 없었죠. 계속하다가는 분명히 잡혔을 테니까요. 한데 그 놀이에 너무 깊이 빠지고 말았어요. 도둑질을 하면서 자존과 권력의 맛을, 특히 당신네 미친 세상에서 동떨어져 있다는 독립감을 한껏 느꼈거든요.

마지막으로 세 번만 더 하기로 다짐했어요. 첫째가 매그니트 씨네 집이었고, 나머지 둘은 성공하지 못했죠. 우선 현장을 면밀하게 조사하고 경찰의 순찰 경로를 완벽하게 확인했어요. 범행 당일 밤, 매그니트 씨 부인의 진주와 다이아몬드를 주머니 가득 넣고(그걸 전부 다 걸쳤다면 엘리자베스 여왕처럼 보였을 거예요) 묘기를 부리며 밖으로 나올 때까지는 모든 게 순조로웠어요. 발밑에서 갑자기 횃불이 켜지더니 승리감에 찬 목소리가 조용히 말하더군요. '드디어 잡았다, 이 자식.' 나는 목소리의 주인이 누군지 알았고, 내 정체를 감추기 위해서 아무 말도 하지 않았어요. 그 경찰은 내 특별한 친구 스미스슨 씨였죠. 자신도 모르게 도둑질을 가르쳐준 바로 그 사람 말예요.

나는 필사적으로 머리를 굴리며 얼굴을 벽 쪽으로 돌리고 꼼짝도 하지 않은 채 매달려 있었어요. 하지만 정체를 숨겨봐야 소용이 없었어요. 스미스슨 씨가 그러더군요. '얼른 내려와라, 존. 안 그러면 떨어져서 다리가 부러질 거다. 지금까진 운이 좋았지만 이제 끝이야.'

길어봐야 3초 정도 매달려 있었지만, 그 짧은 시간 동안 나와 내 주변이 더 이상 전과 같지 않으리라는 건 알 수 있었어요. 훨씬 오래전부터, 명확하지는 않지만 마음속에 품고 있던 어떤 생각이 아주 분명하고 확실하게 떠올랐어요. 이전부터 내가 호모 사피엔스, 그러니까 발밑에서 횃불을 들고 서 있는 맘씨 좋은 경찰 양반과 생물학적으로 완전히 별개의 종이라고 생각은 하고 있었죠. 하지만 마침내 깨달았던 거예요. 지금에 와서는 얘기할 수 있지만, 그 차이점이란 내 생의 목표와 생에 대한 나의 태도처럼 심오한 영적 차이를 수반하며, 이 행성을 지배하고 있는 16억의 조잡한 동물들은 꿈도 꿀 수 없는 세상의 문턱을 앞에 두고 평범한 종이 상상할 수 있는 어떤 것과도 다르다는 것을요. 그걸 깨닫자, 난생처음으로 공포와 두려움이 몰려왔어요. 게다가 나만의 개인적인 성공을 거두고 자기 과시나 하려고 미래나 그 밖의 것을 걸고 강도 놀이나 하다니, 정말 수지가 안 맞는 장사라는 생각이 들었어요. 우리의 맘씨 좋은 경찰 양반에게 체포되면 독립성을 빼앗길 테니까요. 얼굴이 알려지고 낙인이 찍힌 다음 법의 손으로 넘어가겠죠. 그러지 말아야 했어요. 그 애들 장난은 내 앞날의 업적을 쌓도록 도와주는, 맹목적이고 서투른 준비 행위에 불과했어요. 나처럼 독특한 존재는 이 행성의 '영혼을 발전시킬' 사명감이 있다. 내 머릿속에는 그런 말이 떠올랐어요. 그때는 아직 초기라 '영혼'과 '발전'이 뭘 뜻하는지 제대로 몰랐지만요. 평범한 종들을 돌보면서 최고의 자질을 구현할 수 있도록 가르치고, 그게 불가능하다면 더 나은 인간형을 수립하게끔 해주는 것이 실질적인 내 사명이라는 걸 알았어요.

그게 스미스슨 씨가 들고 있는 횃불의 빛 속에서 손가락만으로 매달려 있던 몇 초 동안 떠오른 생각이었어요.

당신이 그 위태위태해 보이는 일대기를 정말 쓴다면, 아홉 살짜리 아이가 그런 상황에서 그런 생각을 할 수 있다는 걸 독자들에게 납득시키기가 불가능하다는 걸 알게 될 거예요. 물론 내가 새로 고쳐먹은 마음가짐의 진의도 마찬가지예요. 당신들이 이해할 수 없는 경험에서 얻은 것이니까요.

그다음 2초 동안은 저 성실한 생물을 죽이지 않고 넘어갈 방법은 없을까, 필사적으로 생각했어요. 손가락에서는 힘이 빠져나갔죠. 남은 힘을 쥐어짜서 배수관을 잡고는 내려가기 시작했어요. 절반쯤 가다 멈추고 말했어요.

'부인은 잘 지내세요?'

스미스슨 씨가 대답했죠. '아니. 서둘러라. 집에 돌아가고 싶으니까.'

상황은 더 안 좋았어요. 꼭 해야 할까? 물론 그래야만 했어요. 선택의 여지는 없었죠. 자살하고 이 모든 난리에서 벗어날까도 생각해봤어요. 하지만 그럴 수는 없었어요. 내가 해야 할 일들을 완전히 배신하는 셈이니까요. 스미스슨 씨에게 투항하고 법에 따를까도 생각했죠. 그러나 그래봐야 배신인 건 마찬가지였어요. 남은 건 살인뿐이었어요. 그런 곤경에 빠진 건 어수룩했던 내 탓이지만, 그래도 죽여야 했어요. 정말 하기 싫었어요. 피할 수 없으면 즐기는 건 그때의 나로서는 무리였어요. 어릴 때 쥐를 죽여야만 할 상황에서 폭력적인 충동이 치솟는 바람에 놀란 적이 있는데, 그때와 같은 충동이 더 불쾌한 형태로 튀어나왔어요. 기억하실 거예요. 내가 길들인 녀석이었는데 하녀가 싫어했죠.

어쨌든 스미스슨 씨는 죽어야 했어요. 그 아저씨는 관 끝에 서 있었고, 나는 미끄러진 척하면서 아저씨 위로 떨어져 벽을 발로 차면서 넘어뜨렸죠. 우린 둘 다 땅에 부딪히며 쓰러졌어요. 나는 왼손으로 횃불을 잡고 오른손으로 작은 군용칼을 꺼냈어요. 인간의 심장 위치는 잘 알고 있었죠. 칼을 꽂아 넣고 온 체중을 실었어요. 스미스슨 씨는 발작적으로 움찔하면서 나를 밀쳐내더니 더 이상 움직이지 않았어요.

몸싸움은 요란했고, 집 안에서 침대 삐걱거리는 소리가 들렸어요. 나는 스미스슨 씨의 벌어진 입과 감지 못한 눈을 봤죠. 칼을 뽑자 피가 치솟았어요."

존이 그 기이한 사건을 설명하는 모습을 보자니, 내가 그의 본성을 거의 몰랐다는 사실을 깨달았다.

내가 말했다.

"집으로 오는 내내 마음이 정말 불편했겠구나."

"사실 그렇지 않았어요. 불쾌감은 결정을 내린 순간

사라졌어요. 바로 집으로 돌아가지도 않았죠. 스미스슨 씨 부인을 죽이기 위해서 그 사람 집으로 갔어요. 부인은 암으로 투병 중인 데다가 상당한 고통에 시달렸죠. 남편이 죽었다는 사실을 알면 가슴이 찢어졌을 거예요. 그래서 한 번 더 위험을 감수하고 부인의 불행을 끝내주기로 했죠. 나만 알고 있는 지름길을 통해 도착해보니 그 집에 환하게 불이 켜져 있더군요. 부인이 잠을 못 이루는 게 분명했어요. 그래서 그 가련한 여인을 그냥 두고 왔어요. 그래도 화는 나지 않았어요. 당신이라면 아이들 특유의 무감함이 나를 구했다고 할지도 모르겠군요. 어느 정도는 그렇겠지만, 사실 나는 팍스가 남편을 잃는다면 얼마나 괴로워할지 잘 알고 있었거든요. 정작 나를 구한 건 숙명론이었어요. 벌어진 일은 어쩔 수 없다. 이미 저질러버린 어리석은 행동에 대해서는 후회하지 않았어요. 일을 벌일 당시의 '나'는 그게 얼마나 바보 같은 짓인지 알수 없었을 테니까요. 그러나 불현듯 새로 깨어난 '나'는 그 점을 분명히 깨닫고 단점을 최대한 개선하고 싶어 해요. 후회나 수치심은 전혀 없죠."

고백을 듣고 나서 내가 할 수 있는 말은 하나뿐이었다.

"괴상한 녀석이구나!"

나는 잡힐지도 모른다는 두려움에 휩싸인 적이 있는지

존에게 물었다.

"아뇨. 나는 최선을 다했어요. 그래도 잡히면 잡히는 거죠. 하지만 이전에도 그랬듯, 일을 아주 효과적으로 처리했어요. 고무장갑을 꼈고, 대단찮은 도구를 하나 만들어서 가짜 지문을 몇 개 남겨놨어요. 내가 진짜로 걱정한 건 선원 쪽이었어요. 나는 훔친 물건을 작은 꾸러미로 나눈 다음, 몇 개월에 걸쳐 팔았어요."

6장

발명들

나는 그 당시 존이 살인 사건의 범인이라는 것은 몰랐지만, 일상에 변화가 생겼다는 것은 알아챘다. 존은 말수가 적어졌고, 아이건 성인이건 친구들에게서 어떤 의미로는 더욱 동떨어져 지냈으며, 사려 깊고 점잖아졌다. '어떤 의미로는' 더욱 동떨어졌다고 말한 것은, 자신에 대해서 덜 얘기하고 더 오랫동안 홀로 지내기는 했으나 사교적인 시간은 여전히 나누었기 때문이다. 누군가가 스스로 용인할 수 없을 만큼 비밀스러운 희망이나 두려움을 터놓고 싶을 때, 존은 그걸 들어줄 만큼 인정 있는 친구의 역할을 할 수 있었다. 예를 들어보자. 나는 어느 날인가 존의 존재감과 내 자신을 설명하고 싶은 욕구

덕분에 내가 팍스를 닮은 젊은 여성에게 강렬하게 끌리고 있다는 사실, 그리고 존에 대한 불분명한 충성심 때문에 그 감정을 외면해왔다는 사실을 깨달았다. 그 여인에 대한 감정보다는 존에 대한 감정의 강렬함이 훨씬 충격적이었다. 물론 존에 대한 흥미는 컸지만, 그 이상한 아이의 촉수가 얼마나 불가사의하게, 또 얼마나 깊이 나를 꿰뚫고 있는지 자각한 것은 그때가 처음이었다.

당시 내가 보인 반응은 폭력적이었고, 공황 상태의 반항과 같았다. 존은 내가 정상적이게도 이성에게 성적으로 이끌린다는 사실을 지적했고, 나는 그것을 과시했다. 그리고 내가 정신분석학적으로 자신에게 사로잡혀 있다는 존의 말을 비웃었다. 존이 대답했다.

"흠, 조심하세요. 나 때문에 인생을 망치지는 마시고요."

열 살도 안 된 아이와 이런 대화를 나누는 것은 묘한 일이었다. 나보다 존이 나에 대해 더 잘 알고 있다는 사실은 괴로웠다. 비록 부정하긴 했지만, 존의 말이 맞았다.

돌이켜보니, 내 연애 사건에 존이 흥미를 가진 것은 자신이 아직 경험해보지 못한 관계에 흥미가 있어서이기도 했고, 지인에게 직접적인 영향을 끼치고 싶어서이기도 했으며, 자신의 목적에 써먹으려고 계획 중인 인물을 최대한 이해하고픈 마음 때문이기도 했을 것이다. 나를 한 시도 자유롭게 두지 않았던 것으로 보아, 나를 이용하려 했던 것은 분명하다. 존은 팍스를 닮은 여인과 나의 관계가 발전하여 결실을 맺길 바랐다. 친구로서 내가 결혼하길 바라기도 했겠지만, 내가 자신 때문에 연애를 망친다면 자발적인 노예가 되기는커녕 앙심을 품을 것이 뻔했기 때문이다. 내 짐작이지만, 존은 사슬에 묶인 늑대보다는 옆에 붙어 있지 않은 자유로운 사냥개를 거느리고 싶어 했다.

존은 우리 종 자체를 진심으로 혐오했지만, 종의 구성원 각자에 대해서는 경멸과 존경, 초연함과 호의가 뒤섞인 묘한 감정을 품었다. 존은 우리가 아둔했기 때문에 경멸했지만, 때로 선천적인 무능함을 극복하기 위해 노력하는 것을 보며 존경하기도 했다. 조용히, 무관심한 태도로 우리를 이용하면서도, 한편으로는 운명이나 우리 자신의 어리석음 때문에 곤경에 처할 때면 놀라울 만한 겸손과 헌신으로 우리를 도왔다.

존이 여섯 살짜리 소녀와 유지했던 특별한 관계는 그가 우리 종의 유년기 개체와 교제하는 능력을 발전시켜 나가고 있었음을 보여주는 가장 특이한 사례였다. 주디는 존의 이웃에 살았고, 존을 자신의 소유물로 여겼다. 존은 주디와 아주 즐겁게 놀았고, 주디가 나무에 오르게

끔 도와주었으며, 수영과 롤러스케이트 타는 법을 가르쳤다. 야생의 이야기를 지어내어 들려주기도 했다. 〈코믹 컷〉의 형편없는 농담을 설명해주려고 무던히 애를 쓰기도 했다. 주디를 기쁘게 하려는 목적만으로 전쟁과 살육, 조난당한 배와 분화하는 화산의 그림도 그려주었다. 장난감도 고쳐주었다. 주디의 어리석음을 비웃기도 했고, 필요하다면 영리하다고 칭찬도 했다. 누군가 주디에게 못되게 굴면 나서서 막아주기도 했다. 아이들이 모여서 놀 때면 존과 주디는 항상 같은 편이었다. 존이 그렇게 헌신한 결과 주디는 존을 할퀴고, 조롱하고 비난했으며, '바부 존'이라고 불렀고, 존의 초자연적인 힘에도 존경을 표하지 않았고, 학교 '공작' 시간에 만든 가장 훌륭한 결과물을 존에게 바쳤다.

나는 어느 날 존에게 물어본 적이 있었다.

"왜 그렇게 주디를 좋아하니?"

존은 나이에 걸맞지 않게 늦된 주디의 말을 그 즉시 흉내 내어 대답했다.

"엉아는 원내 재민는 거에요. 엉아를 안 조아할 수가 업서요."

존은 잠시 말을 멈췄다가 이렇게 대답했다.

"나는 물새와 주디를 같은 이유로 좋아해요. 주디는 간단한 행동밖에 못 하지만 자기만의 방식이 있어요. 가마우지가 가마우지식으로 존재하듯이, 주디는 철저하고도 완전하게 주디예요. 어릴 때처럼 커서도 어른들의 일을 그런 식으로 할 수 있다면 정말 멋질 거예요. 하지만 그러지 못하겠죠. 더 복잡한 일을 할 때가 오면 주디는 자기만의 방식을 잃어버릴 거예요. 당신들처럼요. 유감스러운 일이죠. 그래도 개는 주디예요."

"너는 어떤데? 너만의 방식을 잃지 않고 커나갈 작정이야?"

"아직 내 방식을 발견하지 못했어요. 찾는 중이에요. 벌써 잔뜩 엉망이 된 상태죠. 하지만 언젠가 발견한다면……. 두고 보자고요. 아, 물론……."

존은 불쑥 말을 이어갔다.

"신이라면 내가 주디를 보면서 그랬던 것처럼 다 자란 인간들을 보면서 기쁠지도 몰라요. 신은 인간이 현재보다 더 나은 방식으로 행동하는 걸 원치 않을 테니까요. 나도 어른들을 보면서 그런 생각이 들 때가 있어요. 그 한심한 방식도 그들을 구성하는 요소이고, 보고 있자면 묘한 매력도 있거든요. 하지만 신은 나에게 뭔가 다른 걸 원해요. 한편으로 신이라는 이름의 신화를 차치하고라도, 나는 나 자신에게서 뭔가 다른 걸 원해요."

살인 사건이 발생하고 몇 주가 지난 후, 존은 가정적인 분야에 지대한 관심을 보였다. 즉, 가사 말이다. 존은 하녀인 마사가 아침 일을 하는 동안 졸졸 쫓아다니거나, 부엌일을 하는 것을 관찰했다. 그리고 동네의 소문이나 다양한 우스갯소리를 전해주거나 마사의 '신사 친구들'을 놀리며 그녀를 즐겁게 해주었다. 팍스가 식료품 창고에 들르거나 방을 '정돈'할 때, 옷을 수선할 때도 그 행동을 관찰하곤 했지만 대화의 내용은 전혀 달랐다. 존은 때때로 잡담하다 말고 물었다. "이렇게 해보면 어때요?" 마사는 그날의 기분에 따라서 거만하게 면박을 주거나, 마지못해 존의 제안을 받아들였다. 팍스는 대개 존의 제안을 진지하게 고려했지만, 가끔은 반발하기도 했다. "내 식으로 해도 문제가 없는데 왜 그래야 하지?" 하지만 팍스는 언제나 어머니의 자존심과 관대함을 드러내는 독특한 미소를 지으며 존의 개선책을 받아들였다.

존은 일손을 줄여주는 작은 설비를 하나씩 집에 들이기 시작했다. 벽 고리나 선반의 위치를 성인의 팔길이에 맞도록 옮긴다거나, 석탄통의 균형을 잡거나, 식료품 창고와 욕실을 새로 정돈하는 등이었다. 존은 시험관을 닦고 도구를 소독하며 약품을 보관하는 일에도 새로운 방식을 제시했고, 진찰실에도 자신의 방식을 도입하려

했다. 하지만 몇 번 시도하다가 포기하더니 이렇게 덧붙였다.

"박사님은 자기 식으로 엉망인 게 좋은가 봐요."

2~3주가 지나자, 존은 몇몇 경우를 제외하고는 집안일의 효율성에 흥미를 잃었다. 그리고 바닷가에서 독서하면서 대부분의 시간을 집에서 멀리 떨어진 곳에서 보내는 것처럼 보였다. 가을이 다가오자 우리는 존에게 따뜻하게 입고는 다니는지 물어보았고, 존은 홀로 멀리까지 가는 일에 취미를 붙였다. 옆 도시까지 유람하면서 긴 시간을 보내기도 했다. "흥미로운 사람들을 만나러 시내에 하루 종일 나가 있을 거예요." 존은 그렇게 말하고 나갔다가는, 지치고 생각에 잠긴 채 돌아오곤 했다.

겨울이 지나갈 무렵 열 살 반이 된 존은 지난 6개월 동안 자신이 몰두했던 상업 활동에 관해 나에게 털어놓았다. 하늘이 잔뜩 찌푸리고 진눈깨비가 유리창에 달라붙던 어느 일요일 아침, 존이 산책을 가자고 했다. 나는 화를 내며 거절했다. 그러나 존이 우겼다.

"얼른 와요. 재밌을 거예요. 작업장을 보여드리죠."

존은 커다란 두 눈을 번갈아 천천히 깜빡였다.

해안에 도착할 때쯤. 내가 입은 엉성한 우비 안으로 물이 스며들어 어깨가 젖었다. 나는 존과 나 자신에게 욕을 했다. 우리는 젖은 모래밭을 따라 터벅터벅 걷다가 경사가 가파른 진흙 언덕이 조금은 완만하게 바뀌는 곳에 도달했다. 덤불로 덮여 있었다. 존은 무릎을 꿇더니 덤불 사이로 난 길을 따라 네 발로 걸어 앞장섰다. 나는 덩치가 훨씬 커서 존이 지나간 곳을 쉽게 통과하지 못할 것 같았다. 몇 걸음 못 가 더 움직일 수 없었고 사방에서 가시가 찔러댔다. 존은 곤경에 빠져 투덜거리던 나를 보더니 웃으면서 뒤로 돌아서서는 경관을 죽였던 바로 그 칼로 덤불을 잘라주었다. 10야드쯤 더 가자, 가파른 경사 위로 공터가 나타났다. 나는 마침내 몸을 펴고 일어서며 투덜거렸다.

"이게 네 작업장이라는 거냐?"

존이 웃으며 말했다.

"그걸 들춰보세요."

존은 언덕에 걸쳐 있던 녹슬고 쭈글쭈글한 철판을 가리켰다. 한쪽 끝은 폐품 더미에 묻혀 있었고, 밖으로 보이는 부분은 3제곱피트(약 0.28제곱미터)쯤 돼 보였다. 나는 드러난 쪽 끝을 몇 인치쯤 잡아당기다가 녹슬고 날카로운 모서리에 손가락을 베었고, 마침내 참았던 말을 내뱉었다.

"못 하겠다. 이런 짓을 하려면 너나 하라고."

"물론 못 할 일이죠. 다른 사람이 여길 발견해도 마찬가지일 거예요."

존은 철판의 아래로 손을 넣더니 녹슨 철사 몇 가닥을 풀었다. 그러자 철판이 헐거워지면서 언덕에 달아놓은 문처럼 움직였다. 그 안쪽으로는 커다란 돌이 세 개 있었고, 한가운데에 검은 구멍이 있었다. 존은 안으로 기어 들어가면서 따라오라고 했다. 존이 돌 하나를 치우고 나서야 들어갈 수 있었다. 들어가보니 낮은 동굴이었고, 실내는 전등 빛을 받아 빛나고 있었다. 진짜 작업장이었다! 진흙 경사면을 일부 들어내고 시멘트를 바른 것이 분명했다. 천장에는 판자가 덮여 있었고 여기저기에 있는 나무 기둥이 판자를 지탱하고 있었다.

존은 외벽에 파인 홈에 놓여 있던 아세틸렌 램프에 불을 붙였다. 그리고 램프의 유리 덮개를 닫으면서 말했다.

"공기는 관을 통해서 들어와요. 연기는 다른 관을 통해 나가죠. 방 자체의 환기와는 별개로 작동해요."

존은 벽에 뚫린 열 몇 개의 둥근 구멍을 가리키며 말했다.

"배수관이에요."

당시 강가에서는 경작지의 물을 빼기 위한 배수관을 흔히 볼 수 있었다. 무너져 내린 절벽 때문에 그런 관이 겉으로 드러나곤 했다.

나는 쪼그리고 앉아서 몇 분 동안 그 작은 기지를 살펴보았다. 존은 그런 나를 보며 소년다운 만족감에 젖어 웃었다. 작업대, 작은 선반, 용접기가 있었고 공구도 많았다. 뒤쪽 벽에는 물건을 잔뜩 담은 여러 층의 진열장이 있었다. 존은 그중 하나를 집더니 내게 건네며 말했다.

"초기 발명품 중 하나예요. 세상에서 가장 완벽한 털실 감개예요. 목회자가 입회할 필요도 없죠. 교회의 타락도 없고요.* 타래를 저쪽 가지에 걸고 이쪽 틈에 실 끝을 끼운 다음에 레버를 앞뒤로 움직이면, 보세요, 목회자의 대머리만큼이나 반들거리는 양모 뭉치가 나온다구요. 알루미늄 판과 알루미늄 뜨개바늘만 가지고 만든 거예요."

"거참 대단하구나. 그런데 너한테는 무슨 쓸모가 있니?"

"그런 바보 같은 질문이 어딨어요? 당연히 특허권을 얻은 다음에 권리를 파는 거죠."

존은 속이 깊은 가죽 주머니를 내보이며 말했다.

"이건 붙였다가 뗄 수 있고 찢어지지 않는 바지 주머니

---

* 찰스 2세 시대에, 모직 산업의 침체를 막기 위해 죽은 사람의 시신을 매장할 때 모직물로 감도록 했고 목회자가 입회하여 이를 확인했다.

예요. 애들과 성인 남성용이에요(사람들이 이 물건의 가치를 알아볼 때의 얘기지만). 주머니를 L자 모양의 끈에 고정시킬 수 있어요. 그러니까 모든 바지의 솔기에 이런 끈을 박아 넣어야죠. 그러면 모든 바지에 주머니 하나만 사용할 수 있고, 옷을 갈아입을 때마다 주머니를 비울 필요가 없죠. 엄마들은 주머니에 난 구멍을 꿰맬 필요도 없고요. 물건을 분실할 일도 없어요. 주머니가 이렇게 꽉 닫히거든요."

존의 어처구니없는 사업이 흥미롭긴 했지만(어린아이다우면서도 영리했다) 몸이 젖어 떨리는 것은 어쩔 수 없었다. 나는 물이 뚝뚝 떨어지는 방수포를 벗으며 물었다.

"겨울에 여기서 일하려면 엄청 춥지 않겠니?"

"난방 장치가 있어요."

존은 작은 석유난로 쪽으로 몸을 돌리며 말했다. 난로에서 나온 도관은 방을 한 바퀴 돈 다음 벽 속으로 들어갔다. 존은 난로에 불을 붙이고 그 위에 주전자를 얹었다.

"커피나 한잔 마시죠."

그러고 나서 존은 '구석 청소기'를 보여주었다. 긴 관 모양의 손잡이 끝에 크고 뭉툭한 나선형 솔이 달려 있었다. 청소하기 힘든 구석에 대고 누르기만 하면 돌아가는 구조였다. 회전하게 하는 것은 샤프펜슬을 연상시키는 장치였다. 솔의 진짜 축은 속이 텅 빈 손잡이 안의 소용돌이형 홈에 딱 들어맞게 돼 있었다.

"지금 만들고 있는 것만 완성되면 다른 것보다 큰돈을 벌 수 있어요. 하지만 수작업만으론 일을 하기가 너무 어려워요."

존이 그때 보여준 물건은 훗날 현대 방직 사업에서 가장 유명하고 편리한 장치가 되었다. 이 장치는 유럽과 미국 전역에 걸쳐 무한히 파생되었다. 독창적이고 상품 가치가 있는 존의 발명품은 대단한 성공을 거뒀으므로, 대부분의 독자는 그 이름을 들어보았을 것이다. 그중 상당수의 제품명을 여기서 밝힐 수도 있지만, 존의 가족과 관련된 개인정보 문제로 그럴 수 없음이 유감이다. 내가 말할 수 있는 것은 존이 가사와 개인적인 노동을 덜어주는 분야에서 활약했다는 것뿐이다. 딱 하나, 세계적으로 퍼진 도로 교통 설비만 빼고 말이다. 존의 발명가 경력에서 놀라운 점은 그 '베스트셀러'들을 어쩌다 한 번이 아니라 지속적으로 만들어냈다는 것이었다. 따라서 사소한 성공이나 흥미로운 실패담만 소개하는 것은 존의 재능에 대해 완전히 그릇된 인식을 심어줄 수도 있다. 그러니 독자들께서는 이 보고서의 부족한 부분을 상상력으로 보충해주길 바란다. 만약 현대 생활을 안락하게 만들어주는 재치 있고 효과적인 도구를 접하거든, 지하 동굴에서 개구쟁이 초인이 고안해낸 수많은 '장치' 중 하나일 수도 있다고 떠올려보기를.

존은 한동안 나에게 자신의 발명품을 꾸준히 보여주었다. 파슬리 절단기, 감자껍질 벗기는 칼, 오래된 면도날을 종이칼이나 가위 등으로 재활용하게 해주는 도구 등등이었다. 다시 말하지만, 끝내 빛을 보지 못했거나 인기를 끌지 못한 것도 있었다. 그중에서 특기할 만한 것으로는 수세식 화장실에서 획기적으로 시간을 절약하고 불편을 해소해주는 효과적인 도구였다. 존도 착탈식 주머니를 비롯한 몇몇 발명품은 성공할 거라고 그다지 확신하지 못했다.

"중요한 건, 내 발명품이 얼마나 훌륭한가가 아니라 편견 덩어리 호모 사피엔스가 그 가치를 모른다는 거예요. 내 생각에 인류는 그 빌어먹을 호주머니에 영원히 집착할 거예요."

주전자가 김을 뿜자, 존은 커피를 타고 팍스가 만든 근사한 케이크를 내놓았다.

나는 커피를 마시고 케이크를 우물거리면서 존에게 장비들을 어떻게 마련했는지 물었다.

"제값 내고 사 온 거예요. 돈이 좀 생겼죠. 거기에 대해

선 나중에 말씀드릴게요. 하지만 훨씬 더 많은 돈이 필요해요. 그리고 꼭 돈을 벌 거예요."

"이런 동굴을 발견하다니 운이 좋았구나."

내 말에 존이 웃었다.

"바보 아네요? 발견하다뇨. 직접 만들었죠. 이 백합처럼 하얀 손에 곡괭이와 삽을 들고서 직접 팠다구요. (존은 지저분하고 힘줄이 잔뜩 솟은 손가락을 뻗어서 막 과자를 쥐던 참이었다.) 무지막지한 노동이었지만, 덕분에 근육이 생겼어요."

"선반 같은 건 어떻게 운반했지?"

"물론 바다로 날랐죠."

"그 카누로는 불가능하잖아!"

내가 반박했다.

"일단 전부 ○○○으로 보냈어요."

존이 강어귀 반대편의 작은 항구를 언급했다.

"거기에 부하처럼 사소한 일을 처리해주는 친구가 하나 있어요. 그 녀석은 믿을 만하죠. 날 배신하면 내가 그의 비밀 몇 가지를 경찰에게 찌를 테니까요. 그 친구가 하루 날을 잡아서 밤에 해안가에 부품 상자들을 늘어놨어요. 나는 '항해 클럽'에서 배를 한 척 훔쳐다가 상자를 실었죠. 조수가 한사리일 때 해야 했고 날씨도 좋지 않았어요. 물건을 해안가에 내린 다음 여기까지 끌고 오느라 죽는 줄 알았어요. 새벽이 되기 전에야 간신히 배를 정박장에 돌려놓았어요. 그 일이 가능했던 건 정말 신의 보살핌 덕이었죠. 한 잔 더 드실래요?"

난로는 몸을 덥혀줬고, 우리는 존이 계획한 터무니없는 모험에서 내가 맡아야 할 부분에 대해 이야기했다. 나는 처음에 계획을 비웃었지만, 존의 악마적인 설득력과 그동안 존이 상당 부분을 달성해놓았다는 사실 때문에 어느샌가 내 임무를 수행하겠노라고 수락해버렸다.

"알다시피 이것들은 모조리 특허를 따야 하고 그 특허권을 생산업자에게 팔아야 해요. 나 같은 어린아이가 특허청 직원이나 사업가를 만나는 건 말이 안 되는 짓이에요. 그래서 당신이 필요한 거죠. 전부 가져다가 일에 착수하세요. 가명과 실명을 섞어 쓰시고요. 이 모든 게 한 꼬마의 머릿속에서 나왔다는 사실이 알려지면 안 돼요."

"하지만 매번 사기를 당할 텐데. 난 이런 일에 대해 전혀 모르거든."

"그건 괜찮아요. 뭘 어떻게 해야 하는지 정확히 알려줄게요. 그리고 한두 번쯤 실수하는 건 상관없어요."

존이 두 사람에 대해 세운 계획 중에 독특한 점이 하나 있었다. 꽤 많은 수익이 생길 거라고 예상했지만, 존과 나

사이에 사업 협정이나 이득 분배 및 책무에 관한 공식 계약이 전혀 없었다는 점이다. 나는 계약서를 쓰자고 했지만, 존은 경멸스럽다는 투로 그 말을 일축했다.

"나 참, 나는 익명으로 남아야 하는데 어떻게 계약을 해요? 나는 어떤 계좌에도 이름을 올리면 안 된다고요. 게다가 나는 당신이 육체적, 정신적으로 건강한 한 절대 나를 배신하지 않으리라고 전적으로 믿어요. 당신도 그래야 해요. 이건 친구들 간의 일이라고요. 일단 수입이 생기면 원하는 만큼 가져가세요. 내가 장담하는데, 당신이 원하는 건 수고비의 절반도 안 될 거예요. 아, 만약에 여자친구와 주말마다 리비에라로 비행기를 타고 여행을 가면 그때는 규칙을 정하기로 하죠. 하지만 안 그럴걸요."

나는 존에게 은행 계좌에 관해 물었다.

"아, ○○은행의 런던 지점에 한동안 썼던 계좌가 하나 있어요. 하지만 모든 거래는 당신의 거래 은행 계좌를 통해 이뤄져야 해요. 나는 물밑에 숨을 거니까요. 이 발명품들은 당신이나 수많은 가상의 인물이 만든 거지, 내가 고안한 게 아니에요. 당신은 그 사람들의 대변자고요."

"하지만 네가 지금 나한테 이 모든 사업을 망칠 수도 있는 절대적인 권한을 준 걸 모르겠니? 내가 널 이용만 해먹으면? 내가 권력의 맛을 알아서 모조리 내 걸로 만들면? 나는 단순히 호모 사피엔스일 뿐 호모 수페리어Homo Superior*가 아니라고."

나는 잠깐이긴 하지만 존이 생각보다 뛰어나지 않을 수도 있다고 생각했다.

존은 그 호칭을 듣고 기쁘게 웃더니 말했다.

"친애하는 부하 양반, 당신은 안 그럴 거예요. 아니, 나는 어떤 형태의 사업 계약도 맺지 않을 거예요. 그건 너무 호모 사피엔스적이라구요. 우리가 서로를 신뢰한다는 건 절대 불가능해요. 언젠가 내가 단순히 재미로 당신을 등칠지도 모르죠."

나는 한숨을 쉬었다.

"알았다. 그러면 네가 계좌를 관리하고 수입과 지출을 감독해."

"계좌를 관리하라고요? 세상에, 도대체 계좌 따위가 왜 필요하죠? 어차피 머릿속에 다 들어 있어요. 들여다볼 필요가 없을 뿐이죠."

---

* '우월한 사람' 혹은 '초인'이라는 뜻으로 만든 조어다.—옮긴이

7장

사업

그렇게 존의 사업과 관련한 나의 역할은 늘어났고, 따라서 내가 원래 해오던 일은 심각하게 영향을 받았다. 나는 국내를 두루 여행하면서 특허권 담당자와 생산업자를 만나느라 상당한 시간을 들였다. 존은 자주 나와 동행했다. 그럴 때면 존을 '공장 내부를 견학하고 싶어 하는 어린 친구'로 소개했다. 존은 그렇게 다양한 기계의 동력과 한계에 관한 지식을 쌓았고, 이는 대량 생산을 하기 좋은 발명품을 설계하는 데 도움이 되었다.

내가 존의 약점, 즉 존의 유일한 사각지대를 처음 깨달은 것은 바로 그런 여행 중이었다. 나는 사업계 인사들과 접촉하면서 그들이 나를 맘대로 주무른다는 사실을 뼈저리게 느꼈다. 대개 특허청 관리의 조언에 따르면서 그런 재난을 피할 수 있었다. 그 관리는 과학자 출신이었고, 직업적 관심뿐 아니라 동정심을 가지고 우리 편을 들어주었다. 하지만 생산업자가 나에게 직접 접촉해 오는 경우도 적지 않았다. 나는 그런 상황에서 몇 번인가 크게 사기를 당했다. 하지만 시간이 흐르면서 어느 정도 장사꾼 기질을 익혔다. 반면에 존은 사람들이 독창적인 제품을 생산하기보다 타인을 이용해먹는 일에 더 관심이 많다는 사실을 믿지 못하는 것 같았다. 물론 존도 머리로는 알고 있었다. 존은 호모 사피엔스의 지능뿐 아니라 도덕성도 똑같이 경멸했다. 그러나 인간이 '단순한 돈벌이를 그렇게나 대단한 재주의 경쟁으로 여길 만큼' 멍청하다는 사실을 '확신'하지는 못했다. 존도 다른 아이들과 마찬가지로 사적인 대결에서 경쟁자를 물리치고, 실용적인 발명품을 만들면서 느끼는 흥분을 잘 알고 있었다. 그러나 사업 경쟁의 장에서는 아무런 감흥도 느끼지 못했고, 그 결과 대다수의 사람들이 그 일을 얼마나 중요하게 여기는지 깨닫기까지 몇 개월의 시간과 쓰디쓴 경험을 겪어야 했다. 존은 거대한 상업적 모험의 한복판에 있으면서도 사업에 매혹된 적이 없었다. 인간 대부분의 본능적이고 원시적인 열정 또는 그 열정이 인위적으로 드러나는 형태, 그리고 특히 경제적 이기주의를 향한 욕망을 꿰뚫어 볼 수 있었지만, 시간을 들여서 들여다볼 이유를 찾지 못했다. 물론 존은 다른 사람들이 그런 열정을 뿜어내게 하는 방법을 깨우쳤고 그들을 다루는 기술도 습득했다. 하지만 존은 상업의 세계를 혐오스러워했고, 그 결과 어린 아이인 동시에 현인이 되었다. 즉, 외면하는 동시에 넘어섰던 것이다.

존의 사업 초기의 상황이 그랬기에, 빈틈없는 실무자 역할을 해야 하는 것은 나였다. 하지만 앞서 말한 것처럼 나는 그 방면에서 완전히 문외한이었고, 그 결과 초창기의 훌륭한 발명품 몇 가지를 어이없을 만큼 헐값에 넘기고 말았다.

하지만 초기 손실을 감안해도 길게 보면 우리의 사업은 놀랄 만큼 성공적이었다. 우리는 독창적인 발명품을 많이 만들어냈고, 그것들은 현대 생활에 없어서는 안 될 필수품으로 자리 잡았다. 사람들은 작은 발명품이 홍수처럼 쏟아져 나오는 것을 보고, 전쟁 후 몇 년이면 원래대로 회복하는 인간의 능력을 보여주는 사례라고 평했다.

한편 은행 잔고는 쑥쑥 늘어났고, 그에 비해 지출은 미미했다. 나는 더 편한 곳에 멋진 작업장을 짓자고 제안했지만, 존은 들은 척도 하지 않았다. 존이 반대하는 이유랍시고 내세운 것은 별로 설득력이 없었고, 나는 존이 어린아이처럼 남다른 것을 좋아하기 때문에 동굴 작업장에 집착한다고 생각했다. 하지만 존은 얼마 지나지 않아 진짜 이유를 털어놓았고, 나는 놀라지 않을 수 없었다.

"안 돼요. 아직은 돈을 쓸 수 없어요. 주식 투자를 해야 하니까요. 은행 잔고는 지금보다 백 배는 늘어나야 하고, 또 그 천 배로 불어날 거예요."

나는 재정에 대해서는 전혀 모르지만 언제든지 파산할 수 있지 않은지 물었다. 존은 자신이 이미 재무에 대해 공부하고 있으며, 벌써 멋진 계획을 세워뒀노라고 말했다. 나는 되물었다.

"존, 그건 전혀 다른 문제야. 지능만 가지고는 완전할 수 없는 게 바로 이 분야라고. 네가 원하는 바를 이루기 위해서는 반평생은 주식 시장을 경험해야 얻을 수 있는 특별한 지식이 필요해. 게다가 주식이란 건 대부분 운이라니까."

그렇게 말해봐야 소용이 없었다. 존은 결국 자신의 판단이 옳다는 훌륭한 근거를 찾아냈다. 그리고 자신이 경제 잡지를 숙독하면서, 또한 시내를 오가는 기차에 아침저녁으로 타서 지역의 주식 투자자들에게 아부를 떨어

그 분야에 대한 지식을 완벽히 습득했노라고 자신 있게 말했다. 존은 더 이상 매그니트 씨에게 말을 걸던 천진한 아이가 아니었고, 사람들이 자신의 직업에 대해 비밀을 털어놓게 만드는 전문가였다.

"기회는 지금뿐이에요. 지금이 전성기라구요. 원래 전쟁이 끝나고는 그렇기 마련이죠. 하지만 몇 년 있으면 큰 침체기가 오고, 사람들은 세상이 망하는 거 아니냐고 난리를 칠 거예요. 두고 보세요."

나는 자신감 넘치는 존의 얘기에 웃었고, 그 벌로 존에게서 경제학과 서양 사회학에 대한 강의를 들어야 했다. 사회문제에 관심 있는 고등교육 과정의 학생들이 이 분야에 흥미를 기울인 것은 그로부터 8~10년 후의 일이었다. 존은 강의를 끝낼 때쯤 말했다.

"자본의 절반을 영국 조명 산업에 투자할 거예요. 모터나 전기 같은 것이 상당히 성장하게 돼 있어요. 나머지로는 주식을 할 거예요."

"내 생각이지만 크게 손해를 볼 거다."

나는 투덜거리다가 방식을 바꿔서 다시금 설득했다.

"너 같은 호모 수페리어가 뛰어들기에 이런 재산 증식은 너무 저급하지 않니? 내가 보기에 넌 주식 열병에 걸린 것 같구나. 이 모든 일의 목표는 뭐지?"

"어이구, 우리 늙은 파이도*, 괜찮아. (존이 나를 그 별명으로 부르기 시작한 것이 이때쯤이었다. 내가 거부감을 보이자, 존은 그 단어가 Phaido에서 온 말로 '영리하다'는 뜻의 그리스어에서 비롯된 것이라고 설명했다.) 걱정할 필요 없어요. 내 정신은 멀쩡하니까요. 재무 자체에는 눈곱만큼도 관심이 없어요. 하지만 호모 사피엔스의 세계에서 힘을, 그러니까 돈을 얻는 가장 빠른 방법은 그것뿐이에요. 그리고 나는 아주 많은 돈이 필요해요. 그러니까 징징거리는 소리는 그만해요! 출발은 좋았지만, 아직 시작에 불과하니까요."

"전에 얘기했던 '영혼 발전'의 문제는 어떻게 된 거지?"

"그게 최종 목표이기는 하죠. 하지만 내가 주요한 분야에서 아직 어린아이이고, 그것도 평균에 훨씬 못 미치는 상태라는 걸 잊지 마세요. 내가 아직은 할 수 없는 일을 하기 전까지, 할 수 있는 일은 다 해봐야 해요. 지금 필요한 건 준비예요. 첫째로는 경험을 얻고, 둘째론 독립해야 하죠. 알겠어요?"

그렇게 되어야 한다는 것은 분명했다. 하지만 내가 존

---

* Fido. 영어권 국가에서 개에게 흔히 붙이는 이름. 우리 식으로 말하자면 '멍멍이' 정도.

의 재무를 담당하겠노라고 받아들인 게 너무 불안했다. 게다가 존이 내 조언을 무시하고 과감한 주식 투자를 고집하는 모습을 보며, 나는 존을 똑똑한 소년 이상으로 여긴 것이 내 실수라고 자책하기 시작했다.

실용적인 발명품 제작이 끝나자, 존은 재무 작업에 대해서 더 이상 관심을 가지지 않았다. 존이 인간 사회를 연구하고 사춘기 소년들과 친밀한 관계를 맺으면서 그 두 가지 활동은 빠르게 뒷전으로 밀려났다. 존은 주식을 사고팔면서 정신을 팔거나 능장을 부렸고, 그때마다 대변자 역할을 하는 나로서는 분노가 쌓였다. 우리가 벌어들인 돈은 대부분 내 이름으로 되어 있었지만, 존이 승낙하지 않으면 어떤 결정도 내릴 수 없었기 때문이다. 투기적인 사업을 시작한 후 6개월 동안은 번 것보다 잃은 돈이 더 많았다. 마침내 존은 그런 식으로 가다가는 망할 거라는 사실을 깨달았다. 아주 큰 손실을 한 번 더 겪고 나자, 존은 전례 없이 분노했다.

"염병할! 그러니까 이 멍청하고 한심한 게임에 훨씬 더 진지하게 임해야 한다, 이거군요. 장기적으로 보자면 그보다 훨씬 중요한 일이 한두 가지가 아닌데. 호모 사피엔스가 재주 부리기에서 원숭이를 이길 수 없는 것처럼, 이 게임에서는 내가 호모 사피엔스에게 질지도 모르겠어요. 인간의 신체는 정글에 어울리지 않고, 나의 정신은 이기적인 경제 활동에 어울리지 않죠. 하지만 인간이 묘기를 부리듯, 나도 이 문제를 어떻게든 해결하겠어요."

존은 경험 부족으로 심각한 실수를 저질러도 그 사실을 절대로 숨기지 않았다. 그때도 존은 자책하거나 실수를 합리화하지 않고, 자신처럼 모든 인간보다 지적으로 우월한 존재가 어떻게 해서 흔한 사기꾼에게 휘둘렸는지 완전한 평정심을 유지한 채 조목조목 따졌다. 금융 쪽에 있는 존의 지인 하나가 존이 투기에 관심이 있는 것을 보고는 내부 정보 제공자가 있는 게 틀림없다고 생각했다. 그리고 여유 자금이 있던 사람 하나가 그 지인을 첩자로 이용했다. 자금 소지자는 존을 지극정성으로 대하면서 자신의 사업에 대해 '속삭여주고는' 비밀을 엄수하라고 당부했다. 우리의 호모 수페리어는 그렇게 호모 사피엔스에게 속아 넘어간 것이다. 존은 나에게 친구가 추천한 곳이라며 특정 회사에 거금을 투자하라고 지시했다. 나는 처음에는 거부했다. 그러나 존은 '확실한 내부 정보'가 있으니 걱정 말라며 나를 다독였고, 결국 나는 승낙했다. 이 투자 실패에 대해 자세히 설명할 필요는 없을 것이다. 우리는 걸었던 돈 전부를 날렸고, 존의 친구는 자취를 감췄다.

그 일 이후로 한동안 투기를 그만두었다. 존은 집과 연구실에서 오랜 시간 나가 있었다. 뭐 하고 지내는지 물어보면 '재무에 대해 공부하는 중'이라고만 할 뿐 더 이상 입을 열지 않았다. 그동안 존의 건강이 악화됐다. 본래부터 약하던 소화기가 더욱 말썽을 부렸고, 두통까지 생겼다. 존이 불건전한 생활을 하고 있는 게 분명했다.

존은 밤에도 자주 외출하기 시작했다. 존의 부친에게는 런던에 사는 친척이 있었고, 존은 그 친척을 더 자주 방문했다. 하지만 그들은 존의 자유로운 생활을 그리 오래 견디지 못했다. (존은 매일 아침 집을 나갔다가 밤늦게 귀가하거나 외박했고, 뭘 하고 돌아다니는지 일절 설명하지 않았다.) 자연히 친척 집을 찾는 횟수가 줄어들었다. 한편 존은 여름철의 대도시에서 경찰의 눈을 피해 도둑고양이처럼 살아남을 수 있다는 사실을 배웠다. 부모에게는 '아무 때나 찾아가도 재워줄 사람'이 있다고 말했지만, 실은 공원이나 다리 밑에서 자곤 했다. 나는 더 나중에야 그 사실을 알았다.

또한 존이 무슨 일을 꾸미고 다니는지도 알게 되었다. 존은 '무단 침입'의 수법으로 런던에 거주하는 금융계의 큰손 몇 사람과 접촉한 다음, 호감을 얻고 마음을 사로잡고는 도가 넘지 않는 선에서 그들의 지혜를 이용했다. 그 사람들은 존을 차에 태워 보내며 화난 친지들에게 변명하는 메모까지 덧붙였고, 그렇지 않으면 우편으로 편지를 띄워 북부 지방의 집으로 가는 기차 요금을 마련해주었다.

여기, 존의 부모를 더욱 불안하게 만들었던 편지를 한 통 소개한다.

안녕하신지요.

댁의 아드님이 자전거 여행을 하던 도중 어제 길드퍼드 근처에서 제 차와 충돌하는 바람에 예정과 달리 여행을 더 할 수 없었습니다. 아드님은 다치지 않았으나 자전거가 심하게 망가졌습니다. 시간이 늦었기 때문에 아드님을 제 집으로 데려가 재웠습니다. 아주 비범한 자제분을 두셨더군요. 아드님은 경제에 관해 훌륭한 열정을 지니고 있어서, 덕분에 저희 일행은 아주 즐거운 시간을 보냈습니다. 제 운전사가 유스턴에서 오늘 아침 10시 26분발 기차에 아드님을 태워 보낼 겁니다. 그래서 이렇게 전보를 보냅니다.

신의를 담아서.

(그리고 이름을 밝힐 수 없는 인물의 서명이 덧붙여 있었다)

존의 부모와 나는 존이 자전거 여행을 떠났다는 사실은 알았지만, 노스웨일스에 있을 거라 생각하고 있었다. 서리 지역에 그렇게 빨리 도착한 것으로 보아 기차로 자전거를 나른 게 분명했다. 존이 유스턴발 10시 26분 기차에 타지 않았던 건 말할 필요도 없다. 존은 교통 체증에 걸린 차에서 뛰어내려서 불쌍한 운전수를 따돌렸다. 그날 밤, 존은 또 다른 재력가의 집에 머물렀다. 내 기억이 맞다면, 존은 그날 늦은 오후에 재력가의 집에 도착해서는 자신과 어머니가 그 근방 어딘가에 머물고 있는데, 길을 잃었고 주소도 기억나지 않노라고 늘어놓았다. 경찰이 수소문해보았으나 근처에 있다는 어머니는 찾을 수 없었고, 존은 그날 밤과 다음 날 밤, 즉 토요일과 일요일을 그 집에서 보냈다. 존은 그 시간을 아주 잘 활용했을 것이다. 월요일이 되어 그 큰손이 업무를 보러 나가자, 존도 사라졌다.

그렇게 모험도 하고 재정 관련 논문과 정치경제학과 사회 변화를 집중적으로 연구하며 몇 달을 보낸 존은 다시 한번 행동을 취했다. 존은 내가 새로운 계획에 회의적이라는 것을 알았으므로, 자신의 실명으로 자금을 운용하고 나에게는 일절 말하지 않았다. 존은 6개월 후 자신의 계좌에 상당한 잔금이 쌓인 후에야 비로소 결과를 보여주었다.

시간이 흐르면서, 수학과 마찬가지로 존이 자금 투기에도 통달했다는 사실이 분명해졌다. 나는 존이 어떤 원칙하에 사업을 운영하는지 알지 못했고, 그 결과 개인적인 면담 때문에 대변자가 필요한 경우를 제외하고는 그의 사업에서 어떤 역할도 맡지 않았다. 존은 우리의 상황을 점검하면서 이렇게 말한 적이 있다.

"결국 이 투기 놀이에도 대단한 건 없어요. 자신의 상황에 대해서 분명히 알고, 돈이 세상에서 어떻게 흘러가는지 파악하고 나면 말이죠. 물론 놀랍고 자잘한 변화는 많아요. 고양이가 어느 쪽으로 뛸지는 절대로 확신할 수 없죠. 하지만 고양이와(그러니까 호모 사피엔스 말예요) 땅에 대해서 잘 알고 나면 장기적인 전망에서 보건대 크게 헛다리 짚을 일은 없어요."

존은 새로 익힌 기술을 이용해서 사춘기 초반에 걸쳐 어마어마한 재산을 축적했고, 그 상당량을 내 이름으로 돌려놓았다. 존이 그 재산을 대규모로 활용하기 전까지 부모에게 일절 알리지 않았다는 점은 이상하게 보일지도 모른다.

"때가 오기 전에는 부모님의 생활을 크게 바꾸고 싶지 않아요. 그리고 입조심하느라 조마조마하며 살게 하고 싶지도 않고요."

하지만 존은 내가 (주식 시장에서 때아닌 횡재를 맞아) 많은 돈을 벌었노라고 부모들에게 알렸다. 그리고 내가 여러 방면으로, 그러니까 존의 형제들의 교육비를 내고 (존을 포함한) 아이들을 데리고 외국 여행을 다녀오는 식으로 존의 부모를 돕는 것을 보며 기뻐했다. 솔직히 매우 겸연쩍었다. 존은 감동한 척하며 내 부끄러움에 부채질을 했고, 나를 'The Benefactor(후원자)'라고 불렀다. 그러다가는 고의로 'The Benny'라고 줄여 부르더니 결국 'The Bean(가난뱅이)'으로 바꿔 불렀다.

8장

화려한 사춘기

존은 태어난 지 열네 번째 되는 해에 상당 시간을 재무에 할애했지만, 절대로 모든 것을 바치지는 않았다. 특히 집중적으로 연구하고 투기했던 기간이 지나자 사업상의 이득을 얻으면서도 전혀 다른 일에 힘을 쏟을 수 있었다. 존은 사춘기에 따르게 마련인 새로운 경험에 눈에 띄게 흥미를 가졌다. 동시에 당시의 세계 문제에서 드러난 호모 사피엔스의 잠재 능력과 한계를 아주 진지하게 연구했다. 종 자체에 대한 의견은 점점 더 노골적이었고, 자신과 비슷한 능력을 가진 사람들을 찾기 시작했다. 존은 이 모든 일을 동시에 수행했지만, 여기서는 편의를 위해 따로따로 적어보겠다.

존의 사춘기는 평범한 인간에 비해 매우 늦게 시작되어서 훨씬 오래 지속되었다. 열네 살 된 존은 신체적으로는 열 살짜리 아이와 비슷했다. 스물세 살로 죽을 때 존은 겉으로는 열일곱 살 정도로 보였다. 육체적으로는 나이보다 훨씬 뒤처졌지만 정신적으로는, 그러니까 지적 능력뿐 아니라 기질과 감수성 면에서는 실제 나이를 믿을 수 없을 만큼 앞선 경우가 꽤 있었다. 그와 같은 정신적 조숙함의 근원은 상상력에 있었다. 평범한 아이들은 충분한 능력이 생긴 다음에야 예전에 품었던 흥미와 의견에 매달리는 반면, 존은 내부에서 피어나는 모든 사고를 붙잡고 집중력과 상상력의 열기를 이용해 '강제로' 조기에 피어나게 했다.

성적인 경험이 그 좋은 예였다. 존의 부모가 자녀의 성 문제에 있어서는 시대의 흐름과는 매우 다른 생각을 가졌다는 것을 미리 말해둬야겠다. 그들의 세 자녀는 상식적인 수치심이나 강박관념에 영향을 받지 않고 자랐다. 토머스는 성적인 성장을 생리학적인 관점에서 진솔하게 바라보았다. 팍스는 아이들이 성적 호기심을 갖고 실습해보는 것에 대해 매우 개방적이고 해학적인 관점을 유지했다.

따라서 존의 입장에서는 성 경험을 시작하기에 특별히

좋은 환경이었다. 하지만 형제들이 부모의 태도에 만족했던 반면, 존은 그런 조건을 전혀 다르게 활용했다. 존의 형제들이 다른 청소년과 달랐다고 해봐야 자연스럽게 성장해서 흔히 겪는 그릇된 생각을 피할 수 있다는 것 정도였다. 두 사람은 다른 가정에서는 엄하게 금지된 일을 할 수 있었고 꾸중도 듣지 않았다. 그 아이들은 떠올릴 수 있는 온갖 '나쁜 짓'을 다 해보고 나서 마음 편하게 다른 흥밋거리로 넘어갔다. 집에서는 섹스와 임신에 대한 얘기를 부끄럼 없이 늘어놓았다. 하지만 '다른 사람들은 그게 큰 문제가 아니라는 것을 이해 못 하기 때문에' 집 밖에서는 자제했다. 두 사람은 그 후 제대로 된 연애를 즐겼다. 결혼 후에도 그랬고, 적어도 겉으로는 만족스러워 보였다.

존은 확연히 달랐다. 물론 존도 형제들처럼 신체에 지대한 관심을 보이며 유년기를 보냈다. 형제들처럼 신체의 특정 부위에서 특별한 희열도 느꼈다. 그러나 형제들의 경우에는 인격이 확립되기 훨씬 전에 성적인 흥미가 생겼던 반면, 존은 사춘기에 들어서기 훨씬 전에 활발하고 뚜렷한 자의식과 생각을 갖추고 있었다. 따라서 처음으로 신체에 큰 변화가 닥쳤을 때 존은 상상력을 이용해 초기의 정신적 증상을 붙잡아놓고 나이에 전혀 어울리지 않는 행동에 뛰어들었다.

존이 열 살 때였다. 신체적으로는 훨씬 더 어렸지만, 존은 정상적인 소아기의 성적 호기심 단계를 겪으면서도 성숙한 지성과 상상력으로 활력을 더했다. 존은 몇 주 동안 자신이 싫어하는 어른이 온갖 '못된 짓'을 저지르는 모습을 담은 '외설적인' 그림을 벽과 문설주에 그리며 즐거워했고, 이웃들은 분노했다. 거기에 다른 아이들까지 동참하도록 꼬드겼기 때문에 결국 동네 어른들이 불같이 들고 일어나서 토머스가 중재하는 지경에 이르렀다. 내 생각에 그 소동의 주된 이유는 성적 무력감과 그로 인한 열등감이었다. 존은 신체적으로 준비가 되지 않았지만 성적으로 성인처럼 행세하고 싶었다. 한두 주가 지나자 존은 더 이상 고민하지 않았다. 개인적인 투쟁을 통해 문제를 해결한 셈이었다.

하지만 달이 가고 해가 가면서 존은 몸속에서 쾌감이 증가하는 것을 느꼈고, 그 때문에 생에 대한 태도가 완전히 바뀌곤 했다. 열네 살이 되자, 사람들은 존을 유별난 열 살배기 정도로 취급했다. 그러나 표정을 예민하게 읽어내는 사람들은 존을 몸집이 작은 열여덟 살짜리 '신동'으로 여겼다. 몸집은 열 살 정도였지만, 어린아이 같은 골격을 덮고 있는 근육은 단단하고 울퉁불퉁했다. 존의 아버지는 존의 신체가 인간답지 않으며, 길고 강인한 꼬리가 있어야 전체적인 이미지가 완성될 거라고 말하곤 했다. 그런 근육 발달이 정상과는 얼마나 차이가 나는지, 또 얼마나 의도적인 육체적 훈련 덕분인지 나는 알지 못한다.

얼굴의 기본 구조 또한 유년에서 소년으로 바뀌고 있었다. 하지만 쉬지 않고 움직이는 입과 콧구멍과 눈썹은 이미 성인이자 이방인이며 인간이 아닌 존재의 풍모를 나타냈다. 그 시기의 존을 돌이켜보면 현자인 동시에 개구쟁이, 소악마인 동시에 어린 신神인 존재가 떠오른다. 여름이 되면 존은 원색 셔츠에 반바지를 입고 테니스화를 신었는데, 전체적으로 후줄근한 차림이었다. 큰 머리에 희고 뻣뻣한 고수머리, 거대하고 매처럼 날카로운 눈에 푸르스름한 눈가를 보노라면 그 평범한 옷차림이 변장인 것 같았다.

존이 자신의 내면에서 거대한 매력을 발견하고 다른 사람에게서 기쁨을 얻으려 유혹할 수 있는 놀라운 힘을 찾아냈을 당시, 존의 외모는 그러했다. 평범한 인간들이 보기에 존에게는 뭔가 기이하고 거부감을 주는 면이 있어서, 타인을 정복하려는 존의 욕구는 더욱 부풀어 올랐다. 존의 자아도취는 그가 보기엔 자신과 동등한 위치에 있는 인간이 없다는 사실, 그리고 낭만적인 사랑이라고 불리는 이기심과 헌신의 혼합물을 함께 나눌 만한 사람이 없다는 사실 때문에 더욱 커졌다.

그 시기를 설명하면서 존을 옹호할 생각은 조금도 없다는 것을 밝혀둬야겠다. 내가 보기에 존의 행동은 난폭했다. 존이 아니라 다른 사람이 그런 악행을 저지르고 다녔다면 나는 조금도 주저하지 않고 놀랍도록 비뚤어진 정신과 이기심을 질타했을 것이다. 하지만 그 일이 존의 생애에서 가장 비난받을 만했더라도, 나는 존이 지능뿐 아니라 윤리적인 감성 면에서도 우리보다 훨씬 월등했다고 생각한다. 따라서 지금부터 설명하려는 것이 불명예스럽다고 해도, 비난하기보다는 판단을 유보하고 이해하려 애쓰는 것이 옳다고 본다. 존이 정말로 우월한 존재라면, 그의 행동이 우리를 화나게 만드는 것은 단지 우리의 이해력을 전부 합쳐도 그의 진정한 본성을 이해할 수 없기 때문일지도 모른다. 솔직히, 존이 보통 인간들이 지향하는 이상처럼 행동했다면 나는 그를 본질적으로 다르고 우월한 존재라고 여기지 않았을 것이다. 한편 우월한 능력을 갖고 있어도 존은 소년이었으며, 어린 마음의 조잡함과 미숙함 때문에 그 나름대로 고통을 겪었을 것이다. 어쨌든 존은 반쪽짜리 인간으로만 보이는 사람들에게 둘러싸여 있었으므로 심성이 뒤틀릴 만한 환경에서 살고 있었다.

존이 자신에 대해 새로운 의식을 가지기 시작한 것은 열네 살 때였다. 존은 열네 번째 생일이 지나자, 추잡한 난봉꾼의 향연이라고밖에는 표현할 수 없는 방식으로 그 의식을 표출했다. 존이 '수작을 걸지 않은' 몇 안 되는 사람 중의 하나는 나였다. 나와는 공평한 게임을 즐길 수 없다는 것이 이유였다. 나는 존의 노예이자 사냥개였으며, 존은 나에게 일종의 책임감을 느꼈다. 그 마수에서 벗어난 또 다른 사람은 주디였다. 역시 존이 강제로 매력을 발산할 필요가 없었기 때문이며, 존이 주디에게 책임감과 애정을 느꼈기 때문이다.

내가 아는 한 존이 벌인 심각한 연애 행각의 첫 희생자는 불쌍한 스티븐이었다. 당시 스티븐은 다 자란 젊은이로, 사업차 매일 여행을 다녔다. 스티븐은 토요일마다 여자 친구를 오토바이에 태우고 놀러 다녔다. 어느 토요일, 존과 나는 사업차 여행을 떠났다가(고무 공장에 들른 참이었다) 내 차로 돌아왔다. 우리는 도중에 인기 있는 노변 카페에 들렀다. 스티븐과 여자 친구가 막 떠날 차비를 하고 있었다. 존은 우리와 조금 얘기하다 가라며 두 사람을 붙잡았다. 스티븐의 여자 친구는 존이 자신의 애인에게 어떻게 굴었는지를 이미 들었는지 싫은 내색을 했다. 하지만 스티븐은 나가지 않았다. 그다음에 연출된 장면은 보기에 심히 애처로웠다. 존은 젊은 여인의 빛을 가리기 위해 계산된 행동을 했다. 존은 수다를 떨었다. 스티븐을 매료시키고 젊고 단순한 여인의 존재를 지워버리기 위해 반짝이며 재기를 뽐냈다. 존은 스티븐의 여자 친구가 개입할 수 없는 영역으로 대화를 이끌면서, 때로는 그녀가 제 꾀에 넘어가 바보처럼 보이게 했다. 존은 사슴의 부끄럼 많은 오만함과 유혹을 담아 스티븐을 마주 보았다. 스티븐은 의지와는 달리 존에게 사로잡혔다. 그때가 처음이 아닌 것 또한 분명했다. 스티븐은 애인에게 자신의 용맹함을 보여주려 애썼지만 실패했다. 강적을 만난 불쌍한 여인은 괴로워했지만, 스티븐은 이미 최면에 빠져 눈치채지도 못했다. 마침내 그녀는 시계를 보더니 겁을 집어먹으며 투덜댔다.

"엄청 늦었네. 집에 데려다줘."

그러나 두 사람이 자리를 뜨는 동안에도 존은 스티븐에게 마지막 유혹을 던졌다.

두 사람이 떠난 후, 나는 방금 있었던 일에 대한 내 생각을 존에게 힘주어 말했다. 존은 나를 보며 고양이처럼 오만하고 만족한 표정을 짓더니 거만하게 말했다.

"호모 사피엔스란!"

나를 향한 말인지, 스티븐을 두고 한 말인지는 알 수 없었다. 이윽고 존은 덧붙였다.

"제대로 건드리면 사로잡을 수 있다니까요."

일주일이 지나자, 사람들은 스티븐의 변화를 두고 수군거렸다. "남자애를 그렇게 대하다니, 수치스러운 줄 알아야 해"라며, 존도 같이 타락할 것이라고 했다. 내가 두 사람을 마주쳤을 때, 스티븐은 존에게서 벗어나기 위해 장렬하게 몸부림치고 있었다. 스티븐은 존과의 신체적 접촉을 피했다. 하지만 우연이건 존의 계략이건, 일단 몸이 닿으면 전율하면서 장난을 핑계 삼아 그 시간을 늘렸다. 존도 혐오감과 쾌락 사이에서 고통받았다. 존은 정복에 성공하여 만족하면서도, 불쾌감을 느꼈다. 존은 일부러 냉정하게 사랑싸움을 끝내기도 했고, 예기치 못한 폭력적인 행동으로 충동을 억제하기도 했다. 엄지손가락으로 스티븐의 눈을 강하게 찌르거나 귀를 잡아당기는 식으로 말이다. 그런 행동에 대해 내가 처음에 보인 혐오감과 분노는 존이 자기비판에 빠지게끔 한 것 같다. 존은 아랫사람에게서 배우는 것을 부끄러워하지 않았다. 스티븐을 향한 존의 태도는 '남자 사이의' 동료 의식으로 돌아갔고, 겸손해 보일 정도로 부드럽게 수그러들었다. 스티븐도 홀린 상태에서 천천히 깨어났지만, 상처는 사라지지 않았다.

존은 내가 아는 한 몇 주는 그런 행동을 억제했다. 하지만 연장자들을 향한 행동은 더욱 의식적이고 육체적이었다. 자신의 내부에서 지금껏 몰랐던 흥미를 발견한 것이 분명했다. 존은 자신의 어린 몸을 이용해 하등한 종에게 야릇한 매력을 풍기는 기술을 습득했다. 물론 아주 영리했기 때문에 흔히 청년들이 그러듯 지나치게 자신을 과시해 우스꽝스러워지지는 않았다. 사실 아무리 친하고 끈기 있는 관찰자라 해도, 존의 행동에서 보이는 예술성이 의도적이라고는 상상하기 힘들었다. 하지만 나는 존이 상대의 수준에 따라 수위를 조절했다는 점에서 의도성을 짐작했다. 자기만족과 외설적인 매혹을 노골적으로 드러내기도 하고, 간소하고 차가운 우아함을 보이기도 했는데, 후자의 경우는 존이 인생의 후기에 보였던 특성이었다.

그 후 열여섯 살이 되기까지 18개월 동안 존은 자기보다 나이 많은 소년이나 젊은이와 짧은 연애 행각에 빠졌다. 성적으로는 여전히 미숙했지만 상상력이 몸을 앞섰고, 그 덕분에 연령을 초월하여 육욕적으로 민감했다. 하지만 그 시기에 여자아이들이 그의 존재에 대해 육체적인 거부감을 느꼈다는 사실은 신경 쓰지 않았다.

그러나 열여섯 살이 되고 독특한 열두 살짜리의 외모를 갖추자, 존은 여성에게 관심을 돌렸다. 몇 주간 존이 접촉한 여자아이들은 긍정적이었고, 혹은 긍정적으로 보복하려는 반응을 보였다. 적어도 존이 자신을 새로운 시각으로 바라보도록 이성을 조종했을 뿐 아니라, 그를 향해 새로운 행동 기술을 연구하기 시작했다는 증거였다.

존은 그 기술을 숙달한 다음, 냉정하게 계산하여 지역 사회의 주요 인물에게 접근했다. 이 거만한 여성의 이름은 유로파로, 부유한 선주의 딸이었다. 유로파는 아름답고 키가 컸으며 발랄했다. 보통은 오만하게 뾰로통한 표정이었지만, 소처럼 그윽한 눈이 그 단점을 상쇄했다. 유로파는 두 번 약혼했는데, 약혼만 했던 것치고는 남자에 대한 경험이 아주 풍부하더라는 소문이 돌았다.

어느 날 오후, 존은 해수욕장에서 (아마도) 우연히 유로파를 발견했다. 유로파는 추종자들을 거느린 채 햇볕을 쬐며 누워 있었다. 그녀의 자리는 우연하게도 존의 수건 근처였다. 유로파의 팔꿈치가 수건을 누르고 있었다. 존은 수영을 마치고 몸을 닦아야 했기 때문에 유로파의 뒤에서 다가서며 천천히 수건으로 손을 뻗고는 중얼거렸다.

"실례합니다."

유로파는 돌아보다가 괴상한 어린아이의 얼굴을 보고는 뒤로 물러나며 황급히 수건을 내주었다. 그리고 청중들에게 이렇게 얘기하며 침착함을 되찾았다.

"깜짝이야! 괴상하게 생긴 애네."

물론 존은 그 말을 들었다.

그 후 유로파가 다이빙대에서 멋진 연기를 펼치며 물로 뛰어들었을 때, 존과 유로파가 물속에서 엉켰는지 몸을 맞댄 채 물 밖으로 나왔다. 존은 웃으면서 멀어졌다. 유로파는 그 자리에서 숨을 헐떡이다가 따라 웃고는 다이빙대로 돌아왔다. 존은 가고일*처럼 웅크린 채로 이미 다이빙대 중 하나에 올라가 있었다. 유로파는 물속에 뛰어들기 위해 팔을 뻗으면서 친절하게도 약을 올렸다.

"꼬마 원숭이, 이번엔 못 따라잡을걸."

존은 돌멩이처럼 낙하하며 유로파보다 0.5초 늦게 입수했다. 두 사람이 다시 모습을 보인 것은 시간이 꽤 흐른 뒤였다. 유로파는 존의 얼굴을 때리고 자신을 잡고 있던 팔을 푼 다음 해안으로 돌아왔다. 그리고 일광욕을 하며 몸을 단장했다.

존은 유로파가 보이는 곳에서 다이빙하고 수영하며

---

* 고딕 양식 건축물의 홈통 입구에 서 있는 괴물 모양의 석상.

놀았다. 존은 당시 북부 지방에서 최고라고 일컬어지던 '트러전' 영법과는 전혀 다른 자신만의 수영법을 개발한 상태였다. 팔은 전형적인 트러전 방식으로 움직이면서 배를 아래로 하고 두 발을 번갈아 튀기는 방법이었다. 존은 자신보다 나이 많은 수영 전문가들을 따돌릴 수 있었다. 손발의 놀림만 제대로 배운다면 훌륭한 수영 선수가 될 거라고 얘기하는 사람도 있었다. 존의 독특한 몸놀림이 폴리네시아에서 유래했으며 유럽과 미국, 심지어 영국의 수영계에서도 그 영법이 트러전 방식을 몰아내고 있다는 사실을 아는 사람은 그 작은 지역 사회에는 아무도 없었다.

존은 그 특별한 영법을 사용해서 마지못해 자신을 주시하고 있는 유로파의 눈앞에서 솜씨를 뽐냈다. 이윽고 존은 물에서 나와 친구들과 함께 공놀이를 하며 눈치챌 수 있는 사람이 거의 없는, 그러나 알아챈다면 매료될 수밖에 없는 특유의 우아함으로 달리고 뛰며 뒹굴었다. 유로파는 구혼자들과 이야기를 나누면서 존을 관찰하고 흥미를 가졌다.

존이 던진 공이 우연히 유로파에게 날아가 그녀가 손에 들고 있던 담배를 떨어뜨렸다. 존은 유로파에게 뛰어가서 한쪽 무릎을 꿇고는, 화가 나서 부들거리는 그녀의 손에 입을 맞추면서 자상함과 가짜 기사도를 보여주었다. 모든 사람이 웃었다. 존은 손을 놓지 않은 채 호기심 어린 큰 눈으로 유로파를 들여다보았다. 그 콧대 높은 유로파가 웃으면서 무슨 까닭인지 얼굴을 붉히고 손을 뺐다.

그게 시작이었다. 우리의 악동이 공주를 사로잡은 과정을 낱낱이 살펴볼 필요는 없다. 두 사람의 연애가 한창 절정이었을 때만 살펴봐도 충분할 것이다. 유로파는 무슨 일이 닥쳐올지 알지도 못하면서 수영장에서 존과 함께 뛰놀고 차를 몰아 바람을 쐬며 어린 난봉꾼의 용기를 북돋웠다. 존은 지나치게 영리했고 신경 쓸 일들도 많았기 때문에 자신을 낮추면서까지 연애에 빠지지는 않았다. 두 사람은 그리 자주 만나지는 않았다. 하지만 존이 먹잇감을 포획할 정도는 되었다.

이 비유는 부당한지도 모른다. 존의 행동의 동기를, 설사 청소년기의 비교적 단순한 행동이어도 적절하게 분석할 수 있다고 거짓말할 생각은 없다. 하지만 존이 유로파를 공략했던 최초의 동기는 생의 절정기에 있는 여성에게서 존경받고 싶은 욕심이었을 것이다. 또한 그는 유로파를 아주 복잡한 방식으로 대했을 것이다. 존은 때때로 경멸과 진짜 존경을 동시에 담아 멀리서 유로파를 바라보았다. 존이 유로파의 애무를 받으면서 성적인 인식에 눈을 뜬 것은 분명하다. 하지만 존이 상상력을 발휘해서 보통 인간 남성의 입장에서 그녀를 판단하고 즐거워할 수 있었더라도 그녀가 자신보다 생물학적으로, 그리고 정신적으로 하등하다는 사실을 잊지는 않았을 것이다. 존은 정복으로 인한 만족감과 순수하고 민감한 여인의 육체에 접촉하여 얻는 쾌감을 즐기면서도, 그것이 육욕에 불과하며 자신의 내적인 요구를 절대 충족시킬 수 없을 뿐 아니라 자신의 품위를 떨어뜨리는 일이라고 생각했다.

유로파는 그 관계에 크게 영향을 받았다. 구혼자들은 버림받았다. 쓸쓸한 조롱이 쏟아졌다. 유로파가 "어린아이, 그것도 변태 같은 어린아이"에게 빠졌다는 얘기였다. 유로파도 품위를 지켜야 할 필요성과 존에게 느끼는 반은 성적이고 반은 모성애적인 욕구 사이에서 괴로워했다. 그녀는 자신이 처한 상황을 두려워했고, 몰두하게끔 만드는 낯섦에 거부감을 느꼈다. 그래서 상황은 더욱 나빴다. 유로파는 존에게 어떤 감정을 갖고 있는지 내게 드러낸 적이 있다. 테니스장이었다. 유로파와 나는 사람들로부터 잠시 떨어져 있었다. 유로파는 라켓을 점검하더니 갑자기 물었다.

"존과 저의 관계가 나쁘다고 보세요?"

내가 대답을 망설이자, 유로파가 말을 이었다.

"존의 힘이 어떤 건지 아실 거예요. 존은…… 원숭이를 흉내 내는 신 같아요. 존이 누군가를 점찍으면 보통 사람들에게는 눈길도 줄 수 없어요."

이 이상한 관계의 절정은 그로부터 오래지 않아 다가왔다. 몇 년 뒤, 나는 이 얘기를 존에게서 직접 들었다. 존은 장난기를 섞어서 창문을 통해 유로파의 침실에 침입하겠노라고 위협했다. 유로파는 불가능하다고 여기고는 할 수 있으면 해보라고 도발했다. 다음 날 새벽, 유로파는 목에 닿은 부드러운 손길에 잠에서 깨어났다. 누군가가 키스했다. 유로파가 소리를 지르기 전에 익히 알고 있던 목소리가 자신의 정체를 밝혔다. 침입자는 존이었다. 유로파는 놀라움과 즐거움, 반항심과 성적, 모성적 갈망에 젖은 채, 더 깊어지는 소년의 손길에 형식적으로 저항했다. 그녀는 아직 아이 같은 존의 팔에 안겨 순진함과 남성적 강인함이 혼합된 것을 맛보며 도취되었을 것이다. 몇 번의 저항과 달콤한 투덜거림 끝에 유로파는 조심성을 바람에 날려버리고 열정으로 화답했다. 하지만 정작 유로파가 매달리자, 존은 거부감과 공포를 느꼈다. 마법의 주문은 깨졌다.

처음에는 친교, 애정, 신뢰, 자신과 같은 눈높이에서 영혼의 교류로 향하는 문을 열어줄 것만 같았던 섬세한 손가락이 인간 이하의 것으로 바뀌었다.

"개나 원숭이가 옆에 붙어서 냄새를 맡는 것 같았죠."

그 인상이 너무나 강렬해서, 존은 침대에서 뛰쳐나와 셔츠와 바지를 벗어둔 채 창밖으로 사라졌다. 존은 지나치게 서둘다가 존답지 않은 방식으로 내려오며 꽃밭으로 거세게 떨어졌다. 그리고 발목을 삐어서 절뚝거리며 어둠을 헤치고 집으로 돌아왔다.

존은 그 후 몇 주 동안 매혹과 거부감 사이에서 망설였지만, 두 번 다시 유로파의 창문을 오르지는 않았다. 한편 유로파는 자신의 행동에 심하게 겁을 집어먹고 꼬마 연인을 의도적으로 피했다. 두 사람이 공공장소에서 만났을 때 유로파는 그리 친하지는 않으나 친절한 어른처럼 행동했다. 하지만 존의 열정이 차갑게 식고 그 대신 당황스러운 자기방어가 자리를 차지한 것을 보고는 자신에 대한 존의 마음이 달라졌다는 것을 깨달았다.

존은 유로파와의 사이에서 있던 일을 털어놓으면서, 내 기억이 맞다면 이렇게 얘기했다.

"나는 그날 밤 흔들린다는 게 뭔지 처음 알았어요. 그전에는 자신에 대한 확신만이 가득했죠. 그런데 갑자기 막을 수도 없고 이해할 수도 없는 흐름에 이리저리 흔들렸던 거예요. 나는 그날 밤에 내가 무슨 일을 하는지 분명히 '알고 있다'고 생각했지만 완전히 '틀렸던' 거죠. 그 후 몇 주일 동안 몇 번이고 유로파를 찾아가서 사랑을 나누려고 했지만 그러지 않았어요. 유로파의 집에 도착하기 전에 그날 밤 있었던 일, 유로파의 반응 그리고 아름다움을 되새겼어요. 하지만 정작 유로파의 얼굴을 보니까…… 잠에서 깨고 보니 버텀이 개자식이었다는 것을 깨달은 티타니아가 된 기분이었어요.* 유로파가 나이 먹고 성격 좋은 당나귀처럼 보이더군요. 물론 좋은 사람이지만, 머리가 텅 빈 것이 한심하고 웃기더라고요. 유로파에게 적의가 있는 건 아니에요. 있다면 친절한 마음과 책임감뿐이죠. 한번은 시험 삼아 추파를 던졌는데, 불쌍한 유로파가 칭찬받은 개처럼 좋아하는 거예요. 하지만 소용없었어요. 마음속에서 뭔가가 치솟더니 내 행동을 가로막았어요. 그러더니 유로파의 가슴에 칼을 꽂고 얼굴을 후려갈기고 싶은 위험한 욕구가 치밀어 오르더군요. 그리고 무언가 다른 것이 내 속에서 눈을 뜨더니, 아주 높은 곳에서 이 사건 전체를 내려다보면서 우리 두 사람에게 오만한 영향을 미치고 싶어 하더군요. 나를 강렬하

---

* 셰익스피어의 《한여름밤의 꿈》에 나오는 인물들.

게 꾸짖은 거예요."

여기서 존은 한참 침묵을 지켰다. 그 후 존이 해준 얘기는 여기 적지 않는 편이 좋을 듯하다. 나는 원래 존의 생애에서 가장 불쾌한 이 부분을 세세하게 써놓았다. 당시에는 존의 매력에 너무 깊게 빠져서 그의 행동이 얼마나 비열한지 인식하지 못했다는 사실도 고백하겠다. 물론 그 일이 매우 극단적으로 상식에서 벗어났다는 건 알고 있었다. 그러나 나는 두 사람에게 애정과 존경을 품고 있었고, 따라서 존이 원하는 식으로 그 일을 바라보았다. 몇 년 후에 나는 순진하게도 내 종족의 지인들에게 원고를 보여주었고, 그들은 그대로 출간하면 예민한 독자들은 충격을 받을 것이며 외설로 고소당할 수 있다고 지적했다.

나는 영국 중산층의 존경받는 일원이며 앞으로도 그렇게 지내고 싶다. 내가 말하고 싶은 것은, 존이 털어놓았던 행동의 동기가 이중적이라는 점이다. 우선, 존은 유로파와의 비참한 사건 이후로 마음을 다독일 필요가 있었고, 감수성과 통찰력이 조금이라도 통하는 사람과 섬세하고 친밀한 교류를 나누고 싶어 했다. 또한 그 대상은 존이 사랑하는 동시에 존을 깊게 사랑하며 그를 위해서라면 어떤 일이든 기쁘게 할 수 있는 사람이어야 했다. 두 번째로, 존은 자신을 키워준 종족의 문화에 존재하는 모든 종류의 무의식적인 묵인에서 자유롭기 위해 호모 사피엔스의 도덕에서 독립을 선언할 필요가 있었다. 따라서 그 종족의 으뜸가는 금기 중 하나를 깨야만 했다.

9장

젊은 인류학자의 연구법

✳

존은 태어난 이래 세계를 연구하는 일에 계속 매달렸다. 하지만 열네 살부터 열일곱 살에 걸친 기간에는 이전보다 더욱 진지하게 체계적으로 연구했다. 그리고 인간 종족의 본성과 업적과 현재의 곤경을 한층 심도 있게 관찰하는 방식으로 연구를 진행했다.

이 방대한 작업은 비밀리에 이뤄져야 했다. 존은 이목을 끌지 않기로 마음먹었다. 망원경과 사진기를 가지고 위험한 짐승의 뒤를 쫓으며 훔친 가죽과 가짜 체취를 이용해 무리에 잠입해서 연구하는 동물학자처럼 행동했다.

나는 유감스럽게도 이 시기의 존의 행적은 완전히 설명할 수가 없다. 내가 맡은 역할이 미미했기 때문이다. 존은 언제나 조숙하면서도 천진한 '학생'처럼 굴었고, 그 방법은 재력가들에게 효과 만점이었다. '무단 침입'에서 발전한 작전 또한 즐겨 사용했다. 거기에 사악하고 능숙한 유혹의 기술이 한몫을 더했다. 존은 사냥감마다 지적 능력에 맞춰 기술의 수위를 조절했다. 나는 몇 가지 예를 들어 그 과정이 어떤 것인지 독자들에게 보여준 다음, 존이 연구한 결과 얼마나 오만한 결론에 도달했는지 기록할 것이다.

존은 어느 장관의 사택 앞에서 장관의 부인이 집 안으로 들어가는 순간에 맞춰 환자 흉내를 내어 효과적인 만남을 이뤄냈다. 놀랍게도 존은 신체 기관의 반사작용을 조절할 수 있었으며 생식선의 분비, 체온, 소화 능력, 심장 박동수, 혈액의 체내 분배 등을 바꿀 수 있었다. 이 능력을 조심스럽게 사용하면 위태로워 보이는 증상을 일으키면서도 후유증은 없었다. 장관이 주치의에게 전화하는 동안 존은 애처롭고 창백한 얼굴로 긴 의자에 쓰러져 장관 부인의 간호를 받았다. 의사가 도착해보니, 존은 이미 회복기에 들어선 작고 흥미로운 환자로 변신해서 미묘한 동정심과 흥미를 유발하여 장관과 한창 친해지고 있었다. 의학 전문가는 당혹스러움을 숨기기에 바빴고, 아이의 부모와 연락이 닿을 때까지 그곳에서 쉬게 하라고 조언했다. 존은 홀쩍이면서 부모님은 하루 종일 나가 계시며 집은 저녁까지 비어 있을 거라고 말했다. 존이 부모의 귀가 시간까지 그 집에 있다가 택시를 타고 집으로 갔을까? 장관 집을 나설 때쯤, 존은 이미 장관의 정신세계를 간파하고 꼭 다시 찾아오라는 초대를 받아놓았다.

인위적인 병세는 효과가 아주 좋았으므로 존은 그 기술을 즐겨 사용했다. 예를 들어 존은 공산주의 지도자를 만나면서 그 방법을 사용했고, 자신의 아버지가 '파업을 주동하다가 해고당했기 때문에' 집안 형편이 어려워서 그렇다고 양념을 쳤다. 또한 가짜 병세에 적절한 종교적 색채를 가미해서는 주교, 가톨릭 신부, 그 밖에 성직에 종사하는 신사들과 만나는 데 활용했다. 그 방법은 여성 하원의원과 만나는 데도 유용했다.

다른 접근법도 있었다. 존은 순진하고 똑똑한 학생처럼 편지를 써서 저명한 천체물리학자를 사로잡은 다음, 천문대를 견학하게 해달라고 조른 적이 있다. 존은 승낙을 얻었고, 학생용 모자와 휴대용 망원경을 준비한 다음 '약속' 장소에 나타났다. 이 만남은 다른 물리학자, 생물학자, 생리학자와의 접견으로 이어졌다.

유명한 케임브리지 대학의 철학자 겸 사회 기고가와 만날 때도 이 편지 수법을 사용했다. 단, 이번에는 필적을 바꿨다. 마침내 목표한 인물과 만나는 날, 존은 머리를 염색하고 검은 안경을 쓴 다음 런던 토박이 말씨를 썼다. 존은 일부러 천문학자를 만날 때와는 완전히 다른 인물을 연기했다. 존은 자신이 천문학자와 만나기도 했다는 것을 철학자가 알아채지 못하도록 최대한 노력했다.

그 만남을 이루기 위해 존이 썼던 편지는 목적에 딱 들어맞았다. 조잡한 필체, 엉성한 철자, 종교에 대한 혐오, 미숙하지만 날카로운 철학적 분석, 그리고 그 철학자가 저술한 책에 대한 열광까지. 그 편지의 특징을 잘 보여주는 구절을 인용해보겠다.

— 신이 세상을 만들었다면 참 엉망으로 만들었다고 말했더니 아버지가 때렸어요. 선생님이 아이를 때리는 건 나쁜 짓이라고 했다고 말하니까 또 때렸어요. 누군가가 맞는다고 해서 그 사람 말이 틀린 건 아니라고 말했죠. 아버지는 말대꾸를 하다니 나쁜 놈이라고 했어요. 나는 나쁘고 좋은 건 없으며 좋아하는 거와 안 좋아하는 건만 있다고 했죠. 그랬더니 불경스럽다고 했어요. 꼭 선생님을 만나서 정신은 어떻게 움직이며 그 정체가 몬지 무러보고 싶어요. —

존은 천문학자로부터 연락을 받은 후에도 케임브리지에 있는 철학자의 방을 이미 여러 차례 방문했다. 존이 런던 교외의 어떤 교장에게 부탁해서 그의 집 주소를 우편용으로 사용했다는 사실을 미리 밝혀둬야겠다. 천문학자는 '지적으로 깨어 있는' 소년이 한 명 더 있으며, 그 소년이 케임브리지에 살고 철학자의 친구이니 한번 만나보라고 존에게 권했다. 두 학자가 이 만남을 성사시키려 여러 차례 노력했지만 존이 얼마나 교묘하게 빠져나갔는지 살펴보면 존이라는 인물의 흥미로운 점을 더 발견할 수 있다. 하지만 지면이 모자라 그에 대한 설명은 생략하겠다.

편지 수법은 유명한 현대 시인에게도 먹혀들었다. 이 경우 편지의 표현과 그 후의 만남에서 존이 꾸며낸 인물상은 천문학자나 철학자의 경우와는 크게 달랐다. 존은 독자들에게 널리 알려져 있으며 시인도 느끼고 있는 의식적 정신보다는 결과적으로 시인의 작품을 지배하는 분위기나 태도에 초점을 맞췄다. 존의 편지에서 가장 눈에 띄는 부분을 인용해보겠다.

— 집에서, 학교에서, 그리고 현대 세계와 소통하려는 혼란스러운 시도 속에서 말 못 할 좌절을 겪습니다. 당

신의 시는 제게는 무엇보다도 큰 안식이며 힘의 원천입니다. 당신은 그저 뒤틀리고 타락한 문명을 묘사할 뿐이건만, 그 묘사 자체가 문명에 존엄함과 유의미성을 하사합니다. 단순한 좌절뿐만 아니라 영광스러운 깨달음에 앞서 다가오는 필요악을 드러내는 것처럼 말입니다. ―

존은 지식 계급이나 정치적, 사회적 운동의 지도자들만 목표로 삼지는 않았다. 적절한 방법을 이용해서 기술자, 장인, 부두 노동자와도 친구가 되었다. 존은 사우스웨일스와 더럼의 석탄 광부들 간의 정신적인 차이에 대해 직접적인 정보를 얻었다. 노동조합의 회합에도 잠입했다. 침례교 예배당에 가서는 죄사함도 받았다. 강신술사들의 강령회에 참여해 가공의 죽은 누나로부터 전언도 받았다. 집시들 사이에 섞여 남쪽 나라들을 몇 주나 여행하기도 했다. 집시들이 존을 받아준 이유는 좀도둑질과 주방 기구 수리에 그가 재능을 보였기 때문이다.

내가 보기엔 중요성에 비해 지나치다 싶을 만큼 존이 많은 시간을 들이며 반복했던 작업이 있었다. 존은 인근에 사는 소형 어선의 선주와 매우 친해졌고, 강 하구나바깥 바다로 나가 선주와 그의 동료와 여러 날을 보내곤했다. 나는 왜 어부들과 그 두 사람에게 특히 많은 관심을 보이는지 존에게 물어보았다.

"흠, 어부라는 건 정말 괜찮은 존재들이에요. 에이브와 마크는 그중에서도 최고에 속하죠. 알다시피 호모 사피엔스는 능력에 맞는 일과 삶만 주어진다면 그럭저럭 괜찮은 종족이에요. 하지만 문명이 지적 능력이나 상상력을 크게 벗어난 과제를 던져주면 실패하죠. 그리고 그 실패가 독처럼 계속해서 피해를 주지요."

존이 바다에 많은 관심을 기울인 그 속뜻을 깨닫기까지는 그리 오래 걸리지 않았다. 존은 한동안 연안용 스쿠너의 선장과 매우 가깝게 지내면서 여러 차례 해협을 항해했다. 나는 존이 그 모험에서 항해 기술을 배우고 있다는 사실을 알았다.

여기서 짚고 넘어가야 할 점이 하나 더 있다. 존은 호모 사피엔스를 연구하기 위해 관심의 영역을 유럽 대륙으로 넓혔다. 나는 웨인라이트 집안의 후원자 역을 맡고 있었으므로 프랑스, 독일, 이탈리아, 스칸디나비아로 유람을 떠나자고 토머스와 팍스를 설득할 임무를 부여받았다. 존은 형제들과 달리 매번 우리와 함께했다. 토머스는 병원 일 때문에 자주, 또는 한번에 오랫동안 자리를 비울 수 없었고, 가끔 가족 여행으로 부족한 부분은 존의 부모들이 빠진 상태로 보충해야 했다. 나는 언론인 협의회에 참석하러 파리에 간다든가, 신문사 경영자 모임 때문에 베를린에 간다든가, 프라하에서 열리는 철학자 협의회에 발표하러 간다든가, 모스크바의 교육 실태를 살펴본다든가 하는 핑계를 대고 존을 데려가겠다고 말했다. 승낙을 받는 것이야 당연했기 때문에 우리는 훨씬 전부터 세부적인 계획을 세우곤 했다. 존은 이런 식으로 영국령 제도에서만 수행하던 연구를 해외로까지 펼칠 수 있었다.

존과 함께 해외로 나가는 것은 굴욕적인 경험이었다. 존은 믿을 수 없을 만큼 빠르게 원어민 수준으로 외국어를 습득했다. 그뿐 아니라 이국적인 풍습과 이국적인 사고방식도 아주 빨리 체득했다. 그 결과 내가 원래 익숙했던 나라에서도 존은 도착한 지 며칠 만에 나를 앞섰다.

완전히 생경한 언어라면, 존은 문법과 사전을 독파하고 원어민 한두 사람이나 축음기를 통해 발음을 익혀서 바로 그 나라로 향했다. 그러면 그 나라 사람들은 존을 그 나라 태생이지만 한동안 외국에서 사느라 언어를 쓸 시간이 적었던 아이라고 여겼다. 유럽 언어는 일주일만 머무르면 존이 나라 밖으로 나간 적이 있다고 생각하는 사람이 없을 정도였다. 나중에는 더 멀리 여행을 다니면서 존은 동양 언어들, 예를 들어 일본어조차도 도착한 지 2주일이면 통달할 수 있었다고 말했다.

존과 함께 유럽 대륙을 돌아다니면서, 나는 왜 이 이상한 존재가 영원히 주인 노릇하는 것을 내버려두는지 여러 차례 자문했다. 존이 근처에 사는 작가, 과학자, 성직자, 정치인, 정치 운동가를 사냥하러 자주 자리를 비웠기 때문에 생각할 시간은 많았다. 그렇지 않으면 존은 3등 칸이나 4등 칸에 타고 기차로 여행하면서 노동자나 인부와 접촉했다. 그런 활동에 전념할 때면, 존은 내가 동행하지 않는 편을 좋아했다. 하지만 보호자나 여행 안내자로서 내가 필요한 경우가 종종 있었다. 존이 독특한 우월함을 유난히 드러내기 싫어하는 경우에는 나는 질문 사항과 관찰해야 할 점을 사전에 교육받고 그의 역할을 대신해 만남을 갖기도 했다.

예를 들어 존의 명령에 따라 저명한 정신의학자를 만나러 간 적이 있었다. 존은 퇴행성 정신질환을 앓는 아이 역을 맡았고, 내가 문제의 전문가와 얘기를 나눴다. 그후 존은 치료 과정을 밟았고, 나는 정신의학자와 가끔 만나 차도가 있는지 상담했다. 우리의 불쌍한 의사는 미쳐 돌아가는 환상 속에 살고 있는 어린 환자가 실은 치료 과정 내내 자신을 시험하고 있었다는 사실, 그리고 내가 던지는 지적이고 때로는 짜증나는 질문 또한 실은 그 환자의 머릿속에서 나왔다는 사실을 전혀 눈치채지 못했다.

나는 왜 존이 나를 그런 식으로 이용하게 내버려두었을까? 나는 왜 존에게 그토록 많은 시간과 관심을 쏟아붓고 저널리스트로서의 소중한 경력을 희생했을까? 존은 결코 사랑스러운 존재가 아니었다. 물론 저술가나 전기 작가의 관점에서 보자면 더 좋은 소재가 없었고, 당시 나는 언젠가 세상에 존의 얘기를 알리겠노라고 마음먹은 상태였다. 하지만 그때가 존의 일생에서는 초반부였는데도 그 덜 여문 영혼이 신기함보다는 미묘한 매력으로 영향을 미치고 있었다. 나는 존이 새로운 빛 속에서 완전히 다른 존재로 거듭나기 위해 영혼을 재정비하고 있다고 느꼈다. 그 계시 속에서 한 가닥 빛이라도 얻고 싶었다. 나는 많은 시간이 흐른 뒤에야 존의 통찰이 보통 인간의 정신적 한계를 본질적으로 뛰어넘은 것임을 깨달았다.

그때 존이 손에 넣은 유일한 계시는 인간 종족이 무익하다는 망연자실한 확신뿐이었다. 존은 이 사실을 깨달은 후 어떨 때는 경멸을, 어떨 때는 인간 세계를 덮칠 멸망에 대한 두려움을, 어떨 때는 그 속에 엮인 자신에 대한 공포를 내비쳤다. 하지만 때로는 열정, 냉소적인 재미 또는 열정과 두려움과 불길함이 묘하게 섞인 기분에 빠져 있기도 했다.

10장

곤경에 빠진 세계

✴

지금부터는 존이 연구하는 동안 개인이나 계층, 단체나 조류를 어떻게 평가했는지 이것저것 예를 들어봄으로써 인간 세계에 대한 존의 반응을 알려야 할 것 같다.

정신의학자부터 시작하자. 이 저명한 정신 조종사에게 존이 내린 평결을 보면 호모 사피엔스에 대한 멸시, 순수한 동물도 아니고 완전히 인간도 아닌 존재들이 겪는 어려움에 대해 존이 지닌 동정심을 알 수 있다.

마지막으로 상담실을 방문하고 나오면서, 아직 문도 채 닫지 않았건만 존은 놀란 뇌조가 울듯이 한참을 낄낄거렸다.

"한심하기는!"

존이 소리쳤다.

"하긴 어쩌겠어요. 아무것도 모르면서 현명해 보이려고 발버둥을 치더군요. 성공적인 중재자들이 늘 그렇듯 똑같은 치료법만 쓰는군요. 돌팔이는 아니에요. 꽤 쓸 만한 말도 했어요. 저급한 정신 문제나 기본적인 본능 문제처럼 간단한 것은 잘 치료할 거예요. 하지만 그런 경우에도 자신이 뭘 하는지, 왜 그런 방법이 효과를 보는지는 몰라요. 물론 이론이 있을 테고, 꽤 쓸 만하겠죠. 우리의 정신과 의사께서는 비참한 환자에게 헛소리를 처방해주네요. 의사들이 가짜 알약을 주는 것처럼요. 그러면 바보 같은 환자는 그걸 받아 들고 희망을 가지면서 제힘으로 낫는 거죠. 하지만 예를 들어 의사 양반이 살던 초라하고 안락한 아파트보다 정신적으로 여섯 층은 더 높은 곳에서 살고 있는 환자가 오면 처참하게 무너지는 거예요. 진짜 인간이 뭔지 속속들이 알고 있는 정신과 만나면 고작 그 정도 재주로 이해나 할 수 있겠어요? 교양인을 얘기하는 게 아니에요. 인간과의, 세계와의 미묘한 접촉을 말하는 거예요. 저 의사는 지식인이고, 그 무의식 속에는 현대 회화와 현대 서적이 깔려 있어요. 하지만 전반적으로 살펴볼 때, 호모 사피엔스의 기본적인 정의에 견주어 보더라도 저 사람은 인간이 아니에요. 성장하지도 못했어요.

그러니 진짜 성인을 만나면 바다에서 표류하는 꼴이 되는 거죠. 현대 회화를 예로 들어볼까요? 예술이 뭘 추구하는지도 모르면서 안다고 생각해요. 타조가 높은 곳의 대기를 모르는 것처럼 진짜 철학이 뭔지도 몰라요. 저 사람 잘못은 아니에요. 걷는 데만 익숙해서 살찐 몸뚱이를 들어 올릴 만한 날개가 없는 거니까요. 그렇다고 해서 모래 속에 머리를 처박고 있는 주제에 인간의 본성을 들여다본다고 헛소리할 자격이 있는 건 아니죠. 그러다가 진짜 날개는 있으면서도 연습은 못 해봤을 뿐인 환자가 오면? 이 양반은 문제가 뭔지 눈곱만큼도 알아채지 못할 거예요. 그리고 이렇게 말하죠. '날개라니? 무슨 날개? 다 헛소리다. 날 보렴. 날개는 최대한 빨리 퇴화시키고 땅에 머리만 확실하게 파묻으면 된단다.' 실제로는 환자를 의식불명 상태에 빠뜨리겠지만요. 설사 그 상태가 지속되더라도 우리의 불쌍한 환자는 영원히 치료되고 쓸모없는 존재로 남는 거예요. 정신과 의사가 정말로 설득력이 있다면 지속되는 경우도 꽤 있죠. 조잡한 손재주에 의해 성인聖人이 호색가로 탈바꿈하는 거예요. 신이여! 그런 폭력배들에게 정신의 치료를 맡기는 문명이라니! 물론 의사의 잘못은 아니에요. 자기 수준에서는 잘나가는 사람이고, 웬만큼은 하니까요. 하지만 수의사가 추락한 천사를 치료하길 기대할 수는 없잖아요."

존이 정신의학에 대해 비판적이었듯 교회에 대해서도 마찬가지였다. 존이 종교 행사와 교리에 흥미를 가진 것은 단순히 호모 사피엔스 연구의 일환이라서만은 아니었다. (존의 말에 따르면) 존은 일반인들이 종교적이라고 일컫는 종류의 새롭고 당황스러운 경험에서 한 줄기 빛이라도 얻을 수 있을까 하는 일말의 희망을 품고 있었다. 교회와 예배당에서 벌어지는 몇몇 행사에 참석하기도 했다. 돌아오면 존은 항상 흥분 상태였으며, 행사 과정을 상스러운 말로 조롱하거나 신경질적으로 분노와 당혹스러움을 표하면서 배출했다. 영국국교회와는 무관한 어느 감성적인 예배에 참가하고 나오면서 존이 말했다.

"99퍼센트는 우는 소리고 1퍼센트는 아니구먼. 그래서 어쩌라고?"

존의 목소리가 너무나 날카로워서 나는 뒤를 돌아보았다. 놀랍게도 존의 눈에 눈물이 맺혀 있었다. 존의 의사와는 전혀 상관없이 저절로 눈물이 나온 것이다. 고의적으로 그런 경우를 제외하면 나는 존이 우는 것을 본 적이 없다. 눈물은 끊이지 않았는데, 존은 그 사실을 깨닫지 못했다. 존이 갑자기 웃더니 말했다.

"영혼의 구원이라고! 정말 신이 있다면 그걸 보고 비

웃든가 비꼬겠죠. 우리가 구원을 받든 못 받든 무슨 상관이죠? 그래요, 대놓고 신성을 모독하는 것 맞아요. 하지만 정말 중요한 게 과연 뭘까요? 더러운 창문으로 들어오는 빛이나 다름없는 우는 소리에서 뭘 얻을 수 있죠?

휴전 기념일이 되자 존은 나와 함께 로마 가톨릭 미사에 참석했다. 성당 건물은 거대했고 인파는 많았다. 행사의 경건함이 작위성과 불성실함을 덮었다. 나 같은 불가지론자의 마음까지도 흔드는 종교 의식이었다. 위대한 전통에 따라 독실한 신도들이 모여 숭배하는 모습을 보니 일종의 전율마저 느껴졌다.

존은 평상시처럼 방관자적인 입장에서 호모 사피엔스의 정열에 대한 흥미를 품고 성당으로 들어갔다. 하지만 미사가 진행되면서 존은 냉담함을 잃고 점점 빨려들었다. 더 이상 뜻 모를 날카로운 눈길로 주변을 살피지도 않았다. 존은 신도나 성가대나 사제 대신 상황 자체에 집중했다. 지금까지 한 번도 본 적 없는 낯설고 이질적인 표정이 존의 얼굴에서 드러났다가 사라졌다. 먼 후일에는 그런 표정을 자주 보았지만, 당시만 해도 나는 그게 뭔지 알 수 없었다. 놀라움, 당혹감, 믿기 힘든 황홀감 그리고 다소 씁쓸한 듯한 즐거움. 나는 당연히 존이 인간의 오만함과 어리석음을 맛보고 있다고 생각했다. 하지만 존이 성당을 나서면서 하는 말을 듣고는 깜짝 놀랐다.

"사람들이 신을 인간으로 끌어내리려고 하지만 않는다면 정말 근사할 텐데!"

존은 내가 돌아보는 것을 알고 웃었다.

"아, 물론 저게 다 말도 안 된다는 건 알아요. 사제들 봤죠? 제단에 절하는 모습만 봐도 어떤 사람들인지 뻔해요. 지적으로나 감성적으로나, 뒤틀린 장난에 불과해요. 하지만…… 원래는 그릇되지 않았던 것, 그러니까 수 세기 전에 실재했던 경건하고 영광스러운 무언가의 반향 같은 거 못 느꼈어요? 예수와 그 친구들은 실제로 그랬을 거예요. 그리고 오늘 본 군중의 50분의 1 정도는 그와 비슷한 걸 아주 미약하게나마 느꼈을지도 몰라요. 하지만 당연하게도, 그걸 느꼈던 사람들도 교회가 내려준 그놈의 멍청한 교리 덕분에 자신이 얻은 걸 그 자리에서 날려버리고 마는 거죠."

나는 존과 다른 사람들이 느꼈던 흥분이 군중과 경건한 행사 덕분이며, 그런 감정을 '객관화'하지 말아야 하고, 그걸 근거로 초인적인 것과 접촉했다고 생각할 수는 없다고 말했다.

존은 나를 흘끔 보더니 마음속에서 우러나온 웃음을 터뜨렸다.

"친애하는 인간 아저씨."

존이 그 표현을 쓴 것은 아마도 그때가 처음이었을 것이다.

"설사 당신은 군중 의식과 다른 것들을 구분하지 못한다고 해도 나는 할 수 있어요. 당신네 종족 중의 상당수도 그럴 수 있어요. 심리학자들이 다 망쳐버리지만요."

나는 더 분명하게 설득해보려 했지만, 존은 이렇게 말할 뿐이었다.

"난 어린아이인 데다가 그 문제에는 아직 초보예요. 예수도 자신이 뭘 봤는지 몰랐다고요. 솔직히 말해서, 예수는 '그것'에 대해서 별로 말한 게 없어요. 그에 접한 사람들이 어떻게 달라질 수 있는지만 얘기했죠. 정작 핵심에 대해 언급할 때면 대부분 틀렸어요. 아니면 전달한 사람들이 틀렸거나. 하지만 내가 어떻게 알겠어요? 난 그냥 아이인데요."

영국국교회의 고위 성직자를 만나고 돌아왔을 때는 전혀 달랐다. 그 성직자는 사람들의 마음에 핵심 교리를 다시 한번 심어서 교회의 부흥을 꾀하는 것으로 유명한 사람이었다. 존은 여러 날이 지난 후에야 돌아왔다. 공산주의자를 만나고 왔을 때보다도 흥미가 덜했던 것 같았다. 나는 마르크시즘에 대한 장황한 강연을 들은 후에 물었다.

"성직자 나리는 어땠는데?"

"아 참, 성직자 나리가 있었죠. 재밌었어요. 분별력도
있고 이해력도 있더군요. 공산주의자 녀석들이 조금만
더 분별력 있고 재밌었다면 좋았을 텐데. 하지만 호모 사
피엔스는 한번 마음에 정열을 품으면 그러질 못하죠. 당
신네들은 우습게도 공산주의 같은 근원적인 진실을 간파
하거나 이해하고 나면 예외 없이 미쳐 돌아가요. 공산주
의자들이 그렇게나 종교적이라니, 웃기죠. 물론 본인들
은 그걸 알지도 못하고, 그런 말을 듣는 것도 싫어할 거
예요. 우리는 인간에만 관심을 둬야 한다며, '강령'만 잔
뜩 품고 있는 윤리적인 녀석들이죠. 그런 주제에 도덕을
부정하고 공산주의 성자가 아닌 사람들을 저주해요. 자
신들이 나서서 계급투쟁에 눈뜨게 하지 않으면 사람들
은 전부 다 바보거나 악당이거나 종업원일 뿐이라나요.
물론 노동자 해방을 위해서 계급투쟁은 필수라고 말하지
만, 실제로는 다른 것에 사로잡혀 있어요. 본인은 인식하
지 못하지만 변증법적 유물론과 변증 사관이라는 이름의
내적 정열에 불타오르는 거죠. 그 핵심 중의 핵심에는 변
증법의 도구가 되기를 갈망하는 이기심이 있는데, 웃기
게도 기독교인들이 이른바 신의 계명 또는 신의 의지라

고 부르는 것과 '정확히' 똑같단 말이죠. 희한하죠? 공산주의자들은 기독교에서 건질 만한 요소가 인간에 대한 사랑이라고 말하죠. 하지만 정작 '자신은' 인간을 실제적인 사람으로 사랑하지 않아요. 변증 사관의 일부라고 생각하면서 대량 살육을 벌이죠. 그들과 기독교인, 진짜 기독교인과의 공통점은 아주 희미하면서도 하찮아요. 개개인을 초월하는 무언가를 정열적으로 의식한다는 거죠. 물론 공산주의자는 그게 개개인을 모아놓은 거대한 군체라고 생각해요. 하지만 틀렸어요. 대부분이 바보에 절름발이에 악당이라면, 한데 모아놓는다고 해서 뭐가 달라지나요? 그들의 정열에 불을 붙이는 건 단순한 집단이 아니에요. 그 집단이 만들어가는 정의와 공평함과 영혼의 울림 전체죠. 웃기지도 않죠! 물론 모든 공산주의자가 종교적인 건 아니에요. 몇몇은 안 그래요. 며칠 전에 만났던, 그 어이없고 왜소한 사람처럼 말이죠. 하지만 그 사람은 종교적이에요. 내 생각이지만 레닌도 그랬죠. 그 사람의 근본적인 동기는 형제에 대한 복수심만은 아니에요. 어떤 의미에서는 맞는 말이기도 하지만. 그래도 사람은 자신이 한 어떤 말에서든 스스로가 운명이나 변증법에 의해 선택된 도구라는 느낌을 받을 수 있어요. 신의 도구라는 것도 거의 비슷하죠."

"그러면 성직자 나리는?"

"성직자 나리요? 아, 그 사람! 그 사람은 난롯불과 햇볕의 관계만큼 종교적이에요. 과거에 태양의 찬란한 광휘를 빨아먹은 식물이 이제는 석탄이 돼서 난로 속에서 깜빡거리고 타오르면서 그 사람의 방을 아늑하게 데워주는 거죠. 커튼이 드리워 있고 밤이 코앞에 머무르는 동안에는요. 밖에서는 모두 어둠 속에서 흠뻑 젖어서는 발을 동동 구르는데, 그 사람은 고작해야 작은 난로를 만들고 쪼그려 앉아서 불이나 쬐라고 조언하는 거예요. 한두 명쯤은 멋들어진 자기 방으로 정말로 데리고 들어오겠죠. 그러면 그 사람들이 양탄자 위에 물을 떨어뜨리고 흙 발자국을 남기면서 난롯불에 침을 뱉어요. 나리께서는 아주 기분이 나쁘겠지만 훌륭하게 참아내죠. 진짜 존경심이 뭔지는 몰라도 이웃을 사랑할 정도는 되거든요. 그러지 못하는 공산주의자들을 떠올려보면 재밌죠. 물론 사람들이 정말 무례하게 굴면 우리 성직자 나리도 경찰서에 전화를 걸겠지만요."

공산주의자에 대한 비난의 강도가 약하다고 독자들이 오해할 수도 있으므로 위에서 언급했던 또 다른 공산주의자에 대해 존이 했던 말을 인용하겠다.

"그 사람은 자신이 완전히 쓸모없는 사람이라는 걸 알

면서도 품위 있고 불운에 시달리는 사람인 척했어요. 물론 그렇게 살고 있으니 아주 불행한 사람이죠. 그 사람 잘못일 뿐 아니라 사회의 책임이기도 해요. 그래서 그 불쌍한 사람이 사회나 사회의 권력자에게 혀를 날름거리는 거죠. 그냥 증오 덩어리에 불과해요. 그나마 순수하게 증오하지도 못하죠. 자기방어와 정당화를 위해 꾸며낸 태도에 불과해요. 차르를 쳐부수고 창조적으로 변화해서 러시아를 세웠던 종류의 증오와는 달라요. 영국의 상황은 그 정도로 나쁘진 않거든요. 그런 놈들이 지금 할 수 있는 일이라고는 증오심이나 분출해서 반대편이 공산주의를 압박할 핑곗거리나 제공하는 게 전부예요. 부자나 앞으로 부자가 될 떼거리들도 그 지겨운 녀석처럼 무의식적인 죄의식과 증오로 가득하긴 마찬가지예요. 그리고 증오를 퍼부을 희생양을 찾는 거죠. 그 공산주의자나 동료들이야말로 하늘이 보내준 먹잇감이에요."

나는 가진 자보다 못 가진 자들이 더욱 많이 증오하는 것은 당연하다고 말했다. 그때 존이 보여주었던 분석은 오늘날 예언처럼 널리 들어맞는다.

"증오가 논리적인 반응인 것처럼 말하네요. 인간은 이유가 있을 때만 증오심을 보이는 게 아니에요. 현대의 유럽과 세계를 이해하려면 이 세 가지를 명심하세요. 전혀 별개지만 모조리 한데 엉켜 있기도 하죠. 첫째, 이성적이건 비이성적이건 간에 세상 사람들은 공통적으로 무언가를 증오할 필요가 있어요. 대상을 찾아서는 자신이 어깨에 지고 있던 죄를 그 위에 올려놓고 부수는 거죠. 완벽하게 건강한 정신의 소유자라면(당신네 종족도 그럴 수 있어요) 이런 증오는 별로 심하지 않아요. 하지만 대부분 사람들의 정신은 한심하게도 병들었기 때문에 증오할 대상이 있어야 하죠. 대부분은 이웃 사람, 부인, 남편, 부모, 자식을 증오해요. 하지만 외국인을 증오해서 훨씬 큰 고양감을 느끼죠. 국가라는 건 결국 외국인을 증오하기 위해 모인 집단, 말하자면 대형 증오 클럽이에요. 두 번째로 염두에 둬야 할 것은 명백한 경제적 혼란이에요. 금권을 가진 사람들은 자신의 이익을 위해 세계를 움직이려고 하죠. 얼마 전까지만 해도 그럭저럭 잘해나갔지만 이제는 그자들 능력으로 감당할 수 없을 만큼 일이 커지면서, 잘 알다시피 완전히 난장판이 됐어요. 여기서 또 다른 증오의 배출구가 탄생하죠. 못 가진 자들이 훌륭한 이유를 달아서 가진 자들을 증오해요. 가진 자들이 누구냐. 바로 이 난장판을 만든 장본인이자, 자신들이 늘어놓은 걸 청소도 못 하는 족속들이죠. 가진 자들은 겁을 집어먹고 못 가진 자들을 열심히 증오해요. 사람들이 간과하는 것 중

의 하나는, 모든 사람이 마음속에서 뿌리 깊이 증오를 필
요로 하지 않는다면 각종 사회 문제를 지적으로 대면할
수 있고, 어쩌면 해결할 수도 있을 거란 사실이에요.

　세 번째 요소는 뭔고 하니, 오늘날의 과학 중심 문화에
는 완전히 잘못된 점이 있다는 의식이 커진다는 거예요.
사람들이 과학에 대해 지적인 의심을 품는다는 뜻이 아
니에요. 더 근원적인 문제죠. 현대 문화는 어딘가 부족하
다고 느끼는 거예요. 실질적인 효과가 아무것도 없으니
까요. 어딘가 나사 하나를 빼놓았다거나, 아니면 핵심적
인 부분이 죽어버렸다고 생각하죠. 현대 문화와 과학과
기계화와 규격화에 대한 공포는 더 심각한 문제로 나아
가는 시초에 불과해요. 이건 과격주의보다도 새로운 문
제예요. 과격주의자나 사회적 좌익들은 아직 현대 문화
에 만족하고 있죠. 혹은 모든 잘못을 자본주의나 죄 없는
이론가들에게 돌리죠. 하지만 과학 문화의 정수는 받아
들이고 있어요. 그 사람들은 합리주의적이고, 과학적이
며, 기계적이고, 실용적이거든요. 하지만 방방곡곡에 흩
어져 있는 나머지 군중들은 그에 대한 반발심으로 가득
해요. 그게 뭔지는 정확히 모르지만 그게 다는 아니라고
확신하죠. 부족함을 느낀 일부 사람은 교회, 특히 가톨릭
성당으로 기어가요. 하지만 교회가 살아남기에는 너무

많은 일이 일어났죠. 그래서 아무 소용이 없어요. 기독교의 마약을 집어삼킬 수 없는 사람들은 다른 것을 처절하게 갈구해요. 그게 뭔지도 모르고, 실제로 필요한지도 모르면서요.

이 근원적인 갈구가 증오의 필요성과 융합하고, 게다가 중산층에게는 사회적 혁명에 대한 공포심까지 더해지는 거예요. 이렇게 증오로 버무린 공포를 행사하는 게 누구냐? 갈아버릴 도끼를 갖고 있는 범죄자나 두목 놀이를 하고 싶은 인간들이죠. 이탈리아가 그랬어요. 이런 일은 점점 널리 퍼질 거예요. 확신컨대 앞으로 몇 년 이내에 거대한 반좌익의 물결이 온 유럽을 휩쓸 거예요. 공포와 증오, 그리고 과학적인 문화에 뭔가 문제가 있다는 공허하고 어설픈 의심이 원인이죠. 이건 지적인 의심 이상이에요. 폐부에서 우러나오는 확신이니, 폭력에 눈먼 종교적 갈망이라고 부를까요. 작년에 독일에 갔을 때 그 징조가 보인다는 걸 느끼지 못했어요? 근원적이지만 여전히 무의식적인, 기계화와 합리성과 민주주의와 건전함에 대한 반발 말이에요. 어딘가 흘려서 미쳐버리고 싶은 혼돈의 열망이죠. 부자를 싫어하는 사람들이 이용해먹기에 안성맞춤이에요. 그게 유럽의 미래죠. 혼란의 강도는 이기주의와 순수한 증오심, 그리고 금세 왜곡되어 피를 부를 만한, 방황하는 영혼의 허기가 얼마나 큰가에 달려 있어요. 만약 기독교가 그걸 억누르고 잠재울 수 있다면 기적일 거예요. 하지만 기독교는 끝났죠. 따라서 사람들은 기분 나쁜 종교를 새로 세울 거예요. 그 신의 이름은 증오 클럽의 신, 즉 국가죠. 그게 앞으로 일어날 일이에요. 새 메시아는(각 부족당 하나씩 존재하죠) 사랑과 관대함이 아니라, 증오와 무자비함이라는 이름으로 승리를 쟁취할 거예요. 당신들의 한심하고 병든 폐부와 미친 정신이 밑바닥에서부터 그걸 진정으로 원하니까요. 하느님, 맙소사!"

나는 이 긴 연설에 별로 감명받지 않았다. 나는 최고의 지성들이 옛 부족 신들을 앞질렀으며, 나머지 사람들은 장기적으로 그 최고의 지성들을 따를 것이라고 말했다. 존이 큰 소리로 웃었기 때문에 나는 당황했다.

"최고의 지성이라! 당신네 종이 이렇게 불행한 주된 이유 중 하나가 바로 그 최고의 지성들이 길을 잃고 2등보다 훨씬 더, 얼마만큼인지 보이지도 않게 앞서갔다는 점이에요. 지난 몇 세기 동안 쭉 그랬죠. 최고의 지성 떼거리가 민중을 막다른 골목으로 연달아 끌고 갔어요, 그것도 어마어마한 용기와 재력을 들여서. 종적인 의미에서 당신네의 문제점은 모든 걸 다 함께 끌어안을 수 없다는 거예요. 현인이라 해도 하나의 사실에 매진하면 그만큼 중요한 다른 것을 전부 놓치죠. 그리고 나침반처럼 현실의 주요한 지점으로 길을 인도해줄 내적 경험이 전혀 없기 때문에 아무리 멀리 가도 소용이 없어요. 처음부터 잘못된 방향으로 출발했으니까요."

내가 끼어들었다.

"그게 지성을 가진 존재의 약점이지. 지성이란 앞으로 나아가게는 해주지만 완전히 잘못된 길로 인도할 수도 있으니까."

"그게 짐승보다는 낫고 완전히 인간적이지는 못한 존재들의 약점이에요. 익룡은 땅바닥에서 기어다니는 구식 도마뱀보다 월등한 이점을 가졌지만, 치명적인 문제가 있었죠. 어느 정도 날 수는 있지만 추락할 수도 있거든요. 결국 조류에게 자리를 내주고 말았어요. 물론 내가 새예요."

존은 잠시 멈췄다가 말을 이었다.

"수 세기 전만 해도 최고의 지성은 전부 교회에 있었어요. 그때는 실용적인 중요성이나 이론적인 흥미라는 어느 면에서도 교회와 견줄 만한 것이 없었죠. 그러다 보니 최고의 지성들이 벌 떼처럼 모였고, 세대를 거듭하면서 영리한 지능을 전부 그곳에 활용한 거예요. 그 사람들은 이론을 쌓는 데 여념이 없어서 살아 움직이던 종교적 정신을 야금야금 갉아먹었어요. 그걸로 모자라서 종교 또는 그놈의 값진 종교적 교리로 물리적 현상까지 설명하려 들었죠. 이윽고 그런 추론에 설득력이 없다는 것을 발견하고 물리적인 세계에서 사물이 어떻게 움직이는지 살펴보는 최고 지성들의 신세대가 등장했어요. 그들과 그 후예들이 현대 과학을 만들고, 인간에게 물리적인 힘을 부여했으며, 지구의 겉모습을 바꿨어요. 이 역시 수 세기 전에 종교, 그러니까 진짜 살아 있는 종교가 그랬듯이 나름대로 인상적인 영향을 끼쳤어요. 그 결과 지금은 최고 지성들이 전부 과학이나 우주와 감성과 행동을 과학적으로 해석하는 일에 모여들어서 웅성거리고 있죠. 그리고 과학과 산업, 삶을 사업적으로 대하는 태도가 너무나 인상적이어서 본래 추구해야 했던 내적 본성에는 더욱 까막눈이 돼버렸고, 옛날 종교를 통해 추구했던 것들마저 잃은 거예요. 과학, 산업, 고층 빌딩 때문에 너무 바빠서 내적인 문제에는 신경 쓰지 못하는 거죠. 물론 몇몇 최고의 지성과 소수의 일반인은 언제나 유행에 회의를 품죠. 하지만 전쟁 후로는 의심이 너무 팽배해졌어요. 전쟁 탓에 19세기 문화들이 바보처럼 보이잖아요? 그래서 어떻게 됐죠? 최고의 지성(말 그대로 최고의 지성 말이에요) 중 일부는 화들짝 놀라서 교회로 돌아갔죠. 다른 이들, 그러니까 더 사회적인 쪽은 삶의 목적이 인류의 발전 또는 다음 세대의 행복을 위해 노력하는 거라고 선언했죠. 또 다른 사람들은 인류에게 희망이 없다고 생각하고는 동료들에 대한 혐오나 증오, 그도 아니면 자기 연민에 근거한 열정에 따라 갑자기 절망으로 방향을 틀었죠. 문학이나 예술에 종사하던, 더 밝고 젊은 측은 무너진 세상에서 가능한 한 즐기며 살기로 마음먹었고요. 쾌락, 그것도 완전히 야성적이지도 못한 쾌락에 목숨을 걸었죠. 예를 들어 보죠. 그 친구들은 성적 쾌락을 억제하지 말라고 요구했지만 고차원적인 의식도, 심미안도 없었어요. 또한 어느 정도 제멋대로인 미학적 쾌락과 완전히 제멋대로인 각종 사상을 음미할 수 있는 쾌락도 원했지만 한마디로 향료의 자극이 필요한 것뿐이었어요. 똑똑한 젊은이들이라니! 쇠락하는 문명에 꾀는 파리들이죠, 한심한 놈들. 걔네가 어떻게 자기 자신을 증오하겠어요. 젠장할, 그래도 따지고 보면 실패자치고는 걔네가 제일 나았어요."

당시 존은 몇 주째 지식인들을 연구하는 중이었다. 존은 조숙한 천재 역할을 했고, 유명한 작가에게 유별난 소년으로 인정받아 블룸즈버리 그룹*에 들어갔다. 그리고

---

* 버지니아 울프를 중심으로 모인 예술가들의 집단.

개성이 충만하며 영리하고 방황하는 젊은이들의 모임에 뛰어들었다. 집으로 돌아왔을 때 존의 몰골은 말이 아니었다. 존이 그곳에서 겪은 일을 상세히 설명할 필요는 없지만 사상의 선구자들이 어떻게 몰락했는가에 대해 존이 내놓은 분석은 언급할 가치가 있다.

"알겠지만 그 사람들은 어떤 의미에서 보면 진심으로 사상이나 사고방식의 선두 주자예요. 오늘 그 사람들이 생각하거나 느낀 것을 다른 사람들은 내년쯤에나 깨닫죠. 그들 중 일부는 호모 사피엔스의 기준으로 볼 때 정말로 1급 지성들이었고, 몇몇은 다른 환경이었다면 1급이 될 만했어요. (물론 대부분은 그냥 쓰레기였지만, 걔들은 논외로 해요.) 상황은 아주 간단하고 아주 절박해요. 자, 여기 이 나라 최고의 감수성과 최고의 지성이 동류를 만나고 경험을 풍족하게 만들겠다는 꿈에 부풀어서 모일 만한 구심점이 있어요. 무슨 일이 벌어질까요? 이 불쌍한 파리들은 인습이라는 이름의 미세한 거미줄에 붙잡혀 있는데, 너무 미세해서 대부분은 그 사실을 알지도 못하는 거예요. 실제로는 전체 거미줄의 특정 가닥에 딱 달라붙어서 꼼짝도 못 하면서 계속 윙윙거리죠. 그러면서 자신은 자유롭다고 생각해요. 물론 누구보다도 인습의 굴레에서 자유롭다는 평을 듣기는 하죠. 구심점 역할을 하는 사람은 자유와 과감한 생각과 행동이라는 이름의 굴레를 써요. 결국 스스로 만든 인습의 테두리에서만 '과감할' 수 있는 거죠. 요란한 표면상의 차이에도 불구하고 근본적인 지적, 도덕적 취향은 똑같아요. 사실 대부분은 자신들의 취향이 정말 유별난지는 신경도 안 써요. 유별나지도 않지만요. 그리고 타고난 정밀성과 고상함을 나름의 인습으로 망쳐요. 그 인습이 건전하다면야 다 잘되겠지만, 그렇지 않거든요. 그 사람들은 '똑똑하고 독창적이려고' 노력하고 '경험'에 목말라해요. 그들 중 일부는 당신네 종족의 기준으로 볼 때 정말로 똑똑하고 독창적이에요. 그리고 일부는 정말로 경험의 은총을 받았죠. 하지만 거미줄 덕분에 영리함과 경험을 얻었다면 기껏해야 날갯짓이나 흔들거림이지, 진짜 비상은 아니에요. 널리 퍼진 인습은 탁월함을 현명함으로, 독창성을 괴팍함으로 바꿔놓고 정신을 무디게 해서 미숙한 경험을 낳아요. 건전한 의지를 갖고 옛 관습을 때려 부수고 무슨 수를 써서라도 감상성을 배제해도, 결국은 뻔하고 조잡한 방종에 그치고 말았지만요. 단순히 성적 경험이나 인간관계의 미숙함만 얘기하는 게 아니에요. 정신의 미숙함을 말하는 거죠. 그 사람들은(당신네 종족치고는) 꽤 똑똑할 때도 있긴 하지만, 자신들의 지능을 펼칠 만큼 좋은 경험을 해본 적

이상한 존

이 없어요. 정신적인 원칙이 전혀 없기도 하고, 의식 면에서 모호하고 반만 깨어 있는 겁쟁이라서 그렇기도 해요. 알다시피 그 사람들은 예민한 생물이고 고통이나 쾌감에 민감하죠. 그리고 어릴 적에 기본적인 경험과 맞닥뜨릴 때마다 끔찍한 혼란을 겪었어요. 그래서 그런 일들을 마주치면 피하는 습관이 생겼죠. 그걸 벌충하기 위해서 사소하고 하찮은(하지만 선정적인) 경험만 만났다 하면 뛰어드는 거예요. 또한 경험에 대해 얘기할 때면 목청을 높이면서 지적인 것처럼 떠들어대죠."

나는 그 분석을 들으며 마음이 편치 않았다. 비록 내가 '그 사람들' 중 하나는 아니지만, 똑같은 비난이 나에게도 적용될 여지가 있었기 때문이다. 존은 내 생각을 꿰뚫어 봤음이 틀림없다. 씨익 웃으면서 상스럽기 짝이 없는 윙크까지 던졌기 때문이다.

"딱 걸렸죠? 늙은 양반, 안 그래요? 걱정 마세요. 당신은 거미줄에 사로잡힐 일이 없으니까요. 당신은 그 바깥에 있어요. 당신이 날개를 펄럭여서 북쪽으로 돌아갈 수 있도록 운명이 지켜줄 거예요."

그 후 몇 주가 지나자, 존의 기분이 달라졌다. 그 전까지의 존은 조사 작업을 벌이고 있든, 그 작업에 관해 말하든 명랑했고, 때로는 상스럽기까지 했다. 더 진지하게는, 존은 원시 부족의 관습을 관찰하는 인류학자처럼 한 발 떨어져서 동정심을 보였다. 그러나 이제는 소통의 횟수가 훨씬 줄었고, 우월감에 차서 얘기할 때도 예전보다 퉁명스럽고 차가웠다. 농담과 호의적인 조롱은 사라졌다. 존은 블룸즈버리에 있는 동안 다른 사람의 말에 싫증을 내면서 냉정하게 혹평하는 몹쓸 버릇을 배웠다. 하지만 그런 버릇마저 사라졌다. 이제는 일반적인 흥밋거리에 대해 어떠한 얘기를 듣더라도 음울한 눈빛으로 지긋이 응시할 뿐이었다. 인간적인 교제에 목마를 때면 뛰놀고 있는 개를 바라보는 고독한 인간의 눈빛을 띠었다. 존이외의 사람이 그런 식으로 누군가를 대한다면 공격적으로 보였으리라. 하지만 존이 그러면 마음이 불편해질 뿐이었다. 그런 존의 눈길을 받으면 나의 내부에서 고통스러운 자의식이 눈을 떴고, 시선을 돌리고 다른 일에 정신을 쏟고 싶은 저항할 수 없는 욕구가 솟았다.

딱 한 번, 존이 자신의 마음을 자유롭게 표현한 적이 있다. 나는 재무 계획을 제안하고 그에 대해 논의하기 위해 시간을 정하고 존과 지하 작업장에서 만났다. 존은 잠자리에 누워서 옆으로 늘어뜨린 다리를 흔들고 있었다. 두 손으로는 머리를 괴고 있었다. 내가 논의를 시작했지만, 존의 관심은 다른 곳에 가 있었다.

"나 원, 듣기는 하는 거냐? 발명품을 만들 거야, 말 거야?"

"발명이 아니라 발견을 할 거예요."

존의 목소리가 너무나 진중해서 나는 분별을 잃고 혼란에 빠졌다.

"아, 제발 좀 알아듣게 말해라. 요새 도대체 왜 그러니? 친구에게도 말 못 할 일이야?"

존은 천장에서 나에게로 시선을 옮겼다. 존이 응시했다. 나는 파이프에 담뱃잎을 채우기 시작했다.

"좋아요. 최대한 말씀드려보죠. 언젠가 나 자신에게 이런 질문을 던진 적이 있어요. 오늘날 전 세계가 처한 곤경은 그저 우연의 산물일까? 피할 수도 있고 치료할 수도 있는 질병일까, 아니면 인간 종의 본성에서 나온 필연적인 귀결일까? 난 답을 얻었어요. 호모 사피엔스는 분지에서 기어 나오려고 애쓰는 거미예요. 높이 올라갈수록 비탈이 가팔라졌고, 얼마 안 있어 아래로 떨어졌죠. 거미는 바닥에 있는 동안에는 아무 문제 없이 지냈지만 기어오르자마자 미끄러지는 거예요. 높이 오를수록 더 많이 추락하죠. 방향을 바꿔봐도 마찬가지였어요. 계속해서 문명을 만들 수는 있었지만 그럴 때마다 진정으로 문명화되기 전에 미끄러지는 거예요."

나는 존의 확신에 이의를 제기했다.

"그럴지도 모르지. 하지만 네가 그걸 어떻게 알 수 있지? 호모 사피엔스는 창의적인 동물이야. 언젠가는 거미가 발바닥을 끈적이게 만드는 방법을 발명할 수 있지 않을까? 아니면…… 거미가 아니라 딱정벌레라고 해보자. 딱정벌레는 날개가 있지. 날개를 어떻게 쓰는지 자주 잊기는 하지만……. 호모 사피엔스의 이번 등반이 이전과 다르다는 징조는 없을까? 기계적인 힘은 발밑을 끈적이게 해주지. 나는 날개의 경우도 꽤 고무적이라고 봐."

존은 나를 조용히 응시했다. 그리고 마음을 가라앉히는가 싶더니 멀리 가 있는 듯한 목소리로 말했다.

"날개 같은 건 없어요. 없다고요."

그러더니 목소리가 원래대로 돌아왔다.

"그리고 기계에 대해서 말인데, 사용법만 안다면 몇 걸음 더 올라가는 데 도움을 줄 수도 있겠죠. 하지만 알지 못해요. 아시다시피 모든 생물에게는 발전 가능성의 한계라는 게 있어요. 생체 조직에 기본적으로 내포된 한계죠. 호모 사피엔스는 100만 년 전에 그 한계에 도달했지만, 최근에야 비로소 위태롭게나마 자신의 힘을 사용하기 시작했어요. 과학과 기계학을 습득하면서 적절히 대처할 수 없는 상황을 불러온 거죠. 그걸 해결할 수 있는 건 자신의 역량을 훨씬 뛰어넘는 능력뿐이에요. 물론 호모 사피엔스는 당장은 미끄러지지 않을지도 몰라요. 고군분투하면서 지금의 역사적인 위기를 해결할지도 몰라요. 하지만 그래도 고생만 하다가 침체에 빠질 뿐이고, 마음속으로 처절하게 갈망하던 비상은 오지 않아요. 당신도 알겠지만, 인간의 영혼이 완전히 개화하기 위해서는 기계의 힘이 필요해요. 하지만 인간 이하의 존재에게는 치명적인 위험만 초래하죠."

"하지만 너는 그걸 어떻게 알 수 있지? 자신의 판단을 과신하는 건 아닐까?"

존은 입술을 굳게 다물고 비뚤어진 미소를 지었다.

"맞아요. 내가 한 번도 언급한 적이 없는 가능성이 하나 있어요. 종 전체가, 아니면 전 세계 인구의 대다수가 신성한 영감을 얻고 그들의 본성이 단숨에 진정한 인간으로 도약한다면 모든 일은 다 잘될 거예요."

나는 그 말이 빈정거림이라고 생각했지만, 존은 계속했다.

"아녜요, 나는 아주 진지해요. 가능한 일이에요. '신성한 영감을 얻는다'는 게 무슨 말이냐면, 원초적인 정신적 본성에 도달할 수 있는 힘을 단숨에, 꾸준히 끌어냄으로써 자신들의 저급함에서 벗어난다는 뜻이에요. 개개인에게는 종종 일어나는 일이죠. 기독교가 도래하면서 꽤 많은 사람에게 벌어진 일이기도 해요. 하지만 그들은 전 세계 인구에 비하면 극소수인 데다가 결국은 소멸했죠. 그런 일이 적을뿐더러, 기독교의 기적보다 훨씬 더 광범위하고 더욱 강력한 무언가가 발생할 수 없으니 희망은 없어요. 초기 기독교인이나 초기 불교도는 기적의 힘을 갖고 있었지만, 근본적으로는 내가 말한, 이른바 인간 이하였어요. 지능은 그 기적이 벌어지기 전 단계에 머물렀죠. 의지력의 경우, 내면에 새로 생긴 무언가에 의해 근본적인 변화를 얻긴 했지만 변화가 너무 소소했어요. 아니면 그 새로운 무언가가 전 세계 인구를 새롭고 조화로운 질서로 이끌지 못했을 수도 있죠. 이 법칙은 아주 불안정해요. 말하자면, 새로 등장한 심리학적 혼합물이 끔찍스럽게 불안정했다는 거죠. 다른 말로 표현하자면, 호모 사피엔스는 간신히 성자는 될 수 있지만 천사가 되기란 불가능하다는 얘기예요. 인간 이하의 존재와 인간의 내면에는 항상 격렬한 충돌이 일어나요. 그래서 거침없이 나아가 즐거움을 맛보고 세상에 창의적인 효과를 미치며 새로운 삶을 사는 대신, 원죄와 영혼의 구원이라는 관념에 집착하는 거예요."

그 후 우리는 침묵했다. 내가 파이프에 또 한 번 불을 붙이자, 존이 말했다.

"아홉 번째 성냥이에요. 웃기는 늙은이네!"

사실이었다. 꺼진 성냥이 여덟 개였다. 하지만 나는 몇 개나 썼는지 기억하지 못했다. 존은 침상 위에 있었으므로 재떨이 안을 볼 수 없었다. 불을 붙인 횟수를 센 게 틀림없었다. 무언가에 열중하고 있으면서도 항상 주변을 관찰한다는 뜻이었다. 내가 대꾸했다.

"웃기는 젊은이네!"

이윽고 존이 말을 이었다. 존의 눈길은 나를 향했지만, 나는 존이 혼잣말을 하는 것 같았다.

"한때는 내가 이 세계를 책임지고 호모 사피엔스가 더욱 인간적인 계획하에서 스스로를 재창조하도록 도와야 한다고 생각했어요. 하지만 이젠 알아요. 인간들이 '신'이라고 부르는 존재만이 그 일을 해낼 수 있어요. 아니면 다른 행성이나 다른 차원에서 대규모로 개입한 우월한 존재들만이 그럴 수 있어요. 하지만 그 존재들이 그런 수고를 감수할지는 회의적이네요. 아마 지구인을 가축이나 박물관용 전시품, 애완동물이나 해충 정도로 생각하겠죠. 마찬가지로 그들이 호모 사피엔스를 잘 다루고 싶어 한다면, 그럴 수도 있을 거예요. 하지만 나는 못 해요. 내가 마음을 먹는다면 비교적 손쉽게 힘을 획득하고 인간 종족을 휘하에 둘 수 있을 거예요. 한번 그런 자리에 오르면 세상을 마음에 드는 행복한 곳으로 만들 수 있겠죠. 하지만 인간 종족이 가진 능력의 궁극적인 한계를 받아들여야만 해요. 인간들을 능력 이상의 수준에서 살도록 만든다는 건 원숭이 떼를 문명화시키는 것과 같아요. 그 어느 때보다 심각한 혼돈이 발생하고, 인간들은 나에게 대항해서 뭉치겠죠. 결국엔 나를 파괴하려 들 거예요. 그러니 한계투성이인 이 생물을 받아들이는 수밖에요. 내 최고의 능력을 엉뚱한 데 쓰는 셈이지만요. 차라리 양계장이나 운영하는 편이 나아요."

나는 존에게 항의했다.

"이 건방진 꼬맹이가! 나는 우리가 그 정도로 형편없다고는 생각하지 않아."

"오, 무슨 말씀을! 물론 형편없어요. 당신도 그중 하나고요. 자, 보세요. 나는 유럽 여기저기를 들쑤시고 다니느라 애를 먹었어요. 그래서 뭘 발견했을까요? 나는 멍청하게도 최고의 자리에 있는 친구들, 최고의 지성들, 각 분야의 지도자들이 어느 정도는 진짜 인간이며, 기본적으로 정신은 차리고, 이성적이며, 효율적이고, 객관적이며, 자신들 중의 최고에게는 충성을 바칠 줄 알 거라고 생각했어요. 실제로는 전혀 그렇지 않았죠. 대부분은 평균 이

하였어요. 명성이 사람을 망쳐놨죠. 우리 친구 Z씨를 생각해보세요(존은 장관을 언급했다). 나와 같은 시각으로 장관을 봤다면 당신도 놀랐을 거예요. Z씨는 자신의 비참한 자존심과 관련 있는 것만 빼고는 어떤 것도 명료하고 정확하게 경험하질 못해요. 무언가가 그에게 도달하려면 선입견과 진부함과 외교적인 말장난으로 가득한 오리털 이불을 통과해야 하죠. 그는 오늘날의 실제 정치 문제에 대해 아무 생각이 없어요. 날도래가 날개를 퍼덕이면서 물속의 고기를 보는 것보다도 못하죠. 물론 대단한 말솜씨가 있으니 아주 중요한 의미가 담긴 말을 하는 것처럼 속이기는 해요. 하지만 정작 자신은 그게 무슨 뜻인지 몰라요. 정치 게임에 쓰는 가짜 화폐에 불과하죠. 간단히 말해 현실 속에 살고 있지 않은 거예요. 언론계의 거물인 Y씨를 볼까요. 그 사람은 세상을 속여서 돈과 권력을 모으는 방법을 깨달은 조악한 부랑아예요. 실질적인 문제에 대해 물어보세요. 얘기가 어디로 흘러가는지 감도 잡지 못해요. 하지만 나는 그런 사람들이 어리석음과 힘을 동시에 갖고 있기 때문에 두려워하는 게 아니에요. 진짜 지도자인 젊은이, X씨를 보죠. 이 사람의 혁명적인 이상은 사회의 사상에 큰 영향을 줘요. 머리도 좋고, 그 똑똑함을 적재적소에 활용하며, 배짱도 있죠. 하지만 꾸준히 관찰해본 결과, 그 사람의 진짜 동기가 뭔지 알 수 있었어요. 물론 자신은 모르고 있어요. X씨는 오래전에 어려운 시절을 겪었고, 이제는 복수해서 압제자들을 공포에 떨게 만들고 싶어 해요. 자신의 만족을 위해서 가지지 못한 자들이 가진 자들을 깨부수도록 이용하는 거예요. 뭐, 복수하게 내버려두고 행운이나 빌어주죠. 하지만 그런 삶의 목표는, 설사 무의식적이라 해도 공상에 지나지 않아요! 그 덕분에 그놈의 얼어 죽을 훌륭한 일을 하게 됐지만, 결국엔 그것 때문에 불구로 남을 거예요. 한심한 놈. 철학자 나부랭이인 W의 경우는 어떨까요. 말을 철석같이 믿는 보수학파에서 단연 두드러진 사람이죠. 이 사람도 X씨와 똑같은 곤경에 빠져 있어요. 나는 이 늙고 건방진 양반을 아주 잘 알아요. 친하게 지내면서 그 사람의 재기 넘치는 저서들을 관통하는 주요 동기가 뭔지 알 수 있었어요. 어떤 인간이나 신에게도 고개를 숙이지 않고, 선입견과 감상성을 몰아내며, 이성을 숭상하지만 맹목적으로 추종하지는 않아요. 아주 존경스럽죠. 하지만 거기에 집착한 나머지 결과적으로는 이성이 왜곡됐어요. 집착을 버리지 못하면 진짜 철학자가 될 수 없어요. 한편 V씨가 있죠. 이 사람은 전자와 은하계에 통달했을 뿐 아니라 그 분야에서 최고예요. 게다가 정신적인 경험에 대해서도 어렴풋이 이해하고 있죠. 자, 어떤 식으로 작동할까요? V씨는 친절하고 동정심이 많은 생물이에요. 그리고 인간의 시각으로 바라본 우주가 아주 훌륭하다고 생각하죠. 자신의 탐구와 관찰 활동도 마찬가지예요. 과학 분야에 매달리는 한은 별문제 없을 거예요. 하지만 정신적인 경험 때문에 과학이란 건 표면적인 문제에 불과하다고 생각하고 있죠. 그것도 맞는 말이에요. 그러나 V씨가 겪은 정신적 체험은 아주 얕은 수준이라 친절함과 한데 엉켜 있어요. 그래서 다른 사람들에게는 친절함이 만들어 낸 우주만을 설명하는 거예요."

존은 말을 멈추더니 한숨을 쉬고 나서 계속했다.

"이런 얘기를 계속해봤자 소용없어요. 결론은 간단해요. 호모 사피엔스는 한계에 직면했어요. 그리고 나는 멸망한 종족을 뜯어고치느라 인생을 낭비할 생각이 없어요."

"너는 자신에 대해서 완전히 확신하고 있구나. 그렇지?"

내가 끼어들었다.

"그럼요. 어떤 면으로는 완벽하게 확신하고, 다른 면으로는 전적으로 불신하고 있어요. 어느 면에서 그런지는 설명할 수 없네요. 하지만 한 가지만은 아주 분명해요. 내가 호모 사피엔스를 떠맡는다면 나의 내적 자아는 얼어붙을 테고, 진짜 할 일에 필요한 능력을 키우지 못할 거예요. 그 일이 뭔지 아직은 정확히 모르고 설명도 할 수 없어요. 하지만 나의 깊은 내면에서 시작될 거라는 사실은 분명해요. 물론 단순히 영혼을 구원하는 문제는 아니에요. 나는 세상을 망치지 않고 개인으로서 나 자신을 망칠 수 있어요. 게다가 그럼으로써 이 세상에 아름다움을 더할 수도 있을 거예요. 나는 개인적인 이익에는 관심이 없지만, 뭔가 중요한 일을 하기 위해서 이익을 추구할 필요는 있어요. 그렇다는 걸 알고 있어요. 나는 무슨 일이 있어도, 음, 객관적 현실의 내적 발견을 시작해야 해요. 객관적인 창조를 위해서요. 무슨 말인지 알아듣겠어요?"

"글쎄, 하지만 계속해보렴."

"아뇨, 그렇게 넘어갈 수는 없어요. 대신 다른 식으로 말해보죠. 최근에 아주 기겁한 적이 있어요. 난 웬만해서는 잘 놀라지 않아요. 생애 두 번째 경험이었죠. 지난주에 군중을 보기 위해서 '우승배 쟁탈 결승전'에 갔어요. 기억하시다시피 접전이었고(처음부터 끝까지 대단히 멋진 경기였어요), 종료를 3분 남겨놓고 반칙 때문에 문제가 생겼어요. 심판이 반칙으로 호루라기를 불기 전에 골이 들어갔죠. 그게 승패를 결정지었어요. 얘기는 들으셨겠지만, 그래서 관객들이 전부 들고일어났죠. 나는 그것 때문에 겁에 질렸어요. 싸우다가 다칠까 봐 무서웠던 건 아니에요. 사실 아주 즐겁게 싸웠을 거예요. 같이 싸울 편이 있고, 싸워야 할 이유가 있었다면요. 하지만 없었어요. 그건 분명히 반칙이었어요. 그놈의 고귀한 '스포츠 정신'에 따랐다면 문제 될 게 없었는데 그러질 않더군요. 그자들은 정신을 잃고 미쳐 돌아갔어요. 나는 그 순간 거대한 소 떼 속에 홀로 남은 사람처럼, 누구와도 다르다는 느낌에 사로잡혔어요. '이게 세계인들, 16억 호모 사피엔스의 좋은 예다. 저들은 알아들을 수 없는 말을 하며 울부짖고 비명을 지르는 식으로 독특하게 인류를 대변한다. 그리고 나라는 존재가 있다. 나는 때 묻지 않고, 무지하며, 아직 세상일에 서투른 꼬마 생물이다. 하지만 나는 인간, 그것도 세상에서 유일무이한 진짜 인간이다. 나는 진짜 인간이며 새롭고 초월적인 영혼의 진보를 획득할 가능성을 내포하기 때문에 나머지 16억을 합친 것보다 더욱 중요한 존재다.' 그 생각만으로도 두려웠어요. 비명을 지르는 군중들은 상황을 더욱 악화시켰죠. 그것들이 아니라 그것들이 대변하는 무언가가 무서웠어요. 즉, 개인으로서 공포를 느꼈다는 게 아니에요. 그런 관점에서 보자면 기분 좋은 생각이기도 했죠. 만약에 사람들이 나에게 덤볐다면 제대로 본때를 보여줬을 거예요. 나를 겁먹게 한 것은 측량할 수 없는 책임감과 그걸 달성하기 위해서 헤쳐나가야 하는 역경이었어요."

존은 침묵에 빠졌다. 나는 존의 어마어마한 자만심에 놀라 아무 말도 할 수 없었다.

이윽고 존이 다시 말을 시작했다.

"늙어빠진 파이도 같으니라고. 내 얘기가 비현실적으로 들린다는 건 알고 있어요. 하지만 한 가지 사실을 정확히 말해주면 알아들을 거예요. 세계대전이 다시금 임박했다는 것, 또 전쟁이 벌어지면 문명이 끝장날 수도 있다는 건 다들 알고 있죠. 하지만 나는 사람들이 생각하는 것보다 이 상황을 더욱 안 좋게 만들 수 있는 무언가를 느껴요. 당신네 종족이 장기적으로 어떻게 될지는 모르겠지만, 기적이 일어나지 않는 한 심리학적인 이유 때문에 얼마 안 있어 무시무시한 혼란이 닥쳐올 수밖에 없다는 건 알고 있어요. 나는 온갖 종류의 정신들을 세밀하게 살펴봤고, 그 결과 진짜 중요한 일에 대한 호모 사피엔스의 학습 능력이 놀라울 만큼 낮다는 걸 깨달았어요. 지난 전쟁에서 아무 교훈도 얻지 못했잖아요. 인류의 지능이란 팔랑거리며 촛불에 뛰어들었다가 그 충격에서 벗어나자마자 다시 달려드는 나방 수준이에요. 날개가 다 탈 때까지 반복하는 거죠. 머리로 위험을 감지하는 사람들은 많아요. 하지만 그런 사람들은 깨달음을 바탕으로 행동하지 않아요. 나방이 불로 뛰어들면 죽는다는 걸 알면서도 날갯짓을 멈추지 못하는 것과 같죠. 지금 준동하고 있는, 국가주의라는 이름의 광적인 종교와 꾸준히 발전하는 파괴의 기술이 피할 수 없는 대재앙을 초래하고, 기적을 방해할 거예요. 더 풍부한 지성으로 단숨에 도약하고 세계적인 규모의 사회적, 종교적 혁명이 일어날 가능성도 있기는 해요. 하지만 그 가능성과는 별개로, 15~20년 이내에 질병이 머리를 잠식할 거예요. 그러다가 어느 날 강대국들이 서로 공격하겠죠. 그리고 콰쾅! 문명은 몇 주면 사라질 거예요. 물론 내가 인류의 지휘자라면 그런 파국은 막을 수 있어요. 하지만 전에도 말한 것처럼, 그러기 위해서는 정말로 핵심적인 일을 포기해야 해요. 양계장을 살리자고 그런 희생을 치를 수는 없어요. 결론적으로, 나는 당신네 어이없는 종족에 대해 전부 알았어요. 이제는 내 힘으로 일어서야 하고, 가능하다면 다가오는 대재앙에서 살아남아야 해요."

11장

기묘한 만남들

＊

존이 호모 사피엔스가 처한 곤경에 대해 엄숙한 결정을 내린 시기와 원대한 정신적 문제를 추구하는 문제에 있어서 한층 성숙해진 시기가 일치한다. 내가 바로 앞에서 언급한 일이 있은 지 몇 주 후, 존은 어느 때보다도 내부로 침잠해서 친구로 여기던 사람들과도 접촉하지 않았다. 자신과 같은 세상에 사는 유별난 생물들에게 보이던 활발한 흥미도 완전히 사라졌다. 대화도 형식적이었다. 적대감 가득한 오만함으로 타오를 때를 제외하고는 말이다. 가끔은 친밀함을 필요로 하는 것처럼 보이기도 했지만, 원하는 것을 얻지는 못했다. 존은 언덕으로 산책을 가거나 저녁에 영화를 보러 가자고 나에게 부탁하기도 했다. 하지만 우리의 친숙한 우정을 회복해보려는 가상한 노력에도 불구하고 존은 초라한 모습으로 침묵에 빠졌고, 내가 말을 걸어도 귀를 기울이지 않았다. 팍스의 뒤를 졸졸 따라다니기도 했지만 말은 걸지 않았다. 팍스는 존의 상태를 보고 깜짝 놀라서는 '존의 뇌에 이상이 생기지 않고서는' 그렇게 침울하고 멍하며 말이 없을 수가 없다고 걱정했다. 어느 날 밤, 팍스는 존의 방에서 나는 이상한 소리에 무슨 일인가 싶어 올라가보았다. 존은 '악몽에서 깨어나지 못하는 어린아이처럼' 울고 있었다. 팍스는 존의 머리를 쓰다듬으면서 무슨 일인지 엄마에게 얘기해보라고 달랬다. 존은 흐느끼면서 말했다.

"팍스, 너무 외로워요."

이처럼 곤혹스러운 상태가 몇 주나 지속되더니 존이 사라졌다. 존의 양친은 아들이 며칠씩 집을 비우는 데 익숙했다. 그러나 이번에는 스코틀랜드 소인이 찍힌 엽서가 배달됐다. 엽서에는 존이 산에서 휴가를 보낼 예정이며, '꽤 오랫동안' 돌아가지 않을 거라고 적혀 있었다.

그렇게 한 달이 지났고, 우리는 존의 안부를 걱정하기 시작했다. 그러던 참에 존이 사라졌다는 사실을 알고 있던 나의 지인인 테드 브린스턴이 맥휘스트라는 친구에 대해 얘기했다. 맥휘스트는 산악 등반가였는데, '북부 스코틀랜드의 산악 지방에서 야생으로 살고 있는 소년'을 만났다는 것이었다. 테드는 나에게 맥휘스트와 만나보라고 했다.

몇 차례 약속을 미루다가, 브린스턴과 나는 저녁 식사 자리에서 맥휘스트와 그의 동료 등산가인 노턴과 만났다. 나는 그 자리에 나갔다가 두 사람의 등반가가 우리를 모이게 한 문제의 사건에 대해 솔직하게 얘기하려 들지 않는 것을 깨닫고, 놀라고 불쾌했다. 알코올의 힘과 존을 염려하는 나의 마음 때문에 두 사람은 입을 열었다.

그들은 편리한 개울이나 호수를 따라 한번에 며칠씩 텐트를 치고 로스크로마티의 잘 알려지지 않은 바위산들을 탐험하고 있었다. 더운 어느 날 두 사람은 풀이 많은 산의(어느 산인지는 알려주지 않았다) 돌출부를 오르다가 이상한 소리를 들었다. 소리는 두 사람의 우측 계곡 상류에서 들려왔다. 소리가 반인반수의 울음 같아서 그들은 호기심이 동했고 그 근원을 찾아 나섰다. 이윽고 두 사람은 냇가에 도착했고, 맥휘스트의 말을 그대로 옮기자면 벌거벗은 채 작은 폭포 옆에 앉아 '소름 돋는 소리로' 웅얼거리던 나체의 소년을 발견했다. 꼬마는 두 사람을 발견하더니 박달나무 사이로 도망쳐 사라졌다. 주변을 탐색했지만 소년은 찾을 수 없었다.

며칠 후, 두 사람은 선술집에서 사람들에게 이 얘기를 했다. 술에 적당히 취해 있던 붉은 수염의 지역 주민이 즉시 그 꼬마 혹은 물귀신에 대한 괴담을 늘어놓았다. 그 사람의 처형의 조카는 직접 그 꼬마를 추적했으며 한 줌의 안개로 변하는 모습을 목격했노라고 말했다. 또 다른 사람은 그 괴물과 바위를 사이에 두고 직접 대면했으며, 그 생물의 눈은 대포알만 했고 눈동자는 새카맸다고 증언했다.

두 등반가는 그 주에 야생의 소년을 또 한 번 마주쳤다. 두 사람은 비교적 힘든 바위틈을 오르다가 더 이상 수직 등반이 불가능한 지점에 도달했다. 앞장서던 맥휘스트는 동료를 끌어 올린 다음, 타고 오를 만한 길을 찾아 툭 튀어나온 부벽을 돌아가려고 준비하던 참이었다. 잠시 후 날씬한 갈색 어깨가 등장하더니, 맥휘스트가 한 번도 본 적 없는 이상한 얼굴이 뒤따랐다. 맥휘스트가 묘사한 생김새로 보아 존이 분명했다. 존의 얼굴이 비쩍 말랐다는 맥휘스트의 말을 듣고 내 마음은 편치 않았다. 뺨은 가죽 조각처럼 쪼그라들었고 눈은 광채가 번득였다. 존은 모습을 드러내자마자 공포에 가까운 혐오를 나타내더니 돌출부를 돌아서 사라졌다. 맥휘스트는 존을 다시 보기 위해 바위 틈새를 건넜다. 존은 두 사람이 올라오는 길에 도전했던 암벽의 부드러운 면을 따라 이미 절반쯤 내려간 상태에서 틈새를 발판 삼아 뛰었다.

"세상에, 저 아이 좀 봐! 틈새에서 틈새로 뛰고 있어."

존은 가파른 경사의 끝에 도달하더니 왼쪽으로 방향을 꺾어 사라졌다.

존과의 마지막 만남은 그보다 길었다. 어느 날 저녁, 두 사람은 눈보라 속에서 하산길을 찾고 있었다. 흠뻑 젖은 상태였다. 바람이 너무 강해서 전진은 불가능했다. 두 사람은 구름 속에서 길을 잃었고 엉뚱한 능선을 골랐다는 사실을 깨달았다. 그들은 절벽에 둘러싸였고, 서로의 몸을 묶은 상태로 협곡 혹은 넓은 틈새를 따라 간신히 내려갈 수 있었다. 절반쯤 내려갔을 때, 두 사람은 연기 냄새를 맡고 깜짝 놀랐다. 연기는 두 사람이 선택한 경로의 건너편 바위 모서리에 박힌 커다란 석판에서 흘러나왔다. 맥휘스트는 죽을힘을 다해서 몇 안 되는 아슬아슬한 턱을 잡고 연기 나는 석판 근처의 평지에 도착했다. 노턴이 그 뒤를 따랐다. 석판의 뒤쪽 아래에서 불빛이 새어 나왔다. 한두 걸음 더 기어가자, 두 사람은 석판의 한쪽 끝과 절벽 사이에 위치한 환한 공간에 도착했다. 석판의 옆면과 반대쪽 끝은 작은 돌무더기 사이에 끼어 있었고, 바위 틈새의 양쪽 면이 지지대 역할을 하고 있었다.

두 사람이 몸을 구부리고 환한 구멍을 지나니 울퉁불퉁한 동굴이 눈에 들어왔다. 굴 안에는 토탄과 관목을 이용한 모닥불이 타오르고 있었다. 존은 건초와 관목으로 만든 잠자리에 몸을 뻗고 누워 있었다. 존의 시선은 모닥불에 고정되어 있었으며 얼굴에는 눈물이 넘쳐흘렀다. 존은 발가벗었으나 옆에는 사슴 가죽이 널려 있었다. 불 옆의 돌판 위에는 익힌 새고기 조각이 놓여 있었다.

등산가들은 이상한 꼬마가 흘리는 눈물을 보고는 왠지 겸연쩍어서 조용히 물러섰다. 그리고 속삭이며 의논한 끝에 아이에게 뭔가를 해줘야 한다는 결론에 도달했다. 두 사람은 등산화를 이용해서 동굴에 다가가는 것처럼 소리를 낸 다음, 존의 시야 바깥에서 멈춰 섰다.

맥휘스트가 물었다.

"누구 있습니까?"

대답은 없었다.

두 사람은 다시 한번 좁은 입구 안을 들여다보았다. 존은 똑같이 누워 있었고 주의도 기울이지 않았다. 새고기 옆에는 튼튼한 뼈칼이 있었다. '수제품'인 건 분명했지만 아주 날카로웠고 날도 서 있었다. 뿔이나 뼈로 만든 도구도 있었다. 그중 몇 가지에는 장식이 새겨져 있었다. 갈대로 만든 일종의 팬파이프와 가죽 신발 한 켤레도 있었다.

등산가들은 금속 제품과 같은 문명의 흔적이 전혀 없다는 사실에 충격을 받았다.

두 사람은 다시 한번 조심스럽게 말을 걸어봤지만, 존은 전혀 반응하지 않았다. 맥휘스트는 일부러 소리를 내며 입구 안쪽으로 기어들어가 소년의 맨발을 부드럽게 잡고 흔들어보았다. 존은 천천히 주변을 둘러보더니 영문을 몰라 침입자를 바라보았다. 그러더니 순식간에 적의를 품은 지적 존재로 변했다. 존은 펄쩍 뛰어오르더니 몸을 웅크리고는 사슴뿔의 가장 큰 가지로 만든 단도를 움켜쥐었다. 맥휘스트는 크고 이글거리는 눈과 비인간적인 으르렁거림에 깜짝 놀라 동굴의 비좁은 입구를 통해 밖으로 나왔다.

맥휘스트가 말했다.

"그리고 이상한 일이 벌어졌어요. 아이의 분노가 사그라들더니, 내가 처음 보는 이상한 짐승이라도 되는 것처럼 뚫어져라 쳐다보더군요. 그러다가 다른 일을 생각하는 것 같았어요. 아이는 무기를 떨어뜨리고 완전한 비탄에 잠긴 눈으로 다시 모닥불을 노려보기 시작했어요. 눈에서는 다시 눈물이 솟았고요. 절박한 미소라도 짓는 것처럼 입술을 비틀더군요."

맥휘스트는 고민과 피로에 젖은 기색으로 여기까지 말

하더니 입을 다물었다. 그리고 파이프 담배를 격렬하게 빨더니 다시 이야기를 시작했다.

"당연히 그 아이를 내버려둘 수는 없었죠. 그래서 뭐 도와줄 일이 없는지 조심스럽게 물었어요. 대답하지 않더군요. 나는 다시 안으로 들어가서 아이 옆에 쪼그리고 앉은 다음 기다렸어요. 나는 최대한 부드럽게 아이의 무릎에 손을 얹었어요. 아이는 깜짝 놀라서 몸을 흔들더니 얼굴을 찡그리며 쳐다보더군요. 머릿속을 정리하는 것 같더니 재빨리 단도를 잡은 다음 자기 자신을 살펴보고는 마침내 심술궂은 꼬마 같은 미소를 지었어요. 그러더니 말하더군요. '아, 들어오세요. 노크는 필요 없어요. 여긴 가게니까요.' 그리고 덧붙였어요. '지긋지긋한 인간들. 좀 내버려두면 안 돼요?' 나는 우리가 우연히 오게 됐다고 말했지만 아이에 대한 호기심은 사라지지 않았어요. 나는 일전에 그의 등반 기술을 보고 충격을 받았다고 말했죠. 여기 혼자 갇혀 있다니 유감스럽다고도 말했어요. 우리와 같이 내려가겠느냐고 묻자, 아이는 웃으며 고개를 젓더니 혼자 잘 지내고 있다고 그러더군요. 조금 거친 방식으로 휴가를 보내며 이것저것 생각하는 중이라고 했어요. 처음엔 음식을 장만하기가 힘들었지만 이제는 필요한 기술도 익혔고 생각할 시간도 아주 많다더군요. 그리고 웃었어요. 날카로운 소리가 갑자기 울리자 머리가 뜨끔거리더군요."

노턴이 끼어들었다.

"그때 내가 동굴 안으로 들어갔죠. 아이가 바짝 마른 걸 보니 말문이 막혔어요. 몸에 지방이 남아 있길 않았어요. 근육은 피부 밑에 노끈처럼 엉켜 있었죠. 몸은 상처와 멍투성이였어요. 하지만 가장 마음에 걸린 건 표정이었어요. 큰 수술을 받고 마취에서 막 깨어난 환자에게서 그런 모습을 본 적이 있어요. 일종의 정화된 모습이랄까? 불쌍한 녀석. 분명히 잘 견디고 있는 것 같았지만, 도대체 무슨 일을 겪었을까요?"

맥휘스트가 말했다.

"처음에는 아이가 미친 줄 알았어요. 하지만 이제는 그렇지 않다고 맹세도 할 수 있어요. 뭔가에 홀린 거예요. 우리가 모르는 무언가가 아이를 사로잡은 거죠. 그게 좋은 건지 나쁜 건지는 모르겠군요. 주변을 둘러싼 게 모두 무시무시했어요. 밖에서는 폭풍 소리가 들리고 불빛은 어두침침하고 연기는 등 뒤를 돌아서 아이가 만들어 놓은 일종의 굴뚝으로 흘러 나갔죠. 우리는 한동안 먹은 게 없어서 머리가 어찔했어요. 아이는 먹다 남은 새고기와 월귤나무 열매를 내놨지만, 우리는 그 아이의 식량을 축내고 싶진 않았어요. 정말로 도와줄 일이 하나도 없느냐고 물어봤더니, 있다고 하더군요. 누구에게든 절대로 자기 얘기를 하지 말아달라고 했어요. 아는 사람에게 전할 말이라도 있냐고 물어봤죠. 아주 심각하고 단호한 표정을 짓더니 말했어요. '아뇨. 절대로, 한마디도 없어요. 잊으세요. 만약에 나에 대한 기록이 남는다면.' 그러더니 아이는 차가운 목소리로 천천히 말했어요. '난 자살할 수밖에 없어요.' 우리는 궁지에 몰렸죠. 뭔가 해야 한다고 생각했지만, 꼭 약속해야 할 것 같은 기분이 들었어요."

맥휘스트는 잠깐 멈췄다가 석연찮은 표정으로 말했다.

"그래서 약속했어요. 우리 세 사람은 밖으로 나와서 어둠을 헤매다가 경사진 터에 도착했어요. 우리는 바위를 내려가기 위해서 몸을 묶었고, 아이는 줄을 풀고 앞장을 섰어요. 그리고 길을 알려줬죠"

맥휘스트는 다시 말을 멈췄다가 덧붙였다.

"그 후에 브린스턴을 통해 당신이 아이를 찾는다는 얘길 들었고, 나는 약속을 깨뜨렸죠. 그래서 기분이 아주 안 좋아요."

내가 웃으며 말했다.

"걱정 안 해도 돼요. 언론에 얘기하지 않을 테니까."

노턴이 다시 말했다.

"그런 문제가 아니에요. 아직 맥휘스트가 말하지 않은 게 남아 있죠. 말해, 맥."

"네가 직접 해. 난 싫어."

약간의 침묵 뒤에 노턴이 어색하게 웃으면서 말했다.

"흠, 이걸 커피 한 잔 마시면서 편안한 자리에서 얘기한다면 그냥 헛소리처럼 들리겠죠. 하지만, 젠장, 그게 정말로 일어난 일이 아니라면 머리가 어떻게 됐다는 얘기라고요. 당신 눈앞에 우리가 앉아 있는 것처럼 분명히 봤으니까요."

노턴이 말을 멈췄다. 맥휘스트는 안락의자에서 일어서더니 등 뒤의 책꽂이에 있는 책들을 둘러보기 시작했다.

"그 아이는 우리가 이해 불가능한 위대한 존재와 만나고 있노라고 믿을 수밖에 없는 얘길 했어요. 잊을 수 없는 기억을 남게 해주겠다, 그러면 비밀을 지키기가 쉬울 거다, 그러더군요. 아이의 목소리가 이상하게 바뀌었어요. 아주 작고 낮았으며 차분했죠. 비쩍 마른 팔을 지붕 쪽으로 뻗치더니 이렇게 말했어요. '이 석판은 5톤쯤 나갈 거예요. 그 위로는 눈보라밖에 없죠. 저기 입구에 물이 떨어지는 게 보이죠?' 아이가 동굴 입구를 가리켰어요. '저게 뭘까요?' 아이는 차갑고 자신감에 찬 소리로 말했어요. '별을 보죠.' 그리고 세상에, 절대 못 믿을 거예요.

217

아이가 손가락 끝으로 그 깨진 바위를 문처럼 들어 올렸어요. 광풍과 진눈깨비가 들이닥쳤지만, 곧 멎더군요. 아이는 바위를 밀어 올리면서 일어섰어요. 머리 위로는 바람 한 점 없었고, 맑은 하늘이 열리면서 별이 반짝였죠. 모닥불에서 나는 연기가 너울거리는 기둥처럼 솟아올랐어요. 연기의 밑둥은 번쩍거렸고, 그 끝자락은 머리 위로 멀리 퍼져 나갔어요. 연기가 남기고 간 어둠의 흔적 속에서 몇 개의 별이 사라졌죠. 아이는 바위가 곤추설 때까지 한 손으로 밀어 올리더니 반대쪽 손을 엉덩이에 걸쳤어요. '저길 봐요!' 아이가 말했죠. 나는 별빛과 불빛 속에서 하늘을 응시하는 아이의 얼굴을 볼 수 있었어요. 경건하고, 밝고, 날카롭고, 평화스러웠어요.

그 아이는 30초 정도 아무 말 없이 꼼짝 않고 서 있다가 우리를 내려다보고는 웃으면서 말했어요. '잊지 말아요. 우린 함께 별을 본 사이예요.' 그러더니 바위를 제자리에 내려놓고는 이러더군요. '이제 가세요. 첫 경사가 끝날 때까지는 함께 가죠. 밤에는 위험하니까요.' 우리는 혼란에 빠지고 몸이 굳어서 즉시 떠날 수 없었어요. 아이가 부드럽고 자상하게 웃더니 이렇게 말했어요. 난 지금까지 단 한순간도 그 말을 잊어본 적이 없어요. (맥휘스트는 어떤지 모르겠군요.) '애들 장난 같은 기적이에요. 하지만 난 어린아이에요. 영혼이 유년기를 극복하느라 고군분투하다 보면 애들 장난에서 위안을 얻을 때도 있는 거죠. 유치하다는 걸 알면서도 말이에요.' 그리고 우리는 동굴을 기어 나와서 눈보라 속으로 나아갔어요."

모두가 입을 다물었다. 이윽고 맥휘스트가 우리 쪽으로 향하더니 눈을 이글거리며 노턴을 노려보았다.

맥휘스트가 말했다.

"우린 위대한 계시를 본 거야. 그런데 믿음이 부족했지."

나는 맥휘스트를 진정시키기 위해 말했다.

"겉으로는 그럴지 몰라도, 정신적으로 배신한 건 아니에요. 나에게 그 사실을 알렸다고 해서 존이 기분 나빠하진 않을 테니까요. 그 기적이란 것도 걱정할 필요 없어요."

나는 과도한 확신을 담아서 말했다.

"뭔가 교묘한 방법을 써서 당신들에게 최면을 걸었을 겁니다. 사악한 꼬마거든요."

그해 여름이 끝날 무렵, 팍스는 엽서를 한 통 받았다. 이렇게 적혀 있었다.

"오늘 늦게 도착 예정. 목욕물 준비 요망. 존."

나는 기회를 잡자마자 존을 붙잡아놓고 문제의 휴가에

대해 긴 얘기를 나눴다. 존은 놀랍게도 모든 것을 솔직하게 얘기했다. 귀가하기 전까지 모든 사람을 애태웠던 단절 속의 비참한 상태에서 완전히 벗어났다는 것도 놀라운 일이었다. 존이 나에게 해줬던 얘기를 내가 잘 이해했는지는 의심스럽다. 설사 존이 일부분 생략했다 해도, 내가 이해하지 못할 거라 그랬으리라. 나는 이야기 내내 존이 내가 알아들을 수 있는 말로 통역한다는 느낌을 받았다. 존에게는 쉽지 않은 일이었으리라. 나는 존의 이야기 중 내가 이해한 부분만 기록할 따름이다.

12장

야생의 존

존은 호모 사피엔스가 무익한 종이라는 비통한 사실을 깨닫고는 '멸망의 공황 상태'와 '강렬한 외로움'을 느꼈다. 다른 사람과 같이 있을 때면 더욱 외로웠다. 그와 동시에 존의 정신에 변화가 일어났다. 처음에는 미쳐가는가 싶었지만, 존은 그것이 성장 과정일 뿐이라고 굳게 믿었다. 어쨌든 존은 방황을 끝내고 내면에서 일어나는 대변동을 있는 그대로 대면할 필요를 느꼈다. 소멸과 재생의 예감을 느낀 애벌레가 고치를 지어 스스로 자신을 보호하겠다고 결심하는 것과 같았다.

게다가 존은 호모 사피엔스의 문명과 접촉한 탓에 정신적으로 오염되었다고 생각했다. 한동안이라도 인류

문명의 모든 잔재를 벗겨내고, 본래의 모습 그대로 우주와 마주하며, 이 행성을 지배하고 있는 원시적이고 저급한 생물에게 의존하지 않고 지내야 한다고 생각했다. 나는 존이 그처럼 단순한 삶에 목말라했던 이유가 모험을 원하는 소년의 동경이라고 생각했다. 하지만 이제는 그것이 존에게 얼마나 중요했는지 어렴풋이나마 이해하고 있다. 그런 이유로 인해 존은 이 섬나라에서 가장 야생에 가까운 지역으로 향했다. 놀랍게도 존은 계획을 아주 철저하게 실행했다. 존은 스코틀랜드 고원 지방의 기차역에서 걸어 나간 다음, 여인숙에 들러서 배불리 식사를 마쳤다. 그리고 산악지대를 목표로 삼고는 습지로 걸어갔다. 더 이상 방해할 사람이 없다고 판단되자, 옷과 신발을 모두 벗어서 바위 사이에 있는 구덩이에 묻었다. 때가 되면 물건을 되찾을 수 있도록 위치를 정확히 기억했다. 그리고 야생에서 머무를 곳을 찾고 음식을 구하기 위해 맨몸으로 돌아다녔다.

첫날은 문자 그대로 끔찍하게 힘들었다. 날씨는 습하고 추웠다. 존이 아주 튼튼한 생물이었다는 점을 기억해 두기 바란다. 또한 모험에 나서기에 앞서 나체 생활을 연습했고, 스코틀랜드의 습지와 골짜기에서 칼이나 밧줄의 도움 없이 식량을 확보하는 방법을 연구했다. 하지만 운명이 첫 번째 적이었다. 궂은 날씨 때문에 거주지를 확보하는 게 필수였고, 식량을 구하는 데 들여야 하는 시간의 상당 부분을 마땅한 터를 찾는 데 허비했다.

존은 날씨가 나빠지기 전에 모아두었던 풀과 관목으로 몸을 감싸고는 튀어나온 바위 아래에서 첫날밤을 보냈다. 다음 날, 개구리를 잡아서 날카로운 돌로 찢어 날로 먹었다. 민들레 잎사귀와 미리 조사해두었던 식용 녹색 식물도 잔뜩 먹었다. 특정 종류의 버섯도 식단에 추가되었고, 그 후 모험을 끝낼 때까지 버섯은 주식이 되었다. 이틀째가 되자 '기분'이 아주 이상했다. 사흘째 저녁이 되자 고열과 심한 기침 그리고 설사에 시달렸다. 존은 그 전날 몸 상태가 이상함을 느끼고 은신처를 최대한 보강한 다음, 적어도 소화는 가능할 것 같은 음식을 쌓아놓았다. 며칠인지 확실히 기억할 수는 없지만, 존은 한동안 심하게 앓았다. 물을 마시기 위해 냇가로 기어갈 수도 없었다.

"착란 상태였나 봐요. 팍스가 찾아왔다고 생각했으니까요. 정신이 들고 보니 팍스는 보이지 않았고, 나는 죽어가고 있다고 생각했죠. 나는 나 자신을 너무나 사랑했고, 나처럼 영리한 존재는 정말로 드물다는 사실을 알고 있었어요. 그렇게 허무하게 죽는다는 건 끔찍한 일이었죠. 그러자 말로 형용할 수 없는 기쁨이 솟아났어요. 신의 눈을 통해서 사물을 보고, 그것들이 커다란 그림 속에서 모두 적절하게, 제자리에 있다는 사실이 기뻤어요."

그 후 며칠 동안 병에 차도가 보였다.

"병이 낫는 동안 내 모험의 동기가 완전히 사라져버린 느낌이었어요. 누운 채로, 내가 그동안 왜 그리 자존심만 센 바보였던가 생각해봤죠. 다행스러웠던 사실은, 몸이 나아서 문명 세계로 기어 돌아가기 전에 그와 같은 정신적인 부패를 직시하고 채찍질할 수 있었다는 점이에요. 아무리 비참한 상태라고 해도 어딘가에 더 나은 '나'가 있다는 걸 어렴풋이나마 알고 있었어요. 결국 이를 악물고 죽는 한이 있더라도 끝까지 밀고 나가자고 결심했죠."

그렇게 결정한 지 얼마 되지 않아 그 지역 소년 하나가 개와 함께 존의 은신처가 있는 언덕으로 올라왔다. 존은 벌떡 일어나서 도망쳤다. 개와 소년은 작고 발가벗은 존의 모습을 보고는 목소리를 높여 추격했다. 두 발로 일어서자마자 다리가 물처럼 흐느적거렸다. 존은 주저앉았다.

"하지만 그때, 깊숙한 곳에서 일종의 생존 욕구가 치솟았어요. 다시 일어서서 언덕을 돌아 죽어라 달렸고, 바위가 많은 지점으로 도망쳤죠. 가파른 경사를 올라가서 전부터 봐뒀던 구덩이에 들어간 다음 등을 기댔어요. 그러곤 정신을 잃었죠. 그 상태로 24시간 정도 지났나 봐요.

눈을 떠보니 아침 해가 뜨더군요. 추워서 죽을 것 같았고 엄청나게 고통스러웠지만 힘이 없어서 그 좁은 곳에서 빠져나올 수가 없었어요."

존은 그날 늦게 원래의 은신처로 돌아와서 더 안전하고 덜 편안한 곳으로 잠자리를 옮겼다. 날씨는 덥고 화창했다. 존은 약 열흘 동안 개구리, 도마뱀, 달팽이, 새알, 녹색 식물을 찾아 기어다녔다. 어떨 때는 '손으로' 강에 사는 물고기를 잡을 수도 있었다. 건초를 한 줌 모아놓고 돌을 맞부딪쳐서 생기는 불꽃으로 불을 피우기 위해 하루를 꼬박 보냈다. 마침내 불을 얻자 희망과 자부심을 느끼면서 식량을 익혔다. 그러다가 저 멀리서 누군가가 연기를 눈치챘다는 사실을 깨달았다. 존은 그 즉시 불을 끄고 사람이 없는 곳으로 더 깊이 들어가기로 마음먹었다.

집에서 열심히 단련하고 왔지만 발의 상태는 엉망이었다. 따라서 '도보 여행'을 위해서는 다른 대책이 필요했다. 존은 풀을 꼬아 만든 줄로 발과 발목을 감아 짚신을 만들었다. 하지만 어느 정도 시간이 지나면 풀리거나 닳았다. 낮이면 수색에 나서고 밤에도 머물 곳 없이 몇 날을 보냈다. 그중 이틀은 비가 왔다. 존은 마침내 높은 곳에 위치한 동굴 하나를 찾아냈다. 후일 등반가들과 마주친 그곳이었다.

"딱 적절한 때였어요. 내 상태는 엉망이었죠. 발은 까지고 피가 나는 데다가 기침은 심했고 설사까지 했죠. 그전까지 몇 주 동안은 불편하기 이를 데 없었지만, 그 동굴에 있자니 생의 어느 때보다도 아늑했어요. 사랑스러운 침대를 만들고 모닥불까지 피워놓으니 정말로 안전한 느낌이 들었어요. 그 동굴은 동떨어진 산에 있었고, 주변의 암석 지대는 웬만한 사람들이 오를 엄두도 못 낼 만큼 험했죠. 조금만 내려가면 뇌조와 사슴이 있었어요. 그 동굴에서 맞는 첫 번째 아침에, 지붕 위에 앉아서 기분 좋게 해를 쬐면서 사슴 떼를 봤어요. 그 녀석들은 귀를 펼치고 머리를 꼿꼿이 세우고는 멋진 걸음으로 습지를 건너고 있었어요."

사슴은 한동안 존의 주된 관심사였다. 존은 사슴의 아름다움과 자유로움에 매료되었다. 사슴은 호화로운 문명으로부터 자신들의 존재를 지키고 있었다. 그와 동시에 문명이 발생하기 전부터 있던 동물이었다. 존은 수사슴한 마리를 잡아 얻을 수 있는 물질적인 풍요를 갈망했다. 자신이 가진 힘과 지혜를 동등한 상대와 겨뤄보고 싶은 욕망도 꿈틀댔다. 이때만 해도 존은 완전히 원시적인 사냥꾼이 되는 데 만족하고 있었다.

"하지만 지금 돌이켜보면 내 머릿속 저 깊은 곳에는 이 모든 게 전혀 다른 종류의 큰일을 벌이기 위해 정신을 맑게 하는 과정이라는 생각이 도사리고 있었어요"

존은 새와 산토끼를 잡는 도구를 고안하는 데만 열흘을 보냈다. 남는 시간에는 쉬면서 몸을 추슬렀고, 사슴을 생각했다. 여러 번 실패한 끝에 동물의 도주로에 덫을 놓아 첫 산토끼를 잡는 데 성공했다. 가느다란 나뭇가지 위에 거대한 돌을 아슬아슬하게 걸쳐놓았는데 토끼가 나뭇가지를 건드렸다. 토끼는 등이 부러졌다. 하지만 여우가 밤새 대부분을 먹어치웠다. 존은 토끼의 가죽으로 거친 활시위를 만들었고 신발의 끈과 밑창도 만들었다. 넓적다리뼈는 쪼갠 다음 바위에 갈아서 작고 약한 칼을 만들어 요리할 때 사용했다. 또한 조그맣고 날카로운 화살촉을 여러 개 만들었다. 존은 재능과 인내심을 바탕으로 손수 만든 활과 화살 그리고 덫을 활용했다. 그렇게 활동한 결과 평상시의 근력을 되찾을 수 있었다. 밤마다 피로에 젖어 풀로 만든 침대 위를 뒹굴었지만, 마음은 평화로웠다. 때로는 침대를 동굴 바깥의 절벽 위로 끌어다 놓고 흘러가는 구름과 별을 보았다.

하지만 아직 사슴 문제가 남아 있었다. 그리고 여전히 의식적으로 인식하지 못한 이번 모험의 진짜 동기, 정신적인 문제가 남아 있었다. 생활의 방식을 극적으로 향상하지 못하면 그토록 절실하게 필요로 한 집중적 명상과 정신적 훈련에 필요한 시간을 얻을 수 없었다. 수사슴 사냥은 일종의 상징이 되었다. 사슴을 사냥해야 한다는 생각은 유난히 존을 뒤흔들었다.

"과거의 모든 사냥꾼이 나에게 도전하는 느낌이었어요. 그리고, 그리고…… 신의 명을 받은 천사들이 더 큰 일을 하기 위한 준비로 그 일을 용맹스럽게 해내야 한다고 명령하는 것 같았어요. 나는 수사슴의 아름다움과 힘과 속도에 관한 꿈을 꿨어요. 계획을 세우고 폐기하기를 반복했죠. 무기 없이 사슴 떼를 따라다니면서 생활 습성을 관찰했어요. 어느 날엔가, 사슴 사냥꾼들을 발견했어요. 그 사람들이 사슴을 열 마리 잡을 때까지 따라다녔죠. 나는 손쉬운 사냥법을 보고 경멸했어요. 나에게 그 사람들은 내 소유물을 건드리는 해충에 불과했어요. 하지만 그런 생각이 머리에 떠오르자, 나는 자신을 비웃었어요. 사슴 떼를 어찌할 권리를 가진 사람은 아무도 없으니까요."

존이 어떻게 해서 수사슴을 잡았는가 하는 얘기는 믿기 어려웠다. 하지만 믿을 수밖에 없었다. 존은 사슴 무리에서 가장 강한, 여덟 살 된 우두머리를 목표로 삼았다. 눈썹의 좌우로 오른쪽에는 셋으로 갈라진 뿔, 왼쪽에는 넷으로 갈라진 뿔이 있는 녀석이었다. 뿔은 녀석의 머리 위에서 멋들어지게 균형을 이루고 있었다. 어느 날 존과 문제의 수사슴이 습지의 가장자리에서 마주쳐 서로를 바라보았다. 둘은 스무 걸음쯤 떨어져서는 서로를 노려보며 3초간 멈춰 있었다. 사슴은 넓은 콧구멍으로 존의 냄새를 맡았다. 그리고 몸을 돌리더니 보통 걸음으로 여유만만하게 멀어졌다.

그 만남을 얘기하는 대목에서 존의 이질적인 눈이 검은 불길처럼 타올랐다. 내 기억이 맞다면 존은 이렇게 말했다.

"나는 녀석에게 존경의 염을 품었어요. 그리고 유감스러웠죠. 한창일 때 죽어야 했으니까요. 하지만 나도 그렇게 될 거라는 사실이 떠올랐어요. 나도 전성기를 맞지 못할 거라는 사실을 갑자기 깨달은 거죠. 나는 녀석과 나 자신 때문에 큰 소리로 웃었어요. 삶이란 원래 거칠고, 찰나에 지나지 않으며, 죽음을 포함하니까요."

존이 문제의 수사슴을 공격할 방법을 정하기까지는 오랜 시간이 걸렸다. 구덩이를 파야 할까? 가죽끈으로 만든 올가미를 써야 할까? 무거운 돌을 떨어뜨려야 할까? 뼈 화살촉을 매단 화살로 쏘아 죽여야 할까?

대부분은 실효성이 없어 보였다. 특히 마지막 방법은

전혀 먹힐 것 같지 않았다. 존은 나무, 토끼 뼈, 옆 산에서 주워 온 뾰족한 돌 등을 이용해서 단도를 만드느라 한동안 바빴다. 그리고 끈질기게 실험한 끝에 비상식적인 칼을 만들었다. 단단한 나무 끝에 뾰족한 뼈를 박고는 바위에 갈아서 유선형으로 만든 물건이었다. 이 환상적인 무기와 해부학적 지식을 바탕으로, 존은 숨어 있다가 뛰쳐나가서 사슴의 심장을 찌를 계획을 세웠다. 존은 수많은 나날을 무의미한 추적과 기다림으로 보내다가, 마침내 자신의 계획을 실행에 옮겼다. 문제의 사슴이 가끔 들러서 풀을 뜯어 먹는 공터가 하나 있었다. 그 옆에는 10피트(약 3미터) 높이의 바위가 있었다. 존은 바람이 자신의 냄새를 사슴에게 날아가지 않을 날을 골라 이른 아침부터 바위 위에 숨어 있었다. 거대한 수사슴이 암사슴 세 마리와 함께 언덕의 가장자리를 돌아 나타났다. 사슴들은 조심스럽게 냄새를 맡고 주변을 살폈다. 그리고 마침내 고개를 숙여서 평화롭게 풀을 뜯었다. 존은 점찍어놓은 사슴이 바위 아래에 올 때까지 몇 시간이고 기다렸다. 하지만 수사슴은 일부러 그러는 것처럼 적절한 위치에 오지 않았다. 네 마리의 사슴은 결국 공터를 떠났다. 존은 이틀 동안 지켜보았으나 아무것도 얻지 못했다. 나흘째 되는 날, 존은 식사 중이던 수사슴의 등으로 뛰어내려 오른쪽

이상한 존

뿔을 땅에 처박았다. 존은 사슴이 다시 일어서기 전에 준비해둔 원시적인 무기에 모든 체중을 실어 찔렀다. 수사슴은 반쯤 일어섰다가 뿔을 거칠게 휘둘러서 존의 팔에 상처를 낸 다음 쓰러졌다. 그리고 존은 전혀 사냥꾼답지 않은 행동을 보여 스스로를 놀라게 했다. 존은 태어나서 세 번째로 눈물을 쏟은 것이다.

존은 자신이 가진 조잡한 도구들로 사슴의 시체를 해체하느라 며칠을 소비했다. 이 과정이 사냥보다 훨씬 어려웠다. 하지만 그 결과, 상당량의 고기와 귀중한 가죽 그리고 뿔을 얻었다. 존은 온갖 고생을 해가며 커다란 돌로 뿔을 조각낸 다음, 바위에 갈아서 칼과 각종 도구를 만들었다.

일을 모두 마치고 나자, 존은 완전히 지쳐서 손을 들어올릴 힘도 없었다. 존의 손은 피와 물집투성이였다. 하지만 존은 결국 원하던 것을 이뤘다. 모든 시대의 사냥꾼이 존에게 경의를 표했다. 그 누구도 존과 같이 할 수 없었기 때문이다. 어린아이 혼자 발가벗은 채 야생으로 걸어들어갔고, 그것을 정복했다. 하늘에서 내려온 천사들이 미소를 보내며 더 위험한 모험을 해보라고 유혹했다.

그때부터 존의 생활은 바뀌었다. 살아남는 것은 쉬웠으며, 심지어 편하기까지 했다. 존은 덫을 놓고 활을 쐈으며 식물을 채집했다. 그 일이 이제 일상이 되었다. 존은 음식을 장만하면서 자신의 마음속에서 일어나고 있는 기이하고 불쾌한 사건에 주의를 기울였다.

야생에서 생활하던 존의 정신 상태를 제대로 설명하는 것은 나로서는 불가능하다. 그렇다고 그 부분을 생략한 다면 존의 가장 특징적인 면을 생략하는 것과 마찬가지다. 따라서 내가 이해할 수 있는 만큼이라도 최대한 설명해야 한다. 일부분이라고 해도 내가 속한 종족에게는 중요한 문제이기 때문이다. 설사 존의 말을 완전히 곡해했더라도, 최소한 나만큼은 그 오해에서 진정한 깨달음을 얻었다.

존은 한동안 예술에 심취했다. 존은 '폭포 옆에서 노래를 불렀다'. 나름대로 개조한 팬파이프를 만들어 연주하기도 했다. 존은 호숫가, 숲속, 산꼭대기, 바위로 된 자신의 집에서 기이한 음악과 화음을 연주했다. 자신이 쓰는 도구에 형태와 용도에 어울리게끔 직선과 곡선으로 문양을 새겼다. 돌과 뼛조각 위에는 물고기나 새, 사슴과 함께했던 모험을 상징적으로 기록했다. 존은 호모 사피엔스의 비극과 동족을 향한 약속 등을 상징하는 기이한 부호를 고안했다. 또한 자신만의 지각 형태를 받아들이고 마음속 깊은 곳에서 연구했다. 그리고 바위산과 하늘과 습지의 질을 간파했다. 존은 물질세계와 나눠 갖는 모든 미묘한 접촉에 대해 마음에서 우러나와 감사했으며, 그 속에서 정신적인 활력을 찾았다. 우리도 그런 활력을 찾기는 하지만, 언제나 당황하고 감사할 줄을 모른다. 존은 놀랍게도 자신이 사냥했던 짐승과 새의 아름다움으로, 그들의 힘과 연약함과 생명력과 둔함을 나타내는 아름다움으로 점점 빛났다. 존은 그와 같은 생물학적 인식 덕분에 점점 더 내가 이해할 수 있는 영역을 벗어났다. 특히 존이 죽이고 씹어 먹고 매일 활용했던 수사슴은 존에게 아주 의미심장한 상징이었던 것 같다. 나로서는 그게 무엇인지 알 수 없고, 그가 설명하려고 들지도 않을 것이다. 나는 존이 이렇게 고함쳤던 것을 기억한다.

"나는 그를 알았고 칭송했노라! 그의 죽음은 생의 왕관이었노라."

나는 이 말이 자신과 호모 사피엔스와 모든 생명에 대해 존이 받아들인 새 계시라고 생각한다. 나는 그 계시의 본질이 무엇인지 상상도 할 수 없다. 하지만 일종의 어슴푸레한 반영은 느낄 수 있었고, 따라서 기록을 남겨두어야만 한다.

존은 심지어 유아기에도 고통스러운 상황에 대해 놀랄만큼 초연했고 기이한 흥미를 보였다. 그 얘기를 꺼내자 존은 이렇게 말했다.

"내가 겪는 고통을 혐오하면서도 동시에 그 '실재감'과 깔끔함과 비통함을 즐길 수 있었어요. 하지만 예전에는 뭐라고 분류해야 할지 몰랐던 것과 끔찍함에 관해 새로운 원리를 발견했어요. 지금까지 나를 괴롭혔던 것은 고독의 괴로움과 일시적인 혼돈이었어요. 그러나 이제는 나의 미래가 훨씬 더 약동적이고 지금까지 느꼈던 것보다 더욱 끔찍하게 혼란스러울 거라는 사실을 알고 있어요. 알다시피 내가 유일무이한 존재이며 다른 사람들보다 더욱 깨어 있다는 사실을 알아요. 스스로를 이해하고 내면에 내재된 최고의 능력들을 새롭게 발견하기 시작했어요. 동시에 인간이라는 이름의 야만적인 종족이 나와 내 동류들을 절대로 견뎌내지 못할 테고, 언젠가는 그 야만적인 힘으로 나를 파멸시킬 거라는 사실도 아주 잘 알게 됐어요. 한때 나는 내가 아무것도 아닌 일에 법석을 떨고 자만심에 빠진 미생물에 불과하다고 생각했고, 이 모든 일이 쓸데없다고 생각했어요. 그런데 내 속에 있는 뭔가가 오만하게 외쳤어요. 나는 중요하지 않더라도 내가 하는 일, 내가 만들 수 있는 아름다움, 내가 품기 시작한 숭배심은 그 무엇보다도 중요하며, 무슨 일이 있어도 결실을 맺어야 한다고요. 물론 그 결실은 맺히지 않을 것이고, 내가 만들어야만 하는 지고의 것도 결코 완성될 수 없을 거예요. 이 사실은 사춘기를 지나면서 머릿속에 형성된 그 어떤 것과도 완전히 다른 고뇌였어요."

승리를 거두기에 앞서 공포와 몸싸움을 벌이는 동안, 인간들은 육체와 정신의 고통과 고뇌에 대해 이처럼 피할 수 없는 꺼림칙함을 느낄 거라는 깨달음이 불현듯 존의 머리에 떠올랐다. 존은 지고의 경험에서나 그런 것을 느꼈다. 그런데도 그것을 극복해야 한다고 결심했다. 인간들이 개인적인 고통에 초연할 수 없고 그 고통을 즐기지도 못한다는 생각은 존에게는 너무나 충격적이었다. 짐승보다는 더 예민하고 깨어 있기는 하지만, 충분히 예민하지도 못하고 깨어 있지도 못한 존재들이 항상 그와 같은 고통에 시달린다는 사실을 존은 그때 처음으로 알았다. 이 세계를 지배하고 있는 반쪽짜리 인간들이 악몽에 시달리며 고통스러워한다는 개념은 존이 그때까지 해왔던 모든 일을 무위로 돌렸다.

인간에 대한 존의 생각은 커다란 변화를 겪었다. 황야로 도망쳤을 당시 존이 인간에게 보였던 지배적인 반응은 혐오였다. 우리 중 한둘에게는 불합리한 애정을 품고 있었지만, 종으로서의 인간에게는 진절머리를 냈다. 그때 당시의 존은 인간들의 거주 지역에 너무 가까이 살면서 지나치게 많은 것을 보았고, 그로부터 악영향을 받고 오염되어 있었다. 존이 인간 세계를 연구하면서 접한 것들은, 존이 정신적으로는 월등했지만, 미숙하고 섬세한 정신에는 너무나 충격적이었다. 그러나 야생이 그를 씻어주고, 치료했으며, 온전한 정신을 되돌려주었다. 이제는 연구하고 이해하기 위해서 호모 사피엔스를 가까이에 둘 수 있었다. 또한 존은 인간이 뛰어나고 심지어는 사랑스러운 동물이며, 동물 중에서는 가장 뛰어나고 사랑스럽다는 사실을 깨달았다. 그리고 짐승보다는 낫지만 대단히 낫지는 않다는 점이 바로 인간의 불쾌한 점이라는 사실도 알았다. 평범한 인간은 본질적으로 아둔하고 무자비하며 하다못해 스스로에게도 불성실하지만, 그 어떤 짐승보다도 월등한 정신의 소유자였다. 존은 이제 거리낌 없이 그 점을 인정했다.

존은 호모 사피엔스가 고통과 슬픔을 침착하게 받아들일 수 없다는 사실도 깨달았다. 존은 그때까지 전혀 경험해본 적이 없는 연민과 격정에 휩싸였다. 주디의 개가 차에 치이거나 팍스가 아파서 심하게 고통스러워할 때 그런 감정을 느껴보기는 했다. 하지만 그때도 존은 꼬마 주디를 포함한 모든 사람이 자신과 마찬가지로 '사건을 객관적으로 보고 즐길 수' 있을 거라고 가정하고는 연민을 누그러뜨렸다.

존은 새로 깨달은 악의 절대성에, 그리고 어리석음과 비열함으로 이루어진 존재도 불쌍할 수 있고 아름다울 수도 있다는 신기한 사실에 여러 날 집착했다. 존이 원했던 것은 지적인 해결책이 아니라 감정적인 계시였다. 존은 자신이 원하던 것을 차츰 발견했다. 그 이상한 계시에 대해 더 자세히 말해보라고 종용하자 존은 이렇게 말했다.

"나는 어릴 적부터 충돌과 협잡과 실망에 접해왔죠. 내 운명과 인간들의 애처로운 상황을 그런 견지에서 동등하게 보기 시작했을 뿐이에요. 그 양자를 더 명료한 형태로 만들어놓고 나머지 사물들과 함께 결합해보고 그로 인해…… 이걸 뭐라고 표현해야 하나? ……우주를 더 깊고 활기차게 만드는 거죠."

존은 잠시 쉬었다가 같은 말을 반복했다.

"그래요. 우주를 더 깊고 활기차게. 그게 요점이에요. 그걸 머리로 이해하는 게 아니라 보고 즐기는 거죠."

나는 그게 신과 마주한다는 뜻이냐고 물어보았다. 존은 웃더니 대답했다.

"난 신에 대해서는 몰라요. 안다고 해봐야 캔터베리의 대주교 정도죠. 하지만 그게 무슨 의미가 있겠어요."

존은 맥휘스트와 노턴이 동굴에 도착했을 때 '골똘히

239
12장 야생의 존

문제를 풀고 있었다'. 존은 두 사람을 보고 인간에 대한 혐오감을 잠깐 느꼈다. 하지만 혐오는 이미 오래전에 해결한 문제였다. 따라서 존은 멍하니 서 있는 등반가들을 보며 수사슴을 떠올렸다. 사슴은 순식간에 평범한 인간을 대표하는 상징으로 변했다. 아주 어려운 상황에 처하지만 않는다면 아주 아름답고 고유의 품위를 지니고 있으며 나름대로 적절한 존재의 상징으로 말이다. 호모 사피엔스가 기계화된 문명을 운영하려고 노력하는 것은 수사슴이 운전석에 앉아서 자동차를 모는 것과 마찬가지로 우스꽝스럽고 애처롭다는 생각이 문득 들었다.

나는 그때를 놓치지 않고 방문객들에게 깊은 인상을 남겼던 '기적'에 대해 물어보았다. 존은 또 한 번 웃었다.

"흠, 나는 특별한 능력을 몇 가지 발견했어요. 예를 들어서 나는 텔레파시를 이용해서 팍스에게 말을 걸 수 있어요. 사실이에요. 나중에 팍스에게 물어보세요. 당신이 무슨 생각을 하는지도 가끔은 알 수 있어요. 당신이 너무 둔감해서 내 말을 듣지 못하고 응답도 못 하지만요. 내 과거의 순간에 다시 방문해본 경험도 있어요. 그때가 '지금'인 것처럼 완벽히 현실적 감각을 갖고 다시 한번 사는 거예요. 그리고 텔레파시를 이용해서 이 세상에 나와 같은 동류가 또 있다는 증거를 찾았어요. 사실 우리는 여러

나라에 흩어져 있어요. 다시 맥휘스트와 노턴 씨의 얘기로 돌아가자면, 난 그 두 사람이 동굴에 나타나자마자 얼굴을 보고는 과거에 어떤 삶을 살았는지 전부 알 수 있었어요. 인간으로서의 한계 속에서 얼마나 순수하게 살았는지도 알았죠. 그 사람들의 미래도 일부분 본 것 같아요. 그게 뭔지는 말하지 않을게요. 그 사람들을 조금 놀라게 하려면 지붕을 들어내고 눈보라를 치운 다음 별을 보여주면 되겠다는 생각이 들었어요. 나는 그게 가능하다는 걸 확실히 알고 있었고, 그렇게 했어요."

나는 근심스럽게 존을 바라보았다.

"아, 내가 미쳤다고 생각하는군요. 실제로는 그 두 사람에게 최면을 건 것뿐이라고요. 그럼 나도 최면에 걸렸다고 해두죠. 나도 그 사람들과 똑같은 것을 분명히 봤으니까요. 하지만 내 말을 믿으세요. 내가 우리 모두에게 최면을 건 것과 실제로 바위를 들고 눈보라를 걷어낸 것은 아무 차이가 없어요. 진실이란 건 평범하고 소박한 물리적 기적보다 훨씬 미묘하고 심오한 거예요. 진짜 중요한 사실은, 내가 별을(별들은 야생적인 본성에 따라서 사방으로 흩어지며 요란스럽게 움직였죠) 봤을 때 그동안 잔뜩 엉킨 채 나를 괴롭히던 공포가 마침내 아름답고 진정한 형태를 드러냈다는 사실이에요. 그리고 나는 깨달았어요. 내

유년기의 초반, 그 캄캄했던 시기가 끝났다는 것을요."

나는 진정으로 존의 변화를 감지했다. 존은 6개월 동안 떠나 있으면서 육체적으로도 크게 변했다. 더욱 강해졌고 단단해졌다. 얼굴에는 시련을 극복했다는 사실을 암시하는 주름살이 늘었다. 정신적으로는 아직도 사람을 당황케 하는 장난기가 그득했지만, 평범한 소년기의 인간에게서는 절대 찾아볼 수 없는, 말로 형용하기 어려운 평온함과 강인함을 획득했다. 성인에게서도 극히 찾아보기 힘든 자질이었다. 존은 '순수한 악'을 발견함으로써 강해질 수 있었다고 말했다. 내가 물었다.

"얼마나 강해졌지?"

"최악에 직면해도 그게 아름다움의 일면이라고 느낄 수 있을 만큼요. 이제는 그 무엇도 나를 흔들 수 없어요."

존의 말이 맞았다. 어떤 마법이 그렇게 만들었는지는 모르지만, 그 후 그가 아끼던 모든 것이 파괴될 때까지 존은 어떤 최악의 경우에도 체념하지 않고 우리가 이해할 수 없는 종류의 기이한 즐거움으로 상황을 받아들였다.

존과 긴 이야기를 나누면서 떠올랐던 것 한 가지를 더 언급하겠다. 존은 '기적'을 연출한 다음 그에 대해 사과했다. 내가 그 사실에 대해 물어보자, 존은 이렇게 대답했다.

"누구든지 자신의 능력을 연습하면서 즐거워하는 건 자연스러운 일이죠. 아이들은 걷기 연습을 하면서 즐거워해요. 화가는 그림 연습을 하면서 즐거워하죠. 나는 아기 때 숫자를 가지고 놀면서 기뻐서 날뛰었어요. 나중에는 발명품을 만들면서 그랬고, 최근에는 수사슴을 죽이면서 그랬죠. 능력을 최대한 연습하는 것은 정신적인 삶의 일부예요. 하지만 어디까지나 일부일 뿐이죠. 그런데 그걸 우리 존재의 최종 목표라고 생각할 때가 있어요. 특히 새로운 능력을 발견했을 때 그렇죠. 스코틀랜드에 있으면서 조금 전에 말한 신기한 능력들을 발견했을 때, 그 힘을 발휘하는 것이 내 인생의 진짜 목표일 거라는 유혹에 빠졌어요. 나는 이렇게 생각했어요. '이 멋진 능력을 이용하면 마침내 정신적인 진보를 획득할 수 있다.' 하지만 바위를 들어 올리면서 느꼈던 순간적인 고양감이 지나가자, 그런 행동은 결코 영적인 목표가 아니며 재밌고 가끔은 유용하기도 하며 위험할 때도 있겠지만 진정한 삶의 부록일 뿐 목적은 될 수 없다는 걸 분명히 깨달았어요."

나는 흥분했다.

"그럼 가르쳐주렴. 그 궁극의 목표, 진정한 정신적 삶이라는 게 뭐지?"

존은 갑자기 열 살배기 소년처럼 싱긋 웃더니, 이어서

특유의 신경 쓰이는 웃음소리를 냈다. "그건 말해줄 수가 없어요, 저술가 양반. 이제 대담을 끝내야 할 시간이에요. 진정한 영적 삶이 뭔지 안다고 해도 그걸 영어나 '인간의' 언어로 옮길 수가 없어요. 옮겨준다고 해도 당신은 이해하지 못해요."

존은 잠시 있다가 말을 이었다.

"어느 정도 시도는 해볼 수 있겠군요. 그건 한 가지를 얘기하는 게 아니에요. 기적이나 선행 같은 게 아니라고요. 해야 할 모든 일을 같이 하는 거죠. 모든 능력을 쏟아부을 뿐 아니라 정신적인 풍미와 식별력, 자신이 하는 일에 대한 완전한 인식이 수반되어야 해요. 그거예요. 하지만 그것만이 아니죠. 그건 삶에 대한 찬미이자 진짜 환경과 어우러지는 모든 것에 대한 찬미예요."

존은 한 번 더 웃더니 말했다.

"내가 지금 뭐 하는 거람! 정신적인 삶을 설명하려면 우선 언어를 기초부터 다시 만들어야 해요."

13장
추적

야생 생활에서 돌아온 후 몇 주간 존은 집에서, 또는 이웃 도시에서 시간을 보냈다. 존은 평범한 소년기의 흥밋거리로 돌아와서 만족하는 것 같았다. 존은 스티븐 및 주디와의 우정을 이어갔다. 존은 주디와 함께 그 나이 때의 애들이 좋아할 만한 장소, 즉 극장이나 서커스장 등으로 돌아다녔다. 존은 오토바이가 생기자마자 주디를 태우고 거리를 질주했다. 사람들은 휴가를 다녀온 후 존이 좋아졌다고 말했다. 존은 예전보다 훨씬 평범해졌다. 어쩌다가 형과 누나와 만날 때면 형제처럼 굴었다. 앤은 결혼한 상태였다. 톰은 젊은 나이에 성공한 건축가였다. 그때까지 존의 형제는 서로에 대한 적의를 억눌렀다. 그러

13장 추적

나 이제는 관대함 속에 적개심이 녹았다. 가족 모임이 끝난 후 톰이 말했다.

"우리 신동이 정상적으로 자랐구나."

토머스는 존의 사교성에 기뻐하며 오랫동안 존과 얘기를 나누곤 했다. 두 사람은 주로 존의 미래에 대해 이야기했다. 토머스는 존이 의학계로 진출해서 '제2의 리스터'*가 되기를 바랐다. 존은 부친의 권유에 진지하게 귀를 기울이며 설득당한 것처럼 보였다. 한번은 팍스가 부자간의 대화에 참석했다. 팍스는 웃으면서도 꾸짖는 표정을 짓더니 고개를 저었다.

"존을 믿지 말아요, 여보. 당신을 놀리는 거예요."

한편 존은 이 시기에 팍스와 함께 영화나 음악회를 보러 다녔다. 어머니와 아들은 더욱 자주 만났다. 팍스는 희곡과 '사람들'에 대해 관심이 많았기 때문에 존은 그것을 빌미로 모친과 함께 지낼 확실한 핑계를 만들었다. 두 사람은 가끔 런던으로 나가서 주말을 함께 보내며 '연극을 보러' 다녔다.

나는 이처럼 긴 휴식 기간에 대해 의구심을 품었다. 존은 이제 평범한 사람처럼 행동했다. 사실 대단치는 않아

---

* Joseph Lister. 영국의 외과 의사. 무균 수술의 창시자.

도 이상한 점이 하나 있긴 했다. 존은 대화나 다른 일을 하다가 눈에 띄게 깜짝깜짝 놀라곤 했다. 그러고는 조금 전에 했던 말을, 그게 자신의 말이건 상대의 말이건 즉시 반복했다. 그리고 흥미로운 눈으로 주위를 살폈다. 나는 존이 그런 증상을 보인 다음에 더욱 조심스러워지는 것은 아닌가 의심했다. 물론 그러기 전이라고 해서 넋을 놓고 있는 것은 절대 아니었다. 존은 항상 주변 상황에 적응했다. 하지만 그처럼 수상쩍은 경련 후에는 한층 높은 긴장 상태에 도달하는 것 같았다.

나는 어느 날 저녁, 웨인라이트가의 세 식구와 함께 지역의 레퍼토리 극단에 간 적이 있다. 우리는 휴식 시간에 휴게실에 앉아 커피를 마시며 그날의 연극에 대해 얘기하고 있었다. 그런데 존이 여느 때보다 더 심하게 움찔하더니 접시 위로 커피를 쏟았다. 존은 웃었고 매우 흥미롭다는 듯 주위를 둘러보았다. 어색한 침묵이 흘렀다. 팍스는 겉으로 드러내지는 않고 근심스럽게 아들을 바라보았다. 존은 연극에 대한 촌평을 계속했는데, (적어도 내가 보기에는) 새로운 통찰력을 얻은 것 같았다. 존이 말했다.

"그러니까 내 얘기는, 그 연극이 실제 같다고 하기에는 너무 인생과 닮았다는 거예요. 초상화가 아니라 데스마스크라는 거죠."

다음 날, 나는 커피를 쏟던 순간에 무슨 일이 있었는지 존에게 물어보았다. 장소는 우리집이었다. 존은 특허권에 관한 우편물이 도착했는지 물어보러 들른 참이었다. 나는 책상에 앉아 있었고, 존은 창가에 서서 쓸쓸한 바닷가로 향하는 황량한 산책로를 내려다보고 있었다. 존은 식탁에서 가져온 사과를 우적거리다가 말했다.

"그래요. 믿지 못하더라도 이젠 말할 때가 됐네요. 나는 요새 나와 비슷한 사람들을 찾아다니고 있어요. 그러기 위해서는 내 인격을 분할해야 했어요. 나의 일부는 육체가 있는 곳에 남아서 정상적으로 행동하지만, 나머지 한쪽, 더 본질적인 쪽은 나가서 그들을 찾아다녀요. 아니면 나는 언제나 그 자리에 있지만 나의 존재를 연장시켜서 그 사람들을 찾아다닌다고 표현해도 상관없어요. 어쨌든 원래대로 돌아오거나 탐색을 끝내면 약간의 충격이 오고, 그다음에 다시 일상생활의 흐름을 타는 거예요."

"흐름을 놓친 적이 없었잖아."

"맞아요. 굳이 얘기하자면 되돌아온 '나'는 머물렀던 쪽의 내가 소유하는 과거의 경험으로 매끄럽게 들어가는 거예요. 하지만 어딘지 모를 곳에서 원래 있던 곳으로 단숨에 뛰어들기 때문에 조금 삐걱거리는 거죠. 항상 그래요."

"그럼 떠나 있는 동안에 어딜 가서 뭘 찾는 거지?"

"흠, 처음부터 얘기하는 게 낫겠군요. 전에 말한 적이 있을 거예요. 나는 스코틀랜드에 가 있는 동안 텔레파시를 이용해서 사람을 찾아다녔어요. 어떤 사람들은 비정상이었고, 어떤 사람들은 핵심적인 부분에서 당신보다는 나에게 가까웠어요. 나는 집에 돌아온 후부터 내가 원하는 사람을 찾을 수 있도록 그 능력을 조절했죠. 유감스럽게도 낯선 사람의 생각을 집어내는 게 아는 사람의 경우보다 훨씬 어려워요. 정신의 일반적인 형태나 생각이 일어나는 틀이 상당한 영향을 주거든요. 당신이나 팍스를 찾아내려면 그저 생각만 하면 돼요. 현재의 의식에 접근할 수도 있고, 원한다면 두 사람의 더 깊은 의식층까지 도달할 수도 있어요."

나는 겁이 났지만, 불신의 힘을 빌려 나 자신을 진정시켰다.

"진짜 할 수 있다니까요. 지금 나와 얘기하는 동안, 당신은 정신의 절반은 내 얘기를 들었고 나머지 절반은 어젯밤에 있었던 싸움을……."

나는 존에게 그만하라고 타이르며 말을 잘랐다.

"괜찮아요. 흥분하지 마세요. 부끄러워할 만한 생각도 안 했잖아요. 어쨌든 엿볼 생각은 없어요. 하지만 지금…… 이런, 지금 계속 소리를 지르고 있네요. 내 말에 귀를 기울이면서 그 생각만 하고 있으니까요. 나를 차단하는 방법은 금세 배울 수 있을 거예요."

나는 화를 냈다. 존은 얘기를 계속했다.

"말하면서 모르는 사람과 접촉하는 건 훨씬 어려워요. 처음에는 누굴 찾아야 할지 전혀 몰랐죠. 그러다가 나와 같은 종류의 사람들은, 말하자면 다른 사람보다 훨씬 더 큰 텔레파시 같은 '소음'을 낸다는 사실을 알았어요. 최소한 그러고 싶을 때나, 아니면 다른 데 신경을 쓰고 있을 때는 그래요. 하지만 원하지 않을 때는 자신을 완전히 격리할 수 있어요. 마침내 나는 보통 인간들이 만들어 내는 평범한 텔레파시 '소음'에서 특정한 것들, 그러니까 내가 찾고 있던 특정 재능을 가진 존재들의 눈에 띄는 경향이나 주제를 골라낼 수 있게 됐어요."

존이 말을 멈추길래 내가 끼어들었다.

"어떤 재능인데?"

존은 입을 다물고 몇 초간 나를 바라보았다. 독자들은 못 믿을지도 모르겠지만 존의 긴 시선은 나에게 정말로 끔찍한 영향을 미쳤다. 뭔가 마법적인 힘이 깃들어 있었다는 얘기는 아니다. 영향 자체는 평범한 표정이 주는 것과 다르지 않았다. 하지만 나는 존이 어떤 사람인지 알고 있었고, 존이 스코틀랜드에서 여름을 보내면서 어떤 일이 있었는지 기억하고 있었다. 따라서 특별히 민감할 수밖에 없었다. 내가 느낀 것을 묘사하기 위해서는 이미지를 이용하는 방법밖에 없다. 그 느낌은 반투명 물질로 만든 가면을 바라보는 것과 같았다. 그 안쪽에서 이질적이고 정신적인 얼굴이 빛을 뿜고 있었다. 그 가면은 괴상한 어린아이의 얼굴이었고, 원숭이와 가고일의 혼합체였으며, 동시에 완벽한 장난꾸러기의 모습이었다. 거기에 거대한 고양이의 눈, 작고 편평한 코, 심술스러운 입술이 붙어 있었다. 그 안쪽에 있는 얼굴은 묘사할 수가 없었다. 모든 면에서 가면과 똑같으면서도 동시에 달랐기 때문이다. 뭉개진 스핑크스의 얼굴이 첫 새벽 햇살을 받으면서 뿜어내는 불쾌하고 소름 끼치는 두려움과 부처의 존엄하고 차가운 미소를 합쳐놓은 것 같다고 말할 수 있을 뿐이다. 아니, 이 이미지는 완전히 틀렸다. 그 몇 초간 존의 외모가 나에게 던졌던 상징적인 인상에 대해 표현하는 것은 불가능하다. 나는 얼굴을 돌리고 싶었으나 그럴 수 없었다. 감히 그러지 못했다. 비이성적인 공포가 내 안에서 차올랐다. 치과 의사의 드릴이 다가올 때 적어도 몇 초 동안은 움츠리지 않고 버틸 수 있다. 하지만 그 시간이 지나고 나면 움직이지 않고, 소리를 내지 않고 견디기가 점점 어려워진다. 존의 시선을 받는 내가 바로 그랬다. 차이점이 있다면 내가 묶여 있었고, 움직일 수 없었으며, 비명을 지를 수 있는 시점을 지나버렸기 때문에 비명을 지를 수 없었다는 점이다. 곧 닥쳐올 웃음에 대한 동물적인 두려움이 일었다. 그리고 그 웃음은 나를 소멸시킬 것이 분명했다. 하지만 존은 웃지 않았다.

갑자기 주술이 깨졌다. 나는 얼른 일어서서 난로에 석탄을 더 넣었다. 존은 창밖을 보면서 평상시처럼 친근한 목소리로 말했다.

"물론 그 특별한 재능이 뭔지는 당신에게 말할 수가 없어요. 안 그래요? 이렇게 생각해봐요. 모든 사물과 사건을, 단순히 시간에 따라 보는 게 아니라 영원히 보는 능력이라고요. 그것들을 역사책에 기록된, 뽑혀서 바짝 마르고 시들어버린 견본처럼 보는 게 아니라, 영원의 수액으로 싹 트는 이그드라실*의 활기찬 잎사귀처럼 보는 거죠."

존은 한참 입을 다물었다가 설명을 계속했다.

"나와 같은 지성을 처음 발견했을 때는 정말 많이 고생했어요. 나는 그를 어쩌다가 흘끗 볼 수 있었을 뿐이에

---

* 북유럽 신화에 나오는 거대한 물푸레나무.

요. 나에게 주의를 돌리게 할 수도 없었죠. 게다가 내 쪽으로 흘러온 것은 지독하게 모순되고 혼란스러웠어요. 나는 그게 내 능력의 한계거나 그가 내 인식의 범위를 훨씬 넘어섰기 때문이라고 생각했죠. 나는 그의 위치를 알아내려고 했어요. 가서 직접 만나보려고요. 방과 사람이 많은 커다란 건물에 살고 있다는 것은 분명했어요. 하지만 다른 사람과 교류가 거의 없었죠. 그의 방에 있는 창밖으로는 나무와 집과 풀로 덮인 긴 언덕이 보였어요. 그의 귀에는 언제나 기차와 자동차의 소음이 들렸고요. 적어도 내가 느끼기엔 그랬지만 그 친구는 별 의미를 두지 않더군요. 아주 가까이에 본선 철도와 간선 도로가 있는 게 분명했어요. 어떻게든 위치를 알아내야 했고, 그것 때문에 오토바이를 샀죠. 한편으론 그에 대해 계속 연구했어요. 뭘 생각하는지는 집어낼 수 없었지만, 감각과 그 감각에 대한 생각은 알 수 있었어요. 충격적인 사실 하나는 음악이었어요. 어떨 때 접촉해보면 집 밖에 있는 경사면에 나가 있더군요. 집과 그곳 사이에는 나무와 대로가 있었어요. 그는 거기서 리코더처럼 보이는 피리를 불었어요. 음계가 아주 이상하게 나뉘어 있었죠. 그의 양손에는 엄지 말고도 다섯 개의 손가락이 있었어요. 그렇다 해도 여분의 음을 어떻게 연주하는지는 알 수 없었어요. 하지만 그 연주의 정신적 상태 덕분에 그 사람이 나의 동류라는 걸 확신할 수 있었어요. 아, 그의 이름이 제임스 존스라는 건 알았지만, 직접 찾아내는 데 큰 도움이 되는 이름은 아니었죠. 한번은 그와 접촉했더니 밖에 나가서 나무들 사이에 서 있더군요. 덕분에 도로가 눈에 들어왔어요. 이윽고 버스 한 대가 지나갔죠. '녹색 노선' 버스였고 '브라이튼'이라는 표지가 있었어요. 희한하게도 그 표지는 제임스 존스에게 아무 의미가 없더군요. 하지만 나에게는 큰 도움이 됐어요. 나는 오토바이를 타고 밖으로 나가서 브라이튼발 녹색 노선을 뒤졌어요. 그 큰 건물과 잔디가 있는 언덕 등을 찾아내는 데 2~3일이 걸렸어요. 지나가는 사람에게 그 건물이 뭔지 물어봤더니 정신 병동이라고 대답하더라고요."

내가 긴장을 풀며 웃음소리를 내자 존이 이야기를 멈췄다.

"재밌긴 했지만 짐작 못 했던 바는 아니었어요. 이리저리 손을 쓴 끝에 제임스 존스를 만났어요. 내가 말한 대로 동류였어요. 병원 사람들이 나를 보더니 가족 같다고 하더라고요. 제임스 존스를 만나보니 그게 무슨 소린지 알 수 있었죠. 그 사람은 체구가 작은 노인이었는데, 나처럼 머리가 크고 눈이 거대했어요. 귀 위에 약간 남은 곱

슬머리를 빼면 완전한 대머리였어요. 입은 나보다 작았고(체구에 비해서 말이죠) 입가에는 고통스러운 부드러움이 깃들어 있었어요. 특히 입을 꾹 다물고 내밀 때 그런 특징이 두드러졌죠. 그만의 버릇인 것 같았어요. 그 사람을 만나기 전에 병원 사람들이 몇 가지 얘기해줬어요. 건강 상태가 무척 안 좋은 걸 빼면 아무 문제도 없는 사람이며, 그것 때문에 많은 보살핌이 필요하다더군요. 그 사람은 한 음절 넘게 말하지 않았어요. 자신의 인식 범주 안에 있는 일에 대해 간단하게 말하면 알아듣긴 했지만, 얘기에 집중하게 하기는 불가능했어요. 하지만 신기하게도 주변에서 벌어지는 모든 일에 생생한 관심을 갖더라고요. 사람들의 목소리를 주의 깊게 들을 때도 있었어요. 하지만 말뜻 때문이 아니라 거기 담긴 음 때문이었어요. 온갖 종류의 리듬을 인식하는 데 흥미를 갖더군요. 나뭇조각 부스러기들을 뚫어져라 들여다보거나 연못의 잔물결을 보면서 몇 시간씩 보내기도 했어요. 호모 사피엔스가 만든 음악을 들으면 금세 즐거워졌다가 격분했어요. 하지만 의사 한 사람이 바흐의 특정한 곡을 틀어주자 진지하게 경청하더니, 밖으로 나가 그 괴상한 피리로 방금들은 음악을 희한하게 변주해서 연주했어요. 재즈곡은 아주 격한 영향을 끼치기도 했어요. 재즈 음반 하나를 다

들고는 며칠이고 엎드려 있는 경우도 있었죠. 기쁨과 혐오가 충돌하면서 그 사람을 잡아 찢어놓는 것처럼 보였어요. 의사들은 당연하게도 그 사람의 피리 연주를 정신병자의 울음소리 정도로 생각했어요.

제임스 존스와 나는 처음 대면하자마자 서로를 바라보면서 그냥 서 있었어요. 너무 오래 그러고 있으니까 간호사가 불편한 기색을 보이더군요. 마침내 제임스 존스가 눈을 나에게 고정한 채로 한마디를 꺼냈어요. 조용하면서 강한 어조였고, 놀라움이 담겨 있었죠.

'친구다!'

나는 웃으면서 고개를 끄덕였어요. 나는 제임스가 내 마음속을 흘긋 들여다보는 걸 느꼈어요. 제임스의 얼굴에 뚜렷한 화색이 돌면서 놀라움이 퍼져나갔죠. 그리고 천천히, 단어 하나하나를 힘겹게 찾아내는 것처럼 말했어요.

'넌-안-미쳤어, 안 미쳤어! 우리 둘, 안 미쳤어! 하지만 저것들(제임스는 천천히 간호사를 가리키며 웃었어요), 다 미쳤어, 아주, 아주 미쳤어. 하지만 친절하고 영리해. 저 사람은 나를 돌봐줘. 나는 나를 돌볼 수 없어. 너무 바빠, 왜냐하면, 왜냐하면⋯⋯.'

제임스는 문장을 끝맺지 못했어요. 해맑게 웃으면서

이상한 존

천천히, 계속해서 고개를 끄덕였죠. 그러더니 나에게 다가와서 내 머리에 잠깐 손을 얹었어요. 그게 전부예요. 친구라는 제임스의 말에 내가 긍정했을 때 우리는 사물을 같은 눈으로 보았고, 제임스는 다시 고개를 끄덕였죠. 하지만 말을 꺼내려고 하자 제임스의 얼굴에 우스꽝스럽기까지 한 난처함이 떠올랐어요. 나는 제임스의 마음을 들여다보고 그가 이미 혼란의 구덩이에서 뒹굴고 있다는 걸 알았죠. 제임스는 지각 능력은 있었지만, 그 지각에서 실제적인 중요성을 전혀 찾을 수 없었어요. 눈앞에 서 있는 두 사람을 볼 수는 있었지만 내 시각적인 외모를 특정 인간 또는 그토록 함께 소통하고 싶었던 상대의 마음과 연결할 수가 없었던 거예요. 심지어 우리를 실체적 물체로 보지도 못했어요. 아무 뜻도 없는 색과 형태로만 파악한 거죠. 나는 피리를 불어달라고 했어요. 제임스는 무슨 말인지 못 알아들었죠. 간호사가 그의 손에 피리를 들려주고 손가락을 감아줬어요. 제임스는 멍하니 내려다보더니 갑자기 환희에 찬 미소를 지으면서 피리를 귀에 가져다 댔어요. 조개껍질에 귀를 대는 아이처럼요. 간호사가 피리를 집더니 음 몇 개를 불어봤지만 소용이 없었어요. 이번엔 내가 피리를 들고 텔레파시 속에서 들었던 곡을 약간 연주했죠. 제임스가 관심을 가졌어요. 얼굴에 뜬 당혹감은 말끔히 사라졌고요. 제임스가 천천히, 하지만 유창하게 말을 꺼내자 우리는 깜짝 놀랐어요.

'그래, 존 웨인라이트. 요전에 내가 연주하던 걸 들었구나. 나도 누군가 듣고 있다는 걸 알았지. 피리를 다오.'

제임스는 피리를 받더니 나에게 시선을 고정하고는 탁자의 모서리에 걸터앉아서 연주를 시작했어요."

나는 존이 날카로운 웃음을 터뜨리는 바람에 깜짝 놀랐다.

"세상에! 그런 게 바로 음악이에요. 당신도 들었다면 좋았을 텐데! 쇠귀에 경 읽는 식이 아니라 정말로 들을 수 있다면 말이지만요. 투명한 음악이었어요. 꼬여 있던 내 마음을 풀어줬죠. 그 음악을 들으니 자신의 세계를 대하는 어른 인간의 적절하고 진실된 정신적 태도를 정확히 알 수 있었어요. 제임스는 연주를 계속했고, 나는 음 하나하나를 따라가면서 모조리 기억했어요. 그런데 간호사가 중지시켰죠. 그 소리를 들으면 다른 환자들이 항상 흥분한다는 거였어요. 진짜 음악이 아니라 미친 짓처럼 들렸던 거예요. 제임스 존스가 실외에서만 음악을 연주했던 이유가 그거였어요.

연주는 삐익 소리를 내며 멈췄어요. 제임스 존스는 부드러우면서도 고통스러운 미소를 띠고 간호사를 바라봤어요. 그러더니 다시 미치광이 상태로 미끄러져 들어갔어요. 완전한 붕괴 상태에 몰입했는지 치아 보호대를 진짜로 씹어 먹으려고 하더군요."

존은 몸을 떨었다. 그리고 다시 창가에 서더니 침묵을 지켰다. 나는 무슨 말을 꺼내야 할지 알 수 없었다.

갑자기 존이 소리쳤다.

"망원경 가져와요, 빨리요! 회색 깝짝도요가 틀림없다고요. 무진장 깜찍하지 않아요?"

우리는 작은 은백색 새가 격하게 오르내리는 물마루에도 아랑곳하지 않고 먹이를 찾아 이리저리 헤엄치는 모습을 번갈아 구경했다. 갈매기들과 비교해보니 정기기선들 사이에 있는 요트처럼 보였다. 존이 내 생각에 답했다.

"맞아요. 당신이 기쁜 마음으로 주의 깊게 저 조그마한 악당 녀석을 관찰했던 그 느낌, 그리고…… 신기하고 경건하면서도 무관심한……. 그래요, 그게 시작이자 최초의 순간이에요. 제임스 존스가 자신의 음악에 표현하고자 했던 거죠. 항상 그런 상태를 유지하면서 전 세계의 함축성으로 채워나갈 수 있다면 '우리'에게 다가올 수 있어요."

존이 말한 '우리'에는 신혼부부가 처음으로 '우리'라고 할 때와 같은 수줍음과 뻔뻔함이 담겨 있었다. 나는 동류를 발견했다는 것이 존에게 얼마나 깊은 감동을 주는 경험이었는지 깨달았다. 그리고 존이 18년간 동물만 곁에 두고 지내다가 마침내 인간을 발견했다는 점을 이해했다.

존은 한숨을 쉬고 이야기를 이어갔다.

"물론 제임스 존스는 함께 신세계를 건설하기 위한 동료로는 아무 쓸모가 없었어요. 나는 그때 이후로 제임스와 여러 번 접촉했고, 그는 항상 음악을 연주해줬죠. 그러면 머릿속이 조금 더 맑아졌고 나 또한 조금은 성장했어요. 하지만 제임스는 돌이킬 수 없을 정도로 미쳤어요. 항상 그 상태였죠. 그래서 나는 다시 '귀를 기울였어요'. 사실 우울했어요. 전부 다 미쳤을까 봐 겁이 났거든요. 두 번째를 만나고는 실제로 수색을 포기할 뻔했어요. 짐작하겠지만 나는 가까운 곳에 사는 동류부터 접촉하려고 했어요. 그쪽이 더 편하니까요. 나는 우리 중의 하나라고 짐작되는 후보를 프랑스에서 이미 한 명 찾은 참이었고, 이집트와 중국(어쩌면 티베트) 쪽에서도 한 사람씩 발견했어요. 하지만 그때는 그 사람들과 접촉하지 않았어요. 어쨌든 두 번째는 (헤브리디스제도에 있는) 남위스트에 사는 소작인의 아들이었어요. 아기였죠. 그 아이는 무시무시한 장애인이었어요. 다리는 없고 팔은 영원蠑蚖 같았어요. 입에 문제가 있어서 말도 할 수 없었어요. 소화기

262
이상한 존

관이 제대로 작동하지 않았기 때문에 늘 아팠죠. 사실 아무리 점잖은 사회라 해도 태어나자마자 물에 빠뜨려버릴 만한 아이였어요. 하지만 아이의 어머니는 암컷 호랑이처럼 자식을 사랑했죠. 그런 어머니조차도 그 아이를 보면 겁에 질려 몸이 굳었고 질색했어요. 부모 모두 아이의 정체를 알지 못했어요. 그냥 흔히 볼 수 있는 장애아라고 생각했죠. 장애가 있는 데다가 부모들이 박대했기 때문에 그 아이는 최악의 증오심을 키웠어요.

아이는 내가 방문한 지 5분 만에 내가 다른 인간들과 다르다는 것을 알아봤어요. 아이는 나의 텔레파시를 감지했고 나도 그랬어요. 하지만 즉시 마음을 닫아버리더군요. 당신은 정신적 일족을 처음 만나는 거야말로 감사 축제라도 벌일 만한 일이라고 생각하죠? 한데 그 아이는 전혀 그렇지 않았어요. 접촉하자마자 이 행성에는 자신과 내가 공존할 수 있는 공간이 없다고 느꼈던 게 분명해요. 하지만 자신이 아무 일도 하지 않을 것처럼 가장했어요. 굴 껍질처럼 단단하게 마음을 닫아버린 거죠. 아이의 얼굴은 백지처럼 텅 비어 있었어요. 나는 사람을 잘못 찾아왔다고 생각했어요. 동류가 아니라고 생각한 거죠. 하지만 처음 텔레파시를 통해 보았던 것과 실제 환경이 똑같았어요. 바닥에 돌이 깔려 있는 자그마한 방, 토탄불,

한쪽 눈이 다른 쪽보다 조금 더 큰 어머니의 얼굴, 어머니의 입가에 있는 수염의 흔적. 아이의 부모는 모두 고령의 노인이었고 백발이었어요. 이상했죠. 아이는 세 살 정도로 보였거든요. 나는 아이가 몇 살인지 물어봤지만 부모들은 답하길 거부했어요. 나는 질문을 바꿨죠. 당신들의 자식은 아기답지 않게 무척이나 지혜로운 얼굴이라고. 아버지 쪽이 무의식 중에 열여덟 살이라고 대답했어요. 그러자 어머니가 신경질적으로 찢어지는 웃음을 뱉었어요. 나는 아이의 부모와 점점 친해졌어요. (내가 동료들과 함께 옆 섬에 낚시하러 온 사람이라고 말해뒀죠.) 나는 장애가 있는 아이가 나중에 보면 대단한 천재인 경우가 있다는 얘기를 책에서 봤다고 말해서 아이 부모의 기분을 띄워줬죠. 그러면서 아이의 방어벽 안쪽에 있는 정신에 도달하기 위해 애를 썼어요. 그 녀석이 얼마나 지독한 속임수를 준비해놨는지 제대로 설명하기는 불가능해요. 나를 처음 보자마자 끌어들이기로 작정했던 것이 분명해요. 그 녀석은 자신이 쓸 수 있는 유일한 무기를 이용했어요. 아주 사악한 무기였죠. 말하자면 이런 식이었어요. 나는 부모에게서 시선을 돌리고 아이에게 말을 걸었어요. 친구 사이가 되기 위해서요. 아이는 멍한 눈으로 나를 바라보기만 했어요. 나는 굴껍질을 열기 위해서 계속 노력하다가 정나미가 떨어져서 포기하기로 마음먹었죠. 그때, 세상에, 굴껍질이 활짝 열리면서…… 흠, 이건 설명이 불가능해요. 느낌만 전달할 수 있겠네요. 정신적인 굴껍질이 활짝 열리면서 나를 삼키려고 했어요. 그 안은…… 바닥이 보이지 않는 검정 지옥 구덩이였어요. 당신이 듣기엔 바보 같고 몽상 같겠죠. 하지만 실제로 그랬어요. 나는 극도로 끔찍한 암흑의 심연, 정신과 영혼의 암흑 속으로 떨어지는 추였어요. 그 안에는 영원히 만족을 모르는 검은 증오만이, 축축한 독의 기운만이 도사리고 있었죠. 거기에 빠지면 내가 그때까지 아꼈던 모든 것이 추악함 속에 붕괴될 것만 같았어요. 그 이상은 설명이 불가능해요, 불가능하다고요."

존은 내 작업용 탁자의 모서리에 앉아 있다가 벌떡 일어서더니 창가로 걸어갔다.

"신이여, 빛을 주셔서 감사합니다."

존은 그렇게 말하며 잿빛 하늘을 바라보았다.

"그걸 이해 가능한 사람이 있다면 다 말해버리고 털어낼 수도 있을 거예요. 하지만 불완전하게 설명해봐야 그때의 기억이 생생해질 뿐이에요. 지옥 같은 건 없다고 말하는 사람도 있겠죠!"

존은 창 너머에 시선을 두고 잠시 침묵했다. 그러더니

말했다.

"저 가마우지 좀 보세요. 자기 목보다 굵은 붕장어를 잡았네요."

나는 존의 곁으로 다가갔고, 우리는 장어가 이리저리 몸부림치는 것을 바라보았다. 물새와 먹잇감은 물속으로 여러 차례 들락거렸다. 장어는 딱 한 번 성공적으로 도망쳤지만, 금세 도로 잡혔다. 여러 차례 시도한 끝에 가마우지가 장어의 머리를 물고 꿀꺽 삼켰다. 이제 보이는 거라곤 장어의 꼬리와 크게 부풀어 오른 가마우지의 목뿐이었다.

"지금쯤이면 그 녀석은 소화되어버렸을 거예요. 하마터면 내가 그럴 뻔했죠. 그 악마 같고 어린 연체동물은 소화액을 뿜어서 내 정신을 분해시키고 있었어요. 그다음에 어떻게 됐는지는 몰라요. 완전무결하게 사악한 표정이 아이의 얼굴에 떠올랐던 건 기억나지만요. 어떻게든 내 자신을 구해낼 수 있었나 봐요. 그 집에서 어느 정도 떨어진 풀밭에 혼자 식은땀을 흘리며 누워 있었으니까요. 멀리서 그 집을 바라보니 섬뜩한 느낌이 들었어요. 제대로 생각할 수가 없었죠. 소름이 돋았어요. 증오에 찬 어린아이의 웃음이 계속 떠오르면서 다시 멍해졌어요. 시간이 조금 흐르자 추워졌기 때문에 나는 일어서서 배를 대놓은 작은 만으로 걸어갔어요. 그러고는 그 사악한 아기 악마의 정체가 무엇이었을까 생각하기 시작했죠. 정말로 '우리' 중 하나였을까요? 아니면 전혀 이질적인 존재였을까요? 하지만 나는 마음속으로 해답을 알고 있었어요. 물론 그 아이는 우리 중 하나였고, 나나 제임스 존스보다 훨씬 강력했어요. 하지만 생각부터 시작해서 모든 것이 잘못됐던 거예요. 육체는 그 아이를 배신하고 고문했어요. 마음은 몸과 마찬가지로 기형이었죠. 부모가 있었지만 그 아이에게 기회를 줄 수 없었어요. 따라서 유일한 표현의 방법은 증오하는 것뿐이었어요. 그 결과, 증오심만이 특별하게 발달했죠. 하지만 가장 기이한 점은 그때의 경험에서 멀리 도망칠수록 그 아이가 가졌던 증오의 무아지경이 스스로와는 완전히 분리된 관념이었다는 생각이 커진다는 거죠. 그 아이는 자기 자신을 위해서 증오했던 게 아니에요. 나를 증오한 만큼 스스로를 증오했어요. 모든 것을 증오했고 증오까지도 증오했죠. 그 증오는 신성한 열정이었어요. 왜 그랬을까요? 나도 이제야 깨닫기 시작한 사실이지만, 그 지옥 구덩이에는 미세하게 타오르는 숭배의 별이 있었어요. 그 아이는 나와 마찬가지로 모든 사물을 영원의 관점에서 뚜렷하게 바라봐요. 어쩌면 나보다 더 선명하게 볼지도 모르죠. 하

13장 추적

지만…… 이걸 어떻게 설명하죠? ……그 아이는 전체 중에서 사악한 쪽을 인식하고는 예술가처럼 열정과 초연함을 가지고 역할에 충실했던 거예요. 내가 말하려는 뜻을 이해한다면, 신의 영광을 위해서 그랬다고 해도 좋아요. 그 아이는 옳았어요. 할 수 있는 일이 그것뿐이었고, 자신의 방식대로 해나간 거예요. 나는 그 어떤 일에도 그 아이에게 경의를 표해요. 정말 오싹하긴 하지만요. 그 아이의 삶을 상상해보세요. 그렇게 아기 같으면서 그런 힘을 가졌다니! 그 아이가 아주 오래 산다면 언젠가 이 행성을 날려버릴 방법을 알아낼지도 몰라요. 이걸로 끝이 아니에요. 앞으로 두 눈 부릅뜨고 조심하지 않으면 그 아이가 나를 다시 찾아낼 거예요. 내가 오스트레일리아에 있건 파타고니아에 있건, 그 아이는 나에게 접촉할 수 있어요. 세상에! 지금도 그 아이를 느낄 수 있어요! 사과 하나 더 먹고 다른 얘기를 하죠."

존은 두 개째의 콕스*를 먹는 동안 말이 없었다. 이윽고 존은 입을 열었다.

"그 사건 이후로는 별로 한 일이 없어요. 마음을 추스르기 위해 시간이 필요했어요. 지구상 어디서든 정신이

---

* Cox's Orange Pippin. 사과의 품종.

멀쩡한 동류를 만날 가능성이 있기는 한 건가 회의가 들었죠. 하지만 열흘 정도 지나고 나서 탐색을 재개했어요. 그리고 아직 어설퍼 보이는 늙은 집시 여인을 발견했죠. 하지만 항상 발작에 시달렸어요. 이 여인은 점을 치는데, 미래를 살짝 볼 수 있나 봐요. 그러나 나이가 상당히 많은 데다가 관심 있는 거라고는 점치는 일과 럼주뿐이에요. 그래도 어느 선까지 우리의 동류임은 분명해요. 지적이지도 않고 교활한 걸로 악명이 높지만 통찰력이 있어요. 사물을 영원의 관점에서 제대로 볼 수 있죠. 지속적으로 그러지는 못하지만요. 정신 병원에도 몇 명이 더 있긴 한데, 이쪽은 전혀 희망이 없어요. 불치병 환자용 시설에 있는 청년기 남녀추니가 한 명 있고, 살인죄로 종신형을 받은 남자도 있어요. 이 남자가 어렸을 때 사고로 두개골을 다치지만 않았다면 멋진 동료가 됐을 거라고 생각해요. 그리고 암산가도 한 명 있는데, 이 사람은 그 이상은 못 될 것 같아요. 사실 우리에 속하진 않지만 기질상으로 중요한 요소를 딱 하나 갖고 있죠. 자, 이걸로 이 섬나라에 사는 호모 수페리어는 끝이에요."

존은 우리에 갇힌 북극곰처럼 빠르고 규칙적인 걸음으로 방 안을 왕복하기 시작했다. 그러더니 갑자기 멈춰 서서 주먹을 힘껏 쥐고 소리쳤다.

"여기도 소! 저기도 소! 온통 소뿐인 세상! 냄새가 지독해!"

존은 벽을 쳐다보았다. 그리고 한숨을 쉬더니 나를 보며 말했다.

"미안해요, 파이도 영감! 말실수였어요. 나가서 점심이나 드시죠?"

14장
기술적인 문제

다른 초인과 접촉하려는 노력에 대해 얘기해준 뒤 얼마 지나지 않았을 때, 존은 나에게 미래에 관한 계획을 털어놓았다. 우리는 지하 작업장에 함께 있었다. 존은 새 발명품인 일종의 축전-발전기에 몰두하고 있었다. 시험관, 단지, 금속 조각, 병, 절연선, 전압계, 돌덩이 등이 긴 의자 위에 쌓여 있었다. 나는 존이 일에 열심인 것을 보고 이렇게 말했다.

"어린 시절로 되돌아가나 보구나. 발명 덕분에 스코틀랜드에서의 일을 모두 잊고 원래 자리로 돌아가는 모양이야."

"아뇨, 틀렸어요. 이 장치는 내 계획의 중요한 일부분이에요. 이 검사만 끝나면 얘기해드리죠."

존은 입을 꾹 다물고 실험을 진행시켰다. 이윽고 승리의 환호성을 질렀다.

"드디어 성공했어!"

우리는 커피를 마시며 존의 계획에 대해 얘기했다. 존은 동류를 찾아서 전 세계를 뒤지기로 결심했다. 그리고 자신과 함께할 수 있는 적정한 나이의 동류들을 모아서 지구의 외진 지역에 초인들만의 작은 개척지를 만들 생각이었다. 시간 낭비를 줄이려면 원양 항해가 가능한 배와 그 배에 실을 수 있는 비행기, 그에 상응하는 비행 장비가 필요했다. 나는 존이 비행에 대해 아무것도 모르며 비행기 설계에 대해서는 더더욱 무지하다는 점을 지적했다.

"이젠 알아요. 어제 배웠어요."

존은 실력 좋은 젊은 비행사 하나를 설득해서 비행도 즐기고 오랫동안 비행기를 몰아보기도 한 것 같았다.

"한번 감을 잡으면 그다음은 아주 쉬워요. 두 번 착륙하고 두 번 이륙해봤어요. 곡예비행도 좀 해봤고요. 당연히 아직도 배워야 할 게 아주 많아요. 설계는 이미 시작했어요. 선박 설계도 마찬가지고요. 하지만 이 새 발명품이 결정적인 역할을 할 거예요. 이걸 제대로 설명할 자신은 없어요. 어느 정도는 가능한데, 들어보면 못 믿으실 거예요. 나는 최근에 핵화학을 연구하고 있어요. 거기에 스코틀랜드의 경험에서 얻은 착상을 가미했죠. 설사 당신이라 해도(아무리 당신이 과학을 피해 다니는 데 천재적이라 해도) 원자핵 속에 막대한 양의 에너지가 갇혀 있다는 사실, 전자나 양자 등등을 단단하게 엮고 있는 힘을 이겨내려면 터무니없이 강력한 전류가 필요하다는 사실, 따라서 그걸 해방시키기가 거의 불가능하다는 사실 정도는 알고 있을 거예요. 나는 훨씬 간편한 방법을 찾아냈어요. 물질적인 방법이 아니라 정신적인 방법이에요. 그 어마어마한 결속력을 능가하기 위해서 노력해봐야 소용없어요. 대신에 잠시 무효로 만들면 돼요. 잠재운다는 얘기죠. 그 결속력과 파괴력은 결국 전자와 양자라는 이름의 물리적 기본 단위에 지속적으로 가해지는 압박이라고도 할 수 있어요. 나는 그 조그마한 악마들에게 최면을 걸어서 잠깐 부드럽게 만들고 서로 부둥켜안은 팔을 풀게 만드는 거죠. 그 녀석들은 최면에서 깨어난 다음 자유를 즐기면서 뛰어다니고 난리를 치는 거예요. 녀석들이 뛰어다니는 힘으로 기계가 움직이도록 하면 일은 끝나죠."

나는 웃으면서 그 우화가 마음에 든다고 말했다.

"우화와는 상관없어요. 양자와 전자가 비유에 등장하

는 가상의 존재들이기 때문에 우화가 된 것뿐이죠. 그것
들은 독립적인 요소가 아니에요. 우주라는 이름의 시스
템을 측정한 단면들이죠. 그리고 실제로는 물리적이기만
한 것이 아니라 정신물리학적인 시스템을 측정한 결과
들이에요. 물론 '인간의' 물리학이 신의 진리와 같은 것
이라고 생각한다면, 물리가 실은 근원적인 진리를 표현
하는 추상적인 형태에 불과하다는 사실을 모른다면, 전
부 정신 나간 소리처럼 들리겠죠. 하지만 나는 연구해볼
만한 가치가 있다고 생각했고, 그 결과 사실이라는 걸 알
았어요. 물론 어려운 점도 있어요. 정신적인 문제가 가
장 커요. '인간의' 정신은 절대로 이런 일을 해낼 수 없어
요. 깨어 있지 않으니까요. 하지만 초인은 필요한 작용을
일으킬 수도 있고, 연습을 거듭해서 그 일이 더욱 안전
하고 수월하도록 개선할 수도 있어요. 물리적인 어려움
은……'

존은 자신의 발명품을 흘끗 보고 말했다.

"결국 작업하기 가장 좋은 원자를 고르는 문제, 그리고
그 원자가 활동을 시작했을 때 넘치는 에너지를 뽑아내
는 문제로 귀결돼요. 지금 그 부분을 해결하는 중이에요.
강어귀에서 흔히 볼 수 있는 진흙이 재료로는 아주 좋아
요. 사용하기에 좋은 원소들이 극소량씩 들어 있거든요."

존은 쪽집게로 시험관 안에 들어 있던 진흙을 조금 집어서 백금 접시 위에 올려놓았다. 그리고 작업장의 문을 열더니 접시를 밖에 내놓고 들어와서 문을 살짝만 열어놓았다. 존과 나는 열린 문틈으로 작은 접시를 지켜보았다.

존이 웃으면서 말했다.

"우리의 작은 전자와 양자는 이제 자러 갔어요. 엄마가 깨우라고 할 때까지 깨우지 마세요."

존은 나에게로 돌아서며 덧붙였다.

"노파심에서 말하는데, 주문은 관객을 위한 것일 뿐 마술사의 모자에 들어 있는 토끼에게는 아무 의미가 없어요."

존의 얼굴에 심각하게 집중하는 표정이 떠올랐다. 그리고 호흡이 빨라졌다.

"지금이에요!"

어마어마한 섬광과 함께 총성 같은 폭음이 들렸다. 존은 구질구질한 손수건으로 이마를 닦더니 말했다.

"혼자 힘으로 해냈어요!"

우리는 다시 커피를 마시며 계획에 대해 얘기했다.

"필요할 때까지 에너지를 보관해둘 방법을 찾는 일이 남았어요. 전자들을 재우면서 동시에 배를 몰 수는 없어요. 그 에너지를 이용해서 발전기를 돌리는 동시에 충전

지를 채우면 간단히 해결될지도 몰라요. 하지만 더 흥미로운 가능성이 남아 있어요. 어쩌면 이놈들을 최면에 빠뜨려 일종의 '후최면 암시'를 줄 수 있을지도 몰라요. 그러면 특정 자극이 있을 때만 깨어나서 날뛰도록 할 수 있을 거예요. 무슨 얘긴지 알겠어요?"

나는 웃었다. 우리는 커피를 홀짝거렸다. 나는 문제의 '후최면 암시' 방식의 실현 가능성이 이미 상당히 증명되었으며 벌써 쓰이고 있지 않느냐고 그 자리에서 말했어야 했다.

"이젠 알았겠지만 이 신기술에는 훌륭한 가능성이 있어요. 어쨌든 당신은 배와 비행기가 건조되는 동안 나와 함께 대륙으로 나가야 해요. (장담하건대 당신이 없는 동안 쉴 수 있으니 버사도 좋아할 거예요.) 탐색을 해봐야 해요. 파리에 뚜렷한 초인 정신이 한 명 있어요. 이집트에도 있고요. 다른 사람들도 그렇게 멀진 않아요. 배와 비행기가 완성되면 나머지 사람들을 찾아서 세계 여행에 나설 거예요. 자격을 갖춘 젊은 존재들을 발견하면 태평양으로 나가서 개척지에 적합한 섬을 물색할 거예요."

그 후 두 달간 존은 배와 비행기를 설계하는 실무 작업에 몰두했고, 새 동력 기술을 완성했으며, 비행기 조종 기술을 연마했다.

그동안 존은 다른 보통의 소년들과 마찬가지로 '파크 레이크Park Lake'나 그보다 물살이 거친 강변에서 종종 '배를 갖고 놀았다'. 그때 존은 열여덟 살이었지만 외모는 열다섯이 채 안 되어 보였다. 따라서 그런 행동은 사람들의 주의를 끌지 않았다. 존은 배를 잔뜩 만들고 전기 모터나 증기 기관을 달았다. 그것들을 갖가지 기상 조건하에 띄우면서 성능을 주의 깊게 관찰했다. 배의 외형은 날개를 접은 비행기를 수납할 것을 염두에 두고 설계했으며, 극단적인 바다의 상태도 고려했다. 존은 마침내 최종 형태를 결정했는데, 이 지역의 선박 애호가들은 그걸 보고 서투른 배 모방품에 지나지 않는다고 평했다. 존은 이 설계를 바탕으로 아주 세밀한 3피트(약 90센티미터) 크기의 모형을 만들었다. 외형적으로 볼 때 배의 폭은 우스꽝스러울 정도로 넓었고 흘수는 얕았으며 전체적으로는 쾌속정을 과장해서 꾸민 것 같았다. 쾌속정과 구명선의 혼혈인 데다가 혈통 어딘가에 접시의 피도 섞인 것 같았고 '물수제비 뜨기 놀이'를 하기에 알맞은 편평한 조약돌과도 비슷했다. 아주 귀여운 장난감이었다. 존도 그 배를 순전히 장난감으로 즐기고 있는 것 같았다. 단순한 실험이라고 보기에는 너무 많은 정성을 배에 쏟았다. 그 배는 작은 예인선 크기의 선박을 염두에 두고 만들어졌다.

어떤 장비도 생략되지 않았다. 아홉 명의 잠자리가 있었지만 급한 상황에는 스무 명도 잘 수 있었으며 항법사 한 명이 여유롭게 조종할 수 있었다. 진짜처럼 보이는 휴게실도 있었는데, 그 안에는 식탁과 의자와 찬장도 있었다. 화장실, 현창, 세세한 항법 장치도 있었다. 이 장치들은 해안에 서서 무선 조종 장치로 작동할 수 있었다. 엔진 또한 존이 실제 배에 싣기로 한 소립자 엔진을 그대로 구현한 복제품이었다.

존은 이 모형으로 갖가지 우스꽝스러운 짓을 해서 재미를 더했다. 파크 레이크에서는 느긋하게 배를 몰며 겁에 질린 오리들을 쫓았다. 만조가 다가오면 강어귀에 나가 해안에서 멀리 떨어진 곳에 배를 세워놓고는 구명보트를 타고 가서 구해달라고 항해 클럽의 친절한 회원 한 사람에게 부탁하기도 했다. 그 사람이 땀을 뻘뻘 흘리며 노를 저어 작은 난파선 옆에 도착해서 손을 뻗으면 존은 (반 마일쯤 떨어진 해안에서) 배를 조종해서 1~2야드 (약 0.9~1.8미터) 정도 움직여 헛수고하게 만들었다. 존은 그 짓을 몇 번 반복하다가 배의 속도를 최고로 올려 해안으로 몰았고, 배는 충성스러운 개처럼 주인의 손에 안착했다.

존은 모형 비행기도 여러 개 만들었다. 그것들을 조종

하며 많은 시간을 보냈다. 하지만 너무 놀랄 만한 묘기를 부리면 사람들의 이목을 끌 수도 있었으므로 비밀리에 날려보았다. 그러느라 오토바이나 내 차를 이용해 노스웨일스의 들판으로 나가곤 했다. 존은 그곳에서 변덕스러운 산바람을 받으며 모형들을 시험해보았고, 소립자 엔진의 힘을 빌려 일반 고무 동력기로는 불가능한 곡예들을 시연했다.

존이 최종적으로 선택한 것은 놀라운 기계였다. 크기는 모형 배에 맞추었고, 배에 싣고 내릴 수도 있었다. 존과 나는 날개가 뭉툭한 이 장난감을 몇 시간씩 갖고 놀았다. 비행기는 '린'*의 수면에서 떠올라(그 모형 비행기에는 바퀴와 플로트**가 모두 달려 있었다) 상공을 향해 날아올랐고, 우리는 그 궤적을 쫓기 위해 망원경을 사용해야 했다. 비행기의 평형 상태는 자동으로 유지되었지만 지상에서 무선 조종으로 기울기를 조절할 수 있었다. 조종에 익숙해지자, 존은 그 금속제 새를 이용해서 현대식 매사냥에 나섰다. 참새 모양의 작은 물체를 날려 보내서 마도요, 말똥가리, 갈까마귀 등을 추격한 것이다. 사냥감들

---

* Lynn. 호수를 뜻하는 웨일스어.
** 수상 비행기의 착륙 장치.

은 대개 추격하는 기척만 느껴도 서둘러 달아났다. 비행기는 소리를 내며 새들을 몰았고, 뒤쪽에서 덮치기도 했다. 그러다가 나이 든 갈까마귀 하나가 반격에 나섰고, 존이 장난감의 속도를 최고로 올려 달아나기 전에 까마귀의 단단한 부리가 비단으로 만든 한쪽 날개를 찢어버렸다. 비행기는 야생화 밭으로 추락했다.

　배와 비행기에 관한 계획은 존이 열아홉 살이 되기 전에 완료했다. 내가 선박과 비행기 제조업자와 협상을 거듭한 끝에 마침내 견적을 받은 과정에 대해서는 설명하지 않겠다. 나는 정신 나간 백만장자라는 오명을 얻었다. 설계가 구현 불가능해 보이는 데다가 어떤 반박도 받아들이지 않았기 때문이다. 제일 크게 문제가 된 것은 동력 장치에 할당한 공간이 당시 기준에 견주어봐도 턱없이 좁다는 점이었다. 호기심을 최대한 누르기 위해서 발전기와 기계 설비에 관한 제작 주문은 여러 제조업체에 나누어 맡겼다.

15장
자클린

기술적인 문제가 모두 해결되자 존은 다시 한번 텔레파시 탐색에 주의를 기울였다. 홀로 유럽 대륙을 여행하기에는 아직도 어려 보였으므로 존은 나를 끌고 파리로 향했다. 목적지에 가까워질수록 존은 들떴다. 자신과 동등한 존재를 만날 수 있다는 기대에 부푼 데다가 그때까지 경험해보지 못한 만족스러운 교우 관계를 맺을 수 있을 거라고 생각했기 때문이었다. 그러나 베르톨레 거리의 작은 호텔(클로드 베르나르 대로에서 벗어난 곳이었다)에 거처를 정하고 난 후, 존은 기운이 없어 보였다. 이유를 물었더니 존은 어색하게 웃으면서 말했다.

"처음 느끼는 기분이에요. 부끄럽다고요! 그 여자는

내가 왔다는 사실에 별로 신경 쓰지 않는 것 같아요. 자신을 찾아오도록 도와주지도 않겠죠. 카르티에라탱 어딘가에 살고 있다는 건 알아요. 이 거리 주변도 자주 지나다니고요. 자신을 찾는 사람이 있다는 걸 알면서도 도와줄 생각을 하지 않네요. 아, 이 여자는 아주 나이가 많고 현명해요. 프로이센-프랑스전쟁도 기억하더군요. 얼굴을 알아보기 위해서 거울을 마주하는 순간에 그녀의 눈을 통해 들여다보려고 노력 중인데 때를 맞추기가 힘드네요."

그 순간 존의 머리가 움찔거렸다. 존은 끊기지 않고 말을 이었다.

"지금 당신하고 얘기하면서 진짜 내가 그녀와 접촉하고 왔어요. 어느 카페에 있군요. 한동안 거기 있을 거예요. 가서 만나보죠."

존은 그 카페가 오데옹 근처에 있다는 것을 어렴풋이 느꼈다. 우리는 서둘러 그리로 향했다. 존은 몇 번을 망설이다가 건물 하나를 골랐고, 우리는 안으로 들어갔다. 존은 문 안으로 들어서자마자 흥분해서 속삭였다.

"여기가 맞아요. 그녀가 아까 이 문을 보고 있었어요."

작고 괴상한 외국인인 존은 1~2초 정도 서 있다가 종업원과 인파에 떠밀렸다. 존은 점포의 구석에 있는 빈자리로 움직였다.

존이 외경에 가까운 놀라움을 보이면서 말했다.

"저기 있어요."

나는 존의 시선을 따라 근처에 앉아 있는 두 여인을 보았다. 그중 한 명은 우리에게 등을 돌리고 있었다. 나는 그 여성의 날씬한 체형과 젊은 얼굴 윤곽선을 보고 서른 살이 채 안 됐을 거라고 짐작했다. 다른 한 명은 엄청나게 나이가 많았다. 얼굴은 산맥과 골짜기로 가득한 지도 같았다. 나는 그 여인을 실망스러운 마음으로 관찰했다. 심술궂고 아둔해 보였다. 그녀는 적대적인 호기심으로 존을 바라보고 있었다.

젊은 여성이 고개를 돌리더니 점포 안을 둘러보았다. 그 커다란 눈은 놓치려야 놓칠 수가 없었다. 눈꺼풀이 두텁다는 점을 제외하면 존의 눈과 같았다. 그 눈은 나에게 잠깐 머물더니 존에게로 향했다. 맥없던 눈꺼풀이 올라가자 존보다 깊고 오만한 두 개의 검은 눈동자가 드러났다. 그녀의 얼굴 전체가 지성과 흥미로움으로 환해졌다. 그녀는 일어서더니 존에게 다가왔고, 존도 일어섰다. 두 사람은 침묵 속에서 서로를 바라보았다. 여인이 말했다.

"Alors c'est toi qui me cherches toujours!(나를 찾아다니던 사람이 당신이군요!)"

내가 기대하던 사람과는 달랐다. 눈은 컸지만 평범한 사람으로 보였다. 보통 인간 중에서 약간 독특한 정도였다. 키가 큰 데다 검은 머리칼이 전부 딱 맞는 모자 안에 숨겨져 있었으므로 큰 머리도 신체 비례에 크게 어긋나 보이지 않았다. 나는 그녀가 큰 입 또한 교묘하게 화장으로 가리고 있을 거라고 짐작했다.

호모 사피엔스의 기준으로 볼 때 '인간'으로 통할 수는 있었겠지만 그녀는 어딘가 이상했다. 만약 내가 저널리스트가 아니라 상상력이 넘치는 소설가였다면 그녀가 '소름 끼치고' 아득하며 몽롱한 분위기를 풍기고 있노라고 묘사했을 것이다. 하지만 나는 분명한 것만 기록하는 사람이므로 그녀가 태아에 가까운 아기와 성인의 기이한 혼합물이었다고 설명하겠다. 툭 튀어나온 눈썹, 짧고 넓은 코, 커다란 눈과 그 사이의 넓은 간격, 놀랄 만큼 큰 얼굴, 코와 입술을 연결하는 깊은 골, 그 어딜 봐도 완벽한 태아였다. 그러나 조각 같은 입술과 섬세한 틀에서 뽑아낸 것 같은 눈꺼풀은 불로의 신격을 암시하는 신비한 경륜을 나타내고 있었다. 물론 나는 이미 존의 기이함에 익숙했기에 그녀의 이상한 얼굴이 개성과 보편성이 합쳐진 것처럼 보였다. 그녀는 미묘하게 내비치는 쌀쌀맞은 거북함에도 불구하고 여성스러움의 상징과도 같았다. 그와 동시에 누구와도 다른 독특함과 개별성이 있었다. 그녀를 보고 있다가 그 점포 안에서 가장 매력적인 다른 여인으로 눈을 돌려보니 놀랍게도 거부감이 들었다. 나는 현기증 같은 것을 느끼면서 그 찬탄스러운 기괴함을 다시 바라보았다.

내가 바라보는 동안, 그녀와 존은 완전히 침묵을 지키며 서로를 지켜보았다. 마침내 이 '신여성'은 자신의 자리로 합석하자고 제안했고, 우리는 그에 따랐다. '신여성'이란 내가 개인적인 취향에 따라 냉소적으로 붙인 이름이었다. 그녀의 진짜 이름은 자클린 카스타네였다. 늙은 여인은 레메트르 부인이라고 했다. 부인은 우리에게 적의를 갖고 있었지만 일부러 드러내지는 않았다. 부인은 아주 평범한 사람이었다. 하지만 목소리와 표현에 있어 묘사하기 힘든 특질들이 자클린과 비슷했기에 놀랄 수밖에 없었다. 나는 두 사람이 모녀간일 거라고 짐작했다. 그게 사실인 동시에 틀렸다는 것은 나중에야 알았다.

인사치레가 몇 마디 오가더니, 자클린은 내가 알아들을 수 없는 언어로 이야기를 시작했다. 존은 잠시 놀라더니 웃으면서 같은 말로 대답했다. 내가 아주 서투른 프랑스어로 레메트르 부인과 힘겹게 대화하는 동안 두 사람은 30분가량 이야기를 나누었다.

이윽고 레메트르 부인이 자클린에게 약속이 있다는 것을 상기시켰다. 두 여성은 그곳을 떠났고 존과 나는 한동안 앉아 있었다. 존은 생각에 잠겨 입을 다물고 있었다. 나는 두 사람이 사용한 언어가 뭐였느냐고 물어보았다.

"영어였어요. 자신에 대해서 할 말이 많았는데, 노인이 듣는 건 싫었던 거죠. 그래서 뒤집힌 영어로 얘기한 거예요. 한 번도 써본 적은 없었지만, 우리에겐 쉬운 일이니까요."

존은 '우리'라는 단어를 알아채기 힘들 정도로 살짝 강조했다. 존은 내가 '소외감'을 느낀다는 것을 깨닫고 말을 이었다.

"자클린이 해준 얘기의 요점은 말해주는 게 낫겠군요. 노인은 자클린의 딸이에요. 본인은 그걸 모르고 있죠. 자클린은 83년 전에 카제라는 남자와 결혼했어요. 하지만 아이가 네 살 되던 해에 떠났죠. 자클린은 며칠 전에 그 노인과 우연히 만나고 자신의 딸이라는 걸 알았어요. 그래서 친해졌죠. 레메트르 부인은 자클린에게 사진을 보여주면서 그랬대요. '이분이 내가 아주 어릴 적에 돌아가신 어머니예요. 이상하게 당신하고 닮았지요. 어쩌면 당신은 내 종손녀쯤 될지도 몰라요.' 자클린은 1765년에 태어났어요."

존이 들려준 자클린에 대한 놀라운 얘기를 간단히 요약해보겠다. 상세히 기록할 만한 이야기이기는 하지만, 나의 주 관심사는 존이기 때문이다.

자클린의 부모는 '지저분한 샴페인'이라고 불리는 황량한 지방에 사는 농부였다. 샬롱쉬르마른과 아르곤 숲 중간에 위치한 지역이었다. 그들은 인색하리만치 검소했다. 초인적인 지능과 감수성 그리고 생에 관한 탐욕스러운 수용력을 가졌던 자클린에게는 매우 갑갑한 환경이었다. 자클린이 인생의 초반에 쾌락과 힘을 갈구하느라 그토록 많은 시간을 보냈던 이유는 그 때문이었을 것이다. 존과 마찬가지로 자클린도 악당 노릇을 하면서 자랐다. 딸이 집안일과 농사를 돕기를 바랐던 부모는 그런 행동을 보며 불만이 쌓였고, 다른 집 아이들은 결혼할 때가 됐건만 자클린은 여전히 가슴조차 자라지 않은 채로 남아 있자 화를 냈다. 자클린이 살아야만 했던 삶은 건강에는 좋았지만 정신에는 치명적이었다. 그녀는 다른 인간들의 한계를 넘어서는 신비한 체험을 해볼 수 있는 능력이 있다는 것을 곧 깨달았다. 또한 그 능력에 헌신하는 것이 자신이 가야 할 길이라는 알았다. 그러나 단조롭고 우울한 생활 때문에 자클린은 본성에 내재된 원초적 갈망에서 벗어날 수 없었다. 자클린은 이웃 농부 집안의 딸들이 성

적인 매력에 있어서 자신보다 훨씬 앞서면서도, 지배욕
을 충족시키기 위해 그들이 가진 장점을 십분 활용하지
못한다는 것을 인지했다. 그리고 그 점에 근거해서 자신
이 바보들의 세계에서 살고 있다는 심증을 굳혔다.

자클린은 열아홉 살이 되었지만 사춘기는 아직 시작되
지 않았다. 하지만 경쟁자들을 모조리 물리치고 여성들
사이에서 진정한 여왕으로 우뚝 서겠다고 이미 결심하고
있었다. 자클린은 이웃 마을인 생트므누에 나가 파리로
가는 기차의 객실에 앉아 있는 여인들, 여행 도중에 여인
숙에서 휴식을 취하는 여인들을 보곤 했다. 자클린은 과
학적인 흥미를 가지고 그 여인들을 관찰하면서, 후일에
발휘할 기술의 기초를 닦았다.

자클린이 여성스러움의 징후를 보이자, 부모는 그녀를
이웃 농부와 약혼시켰다. 자클린은 도망쳤다. 그리고 유
일한 무기 두 가지, 즉 섹스와 지성을 이용해서 가장 비
천하고 야만적인 성매매 소굴에서 부유한 파리 상인의
정부의 위치까지 올라갔다. 자클린은 몇 년간 그 상인에
게 신세를 졌으며, 나중에는 일주일에 한 번, 저녁 식사
자리에서 무시무시한 매력을 보여주는 것 말고는 아무
대가도 지불하지 않았다.

자클린은 서른다섯 살이 되었고, 파리 미술계에서 핵

이상한 존

심적인 인물이 되어 성공을 거두고자 꿈꾸는 젊은 화가 중 한 사람과 난생처음 사랑에 빠졌다. 그 신기한 경험은 그녀를 괴롭혀왔던 지긋지긋한 투쟁을 극단으로 몰아갔다. 아무런 반감 없이 인류 역사상 가장 오래된 직업에 종사하던 자클린은 스스로에게 혐오감을 느꼈다. 젊은 화가는 그녀의 경력 때문에 어쩔 수 없이 가로막혀 있던, 그러나 내부에서 잠자고 있던 능력을 깨웠다. 자클린은 자신의 기교를 사용해 젊은 화가를 쉽게 포로로 만들었다. 두 사람은 함께 살았다. 몇 개월 동안은 두 사람 모두 행복했다.

하지만 자클린은 자신의 동반자가, 그녀가 보기엔 유인원과 다르지 않다는 사실을 차츰 깨달았다. 물론 자신이 거느리고 있는 한심한 파리의 고객들과 돈 많고 마음씨 좋은 물주가 '저급하다'는 것은 알고 있었다. 자클린은 그 화가가 예외적인 존재라고 스스로를 설득했다. 또한 계속해서 연인에게 매달렸다. 실수였다고는 해도 그 화가는 자신이 영혼을 바쳤던 상대였다. 그와 헤어진다고 생각하니 죽을 것 같았다. 게다가 어리석게도 자클린은 아직도 그를 진심으로 사랑했다. 그 화가는 자클린에게는 인간에 가까운 동물이었다. 자클린은 사냥꾼이나 미혼 여성이 말을 돌보듯 화가를 보살폈다. 그는 인간이 아니었다. 정신적인 동반자는 절대로 될 수 없었다. 하지만 젊은 화가는 우수한 동물이었고 자클린은 자신이 키우는 동물의 업적, 즉 '저급한' 예술의 영역에서 그가 이룬 승리를 자랑스러워했다. 자클린은 화가에게 영감의 원천이었으나, 시간이 흐르면서 자클린이 그의 예술적 재능을 지휘했다. 자클린의 영향력이 커질수록 그 불행한 사내는 그녀의 풍부한 상상력이 자신의 천재적인 재능을 압도하고 질식시킨다는 사실을 깨달았다. 그의 상상력은 복잡한 비극이었다. 화가는 그녀의 영향하에 그린 그림이 혼자 힘으로 그린 것보다 더 대범하고 미학적으로 월등하다는 것을 알았다. 명성도 하락하고 있었다. 가장 예민한 추종자들조차도 화가의 작품을 이해하지 못했다. 화가는 자신의 독립성을 지켰다. 그러자 자존심과 명성을 동시에 회복할 수 있었다. 상황이 이렇게 흘러가자, 자클린의 마음속에 억눌려 있던 모든 혐오감이 다시 솟아올랐다. 두 사람은 상대와 결별하기 위해 애쓰면서도 여전히 서로를 갈망했다. 어느 날, 싸움이 벌어졌다. 그 싸움에서 자클린은 자신의 수준으로 화가를 끌어올리기 위해 지상에 내려온 신격의 역할을 맡았다. 화가는 거부했다. 그리고 다음 날 총으로 자살했다.

아직 청년기의 정신에 머무르던 자클린은 이 비극적

인 사건으로 인해 깊은 충격을 받았다. 사건의 극단성은 자클린의 마음에 이전에는 없던 부드러움과 인간 이하의 존재에 대한 존경을 심어주었다. 화가의 죽음으로 인해 자클린과 열등한 존재들 사이의 거리는 어느 정도 줄어들었다. 머지않아 자기표현의 욕구가 되찾아왔고, 때로는 거기에 거리낌 없이 빠져들기도 했다. 그러나 자신보다 월등해 보이기까지 했던 존재를 제 손으로 이 세상에서 지워버렸다는 사실을 회상할 때마다 그런 욕구는 누그러졌다.

화가가 죽은 후 몇 년 동안, 자클린은 상인과의 관계가 유지될 때 모아두었던 저축만으로 근근히 살았다. 자클린은 작가로서 이름을 남기고 싶어 했기 때문에 남성의 필명으로 활동했다. 하지만 그녀의 작품은 보통 인간들이 알아볼 수 있는 수준을 훌쩍 뛰어넘었고, 그렇다고 해서 본성과 다른 기질을 가장해서 글을 쓸 수도 없었다. 자클린은 40대에 들어섰다. 그제야 원숙미가 싹을 틔우기 시작했지만 향락과 권력을 향한 강박관념은 집요하게 되살아났다. 자클린은 어쩔 줄 몰라서 수녀가 되었다. 그녀는 교회의 노골적인 교리를 단 한 줄도 믿지 않았다. 하지만 미신에 대한 거짓 믿음쯤은 제공하겠다고 결심했다. 그 안에서 명멸하는 진실성과 집단적인 종교 체험을 얻는 대가였다. 자클린은 그 체험에서 내재된 본성의 장점을 단련했다. 그러나 오래지 않아 자클린이 수녀원에 들어왔다는 사실이 대소동을 일으켰고, 교회는 그녀를 쫓아냈다. 자클린은 씁쓸하게 웃으며 본래의 직업으로 되돌아갔다.

하지만 자클린은 성매매가 부와 권력을 얻는 수단 이상이 될 수 있다는 사실을 알고 놀랐다. 수녀원에서 얻었던 경험이 완전히 쓸모없는 것은 아니었다. 자클린은 열등한 존재들의 정신적 갈망에 대해 많은 것을 배웠다. 그리고 그 지식을 활용했다. 성매매업으로 복귀한 것은 어디까지나 이기적인 이유 때문이었지만, 자클린은 고객들 중 많은 수가 육체적 쾌락 이상으로 무의식적인 필요에 고통받는 것을 금세 알았다. 그 필요는 본질적으로 정신적인 것이었으며, 자클린은 그들의 목마름에 기여하고 고양감을 느꼈다. 자클린은 육체적인 쾌락을 아낌없이 베풀었다. 저급한 존재들과 육체관계를 가지면서 느꼈던 최초의 혐오감은 이제 새로운 임무가 주는 기쁨으로 탈바꿈했다. 자클린은 단순한 성교보다는 두려움을 모르고 감수성이 예민한 여성과 교제하기를 바라는 많은 남성들, 그리고 '우주와 타협'한다는, 일견 불가능해 보이는 책무를 수행하는 데 도움을 얻고 싶어 하는 많은 남성에게 힘의 원천이 되었다. 이름이 알려지자 더 많은 요구가 밀려들었다. 자클린은 자신이 지나치게 소모되지 않도록 문하생을 뽑았다. 홀로 살아갈 준비가 되어 있고 스스로에게 그랬듯 남에게도 베풀 준비가 된 젊은 여성들이 대상이었다. 그중 일부는 어느 정도 성공했지만, 자클린에게 견줄 만한 사람은 아무도 없었다. 자클린은 너무 무리한 나머지 심한 병을 얻었다.

건강을 회복하자, 자아를 되찾으려는 욕구가 다시 한번 최고조에 달했다. 자클린은 가진 재능을 총동원해서 유럽 사회에서 사회적 지위를 높여나갔다. 그리고 원숙미가 충만하기 시작했던 쉰여섯의 나이에 러시아의 황태자와 결혼했다. 황태자는 보통 인간의 기준으로 보기에도 쓸모없는 생물이었고 지적 장애인에 가까웠다. 자클린은 그 사실을 알면서도 결혼했다. 자클린이 그 후 15년 동안 자신이 가진 카드를 능숙하게 펼친 결과, 황태자가 왕위에 오를 가능성이 높아졌다. 그러나 그녀는 늘어만 가는 혐오감과 두려움 때문에 다시 한번 정신적인 불안에 빠졌다. 그래서 자클린은 자신의 진정한 자아를 또다시 드러냈다. 그녀는 신분을 속이고 방황하다가 파리로 되돌아가 옛 직업으로 복귀했다. 옛 고객 몇 사람과 마주치는 일도 있었고, 그들과는 그 후에도 수년간 교제를 지속했다. 하지만 여전히 젊은 외모를 유지하는 데다가 활짝 피어오른 여성스러움이 앞으로도 유지될 것이 분명했으므로, 자클린은 자신이 옛 자클린의 어린 조카딸이라고 고객들을 속여 넘길 수 있었다.

자클린은 아이를 가져본 적이 없었고 그럴 생각도 없었다. 자클린은 생의 초반에 그런 재난을 당하지 않도록 주의를 기울였다. 여전히 모성의 욕구는 없었지만, 자클린은 성년기에 들어서면서 임신을 덜 꺼리게 되었고 조심성도 약해졌다. 수십 년이 흐르자 남아 있던 조심성마저도 사라졌다. 자클린은 자신이 불임은 아닌가 의심했고, 나중에는 임신에 대한 걱정을 전혀 하지 않았다. 러시아를 떠나면서, 자클린은 자신이 모성을 가지지 않았기 때문에 귀중한 경험마저 놓친 것이 아닐까 하고 어렴풋이 생각했다. 그 생각은 아이를 가지고 싶다는 뚜렷한 갈망으로 발전했다.

결혼하자고 설득했던 고객의 수는 적지 않았다. 자클린은 그럴 때마다 구혼자들을 비웃었다. 하지만 여든이 넘자 조용한 결혼 생활에 대한 기대가 자클린을 강하게 사로잡았다. 고객 중에 장 카제라는 파리 출신의 젊은 변호사가 있었다. 자클린은 그 사람이 아이의 생부인지 아닌지 알지 못했다. 하지만 장 카제를 자신의 남편감으로 선택하면서 스스로 놀라고 말았다. 장 카제는 자클린과 결혼하겠다고 생각해본 적이 없었다. 하지만 자클린이 그런 생각을 살짝 불어넣자 열렬하게 구애하기 시작하더니, 자클린의 거짓 저항을 극복하고 자랑스럽게 그녀를 쟁취했다. 자클린은 11개월의 임신 기간 끝에 딸을 낳았고 난산으로 거의 죽을 뻔했다. 자클린은 4년간 어머니로서의 임무를 다하고 성실한 남편과 함께한 것으로 충분하다고 생각했다. 아이는 장이 잘 키워줄 것이었다. 실제로 장은 딸을 너무 귀하게 키워 망쳐놓았다. 자클린은 파리뿐 아니라 프랑스까지 등지고는 드레스덴에서 새 삶을 시작했다.

19세기의 후반부 3분의 2에 해당하는 기간 동안 자클린은 고급 성매매업과 결혼 생활을 번갈아 선택했다. 자클린이 예로 든 남편 중에는 영국 대사, 유명 작가, 프랑스 식민 점령군에서 하사관으로 일하는 서아프리카 출신의 흑인 등이 있었다. 아이는 두 번 다시 가지지 않았다. 존은 자클린에게 의지력으로 가임 여부를 결정하는 능력이 있다고 추측했지만, 정작 본인은 그런 능력을 어떻게 발휘하는지 알지 못했다.

자클린은 20세기에 들어서면서부터 결혼 생활을 탐닉하지 않았다. 그녀는 자신의 직업 생활을 계속하는 쪽을

택했다. 사랑스러운 아이들, 즉 고객들에게 '훌륭한 영향을 미칠 수 있기 때문'이었다. 그녀의 일생은 기이했다. 물론 그녀는 동종업자들 및 다른 직종에 종사하는 사람들과 마찬가지로 돈을 벌었다. 하지만 그녀는 일에 마음을 담았다. 그리고 고객이 가진 능력이 아니라 그녀의 보살핌으로 인해 충족될 수 있는 고객의 욕구와 발전 가능성을 기준으로 직접 상대를 골랐다. 자클린이라는 인물 내부에는 성매매자, 정신 분석가, 성직자가 동시에 들어 있었다.

자클린은 1914년부터 4년간 지속된 전쟁 동안에 다시 한번 정신적 과민 상태에 빠졌다. 비극적인 일이 너무 많이 일어났다. 자클린은 국가에 대한 선입견이 전혀 없었기 때문에 전쟁이 끝나자 독일로 이주했다. 그곳에는 자신을 필요로 하는 사람이 더욱 많았다. 1925년 독일에서 자클린의 정신은 다시 한번 무너졌다. 그리고 '마음의 고향'에서 1년을 보내야 했다. 우리가 그녀와 만난 것은 다시 파리에 자리 잡고 일을 재개한 때였다.

자클린과 카페에서 만난 다음 날, 존은 나에게 자유롭게 여행을 즐기라고 말한 다음 그녀에게 갔다. 존은 나흘 동안 돌아오지 않았다. 마침내 호텔에 나타난 존은 초췌했고 눈에 띄는 번민에 빠져 있었다. 약간의 시간이 흐르자, 존은 절망한 이유를 설명해줄 만큼 자기 자신을 되찾았지만 그가 한 말은 이것이 전부였다.

"자클린은 훌륭한 여성이면서도 상처를 받았어요. 나는 그녀를 도울 수 없고, 그녀도 나를 도울 수 없어요. 그녀는 아주아주 상냥하고 매력적이었어요. 나 같은 사람을 한 번도 만난 적이 없으며 100년 전쯤에 만났더라면 좋았을 거라고 하더군요. 내가 꿈꾸는 일이 아주 잘될 거라고도 했어요. 하지만 실제로는 그 일을 애들 모험으로밖에 생각하지 않았어요."

16장

아들란

존은 탐색을 계속했다. 나는 그와 동행했다. 존은 자신의 목적에 부합하는 젊은 초인들을 몇 찾아냈고, 위대한 모험을 준비하라고 그들을 설득했다. 하지만 여기서 그에 대해 자세히 설명하지는 않겠다. 마르세유에서 어린 소녀 하나, 모스크바에서 그보다는 나이 많은 소녀 하나, 핀란드에서 소년 하나, 스웨덴과 헝가리에서 각각 소녀 하나씩, 그리고 터키에서 젊은이 하나를 발견했다. 그 외에는 모조리 정신질환자이거나 중증 장애인이거나 부적합자였다. 습관적으로 거지 생활을 하는 늙은이도 한 명 있었지만, 그의 경우 보통 인간과 접촉한 탓에 우월했던 정신력이 완전히 왜곡되어 있었다.

16장 아들란

그러나 존은 이집트에서 자신보다 월등한 사람을 만났다. 이 사건은 너무 기이해서 기록해둬야 할지 확신이 서지 않는다. 나 자신도 믿기 어려운 일이기 때문이다.

존은 아주 뛰어난 정신의 소유자 하나가 레반트나 나일 삼각주 지역 부근에서 정체를 숨긴 채 살고 있다는 것을 오래전부터 느끼고 있었다. 우리는 터키에서 배를 타고 알렉산드리아로 갔다. 그곳을 이 잡듯이 뒤진 후 포트사이드로 이동했다. 우리는 거기서 몇 주를 보냈다. 내게는 무료한 몇 주간이었다. 내가 한 일이라고는 테니스, 일광욕, 여성들에게 추파 던지기뿐이었다. 존도 쉬는 것처럼 보였다. 존은 일광욕을 하고 항구에서 배를 젓고 도시 이곳저곳을 돌아다녔다. 존은 평상시와 달리 멍한 상태로 지내다 이따금 짜증을 부리고는 했다.

나는 포트사이드가 너무 지겨워져서 카이로를 뒤져보자고 제안했다.

"가고 싶으면 혼자 가세요. 난 여기 있을 거예요. 바쁘거든요."

나는 존의 말을 곧이곧대로 듣고 기차로 삼각주를 건넜다. 카이로에 도착하기에 앞서 야자수와 도시 위로 솟은 피라미드들이 시야에 들어왔다. 나는 피라미드의 첫인상을 잊지 못한다. 나중에 존이 포트사이드에서 겪은 경험을 상징하는 것 같기 때문이다. 푸른 하늘을 배경으로 회녹빛의 피라미드가 서 있었다. 기묘하게 단순했고, 거리감이 느껴졌으며, 안정적이었다.

나는 셰퍼드 호텔에 방을 잡고 관광에 나섰다. 포트사이드를 떠난 지 3주쯤 지난 어느 날, 존에게서 전보가 날아왔다. 내용은 간단했다. '돌아와요, 존.' 나는 기꺼이 짐을 싸 들고 포트사이드로 향하는 가장 빠른 기차를 탔다.

내가 도착하자마자, 존은 운하를 건너서 툴롱으로 향하는 오리엔트 선박편을 세 명 분 예약하라고 지시했다. 배는 며칠 후 출발할 예정이었다. 존에 따르면 우리 일행의 새 일원은 상부 이집트에서 오는 중이었으며, 최대한 빨리 우리와 합류하기로 되어 있었다. 여행에 동참하는 새 인물에 대해서는 나중에 설명하겠다. 존은 내가 카이로에 가 있는 동안 자신이 접촉했던 아주 특별한 존재에 대해 설명했다.

"내가 쫓았던 사람은(이름은 아들란이에요) 알고 보니 35년 전에 죽었어요. 아들란은 과거에 자신이 살던 곳에서 나에게 접촉하려고 했어요. 처음엔 그 사실을 몰랐지만요. 마침내 상호 소통에 성공하자 아들란은 자신이 보고 있는 것을 나에게 전달했어요. 항구에 있는 증기선들이 전부 오래되고 낡은 데다가 돛까지 붙어 있더군요. 게

다가 운하 주식회사 건물이 보이지 않았어요. (녹색의 둥근 건물 알죠?) 내가 얼마나 흥분했는지 짐작할 수 있을 거예요. 아들란이 현재에 있는 나에게 오는 것보다 내가 과거로 가는 쪽이 더 오래 걸리거든요."

존의 얘기를 요약해보겠다. 존은 과거 여행을 위한 더 확실한 발판을 마련하려고 중년의 영국인 선박 도구상을 만났다. 아들란의 조언에 따른 것이었다. 도구상은 아들란이 살았던 시절, 포트사이드에서 어린 시절을 보냈다. 이름은 해리 로빈슨이었고 이집트계 영국인이었다. 해리는 흔쾌히 어린 시절 얘기를 해주면서 한동안 매일 만나다시피 했던 아들란에 대해 설명했다. 존은 해리의 마음과 친숙해지면서 어린아이였던 해리와 지금은 사라진 과거의 포트사이드가 존재하던 시절로 뚜렷하게 들어갈 수 있었다.

해리의 눈을 통해 본 결과, 아들란은 가난에 찌든 중년의 원주민 뱃사공이었다. 아들란의 얼굴은 미라처럼 일그러졌고 수척했으며 검었다. 하지만 매우 활기에 넘쳤으며 때때로 차가운 미소를 머금었다. 머리는 엄청나게 컸으며 머리에는 우스꽝스러울 정도로 작은 페즈*를 쓰

---

* fez. 터키식 모자.

고 있었다. 어쩌다가 모자가 벗겨질 때면 완벽한 대머리가 드러났다. 존은 아들란의 머리를 보고는 검고 윤이 나며 요상한 틀에 찍어낸 것 같은 나뭇조각을 떠올렸다. 눈은 전형적인 잿빛이었고 그중 한쪽에는 핏발이 섰으며 노란 점액이 고여 있었다. 아들란은 대부분의 원주민과 마찬가지로 안구염에 시달렸다. 갈색 나는 다리와 발에는 상처가 많았고 발톱 몇 개는 제자리에 있지 않았다.

아들란은 해안과 정기선 사이를 오가는 여행객, '목욕탕'을 오가는 유럽인 거주자들을 태워주면서 생계를 유지했다. 목욕탕이란 바다 한복판에 구부러진 철골을 세우고 그 위에 지은 목재 건물이었다. 로빈슨 가족은 아들란을 고용하고 일주일에 서너 번씩 항구 너머에 있는 '목욕탕'을 오갔다. 아들란은 그들이 목욕을 마치고 점심 식사를 끝낼 때까지 기다려야 했다. 그러고 나서 다시 해리네 식구들을 태우고 마을로 돌아왔다. 이물이 길고 화려하게 칠한 배에서 아들란이 노를 젓고 있을 때, 해리가 부모와 누나 또는 아들란과 잡담을 늘어놓고 있을 때, 존은 해리의 눈을 통해 그 광경을 바라보면서 문제의 독특한 이집트인과 텔레파시로 대화를 나누었다.

존이 자신의 마음을 투영했던 과거 시기는 1896년이었다. 아들란은 당시 자신이 384세였다고 말했다. 자클린을 만나기 전이었다면 받아들이기 힘들었겠지만, 존은 이제 그 말을 믿었다. 아들란의 말이 맞다면, 그는 1512년 수단의 어느 지역에서 태어났다. 그는 첫 100년의 대부분을 어느 부족의 현자로 지냈다. 하지만 결국은 원시적인 환경을 떠나 더 문명화된 곳으로 옮겨 가기로 마음먹었다. 아들란은 나일강을 따라 여행하다가 카이로에 자리를 잡았다. 그리고 마법사로 명성을 얻었다. 아들란은 17세기 내내 격동하는 정치계에서 능동적으로 활동하다가 왕좌 뒤에 숨어 실세가 되었다. 하지만 정치 활동은 만족스럽지 않았다. 그는 얼간이들의 체스 게임에 끼어든 머리 좋은 구경꾼처럼 정치계에 발을 담갔다. 어떡하면 게임이 가장 효과적으로 진행될까 하는 흥미를 억누를 수가 없었고, 정신을 차리고 보니 게임의 당사자로 활약하고 있었다. 18세기가 끝나가면서 아들란은 가장 최근에 획득한 '초자연적' 능력, 즉 과거로 자신을 투영하는 힘을 발전시키는 데 몰두했다.

　나폴레옹이 이집트 원정을 시작하기 몇 년 전, 아들란은 자살로 위장해서 정치 생활에 종지부를 찍었다. 그 후 몇 년간 카이로에 머물면서 아들란은 신분을 완전히 감추고 아주 초라한 환경에서 지냈다. 그는 먼지투성이 길을 따라 나귀를 몰고 식수와 물에 불은 가죽을 실어 나르면서 생계를 이어갔다. 한편으로는 초인적인 능력을 꾸준히 개발했고 때로 그 힘을 사용해서 동료 하층민들에게 심리요법을 실험했다. 하지만 주된 관심은 과거 탐사에 있었다. 당시 고대 이집트에 관한 지식은 거의 알려지지 않았다. 아들란은 위대한 민족의 오래전 삶을 직접 체험해보고 싶었다. 그때의 능력으로는 당시와 환경이 별반 다르지 않은 수년 전으로밖에는 거슬러 올라갈 수 없었다. 마침내 아들란은 외진 마을에 묻혀 삼각주의 진흙을 개간하면서 문화와 관습이 파라오 시대 이후로 거의 변하지 않은 초기 경작자들의 삶으로 들어갔다. 아들란은 수십 년간 괭이질을 하고 두레박을 퍼 올렸다. 아들란은 이 방식을 통해 현대의 카이로만큼이나 고대 멤피스와 친숙해지는 방법을 익혔다.

19세기가 중반을 향해 치달을 무렵이었다. 당시 아들란의 외모는 여전히 중년이었다. 그는 이제 다른 문화를 경험해보고 싶었다. 그는 목적을 달성하기 위해서 알렉산드리아에 정착하고는 옛 직업인 물장사로 돌아갔다. 고대 이집트보다는 어려웠고 덜 성공적이었지만, 아들란은 그곳에서 고대 그리스에 진입하는 데 성공했다. 그리고 대도서관의 시기와 심지어는 플라톤 시대의 그리스까지 자신을 투영하는 방법을 배웠다.

19세기 종반에 접어들자, 아들란은 나귀를 타고 멘잘레 호수와 바다 사이에 난 모래 협곡을 따라 이동해서는 포트사이드에 정착했다. 직업은 다시 물장사였다. 하지만 예전 일만 고수하지는 않았다. 어떨 때는 해안을 관광하는 유럽 여행객에게 나귀를 하루 종일 빌려주기도 했다. 그럴 때면 "이랴! 이랴!" 하는 소리와 함께 애정을 담아 크고 하얀 나귀의 궁둥이를 때리면서 맨발로 뒤를 따랐다. 아들란은 나귀에게 '검고 사랑스러운 두 눈'이라는 이름을 붙였다. 하루는 나귀를 도둑맞았다. 아들란은 해안의 젖은 모래에 난 발자국을 따라 30마일(약 48킬로미터)을 달렸다. 마침내 도둑을 따라잡자 아들란은 그 작자를 때려눕힌 다음 승리감에 젖어 나귀를 타고 돌아왔다. 때로는 반지와 공과 어리둥절한 노랑 병아리를 이용한 마술을 부려 정기선에 탄 관광객들을 즐겁게 해주기도 했다. 어떨 때는 관광객에게 비단이나 보석을 팔기도 했다.

아들란이 포트사이드에 온 것은 당대의 유럽 생활 및 유럽식 사고와 접하기 위해서였다. 가능하다면 인도와 중국 문화도 접해보고 싶었다. 당시의 운하는 가장 국제적인 지점이었다. 레반트인, 그리스인, 러시아인, 동인도인, 중국인 화부, 동양으로 가는 유럽인, 런던이나 파리로 향하는 아시아인, 메카로 가는 무슬림 순례자 등이 포트사이드를 거쳐 갔다. 다양한 민족, 다양한 언어, 다양한 종교와 문화가 가장 극악한 혼혈의 도시에서 맞부딪혔다.

아들란은 새로운 환경의 활용법을 금세 익혔다. 여러 가지의 기술이 있었지만 모두 공통적으로 텔레파시와 최상의 지능에 기반을 두고 있었다. 아들란은 유럽과 인도와 중국 문화의 상想을 조금씩, 뚜렷하게 마음속에 그려갔다. 하지만 정작 포트사이드에서 접촉했던 존재들의 마음을 통해 손을 내밀 만한 문화는 찾지 못했다. 거주민이건 여행객이건 할 것 없이 지극히 속물이었기 때문이다. 하지만 이주민들의 빈약하고 모순된 사고의 흔적을 추적하고, 그로부터 멋진 추론의 과정을 거쳐 그들이 발전시켜온 문화의 틀을 재조립할 수 있었다. 아들란은 문학을 좋아하던 해운업자에게 책을 빌려보면서 그 기술로 부족했던 부분을 보충했다. 또한 예를 들자면 존 러스킨*에 대해 알고 있는 모든 것을 떠올려보는 식으로 텔레파시의 범위를 확장했다. 그 결과 저 멀리 코니스턴 호수 지역에 사는, 스승 티를 내는 현자와 접촉할 수 있었다.

결국 아들란은 진짜 흥미로운 유럽식 사고가 미래에

---

* John Ruskin(1819~1900). 영국의 미술평론가, 사회사상가.

존재한다는 것을 깨달았다. 과거를 탐험했던 것처럼 미래도 탐험할 수 있을까? 그 일은 훨씬 더 어려웠다. 만약 아들란이 엄청난 행운에 의해 자신과 거의 동급인 존을 발견하지 못했다면 그 일을 효과적으로 수행하기란 불가능했을 것이다. 아들란은 과거에 있는 자신에게 도달하는 법을 동료 초인에게 가르치면 된다고 생각했다. 그러면 불확실하고 위험하게 스스로를 투영하지 않고도 미래에 대해 배울 수 있을 것이 분명했다.

나는 존이 아들란과 함께 수 개월을 보냈다는 사실을 알고 놀랐다. 우리가 이집트에 도착한 것은 고작 몇 주 전이었다. 또는 존이 아들란의 일생 중 여러 달에 걸쳐서 그와 대화를 (해리의 마음을 통해서) 나누었다고 하는 편이 나을지도 모르겠다. 아들란은 낡은 노를 저어 로빈슨 가족을 배에 태워서는 매일같이 목욕탕을 왕복했다. 또한 교양 없는 아랍말로 해리에게 배와 낙타에 관해 이야기해주었다. 그와 동시에 상대성 이론이나 양자 이론이나 역사의 경제적 결정론을 놓고 존과 아주 진지하고 세부적으로 텔레파시를 통해 대화를 나누었다. 존은 자신보다 훨씬 앞선 정신과 마주하고 있다는 것을 인정했다. 그 차이가 타고난 우월함 때문인지, 아니면 오랜 세월에 걸친 명상 때문인지는 알 수 없었다. 아들란은 심지어 서 유럽 문화에 대처하는 능력 면에서도 존보다 한 수 위였다. 하지만 아들란의 탁월함은 그의 인생을 더욱 복잡하게 만들었다. 존은 약간의 자만심과 함께, 자신이 아들란만큼 나이를 먹어도 호모 사피엔스로부터 푼돈을 버느라 고생하며 살지는 않을 거라고 자신했다. 하지만 존은 아들란과 대화하면서 더 겸손하게 자신을 평가하고 큰 존경심으로 그를 대하기 시작했다.

아들란은 존의 생물학적 지식 및 그것이 자신과 존에게 가지는 의미에 대해 깊은 관심을 보였다.

"네 말이 맞다. 우리는 다른 인간과 달라. 나는 여덟 살 때부터 그 사실을 알았단다. 우리 주변에 있는 저 생물들은 진정으로 인간과 거리가 멀지. 하지만 아이야, 너는 그 차이점을 너무 심각하게 여기는 것 같구나. 아니, 그렇게 말할 수는 없겠지. 내 얘기는, 새 종족을 만들겠다는 계획이 너에게 옳은 길이듯, 나에게는 또 다른 길이 있다는 게다. 그리고 우리는 알라께서 요구하는 방식대로 알라를 섬겨야 하지."

아들란이 자신의 원대한 목표에 찬물을 끼얹지는 않았다고 존이 설명했다. 아들란은 오히려 연민을 갖고 그 문제에 뛰어들어 여러 가지 훌륭한 조언을 해주었다. 아들란이 진심으로 좋아했던 소일거리 중 하나는 '존의 신인류'가 만들 세상이 어떤 것인지, 또 그 세상이 호모 사피엔스의 것과 비교해 얼마나 중요하고 행복한지 예언자적 열정으로 존에게 설명하는 일이었다. 설명하는 내내 아들란은 부지런히 노를 저었다. 존에 따르면, 그 열정은 여지 없이 진심이었으나 밑바닥에 교묘한 조롱이 숨어 있었다. 아들란의 설명에는 다 자란 어른이 아이들 놀이에 끼어들때 보이는 것과 조금 비슷한 열정이 깃들어 있었다. 존은 언젠가 자신의 계획이 인류가 경험할 수 있는 최고의 모험이라고 말하며 아들란에게 의도적으로 대든 적이 있었다. 아들란은 항구를 건너기 전에 노에 기대어 쉬는 중이었다. 오스트리안 로이드 소속의 증기선이 운하를 통과하고 있었던 것이다. 해리는 증기선에 정신을 팔고 있었다. 존은 해리를 설득해서 늙은 뱃사공을 바라보도록 했다. 아들란은 근엄하게 소년을 바라보며 말했다.

"아이야, 사랑하는 아이야. 알라께서는 자신의 피조물이 두 가지 방법으로 섬기기를 바라신다. 그중 하나는 이 세상의 활동적인 목적을 충족시키기 위해 일하는 것이지. 그것이 지금 네 마음을 가득 채우고 있는 섬김이란다. 또 하나는 이해심을 가지고 관찰하며 그분의 창조물이 얼마나 아름다운지 명백히 인식하고 찬양하는 일이지. 그렇게 알라의 발치에 머무르면서 그 어떤 인간도, 친애

이상한 존

하는 너조차도 드릴 수 없는 찬미의 삶을 드리는 것이 나의 섬김이란다. 알라께서는 행동을 통해 가장 잘 섬길 수 있도록 너를 만드셨다. 하지만 그 행동은 깊이 숙고하는 명상을 통해 먼저 영감을 받아야 한단다. 반면에 나는 직접적으로 명상과 찬양을 통해 섬기도록 만드셨다. 그러기 위해서는 먼저 행동이라는 과정을 거쳐야만 했지."

존은 열등한 생물의 세계 속에 고립된 몇몇 고고한 정신보다 신인류의 세계가 더 훌륭하게 찬양할 수 있으며, 따라서 가장 긴급한 임무는 그런 세계를 구현하는 것이라고 항의했다.

그러나 아들란은 이렇게 대답했다.

"너에게는 그렇게 보이겠지. 네가 행동하도록 만들어졌기 때문이고, 또 네가 젊기 때문이고, 곧 진실이기 때문이야. 나와 같은 종류의 정신들은 언제가 때가 오면 너와 같은 사람들이 진정한 신세계를 구현할 것임을 잘 알고 있단다. 하지만 우리에게는 다른 임무가 있다는 것도 알지. 어쩌면 너, 아니면 다른 누군가가 이루도록 운명 지어진 그대로, 훌륭한 업적을 세우는 순간을 목격하고 찬양할 수 있을 만큼 먼 미래를 들여다보는 것이 내 진짜 임무의 일부인지도 모르겠다."

존은 아들란의 연설을 내게 이야기하면서 이렇게 덧붙

317

였다.

"그 후 노인은 나와 소통을 끊었어요. 해리에게 이야기하던 것도 그만두었죠. 하지만 얼마 안 있어 다시 내게 접촉했어요. 노인의 마음이 엄숙하고 푸근하게 나를 껴안았어요. 그리고 이렇게 말했어요.

'사랑하는 아이, 신과 같은 아이야. 이제 네가 나를 떠날 때가 되었단다. 나는 네 앞에 놓인 미래를 보았다. 네가 찬양 때문에 발을 헛딛는 일 없이 그 예지를 담아둘 수 있어도, 그걸 너에게 얘기해줄 사람은 내가 아니란다.'

다음 날 아들란을 다시 보았지만, 소통이 불가능한 상태였어요. 과거 여행의 끝에서, 로빈슨 씨 가족이 배에서 내릴 때 아들란이 해리를 품에 안고 땅에 내려주면서 유럽인 거주자들에게는 아랍말처럼 들리는 외국어로 말했어요.

'L hwaga swoia, quais ketir(작은주인님, 아주 잘하셨어요)!'

그러면서 자신의 머릿속으로 나에게 들으라고 이렇게 생각했죠.

'오늘 밤이나 내일, 나는 죽는다. 알라께서 내려주신 그 모든 통찰력으로 과거와 현재를 찬미하고 가까운 미래까지 찬미하는 일을 끝냈기 때문이지. 더 먼 미래까지 훔쳐보았지만, 어둡고 끔찍한 것밖에 보이지 않더구나. 그것들을 찬양하는 건 나의 소관이 아니다. 고로 내가 책무를 다했음은 명백하며, 이젠 쉴 수 있겠구나.'

다음 날 해리와 부모를 목욕탕으로 데려간 건 다른 배였어요."

17장

응군코와 로

독자들은 우리가 툴롱과 영국으로 가는 배편에 세 자리를 예약했던 사실을 기억할 것이다. 일행의 세 번째 사람은 배가 출발하기 세 시간 전에 나타났다.

존은 아들란의 도움을 받아서 그 놀라운 아이를 발견할 수 있었다고 설명했다. 아이의 이름은 응군코였다. 아들란은 존이 사는 시간대에 접촉해서 두 사람이 서로 만나도록 도와주었다.

응군코는 아비시니아 지역 출신으로, 숲으로 덮인 산의 동떨어진 마을에서 태어난 원주민이었다. 그는 어린 아이에 불과했지만, 존의 부름을 받고는 출신 지역에서 포트사이드까지 여러 모험을 거쳐 도착했다. 그 상세한

17장 응군코와 로

내용에 대해서는 언급하지 않겠다.

시간이 흘러도 사람이 보이질 않자, 나는 점점 더 회의적이고 조급해졌다. 하지만 존은 분명히 도착할 거라고 확신했다. 응군코는 내가 여행 가방을 막 닫던 찰나에 호텔에 도착했다. 응군코는 기괴하고 더러운 흑인 꼬마였다. 그 아이와 같이 여행할 생각을 하니 화가 치밀었다. 겉으로 보기에는 여덟 살쯤 되어 보였으나 실제 나이는 열두 살보다 많았다. 옷은 푸른색의 길고 더러운 카프탄이었고 낡아빠진 페즈를 쓰고 있었다. 금세 알게 된 사실이지만, 응군코는 사람들의 이목을 덜 끌기 위해 여행 도중에 그 옷을 손에 넣었다. 하지만 이목을 끌지 않을 수 없었다. 나는 그 아이의 외모에 대해 개인적인 불신감을 숨기지 않았다.

"뭐 이런 짐승이 있담."

나는 그렇게 혼자서 중얼거렸다. 하나의 종이 돌연변이를 일으킬 때면 색다른 특질을 가진 개체가 떼로 발생하고, 그 대부분이 생존하지 못한다는 얘기를 들은 기억이 났다. 응군코는 확실히 살아 있긴 했지만 변종이었다. 그의 얼굴은 흑색 인종과 셈 계통의 검은색 혼합물이었고, 명백하게 몽골 인종의 특징이 섞여 있었다. 하지만 고수머리는 검은색이 아니라 어둠침침한 붉은빛이었다. 그의 오른쪽 눈은 거대한 검정 구체였으므로 흑색 피부와 그럭저럭 어울렸지만, 왼쪽 눈은 무척이나 작았으며 진한 푸른색이었다. 이와 같은 불균형 때문에 그의 표정에는 사악한 우스꽝스러움이 더해졌다. 응군코는 두꺼운 입술을 잡아 늘이며 자주 웃었는데 그때마다 작고 하얀 이빨이 위로 셋, 아래로 하나 드러났다. 나머지 치아는 아직 나지 않은 것이 분명했다.

응군코는 영어를 술술 말했지만 부정확했고 발음은 세련되지 못했다. 그는 나일강을 따라 내려오면서 6주 만에 이 외국어를 습득했다. 런던에 도착할 즈음에는 우리만큼 훌륭한 영어를 구사했다.

응군코를 오리엔트 여객선에 탈 수 있을 만큼 씻기는 일은 힘들었다. 우리는 그의 온몸을 북북 문질렀고 살충제를 뿌렸다. 다리에는 썩어가는 상처가 몇 개 있었다. 존은 자신이 가진 종이칼 중에서 가장 날카로운 것을 골라 소독한 다음, 부패한 살점을 전부 도려냈다. 그동안 응군코는 요지부동으로 움직이지 않았으나, 땀을 흘렸고 아주 섬뜩하게 얼굴을 찡그렸다. 그 표정에는 고통과 즐거움이 동시에 담겨 있었다. 우리는 유럽식 옷을 사 왔고, 응군코는 당연하게도 질색했다. 우리는 여권을 만들기 위해 그의 사진을 찍었다. 존은 이집트 관리들과 미리 입을 맞춰놓았다. 우리는 승리감에 젖어서 하얀 바지와 셔츠를 입은 응군코를 배로 데려갔다.

우리는 항해 내내 그에게 유럽식 생활 방식을 가르치느라 바빴다. 사람들 앞에서는 코를 후비지 말 것. 더더구나 코딱지를 자연스럽게 튕기지도 말 것. 고기와 야채를 손에 쥐고 먹지 말 것. 화장실과 세면대 쓰는 법을 익힐 것. 아무 데서나 용변을 보지 말 것. 어린아이이긴 해도 옷을 벗고 사람 많은 휴게실을 돌아다니지 말 것. 지능이 극히 높다는 것을 드러낼 만한 행동을 하지 말 것. 다른 승객들을 뚫어져라 쳐다보지 말 것. 그리고 무엇보다도, 그러고 싶어서 몸이 근질거린다는 건 알겠지만 절대로 승객들에게 짓궂은 장난을 하지 말 것.

경박하긴 했어도, 응군코가 월등한 지성체라는 것은 분명했다. 숲에서 14년을 살았던 꼬마가 증기 터빈의 원리를 쉽게 이해하고 수석 기술자에게(우리에게 엔진실 내부를 구경시켜준 사람이다) 질문을 던져서 경험 많은 늙은 스코틀랜드인이 머리를 긁적이게 만든 일 등은 놀랄 만했다. 존은 여행 중에 이 작은 악마의 귀에 대고 사나운 목소리로 속삭여야만 했다.

"그 지긋지긋한 호기심을 붙들어 매지 않으면 배 밖으로 집어 던질 거야."

북부 교외의 집으로 돌아온 뒤, 응군코는 웨인라이트 집안의 식솔이 되었다. 우리는 필요 이상의 소동을 원하지 않았으므로 그의 머리를 검은색으로 염색시키고 한쪽에 검은 알이 박힌 안경을 쓰도록 했다. 응군코는 유감스럽게도 너무 어렸고, 그 결과 동네 원주민들을 놀라게 하고픈 욕구를 참을 수가 없었다. 이국적인 기후 때문에 눈밑까지 목도리를 두르고 적당히 안경을 걸친 다음 점잔을 빼던 응군코는 존이나 나와 함께 길을 걷다가 늙은 부인이나 아이가 다가오면 걸음을 늦추면서 슬쩍 뒤로 빠졌다. 그러고는 목도리 밖으로 턱을 내밀면서 안경을 재빨리 벗고 증오와 광기를 담아 씨익 웃었다. 우리에게 들키지 않고 몇 번이나 그런 짓을 했는지는 모른다. 하지만 어느 날 그 장난이 너무나 큰 효과를 보았고, 희생자들은 비명을 질렀다. 존은 피보호자에게 돌아서더니 그의 멱살을 움켜잡고 말했다.

"한 번만 더 그러면 그 빌어먹을 눈알을 뽑아서 발로 터뜨릴 거야."

응군코는 그 후 존이 있을 때는 두 번 다시 장난을 치지 않았다. 하지만 나와 있을 때는 계속 장난을 쳤다. 내 마음이 여려서 존에게 이르지 않을 걸 알기 때문이었다.

그러나 몇 주가 지나자, 응군코도 이 거대한 모험의 정신에 진지하게 몰두했다. 음모자들끼리 공유하는 기운이 그의 마음을 움직였다. 자신이 맡을 역할을 준비하는 일에 점차 재미를 붙인 탓도 있었다. 그러나 마음은 여전히 작은 야만인으로 남아 있었다. 기계에 대해 그토록 특별한 애착을 갖고 있었지만, 우리 문명의 경이로움과 마주하자 원초적인 마음이 되살아나 아무 비판 없이 환희했다. 응군코는 특정 분야에서 존마저 능가할 정도로 기술적 재능을 타고났다. 우리 마을에 도착한 지 며칠 만에 그는 오토바이를 타고 다니며 믿기 어려운 '묘기'까지 부렸다. 그 직후 오토바이를 완전히 분해했다가 재조립했다. 그는 존이 만든 정신 물리 장치의 원리를 완전히 터득했고, 그 기적의 핵심적인 부분을 직접 재연할 수 있다는 사실을 알고 기뻐하기도 했다. 나중에 존이 만드는 배와 미래의 개척지에서 응군코가 기술 담당을 맡으리라는 사실은 점점 분명해졌다. 그렇게 되면 존도 더 중요한 일에 몰두할 수 있었다. 하지만 삶을 대하는 응군코의 태도에는 강렬함과 열정이 있었다. 존의 변치 않는 침착함과는 대조적이었다. 사실 나는 응군코가 감정적인 면에 있어 정말로 초인인지, 또 명민한 지능 이외의 다른 능력이 있기는 한지 궁금했다. 나는 존에게 이 점을 물어봤고, 존은 웃으며 답했다.

"응군코는 어린아이지만 훌륭한 초인이에요. 다른 재능보다도 텔레파시가 특히 뛰어나죠. 내가 조금만 훈련시키면 그 분야에서는 나를 능가할 거예요. 하지만 우리둘 다 아직은 초보자에 불과하죠."

이집트에서 돌아온 지 얼마 되지 않아 또 한 명의 초인이 도착했다. 존이 모스크바에서 발견한 소녀였다. 다른 사람들과 마찬가지로 그녀 역시 제 나이보다 어려 보였다. 어린아이처럼 보였고 여성스러운 면도 아직 보이지 않았지만, 실제 나이는 열일곱이었다. 그녀는 집에서 도망쳐 나와 소련 증기선에서 객실 승무원을 하다가 영국 항구에서 해안을 통해 숨어들었다. 그런 다음 러시아에서 벌어둔 넉넉한 영국 돈을 가지고 웨인라이트가로 오는 길을 찾았다.

로는 한눈에 보기에도 응군코나 존보다 훨씬 정상적인 생물이었다. 자클린의 여동생이라고 해도 될 정도였다. 물론 머리가 놀랄 만큼 컸고 눈도 정상인보다는 훨씬 넓은 면적을 차지했다. 하지만 외모는 평범했고 흑발의 머리칼 역시 충분히 길어서 '단발머리'에 가까웠다. 그녀의 혈통은 아시아계가 분명했다. 광대뼈는 높았고, 반쯤 감기고 기울어진 눈꺼풀 속에 큰 눈이 깊숙이 박혀 있었다. 코는 원숭이처럼 넓고 편평했으며, 피부는 명백히 '황색'

이었다. 나는 로를 보며 생명을 얻은 조각상 같다고 느꼈다. 인간을 고양이처럼 표현한 조각 말이다. 로의 신체 또한 고양이 같았다.

존은 로를 두고 이렇게 말했다.

"날씬하고 축 처져 있죠. 쉽게 부러질 것 같지만 실은 비단으로 느슨하게 둘러놓은 강철 용수철이에요."

배를 띄우기 전까지 몇 주간, 로는 존의 누나 앤이 쓰던 방에 머물렀다. 로와 팍스의 관계는 단 한 번도 편한 적이 없었지만, 그러면서도 평화로웠다. 로는 유난히 조용했다. 팍스도 그 점은 문제 삼지 않았을 것이다. 팍스는 조용한 사람을 좋아했기 때문이다. 그러나 로와 함께 있으면 계속 말을 걸어야 할 것 같은 의무감을 느낀 모양이다. 하지만 자연스러운 대화는 불가능했다. 팍스가 무슨 말을 하든지 로는 적절하게, 심지어 공손하게 대답했다. 그런데 그 대답이 상황을 더 나쁘게 만들었다. 로가 곁에 있으면 팍스는 침착하지 못했다. 물건을 다른 서랍장에 넣거나, 단추를 엉뚱한 곳에 달거나 바늘을 부러뜨리는 실수를 저질렀다. 그리고 뭘 하든 평소보다 오래 걸렸다.

나는 팍스가 로와 잘 지내지 못한 이유를 알지 못한다. 로가 당황스러운 존재라는 것은 사실이다. 하지만 나는 팍스라면 그녀를 다른 사람보다 잘 다룰 거라고 생각했다. 사람들을 불편하게 만드는 것은 로의 침묵만은 아니었다. 그녀는 표정이라 부를 만한 것이, 아니, 표정의 변화라고 부를 만한 것이 거의 없었다. 표정의 부재는 그 자체만으로도 로가 주변 세계와 근원적으로 분리되었다는 표시였다. 평범한 사회적 상황, 즉 다른 사람들이 즐거워하거나 쾌감을 느끼거나 화를 내는 상황에서 응군코는 격한 몸짓으로 감정을 드러낸 반면 로는 표정의 변화가 없었다.

나는 로를 처음 보고 그저 둔감하거나 지능이 낮은 소녀라고 생각했다. 하지만 한 가지 이상한 점을 발견하고는 내 생각이 틀렸다는 것을 알았다. 로는 소설을 좋아했고, 그중에서도 제인 오스틴을 가장 좋아했다. 로는 그 훌륭한 작가의 모든 작품을 읽고 또 읽었다. 너무 자주 반복해서 읽었기 때문에 당시 전혀 다른 일에 몰두하던 존마저 그녀를 놀렸다. 그러자 로가 긴 연설을 시작했다.

"내가 살던 곳에는 제인 오스틴 같은 사람이 없었어. 하지만 내 안에는 그 비슷한 게 있어. 이 옛날 책들을 읽으면 나 자신을 아는 데 도움이 돼. 물론 고작해야 '인간'의 물건이지. 나도 알아. 하지만 그게 전부가 아냐. 그것들을 우리에게 적용해보면 너무 재밌어. 예를 들어서 실제로는 불가능한 일이지만 제인이 나를 이해할 수 있다면 나에 대해 뭐라고 말할까? 난 그렇게 나 자신에게 물어봐. 그 대답에는 특별한 교훈이 있어. 물론 우리의 정신은 제인 오스틴보다 훨씬 월등하지. 하지만 그 태도는 우리에게 적용할 수 있어. 자신의 조그마한 세계를 대하는 제인 오스틴의 태도는 아주 지적이고 활기차. 그게 너무 중요하기 때문에 그 안에서는 발견할 수가 없어. 나는 우리조차도, 우리의 고결한 개척지마저도 제인 오스틴의 눈으로 보고 싶어. 나는 가장 열성적이고 훌륭한 독자들도 찾지 못했던 의미를 제인 오스틴에게 부여하고 싶어. 존, 너도 알겠지만, 나는 네가 인간성에 대해서는 호모 사피엔스에게 배울 점이 아직 많다고 생각해. 네가 배울 시간이 없다면 나라도 배워야 해. 안 그러면 개척지는 견딜 수 없는 장소가 될 거야."

놀랍게도 존은 로에게 진심 어린 입맞춤으로 답했다. 로우는 품위 있게 말했다.

"이상한 존, 넌 배워야 할 게 한두 가지가 아냐."

독자들은 이 일로 로에게 유머가 부족하다고 생각할지도 모르겠다. 그렇지 않다. 로야말로 퉁명스러운 재치를 타고났다. 로는 웃는 법을 모르는 것 같았지만 자주 다른 사람을 웃겼다. 그런데도 앞서 말한 바와 같이 형용하기 힘든 이유 때문에 다른 사람을 불편하게 만들었다.

존마저도 로가 곁에 있으면 불편한 모양이었다. 언젠가 존은 재무 관련 일로 내게 지시를 내리다가 갑자기 이렇게 말했다.

"쟤는 나를 보면서 웃고 있어요. 표정은 진지하지만요. 절대로 웃는 법이 없지만 항상 웃어요. 로, 뭐가 그렇게 즐거운지 말해봐."

"소중한 존, 웃고 있는 건 너야. 나에게서 너의 반영을 보는 거라고."

영국에 있는 몇 주간 로에게 할당된 주 임무는 의술과 의학에 통달하는 것, 발생학 분야의 최신 연구 결과를 익히는 것이었다. 나는 로가 그 분야를 배운 이유를 나중에야 알 수 있었다. 로는 지역 대학의 출중한 발생학자에게 집중적으로 교육받았고, 존과 긴 토론을 나누면서 직업훈련을 수행했다.

배가 거의 완성되고 모험을 떠나야 할 때가 다가오자, 로는 점점 더 고되게 공부했다. 그러면서 긴장한 징후를 보였다. 우리는 로에게 며칠 쉴 것을 권했다. 그러자 로가 대답했다.

"아뇨. 항해를 떠나기 전에 이 일을 완결 지어야만 해요. 그 후에 쉴 거예요."

잠을 자기는 하는지 물어보니, 로는 대답을 피했다. 존은 의심스러워서 다시 물었다.

"잠을 잔 적은 있어?"

로는 머뭇거리다가 대답했다.

"가능한 한 절대 안 자. 사실 자 본 지 몇 년쯤 됐어. 그때는 오랫동안 잤지. 그럴 수만 있다면 두 번 다시 안 잘 거야."

존이 미심쩍어하며 왜 그런지 묻자, 로는 어깨를 으쓱했다. 그러더니 이렇게 보충 설명을 달았다.

"시간 낭비니까. 자러 가긴 하지만 밤새 책을 읽어. 아니면 그냥 생각하거나."

다른 초인들도 수면 시간이 짧다는 애길 한 적이 있는지 모르겠다. 존은 하루 네 시간이면 충분했다. 그러고 나면 3일 동안 연이어 잠을 자지 않아도 아무런 불편을 느끼지 못했다.

그 후 며칠이 지나, 나는 로가 아침 식사에 내려오지 않았다는 사실을 깨달았다. 팍스가 올라가보더니, 로가 침대 위에서 잠들어 있다고 말했다. 그리고 덧붙였다.

"하지만 사실은 그런 게 아니에요. 일종의 발작 같아요. 침대에 누워서 눈을 꼭 감고 있는데 얼굴에는 공포와 분노에 찬 무시무시한 표정이 스쳐 가더군요. 러시아 말인지를 계속 웅얼거리면서 손으로는 가슴을 움켜쥐고 있었어요."

우리는 로를 깨워봤지만 실패했다. 일으켜서 앉혀보기
도 했고 찬물도 끼얹었고 소리도 질러보았다. 흔들어보기
도 했고 꼬집어도 봤지만 소용이 없었다. 그날 저녁, 로가
비명을 질렀다. 밤새도록, 간헐적으로 멈췄다가 다시 소
리를 질렀다. 나는 아무 도움도 줄 수 없었지만 웨인라이
트의 집에 함께 머물렀다. 그렇다고 돌아갈 수도 없었다.
거리 전체가 뜬눈으로 밤을 지새웠다. 어떨 때는 그저 고
통과 격노에 시달리는 동물이 알아들을 수 없는 쇳소리
를 내는 것 같았고, 어떨 때는 제일 높은 고음으로 러시
아어를 쏟아내는 것 같았다. 하지만 너무 불분명해서 존
도 무슨 뜻인지는 알 수 없었다.

이튿날 아침이 밝자, 로는 조용해졌다. 그리고 일주일
이 넘도록 꼼짝도 하지 않고 잠을 잤다. 그러더니 어느
날 아침, 로는 아무 일도 없었던 것처럼 내려와서 아침을
먹었다. 하지만 존의 말을 빌리자면 '지옥에서 빠져나온
영혼이 조종하는 시체처럼' 보였다. 로는 자리에 앉더니
존에게 말했다.

"내가 왜 제인 오스틴을, 예를 들어서 도스토옙스키보
다 좋아하는지 이젠 알겠지?"

로가 평상시의 태연함과 힘을 되찾기까지는 시간이 걸

렸다. 일을 다시 시작할 수 있을 만큼 안정을 되찾은 어느 날, 로는 팍스에게 자신에 대해 이야기해주었다. 혁명이 일어나기 전 유아기일 때였다. 로의 가족들은 우랄 지역 너머의 작은 마을에서 살았다. 그때만 해도 로는 매일 잤다. 하지만 자주 악몽을 꾸었다. 극도로 끔찍했으며 일반적인 경험으로는 절대 묘사할 수 없는 그런 꿈이었다. 로는 꿈속에서 광기에 찬 짐승 혹은 악마로 변했다. 하지만 내부에는 제정신을 가진 자신이 무능한 구경꾼으로 남아 자신의 광기를 지켜보았다. 나이를 먹자 그와 같은 유아기의 공포는 사라졌다. 혁명기와 그 후 여러 해 동안, 로의 가족은 기아와 내전으로 심한 고통을 겪었다. 외모는 여전히 아기 같았지만 로는 주변에서 흘러가는 사건들의 심각성을 인식하고 있었다. 예를 들어서 로는 내전에 대해 판단이 끝난 상태였다. 양편 모두 잔혹성과 관대함을 똑같이 내포하고 있었지만, 한편의 정신이 전적으로 옳았고 다른 편은 그르다는 것을 알고 있었다. 로는 어린 나이에 이미 자신이 접했던 공포, 포격, 화재, 대규모 처형, 추위, 굶주림을 외면하지 말고 끌어안아야 한다는 것을, 막연하지만 확신을 가지고 깨달았다. 로는 그것들을 포용함으로써 승리했다. 하지만 백군이 로의 고향을 약탈했다. 그녀의 아버지는 죽었다. 어머니는 로를 데

이상한 존

리고 부상자들로 가득한 피난 열차에 올라탔다. 로는 피난 때문에 극도로 피곤했다. 그래서 잠에 빠졌다. 악몽이 다시 찾아왔다. 차이가 있다면 내전의 공포에 떨고 있는 사람들이 등장한다는 점이었다. 로는 또 다른 자신이 극악무도한 행위를 저지르는 동안 아무것도 하지 못하고 바라만 봐야 했다.

그날 이후, 극도의 긴장 상태에 처하면 잠과 그 안의 공포가 함께 찾아왔다. 하지만 습격의 빈도는 훨씬 줄어들었다. 대신 꿈의 내용이 더 끔찍해졌다. "왜냐하면……." 로는 더 이상 적절한 설명을 찾지 못했다. 내용이 더 전반적이고, 더 비유적이며, 더 포괄적인 의미를 담고 있을 뿐 아니라 자신의 자아에 내재된 악마적인(로가 사용한 단어였다) 무언가를 더욱 분명하게 표현하기 때문이었다.

18장

스키드호의 첫 항해

팍스는 그 얘기를 들은 후부터 로를 더 편하게 대했다. 팍스는 로를 보살펴주고 그녀의 신뢰를 얻었으며 때로는 그녀에게 연민을 품었다. 하지만 로가 길게 머무를수록 팍스의 긴장 상태가 길어진다는 사실에는 변함이 없었다. 배가 출항하던 날, 존이 내게 말했다.

"최대한 빨리 떠나야 해요. 로 때문에 팍스가 죽어가고 있어요. 로는 그러지 않도록 최선을 다하지만요. 불쌍한 팍스! 팍스도 결국은 노년에 접어들었어요."

존의 말이 맞았다. 팍스는 머리칼이 하얗게 세었고 입가에는 주름이 생겼다.

개척지에 합류할 또 다른 동료를 찾아 나서는 이번 항

해에 내가 따라갈 수 없다고 생각하니 머릿속이 혼란했다. 나는 나만의 인생을 살 수 있었다. 결혼해서 정착한 다음 존이 나를 부를 때까지 준비하며 기다릴 수도 있었다. 하지만 존 없이 어떻게 살 수 있을까? 나는 내가 꼭 필요하다며 존을 설득해보았다. 어른이 하나 더 있으면 아이들 셋이서 접시 모양의 배를 몰며 대양을 떠다니는 것보다는 주의를 덜 끌 거라고. 하지만 존은 내 의견을 기각했다. 존은 자신이 더 이상 아이처럼 보이지 않는다고 주장했다. 게다가 얼굴을 변형시켜서 스물다섯 이상으로 보일 수도 있다고 말했다.

세 명의 괴짜가 모험에 나서기에 앞서 어떤 준비 과정을 거쳤는지 자세히 설명할 필요는 없을 것이다. 응군코와 로는 비행기 조종법을 익혔다. 세 사람은 자신들이 타고 다닐 괴상한 배와 비행기의 특성에 익숙해질 필요가 있었다. 배는 클라이드 만에서 진수식을 가졌다. 팍스는 그 배를 스키드*호라고 명명했다. 이상하면서도 적절한 이름이었고, 배는 그 이름으로 정식 등록되었다. 무역 협회의 감시를 피하기 위해 처음에는 배에 평범한 모터식

---

* '미끄러지듯 항해한다'는 뜻으로 지은 이름이지만, '파멸로 가는 내리막'이라는 의미도 있다.

엔진을 달았다. 나중에는 그 자리에 정신 물리 동력 장치와 모터를 달았다.

배와 비행기가 완성되고 나서 서부 제도로 시험 운행을 나간 적이 있었다. 나는 참관인이라는 명목하에 간신히 탑승할 수 있었다. 그리고 그 사악한 배에 타고 장기 항해에 나서겠다는 욕심을 깔끔히 씻어버렸다. 3피트짜리 모형만 봐서는 실제 배가 얼마나 불편한지 상상할 수 없었다. 선폭이 넓었기 때문에 아주 안정적이기는 했다. 하지만 배 자체의 높이가 낮았기 때문에 그만큼 물과 가까웠고, 그 결과 큰 파도가 닥치면 그대로 배 위를 덮쳤으며, 날씨가 나쁘면 계속 파도에 시달려야 했다. 하지만 그 자체는 큰 문제가 아니었다. 항법 장치는 고급 스포츠카를 연상시키는 유선형의 갑판실 안에 모조리 들어 있었기 때문이다. 하지만 갑판 아래에는 여유 공간이 거의 없었다. 덩치 큰 기계류, 침대, 짐이 가득했다. 게다가 비행기가 있었다. 이 기이한 기계장치는 보통 기준으로 볼 때 매우 작았고 부채처럼 접혀 있는 상태였지만 그래도 상당한 공간을 차지했다.

우리는 그리녹을 빠져나온 다음 순조롭게 클라이드 만을 미끄러져 내려갔고, 애런을 지나 킨타이어 곶을 돌았다. 그런 다음 사나운 날씨를 만났고, 나는 심한 뱃멀미에 시달렸다. 응군코도 그랬기 때문에 심적 부담은 덜했다. 응군코의 상태가 너무 안 좋았기 때문에 존은 그가 죽기 전에 대피하기로 결정했다. 하지만 응군코는 그 자리에서 구토 반응을 억제하는 방법을 익혔다. 그는 멀미를 멈추더니 10분간 누워 있다가 승리의 함성을 지르며 침대에서 뛰어올랐다. 하지만 배가 갑자기 기우는 바람에 주방 쪽으로 넘어졌다.

시험 운행은 완전히 성공적이었다. 스키드호가 전속력으로 달릴 때면 뱃머리가 하늘로 치솟았으며 양옆으로는 물과 거품으로 이루어진 산맥이 생겼다. 날씨가 조금 거칠긴 했지만 비행기도 시험했다. 비행기는 이륙 장치의 후미에서 발진하더니 공중에서 날개를 폈다. 세 사람은 교대로 비행기를 몰아보았다. 가장 놀라웠던 점은 교묘한 설계와 막대한 동력 덕분에 수면에서 수직으로 이륙할 수 있다는 사실이었다.

그로부터 일주일 후에 스키드호는 첫 장기 항해에 나섰다. 우리는 부두에서 작별 인사를 나눴다. 먼 길을 떠나는 막내아들을 앞에 둔 존의 부모는 대조적인 반응을 보였다. 토머스는 미덥지 못한 청소년들이 그런 배에 타고 항해를 나가는 것을 진심으로 걱정했다. 팍스는 걱정하지 않았다. 존을 전적으로 신뢰했기 때문이다. 하지만 아들이 떠나는 모습을 아무 걱정 없이 지켜보기는 힘든 것 같았다. 존은 팍스를 안으며 말했다.

"안녕, 엄마."

그리고 갑판으로 뛰어 올라갔다.

이미 작별 인사를 마쳤던 로는 팍스에게 돌아와서 양손을 잡고는 웃으면서 이렇게 말했다.

"안녕, 소중한 존의 엄마!"

팍스는 이 이상한 인사를 듣고 입맞춤으로 답을 대신했다.

내가 그들의 첫 항해에 대해 알고 있는 지식은 존이 보낸 간략한 편지, 그리고 귀가 후 존과 나눈 대화에서 얻은 것뿐이다. 존은 자신의 텔레파시 탐색 결과에 따라 일정을 잡았다. 다른 초인들의 정신 활동을 집어내는 일은 물리적인 거리에 영향을 받지 않았다. 따라서 성공 여부는 전적으로 정신적인 '조건'이나 경험의 상태에 '맞추는' 존의 능력에 달려 있었다. 그처럼 맞추기 위해서는 두 상태의 유사성을 존의 상태까지 끌어올려야 했다. 존은 이 방법을 사용해서 티베트의 초인 한 명, 중국의 초인 두 명과 소통하고 있었다. 하지만 그 외의 잠재적 동료에 관해서는 그 존재와 위치를 아주 막연하게 짐작할 뿐이었다.

편지에 따르면, 스키드호는 3주 동안 아프리카 서부 해안에 머물면서 아무 소득도 없었다. 존은 내륙으로 날아간 다음, 사하라 사막의 오아시스를 뒤지면서 초인의 흔적을 추적했다. 그러다가 유난히 강력한 모래 폭풍을 만나 사막에 불시착했다. 모래가 엔진을 꺼뜨렸다.

"바람이 멎고 나서 내부를 청소했죠. 그러고는 모래를 씹으면서 스키드호로 돌아왔어요."

나는 그 모험에 얼마나 영웅적인 노력이 필요했는지 짐작밖에 할 수 없다.

스키드호는 케이프타운에 정박했다. 세 젊은이는 초인 정신의 희미한 흔적을 따라 남아프리카를 훑어 내려갔다. 존과 로는 오래지 않아 빈손으로 돌아왔다. 존은 편지에서 이렇게 말했다.

"백인이 흑인을 열등한 종족처럼 취급하는 걸 보니 아주 재밌더군요. 로는 그걸 보면서 어머니가 얘기해줬던 전제군주 시대의 러시아가 떠오른다고 했어요."

존과 로는 초조하게 몇 주를 기다렸다. 그동안 응군코는 귀향을 만끽하며 응가밀란드의 염전과 삼림지대를 방문했다. 응군코는 존과 텔레파시로 교신하고 있었지만 왠지 미심쩍게 행동했다. 존의 근심은 커졌다. 응군코가 위태로울 정도로 미숙한 데다가 존보다 균형이 덜 잡힌 초인이기 때문이었다. 존은 결국 응군코에게 '웃기는 짓을 때려치우지 않으면' 버려두고 떠나겠다고 위협했다. 하루 이틀 안에 출발하겠다는 확신에 찬 대답만이 돌아왔다. 일주일 후, 구조 요청과 승리의 함성이 섞인 전언이 날아왔다. 응군코는 사냥감을 획득하고 야생에서 문명으로 돌아오는 중이었다. 하지만 돌아올 기찻삯이 없었다. 존은 응군코가 알려준 지점으로 비행기를 띄웠다. 그동안 로는 혼자서 스키드호를 몰아 더반으로 향했다.

존은 원시 부락에서 여러 날을 기다렸다. 응군코는 녹초 상태였지만 웃으면서 나타났다. 그는 등에서 짐을 내려놓더니 뚜껑을 열었다. 그리고 화가 잔뜩 난 존의 눈앞에 씰룩거리면서 경련하고 있는 미성숙의 흑인 유아를 꺼내놓았다.

응군코는 텔레파시적 암시를 따라가 어느 부족의 어떤 여인을 만났다. 그는 아프리카에서 생활한 경험이 있었기 때문에 그 여인이 자신과 비슷하게 삼림 부족의 사고방식을 갖고 있다는 사실을 알았다. 여인도 초인의 힘을 약간 갖고 있었지만, 더 자세히 조사해본 결과 응군코가 따라왔던 희미한 자취의 근원은 여인의 태아였다. 응군코는 아기의 태중 경험에서 강력한 초인 능력의 조짐을 보았다. 태어나기도 전에 텔레파시를 보낼 수 있다니 놀라운 일이었다. 아기의 어머니는 11개월째 임신 중이었다. 응군코는 자신도 늦게 태어났다는 사실, 그리고 자신의 어머니가 부족 산파에게 특별한 도움을 받고 나서야 해산했다는 사실을 알고 있었다. 응군코는 너무 지쳐서 죽기 일보 직전인 임산부에게 그 처치를 받으라고 설득했다. 그는 최선을 다해서 자신이 알고 있던 기술을 적용했다. 아기는 태어났고, 산모는 죽었다. 응군코는 전리품을 갖고 도망쳤다. 존은 그에게 긴 여행 동안 아기의 식사를 어떻게 했느냐고 물어보았다. 응군코는 아비시니아에 살던 시절 자신과 다른 아기들이 야생 영양의 젖을 먹었노라고 말했다. 두 사람은 영양 떼를 추적했다. 그리고 어미 영양들을 설득해서 아기에게 젖을 먹였다. 그 방법을 듣고 있자니, 송어를 손으로 '움켜잡는' 모습이 떠올랐다. 그들은 여행 내내 그 방법을 사용했다. 아기는 당연하게도 튼튼하지는 않았지만 살아남았다.

유아 납치범은 자신의 공적으로 박수갈채를 받기는커녕 힐난과 조소를 당하자 마음이 아팠다. 존이 다그쳤다.

"도대체 이 생물을 가지고 우리가 뭘 할 수 있지? 게다가 신경 써서 돌볼 가치나 있어?"

응군코는 자신이 세 사람 모두를 능가할 만한 초인 유아를 데려왔다고 믿었다. 시간이 흐르자, 존 또한 신입 동료의 텔레파시 탐색 능력에 감명을 받았다.

비행기는 아기를 안은 응군코를 태우고 더반으로 날아갔다. 독자들은 로가 아기를 보살피고 돌봤을 거라고 생각할지도 모르겠다. 하지만 로의 반응은 냉담했다. 게다가 응군코가 신참을 전적으로 책임지겠다고 자발적으로 나섰다. 아기에게는 삼보라는 이름이 붙었다. 응군코는 첫아이를 얻은 어머니 또는 흰쥐를 맡은 학생처럼 헌신적으로 삼보를 돌보았다.

스키드호는 봄베이로 향했다. 그리고 적도의 북쪽 부근에서 매서운 날씨를 만났다. 스키드호의 항해 능력에는 큰 지장이 없었지만, 승무원들은 큰 불편을 겪었다. 나는 그동안 불운한 사건이 있었다는 것을 훨씬 나중에야 알았다. 존은 편지에서 이 사건을 전혀 언급하지 않았다. 스키드호는 곤경에 빠진 소형 영국 증기선인 프롬호를 발견했다. 프롬호의 조향 장치는 고장난 상태였고, 뱃머리가 계속해서 폭풍우 쪽으로 기울고 있었다. 스키드호는 옆에서 대기했다. 프롬호에 가망이 없음을 깨달은 선원들은 두 개의 구명보트에 나눠 탔다. 스키드호는 보트 둘을 꼬리에 매달려고 시도했다. 이 작업은 매우 위험했다. 파도가 날뛰자 보트 한 척이 떠밀리며 스키드호의 갑판 후미를 들이받았고, 스키드호는 침몰할 뻔했다. 응군코는 견인용 밧줄을 잡고 있다가 발을 심하게 다쳤다. 충돌했던 보트는 떠내려가더니 뒤집혔다. 거기 타고 있던 선원 중 두 명만이 스키드호에 의해 구출되었다. 나머지 한 척의 보트는 무사히 스키드호와 연결됐다. 며칠 후 날씨가 좋아졌고, 스키드호는 봄베이를 향해 순조롭게 나아갔다. 이번에는 스키드호에 올라탄 두 명의 이방인이 지대한 호기심을 보이기 시작했다. 괴상한 아이들 세 명과 흑인 아기 하나가 동력원이 뭔지도 알 수 없는 괴상한 배를 타고 대양을 여행하고 있었다. 두 선원은 구조자들을 소리 높여 칭송했다. 그리고 프롬호 유실과 관련해서 조사를 받으면 자신들이 나서서 대변해주겠노라고 확언했다.

상황이 극히 좋지 않았다. 세 초인은 텔레파시를 통해 의견을 나누고 과감한 결단이 필요하다는 결론을 내렸다. 존은 권총을 만들어서 두 선원을 쏘아 죽였다. 총성을 듣자 뒤따르던 보트에서 소동이 벌어졌다. 응군코는 견인용 밧줄을 풀었고, 존은 스키드호를 돌렸다. 응군코와 로는 라이플을 들고 갑판에 서서 프롬호의 생존자들을 모조리 처치했다. 냉혹한 임무는 끝났고, 시체들은 상어 밥이 되었다. 세 사람은 핏자국을 씻어낸 다음 서둘러 달아났다. 스키드호는 봄베이로 향했다.

이상한 존

존은 한참 시간이 흐른 뒤에야 이 충격적인 사건에 대해 애기해주었다. 나는 매우 당황스러웠고 그만큼 화가 났다.

"신분이 드러나는 것을 그렇게 꺼렸다면 애당초 왜 배가 부서질 것을 감수하면서 구명보트를 구조하려고 했지? 그 일을 저지르는 동안에 어차피 알려지는 건 시간문제일 뿐이라는 사실은 전혀 떠오르지 않았나? 너희들이 계획하던 일이, 그게 새 종족의 기반이건 뭐건 간에, 인간을 그토록 참혹하게 살해했다는 사실을 정당화할 수 있어?"

나는 계속 다그쳤다.

"만약 이게 월등한 종족의 방식이라면 내가 그 일원이 아니라는 사실에 감사해야겠다. 우리가 약하고 멍청할지는 몰라도 최소한 인간의 생명이 고귀하다는 건 이따금 느끼니까. 호모 사피엔스의 역사를 더럽히고 있는 수많은 사법적 살인과 정치적 살인과 종교적 살인들이 너희가 저지른 그 소규모 만행과 뭐가 다르지?"

나는 단언했다.

"가해자들은 언제나 그런 짓들을 정당하다고 주장했지만, 대다수의 인간은 야만스러운 행위로 판단하지."

존은 내 말을 듣더니 내가 진지하게 고려해야 할 문제

를 제시할 때면 보이곤 하던 온화함과 사려 깊음을 담아 대답했다. 몇 안 되는 경우였다. 존은 우선 스키드호가 인간 세상에서 해야 할 일이 한참 남았다는 점을 지적했다. 승무원들에게는 인도, 티베트, 중국에서 할 일이 있었다. 프롬호가 사고를 당했다는 사실이 알려지면 조사를 위해 증거를 내놓으라는 요청이 있을 것은 분명했다. 또한 존은 그들의 정체가 드러날 경우 사업 전체가 끝장날 수도 있었다고 주장했다. 후일 존의 일행은 열등한 종족을 최면으로 조종하는 능력을 익혔다. 존은 그 능력을 처음부터 쓸 수 있었다면 프롬호 생존자들의 머릿속에서 구조에 관한 기억을 파괴해버렸을 것이라고 말했다.

"하지만 알다시피 그럴 수가 없었어요. 우리는 폭풍으로 부서질 걸 감안하고 바다로 나갔죠. 마찬가지로 사람들에게 알려질 것 역시 감안했어요. 그런 일이 벌어지지 않기를 바랐지만요. 우리는 '사실 망각' 기술을 손님들에게 사용하려고 애써봤지만 실패했어요. 우리가 저지른 일의 사악함에 관해서라면, 파이도, 당신이 혐오감을 느끼는 것도 당연해요. 하지만 몇 가지 요소를 간과해서 그런 거예요. 우리가 당신네 종족의 일원이었다면, 그렇게 평범한 정신에서 나온 불분명한 목적을 갖고 있었다면 우리가 저지른 일은 범죄가 맞아요. 오늘날 당신네가 배워야 하는 중요한 교훈은 자신의 건전한 정신에서 나온 산물을 없애느니, 차라리 목숨을 끊거나 가장 고상한 '인간적' 목표를 희생하는 편이 낫다는 거예요. 하지만 당신들이 늑대와 호랑이를 죽여서 훨씬 더 똑똑한 인간의 정신을 꽃피운 것처럼, 우리도 그 불운한 생물들을 죽임으로써 살아남을 수 있었어요. 그들이 무고했을지는 몰라도 위험했어요. 그자들은 무의식중에 이 행성에 막 탄생하려고 하는, 가장 고귀하고 실용적인 모험을 위험에 처하게 했어요. 생각해봐요! 당신과 버사가 유인원들이 득시글거리는 세상에 살고 있다고 가정해봐요. 그 유인원들은 나름대로 영리하고 사랑스럽기도 하지만, 맹목적이고 야만스럽고 폭력적이에요. 그런데도 안 죽이겠어요? 인간 세계를 건설하겠다는 계획을 포기하겠어요? 그걸 포기한다는 건 육체가 아니라 정신적으로 비겁한 짓이에요. 흠, 만약에 당신네 종족 전체를 이 행성에서 쓸어버리는 게 가능하다면, 솔직히 우리는 그렇게 할 거예요. 당신들이 우리를 발견하고 우리가 어떤 존재인지 깨닫는다면 우리를 말살하려 들 게 분명하니까요. 명심하세요. 호모 사피엔스는 지구라는 이름의 음악에 전혀 득이 되지 않아요. 헛된 복창만 계속할 뿐이죠. 그 주제를 더 좋은 악기로 연주할 때가 온 거예요."

존은 말을 마치더니 애원이라도 하듯 나를 바라보았다. 나의 동의를, 하등한 존재의 동의를, 충성스러운 사냥개의 동의를 구하는 것 같았다. 존이 죄책감이라는 것을 느끼기는 했을까? 아닐 것이다. 그토록 간절하게 나를 설득하려 한 것은 어디까지나 애정 때문이었다. 나는 존에게 신의를 가지고 있었지만 그의 말에 동의할 수도 없었고, 그렇다고 비난할 수도 없었다. 내가 너무 어리석고 무감각해서 놓칠 수밖에 없는 요소가 있는 게 틀림없었다. 나는 존의 말이 옳다고 느꼈다. 다른 사람이 그랬다면 완전히 그른 일이었으리라. 하지만 그 일을 행한 것은 존이었고, 존만이 알 수 있는 상황이었다. 나는 그 끔찍한 행동이 옳은 일이었다는 것을 진심으로 믿어 의심치 않았다.

본래의 얘기로 돌아오자. 존과 로는 인도와 티베트의 언어를 배우고 동양 민족들을 만날 때를 대비하면서 시간을 보냈다. 마침내 두 사람은 스키드호와 봄베이를 뒤로하고 떠났다. 응군코는 남아서 다친 발을 치료하고 삼보를 돌봤다. 두 명의 탐험가는 함께 비행기를 탔다. 그러나 로는 네팔 출신 사내아이처럼 꾸미고 인도의 구릉지대에서 내렸다. 희망 사항이긴 했지만, 그곳과 비슷한 환경에 있는 것으로 추정되는 초인과의 텔레파시 접촉을 더욱 강화하기 위해서였다. 존은 비행을 계속해서 큰 산들을 넘고 티베트에 도착했다. 그리고 그동안 종종 교신을 나눈 젊은 불교 승려와 만났다.

존은 편지에서 티베트로 가는 여정을 설명하면서도, 여행의 실제적인 내용은 언급하지 않았다. 하지만 초인이 조종하는 특수형 비행기였어도 히말라야 고원을 넘어 비행하는 것은 힘든 일인 게 틀림없다. 그러나 존은 간략하게 표현했을 따름이다.

"비행기는 산을 멋지게 뛰어넘어 바람에 밀려 인디아까지 거꾸로 되돌아갔어요. 그러면서 보온병을 떨어뜨렸죠. 돌아오는 길에 산등성이에 걸려 있는 걸 봤지만, 그냥 내버려뒀어요."

티베트 승려가 텔레파시로 길을 인도해주었기 때문에 존은 쉽게 사원에 도착했다. 존이 설명한 바에 따르면, 랑가체는 마흔 살 된 초인이었다. 육체적으로는 성년이 된 지 얼마 되지 않았다. 랑가체는 태어나면서부터 눈이 없었다. 볼 수 없었기 때문에 텔레파시 능력에 더욱 집중했고, 그 결과 존을 훨씬 뛰어넘었다. 랑가체는 텔레파시를 이용해서 다른 사람의 눈에 비치는 것을 언제든 볼 수 있었다. 따라서 타인의 눈을 이용하기만 하면 독서도 할 수 있었다. 보는 사람이 책장을 훑으면 랑가체가 텔레파시로 따라가며 읽는 식이었다. 랑가체는 그 작업을 위해 여러 젊은이를 훈련시켰고, 그 결과 이제는 존만큼 빨리 읽을 수 있었다. 그는 자신의 눈으로 사물을 볼 수 없었던 덕분에 신기한 능력을 지니게 되었다. 동시에 여러 쌍의 눈을 활용할 수 있었고, 사물의 모든 면을 한꺼번에 볼 수 있었으며, 그 결과 보통 사람의 인지 능력을 뛰어넘는 심적 상상력을 획득할 수 있었다. 존의 표현을 빌리자면, 랑가체는 사물의 한 가지 면만 인식하는 대신 시각적으로 이해할 수 있었다. 그는 사물을 동시에, 모든 시각에서 정신적으로 바라보았다.

존은 본래 랑가체를 설득해서 자신의 대모험에 동참시킬 생각이었다. 하지만 얼마 안 가 그것이 말할 가치도 없다는 사실을 알았다. 이 티베트인은 존의 계획을 아들란과 똑같이 취급했다. 그는 흥미를 가졌고 용기를 북돋위주었지만 한편으론 초연했다. 비록 언젠가는 누군가가 반드시 이뤄야 할 일이기는 하지만, 랑가체에게는 새 세계의 건립은 시급하지 않았다. 또한 그것 때문에 자신의 고귀한 영적 봉사에 방해받을 생각이 없었다. 그러나 랑가체는 개척지의 정신적 조언자가 되길 승낙했다. 그러면서 자신이 알고 있던 모든 텔레파시 기술과 그 밖의 초인적 능력을 존에게 전수해주었다. 딱 한 번이었지만, 랑가체는 존에게 계획을 중단하고 티베트에 머무르면서 자신과 함께 더 엄격하고 고귀한 모험을 하자고 권유했다. 하지만 존을 쉽사리 설득할 수 없다고 깨닫고는 금세 단념했다. 존은 사원에서 일주일간 머물렀다. 존은 비행기를 타고 돌아오던 중 랑가체의 전언을 수신했다. 랑가체는 힘든 정신적 수련을 마친 다음, 존을 돕기로 했다. 그는 아시아에 살면서 존의 모험에 적합한 어린 초인들을 찾아 준비시키겠노라고 약속했다.

로에게서도 전갈이 날아왔다. 로는 자질이 보이는 자매를 찾았다. 둘 다 로보다 어렸다. 그들은 모험에 동참하기로 결정했다. 하지만 언니 쪽의 건강 상태가 매우 좋지 않고 동생 쪽은 너무 어렸으므로 지금 당장은 살던 곳에 머무르기로 했다.

스키드호는 중국해로 방향을 잡았다. 존은 광저우에서 그동안 몇 차례 접촉한 적이 있는 중국 소년 센쿼를 만났다. 센쿼는 기꺼이 내륙으로 들어가 랑가체가 쓰촨성 동부의 외딴 지역에서 찾아낸 두 명의 소년, 두 명의 소녀와 합류하기로 했다. 다섯 사람은 랑가체의 사원이 있는 티베트까지 여행한 다음, 새로운 인생에 대비해 정신 수련을 받을 예정이었다. 랑가체는 티베트 소년 셋과 소녀 한 명을 더 찾아냈으며, 그들도 사원에서 훈련받을 것이라고 보고했다.

또 다른 전환점이 있었다. 샌프란시스코에 중국계 미국인 소녀가 거주하고 있었다. 소녀의 이름은 워싱토니아 정이었다. 이번에도 역시 랑가체가 텔레파시를 이용해 그녀를 찾아냈다. 스키드호는 워싱토니아와 만나기 위해 태평양을 건넜다. 그녀는 곧바로 배에 탑승했다. 내가 워싱토니아를 만난 것은 훨씬 나중의 일이다. 하지만 일명 '워시'가 한눈에도 매우 정상적인 젊은이로 보였다는 사실은 말해두는 게 좋겠다. 워시는 몸집이 작고 예민한 왈가닥이었으며, 눈은 중국인이고 머리는 검은 단발이었다. 하지만 워시의 내부에 그 이상의 무엇이 있다는 사실은 나중에 알았다.

존의 다음 할 일은 개척지를 세우기에 적합한 섬을 물색하는 것이었다. 섬은 아열대나 온대 기후대에 있어야 했다. 토지가 비옥해야 했고, 낚시하기도 좋아야 했다. 그러면서도 증기선들의 정기 항로와 멀리 떨어져 있어야 했다. 완벽한 보안이 필수였기 때문에 마지막 조건이 특히 중요했다. 아무리 멀리 떨어져 있고 알려지지 않은 섬이라 해도 언젠가는 발견되게 마련이었다. 그래서 존은 섬으로 접근하는 배를 차단할 몇 가지 단계를 고안했다. 또한 한 번 방문한 사람이 인간들에게 개척지에 대한 소문을 퍼뜨리지 못하도록 대책을 마련해놓았다. 여기에 대해서는 나중에 다시 얘기하겠다.

스키드호는 적도를 넘어서 남반구의 바다를 체계적으로 탐사했다. 존은 오랜 항해 끝에 작지만 조건에 맞는 섬을 발견했다. 그 섬은 뉴질랜드-파나마 항로와 뉴질랜드-케이프 혼 항로가 이루는 각도 사이에 위치하고 있었다. 섬을 발견한 것은 전적으로 우연이었다. 어쩌면 정말로 신의 뜻이었는지도 모른다. 그 섬은 어떤 해도에도 등재되어 있지 않았다. 또한 해저 지각변동에 의해 수면 위로 드러난 지 20여 년밖에 되지 않았다는 증거가 있었다. 인간이 아닌 포유류는 살지 않았고, 파충류도 없었다. 초목은 적었고 종류도 다양하지 않았다. 하지만 사람이 살고 있었다. 일군의 원주민이 섬을 점유하고 해안에서 물고기를 잡아 생활하고 있었다. 그들은 본래의 고향에서 여러 가지 채소와 나무의 종자를 가져와 심어서 뿌리를 내렸다.

나는 한참 시간이 흐른 뒤, 섬을 방문한 후에야 원주민에 대한 얘기를 들었다. 존은 이렇게 말했다.

"단순하고 흥미로운 생물들이었어요. 하지만 당연하게도, 계획을 방해하게 둘 수는 없었죠. 그 사람들의 머릿속에서 우리와 섬에 대한 기억을 모조리 지운 다음 다른 곳으로 이주시키는 것도 불가능하지는 않았겠죠. 하지만 내가 랑가체에게 많은 기술을 전수받았다고 해도 그 당시 우리의 사실 망각 기술은 충분하지 않았어요. 더군다나 저항이나 호기심을 불러일으키지 않고 원주민들을 둘 만한 곳이 있었겠어요? 가축처럼 살아가게 둘 수도 있었겠죠. 하지만 그랬다가는 우리 계획이 실패했을 거예요. 원주민들의 정신도 손상시켰을 테고요. 그래서 처치하기로 결정했어요. 나는 강한 종교적 신념이 있는 인간의 마음을 일종의 최면술로(마법이라고 해도 상관없어요) 조종할 수 있다는 확신이 있었어요. 그 방법을 사용하기로 했죠. 원주민들은 우리를 반갑게 맞이하면서 축제를 열어 줬어요. 축제가 끝나자, 춤을 추고 종교 의식을 벌이더군요. 흥분이 최고조에 달했을 때 로를 시켜서 춤을 추게 했어요. 로의 춤이 끝나고 나는 그 사람들의 언어로 말했어요. '우리는 신이다. 우리는 너희의 섬이 필요하다. 그러니 화장용 장작더미를 크게 쌓아 올려라. 다 함께 그 위에 올라가서 누워라. 그리고 기쁘게 죽어라.' 그들은 기쁨에 겨워 내 말에 따랐어요. 남자건 여자건 어린아이건 할 것 없이요. 우리는 그 사람들이 죽은 다음에 장작에 불을 붙이고 시체를 태웠어요."

나는 이 일을 변호할 생각이 없다. 하지만 한 가지만은 지적하고 싶다. 만약 침입자들이 보통 인간이었다면, 그들은 원주민들을 개종시키고 종교 경전과 유럽식 옷과 럼주와 백인들의 질병을 전해주었을 것이다. 또한 원주민을 경제적인 노예로 만들고 때가 되면 모든 면에서 백인의 보잘것없는 우월성으로 짓눌러 그들의 정신을 파괴했을 것이다. 마침내 모든 원주민이 술과 비통에 젖어 죽고 나면 침입자들은 조의를 표했을 것이다.

초인들이 섬의 소유권을 획득하면서 저질렀던 심리적 살인에 대해 변명이 가능하다면 단 한 가지뿐일 것이다. 그들은 어떤 희생을 치르더라도 섬을 소유하고 계획에 방해받지 말아야 한다는 결정을 내린 다음, 그 결정에 따른 결과를 똑바로 직시했다. 그들은 방심하지 않고 임무를 위해 매진했고, 가능한 한 가장 간결한 방법으로 목적을 달성했다. 그들이 그토록 무자비한 짓을 저지르면서까지 추구했던 목표가 수단을 정당화할 수 있었을까? 나는 거기에 대해 답할 자격이 없다. 나는 어떤 살인도 정당할 수 없으며, 당면한 목표가 아무리 고귀한 것이라 해도 그 사실은 변하지 않는다고 생각한다. 만약 동족인 인간이 그렇게 살인을 저질렀다면 동정의 여지 없이 규탄받아 마땅했을 것이다. 하지만 매일같이 접하면서 지능뿐 아니라 윤리적 통찰에서도 나보다 월등하다는 증거를 끊임없이 보아온 존재들의 경우, 나에게 그들을 판단할 자격이 있을까?

다섯 명의 월등한 존재들, 즉 존과 로, 응군코와 워싱토니아와 삼보는 섬을 그들의 것으로 만들었다. 그들은 몇 주간 휴식을 취하면서 앞으로 세울 개척지의 터를 준비하고 랑가체 및 그의 관할에 있는 초인들과 협의했다. 아시아인들은 정신적인 준비가 끝나는 대로 가능한 한 최선의 경로를 택해 프랑스령 폴리네시아 군도까지 오기로 했다. 스키드호는 그곳에서 아시아인들을 만나 데려올 예정이었다. 한편 그때까지 남은 기간에 스키드호는 마젤란 해협을 통과해서 서둘러 영국에 간 다음, 개척지 건설에 필요한 물자를 확보하고 남은 유럽 초인들을 데려오기로 했다.

19장

개척지

스키드호가 영국에 도착한 것은 나의 결혼식이 열리기 3주 전이었다. 스키드호에는 무선 통신 장비가 없었고 또 항해가 급하게 진행되었기 때문에, 도착 사실을 미리 아는 사람은 아무도 없었다. 버사와 나는 상점에서 물건을 구입했다. 그리고 저녁 외출 전에 짐을 내려놓기 위해 집에 들렀다. 물건을 한 아름 안고 거실에 들어가보니, 스키드호의 선원들이 편안하게 자리를 잡고 앉아서 버사를 위해 사놓았던 사과며 초콜릿을 먹어치우고 있었다. 우리는 한동안 아무 말 없이 서 있었다. 버사는 내 팔을 움켜잡았다. 존은 난로 옆에서 안락의자에 앉아 사과 맛을 즐기던 참이었다. 로는 난로 깔개에 쪼그리고 앉아 〈뉴스

테이츠먼〉*을 들춰보고 있었다. 응군코는 다른 안락의자
에 앉아서 삼보에게 사탕을 씹어 먹이는 중이었다. 삼보
는 두껍고 낯선 옷을 입지 않고는 영국의 기후를 견딜 수
없었고, 나는 응군코가 그 옷에 적응하는 삼보를 돕고 있
는 거라 생각했다. 삼보의 사지는 돌기처럼 보였고 머리
와 몸뚱이만이 눈에 띄었다. 삼보는 호기심에 찬 눈으로
나를 흘끔 쳐다보았다. 워싱토니아를 만난 것은 그때가
처음이었다. 나는 괴물들 사이에서 홀로 정상적인 워싱
토니아를 보며 충격을 받았다.

존은 의자에서 일어나더니 사과를 씹으며 말했다.

"앙녕, 파이도, 앙녕, 버사! 버사, 싫어할 건 알고 있지
만 파이도를 몇 주 정도 빌려 가야겠어요. 이것저것 살
것들이 있거든요."

내가 항의했다.

"얼마 안 있으면 결혼식인데."

"젠장!"

나는 당연히 결혼식을 몇 달 정도 연기하겠다고 확답
하는 나 자신에게 스스로도 놀랐다. 버사는 맥이 풀려서
의자에 앉더니 말없이 동의했다.

---

* New Statesman. 영국 시사 잡지.

존이 명랑하게 소리쳤다.

"좋아요. 이번 일만 끝나면 두 번 다시 귀찮게 하지 않을게요."

그 얘기를 듣자 뜻밖에도 가슴이 아팠다.

그러고는 실무적인 활동에 시달리느라 몇 주가 지나갔다. 스키드호는 재정비가 필요했고, 비행기도 수리해야 했다. 공구들과 기계 설비, 전기 부속품과 측량 장비를 구입한 다음 배에 실어 발파라이소까지 운반해놓고 환적換積을 기다렸다. 남미의 숲에서 구매한 목재는 항구로 보냈다. 잡화류는 영국에서 직접 샀다. 내 임무는 존의 지시에 따라 이 모든 거래를 성사시키는 것이었다. 존은 내가 구해서 우편으로 부쳐야 할 책의 목록을 준비했다. 그 목록에는 다양한 생물학적 주제에 대한 기술 서적, 열대 농경 관련 서적, 의학 서적 등이 잔뜩 들어 있었다. 이론 물리학 서적, 천문학 서적, 철학 서적, 그리고 다소 흥미로운 취향의, 여러 언어로 쓰인 순수 문학도 있었다. 가장 구하기 어려웠던 것은 초자연적 현상을 연상케 하는 제목을 가진 아시아의 문서들이었다.

스키드호의 다음 항해 날을 얼마 남겨두고, 유럽에 있는 초인 일원들이 도착하기 시작했다. 존은 헝가리로 직접 가서 젤리를 데려왔다. 열일곱 살 된 꼬맹이였다. 미인은 아니었다. 이마와 후두부가 혐오스러울 정도로 지나치게 발달했고 머리 뒷부분이 툭 튀어나와 있었다. 눈썹은 덜 발달된 코보다 더 앞으로 솟아 나와 있었다. 그녀의 머리통을 옆에서 보면 크로케 경기에 쓰는 망치 같았다. 구순열이 있었고 다리는 밖으로 굽은 상태였다. 전반적인 외모로 보자면 지적 장애인 같았다. 하지만 젤리는 초인적인 지능과 기질 그리고 초고감도의 시력을 가졌다. 그녀는 보통 사람들이 파란색이라고 부르는 파장 영역에서 두 종류의 원색을 가려낼 수 있었다. 또한 사물이 내뿜는 적외선을 볼 수 있었다. 젤리의 시각은 보통 사람보다, 말하자면 세밀했다. 그녀의 망막에는 정상인보다 더 많은 신경 말단이 분포하는 것 같았다. 그녀는 20야드(약 18미터) 떨어진 곳에 있는 신문을 읽을 수 있었고, 1페니짜리 동전이 완벽한 원형이 아니라는 사실을 흘끗 보기만 해도 알아챘다. 그토록 예민했기 때문에 그림 퍼즐의 조각 하나가 떨어져 있었으면 한번 보기만 해도 전체 조각의 의미 관계를 파악하고 그 즉시 퍼즐을 완성할 수 있었다. 젤리는 뛰어난 식별력 때문에 곤란을 겪는 일이 종종 있었다. 그녀의 눈에는 모든 사물이 제작자의 의도와 다르게 보였다. 또한 그녀는 예술 영역에서 고통받았다. 정확히 제작할 수 없을 뿐 아니라 생각이 미숙했기 때문이었다.

젤리의 곁에는 마리안 라퐁이라는 이름의 프랑스 소녀가 있었다. 그녀는 젤리와 비교하면 아주 정상적이었고, 검은 눈과 황갈색 피부 덕분에 어느 정도 귀여워 보이기도 했다. 마리안은 프랑스 문화 전체를 담아놓은 저장 창고 같았다. 고전 작품의 모든 구절을 마음대로 인용할 수 있었고, 자신만의 독특한 방법으로 작품을 증폭시켜서 다른 사람들이 저자의 마음을 이해하도록 만들 수 있었다.

시그리드는 스웨덴 소녀였다. 존은 시그리드를 '빗을 든 아이'라고 불렀다.

"왜냐하면 시그리드는 사람의 얽힌 마음을 정리해서 매끄럽고 온전하게 만들어주거든요."

시그리드는 결핵에 걸린 적이 있었지만 일종의 정신적 '면역화'를 통해 자신의 신체 조직을 완전히 치료했다. 완치 후에도 결핵 환자의 쾌활함은 그대로 남아 있었다. 눈은 컸고 몸은 연약해 보였지만, 시그리드는 야만적인 힘을 덮는 모성적 온화함에 타고난 연민과 통찰력을 더했다. 그녀는 자신의 능력이 야만적임을 알고 비난했지만, 한편으로는 그것을 사랑했다. 그녀는 울부짖으면서 자신의 능력을 숨겼지만, 그와 동시에 '그 능력이 기분 좋고 버르장머리 없는 꼬마 아이에 지나치 않는 것처럼 감상적으로 생각하기도 했다'.

어린 남자 초인들도 하나둘씩 나타나 스키드호에 합류했다. (이때쯤 웨인라이트 집은 소름 끼치는 빈민굴로 변했다.) 핀란드 출신인 케미는 어린 시절의 존과 같았다. 터키인 샤힌은 존보다 몇 살 위였지만 기꺼이 존의 부하 노릇을 했다. 그리고 카프카스에서 온 카르기스가 있었다.

보통 사람의 눈으로 볼 때는 그중에서 샤힌이 가장 매력적이었다. 그의 체형은 러시아 무용수 같았다. 샤힌은 인간관계에도 수완이 좋아서, 그와 대화하는 사람은 자신의 기분에 따라 매력적인 경박함이나 고상한 초연함을 느꼈다.

카르기스는 존보다 조금 어렸다. 그는 조병躁病의 경계 상태에서 영국에 도착했다. 화물선을 타고 오면서 매우 힘든 여행을 했고, 정신 상태가 불안정해 그 긴장을 견디지 못했다. 외모는 존과 비슷했으나 더 검고 덜 단단해 보였다. 나는 이 이상한 존재의 일관된 인상을 규정하기가 힘들다. 카르기스는 흥분과 권태, 열정과 냉담함 사이를 왕복했다. 이러한 동요의 원인은 신체적인 생리 주기와는 전혀 관계가 없었고, 내가 알지 못하는 외적 사건과 연관이 있었다. 그 사건이 무엇인지 물었더니 나를 도우

370
이상한 존

려고 애쓰고 있던 로가 대답해주었다.

"카르기스는 시그리드와 마찬가지로 인성에 대해 뛰어난 감각을 가지고 있어요. 하지만 시그리드와는 다른 식으로 사람을 대하죠. 시그리드는 그저 사람을 사랑하고, 웃고, 도와주고, 저주해요. 그러나 카르기스는 사람 하나하나를 품질이나 구현 방식이 있는 예술 작품으로 생각해요. 또는 사람이란 이상理想적인 형태이며 자신이 거기에 형태를 부여한다고 생각하죠. 그래서 누군가가 자신의 방식이나 이상적인 형태와 어울리지 못하고 또 거기에 진솔하지 못하면 괴로워하는 거예요."

1928년 8월, 열 명의 젊은이와 무력한 아기 한 명이 스키드호에 올라타 출항했다.

존은 평범한 우편을 통해 우리와 소식을 계속 주고받았다. 나중에 자세히 얘기하겠지만, 스키드호와 비행기는 여러 섬과 발파라이소 등지를 자주 왕복했다. 따라서 존은 간략하고 신중한 편지를 우편으로 부쳤다. 우리는 편지로 여러 가지를 전해 들었다. 항해가 순조로웠다는 사실. 존 일행이 최대한 많은 물자를 구하기 위해 발파라이소에 들렀다는 사실. 일행이 목적지인 섬에 도착했다는 사실. 응군코, 케미, 마리안이 남은 물자를 운반하기 위해 스키드호를 타고 발파라이소에 바쁘게 들락거렸다는 사실. 마을의 건물 건축이 순조롭다는 사실. 아시아의 초인들이 도착해서 '잘 적응하고' 있으며, 허리케인이 섬을 강타해 가건물을 모조리 부쉈고, 손상된 스키드호를 항구 옆의 작은 언덕에 피신시켜놓았으며 티베트 소년 하나가 부상을 입었다는 사실. 넓은 토지에 야채와 과일 씨를 뿌렸다는 사실. 낚시용 카누를 여섯 척 만들었다는 사실. 카르기스가 소화기 질환으로 심하게 아프며 오래 버티지 못할 것 같다는 사실. 그가 회복되었다는 사실. 갈라파고스 도마뱀의 시체가 짐작도 할 수 없을 만큼 먼 거리를 여행한 끝에 파도에 밀려 해안에 도착했다는 사실. 시그리드가 신천옹 한 마리를 길들였고 그 녀석이 아침 식사를 훔쳐 갔다는 사실. 개척지에 첫 비극이 닥쳐왔다는 사실. 양충이 상어에 잡혀갔고, 그를 구하려던 케미가 아무 소득 없이 심하게 물렸다는 사실. 삼보가 하루 종일 책을 읽으면서도 아직 일어나 앉지는 못한다는 사실. 제임스 존스 식의 피리를 만들었으며 특별한 장치를 추가해 손가락이 다섯 개인 사람도 연주가 가능하다는 사실. (티베트인인) 초모트레와 샤힌이 멋들어진 음악을 작곡 중이라는 사실. 젤리가 맹장염을 심하게 앓았고 로가 성공적으로 수술을 끝냈다는 사실. 로가 발생 실험에 너무 몰두하는 바람에 다시 끔찍한 악몽에 빠졌다는 사실. 그

이상한 존

녀가 잠에서 깨어났다는 사실. 마리안과 센쿼가 섬의 반대편으로 거주지를 옮겼으며 그 이유는 '한동안 둘이서만 지내고 싶어서'라는 사실. (티베트 소녀인) 랑코르가 샤힌의 마음을 쟁취했고, 그 때문에 위시가 랑코르를 증오하다가 미쳐버렸다는 사실. 위시가 랑코르와 함께 죽으려고 했다는 사실. 시그리드가 오랜 시간에 걸쳐 끈기 있게 노력했지만 위시를 치료하지 못했고, 시그리드도 긴장의 징후를 보인다는 사실. 랑가체가 원거리에서 텔레파시로 두 소녀를 치료하려고 시도했으나 성과가 없었다는 사실. 개척민들이 석조 도서관과 마을 회관을 완성했고 천문대를 짓기 시작했다는 사실. 개척지에서 가장 뛰어난 텔레파시 능력자인 초모트레와 랑코르가 게시판을 통해 바깥세상의 소식을 매일 알려준다는 사실. 개척민들 중 더 앞선 구성원들이 랑가체의 가르침 아래 혹독한 정신적 훈련을 받고 있으며, 때가 되면 그들이 새로운 경험의 단계로 나아갈 거라는 사실. 그리고 심각한 지진이 발생해 섬 전체가 2피트(약 60센티미터)가량 가라앉았으며, 방파제에 돌을 몇 층 더 쌓았고 섬이 완전히 사라질 경우 급히 이주하기 위해 스키드호를 대기시키고 있다는 사실에 이르기까지.

몇 개월이 몇 년으로 늘어나면서 존의 편지는 점점 뜸

해졌고 더욱 짧아졌다. 개척지의 일에 완전히 몰두하고 있는 것이 분명했다. 게다가 개척민들이 초자연적인 활동에 관심을 가지면서, 존이 편지를 통해 그곳의 생활을 쉽게 설명하기가 차츰 힘들어졌다.

그러나 1932년 봄, 나는 존에게서 장문의 편지를 받고 깜짝 놀랐다. 편지의 요점은 가능한 한 빨리 섬으로 오라는 것이었다. 핵심적인 구절을 아래에 인용하겠다.

"여기 와서 우리를 소재로 당신의 저술 솜씨를 발휘해 보라고 하면 웃겠죠. 솔직히 말하자면 당신이 계속 얘기하던 일대기를 정말로 써줬으면 좋겠어요. 우리를 위해서가 아니라 당신네 종족을 위해서요. 이유를 설명하죠. 개척지는 멋지게 출발했어요. 조금 힘들 때도 있었지만 결국 만족스러운 삶과 공동체를 만드는 데 성공했어요. 실제 활동은 차질 없이, 즐겁게 진행 중이에요. 그리고 부단한 노력 끝에 마침내 경험의 다음 단계에 도달했어요. 우리는 이제 도착 했던 때와는 정신적으로 전혀 다른 존재예요. 몇몇은 벌써 현실의 심층부를 멀리까지 내다보고 있어요. 나머지도 우리가 시작한 일들을 완벽하게 조망하고 있죠. 그런데 시작한 지 몇 개월쯤 지났을 때부터 개척지가 멸망할 거라는 징조가 보이기 시작했어요. 당신네가 우리를 발견하면 틀림없이 우리를 없애려 들 거예요. 우리는 아직 그걸 물리칠 힘이 없고요. 랑가체는 우리 업적의 정신적인 면부터 서두르라고 재촉하고 있어요 (맞는 말이에요). 종말이 다가오기 전에 최대한 많은 부분을 완료하라는 거죠. 하지만 나중에 다른 초인들이 신세계를 건설하려 할 때 선례가 될 수 있도록 이 작은 모험에 대한 기록을 남기는 게 좋을 것 같아요. 호모 사피엔스 중에서 더 민감한 사람들에게도 이득이 될 거예요. 초인들을 위한 기록은 랑가체가 맡기로 했어요. 인간용 기록은 보통 사람이 맡아야 하는데, 당신이라면 잘할 수 있을 거예요."

당시 나는 저널리스트로서 어느 정도 성공을 거둔 상태였고 일정도 꽉 차 있었다. 나는 결혼을 했고, 버사는 아이를 고대하고 있었다. 하지만 나는 존의 초대를 기쁘게 받아들였다. 나는 그날 오후 발파라이소로 가는 배편을 알아보았고, 존에게 도착 예정 시간을 알리는 답신을 (발파라이소의 유치 우편 제도를 이용해서) 보냈다.

나는 죄책감을 느끼면서, 버사에게 좋지 않은 이야기를 꺼냈다. 버사는 심한 충격을 받았지만, 이윽고 입을 열었다.

"그래요. 존이 찾는다니 당연히 가봐야죠."

나는 가는 길에 웨인라이트가에 들렀다. 팍스는 내가

편지 얘기를 꺼내자마자 말을 막았다. 나는 깜짝 놀랐다.

"알고 있어요. 존이 지난 몇 주 동안 산발적으로 그 섬의 영상을 보내고 있으니까요. 말도 알아들을 수 있었어요. 당신을 부를 거라고 말하더군요."

이상한 존

20장

생존

✳

발파라이소에 도착해보니, 응군코와 케미가 스키드호에서 나를 기다리고 있었다. 두 아이는 4년 전 마지막으로 봤을 때보다 눈에 띄게 성장했다. 동류들과 북적거리며 살다 보니 본래 느리던 초인들의 성장이 가속화된 것 같았다. 특히 응군코는 우아함과 진지함을 겸비하고 있어서 나를 놀라게 했다. 그는 열여섯 살이었지만 열두 살처럼 보였다. 두 사람은 몹시 서둘러 바다로 나가려 했다. 나는 섬에 무슨 일이 생긴 건 아닌지 물어보았다.

응군코가 대답했다.

"아뇨. 하지만 우리가 살날이 1년도 채 안 남았거든요. 우리는 섬과 친구들 모두를 사랑해요. 그래서 집에 가고 싶은 거예요."

내 짐과 책과 물자를 스키드호에 옮겨 싣자마자 우리는 바로 출발했다. 날씨가 더웠기 때문에 응군코와 케미는 곧바로 옷을 벗어 던졌다. 케미의 하얗던 피부는 스키드호의 티크 목공품처럼 그을려 있었다.

배가 섬으로부터 40마일(약 64킬로미터)쯤 되는 지점에 도착하자, 키를 잡고 있던 케미가 자이로스코프의 바늘을 들여다보며 말했다.

"섬에서 변류기를 작동시켰을 거예요. 배들이 너무 가까이 다가오면 저지하는 거죠."

케미는 초인들이 약 50마일(약 80킬로미터) 범위 안에 있는 자성 나침반을 왜곡시킬 수 있는 기계 장치를 만들어놓았다고 설명했다. 이번까지 합치면 변류계를 작동시키는 것이 네 번째라고 했다.

마침내 섬이 시야에 들어왔다. 지평선에 조그마한 회색 언덕이 솟아 있었다. 점점 가까워지자 언덕이 솟아오르더니 두 개의 산봉우리로 갈라졌다. 섬에 꽤 근접했는데도 사람이 사는 흔적을 찾을 수가 없었다. 응군코는 모든 건물이 특별한 방법으로 은폐되어 있다고 말했다. 항구가 우리를 받아들이기 위해 모습을 드러낸 뒤에야, 나는 나무 위로 비어져 나온 목조 건물의 귀퉁이를 볼 수 있었다. 항구의 안쪽으로 깊숙이 들어갔더니 비로소 마을 전체가 보였다. 마을에는 스무 개 남짓한 소형 목조 건물이 있었고, 그 뒤편 약간 높은 곳에 커다란 석조 건물이 한 채 있었다. 작은 건물은 대부분 거주자의 개인 공간이었다. 석조 건물은 도서관 겸 회관이었다. 부두 근처에도 돌로 지은 발전소를 비롯한 다른 건물들이 있었다. 다른 시설들과 약간 동떨어진 곳에는 일군의 오두막이 있었는데, 나중에 알고 보니 임시 실험실이었다.

스키드호는 세 개의 석조 부두 중 가장 낮은 곳에 묶여 있었다. 간조였기 때문이다. 개척민들은 우리를 기다리고 있다가 짐을 내렸다. 매우 다양한 외모의, 검게 그을린 젊은 남녀가 나체로 모여 있었다. 존은 갑판으로 뛰어올라 나에게 인사했다. 나는 입을 뗄 수 없었다. 충성스러운 나의 눈에 비친 존의 모습은 눈부셨다. 존에게서 새로운 결의와 품위가 엿보였다. 얼굴은 갈색이었고 부드러우면서도 개암처럼 단단했다. 몸은 모양을 다듬고 밀랍을 바른 참나무 같았다. 머리칼은 탈색되어 눈부실 정도로 하얬다. 개척민 중에는 낯선 얼굴들도 보였다. 아시아, 중국, 티베트, 인도에서 온 초인들이었다. 나는 그들을 둘러보다가 중국 또는 몽고인종의 특징이 공통적으로 스며 있다는 사실을 깨달았다. 다양한 지역에서 모인 존재들이었지만 친족 같은 공통점이 있었다. 존은 그들이 수세기 전 중앙아시아의 어딘가에서 발생한 단 하나의 '돌연변이 시점'에서 갈라져 나왔을 거라고 말한 적이 있다. 그 최초의 변이 또는 유사한 몇 개의 변이로부터 자식 세대들이 이어지면서 아시아, 유럽, 아프리카로 퍼져나갔고, 보통 인간과 이종 교배를 거듭하는 가운데 가끔 진짜 초인들이 태어났다는 얘기였다.

후에 셴퀴는 과거를 돌아다니며 직접 조사했고, 이 가설이 사실임을 밝혀냈다.

나는 초인들의 개척지에서 살 생각을 하며 걱정했었다. 쓸모없는 존재가 될 거라고 생각했으며, 지식인들의 음악회에 간 개처럼 어쩔 줄 모를 것이라고 예상했다. 하지만 그들의 반응을 보고는 마음을 놓았다. 어린 초인들은 나를 유쾌하고 태연하게 대했으며, 바보짓 하는 게 특기인 삼촌을 만난 조카들처럼 행동했다. 더 나이 든 초인들은 덜 감상적이었지만 대신 친절했다.

나는 나무로 만든 작은 오두막을 개인 공간으로 할당받았다. 발코니가 오두막 전체를 감싸고 있었다.

존이 말했다.

"침대를 발코니에 놓는 게 좋을지도 몰라요. 여긴 모기가 없거든요."

나는 오두막이 고급 가구 제작자의 손길로, 정성과 정교함을 담아 지어졌다는 것을 금세 깨달았다. 집 안에는 방수 처리된 나무로 만든 견고하고 단순한 가구가 몇 개 들어서 있었다. 거실 벽에는 카누를 타고 바다에 나가 상어를 사냥하고 있는 (초인) 소년과 소녀의 모습을 추상적으로 새긴 판화가 걸려 있었다. 침실에는 다른 판화가 있었다. 훨씬 더 추상적인, 그러면서도 어렴풋이 수면을 연상시키는 작품이었다. 침대에는 소재를 알 수 없는 거친 실로 짠 침대보와 담요가 있었다. 나는 전등, 전기난로, 침실 옆의 작은 욕실에 구비된 냉온수용 수도꼭지를 보고 놀랐다. 욕실 안에 있는 전기 장치가 온수를 직접 데웠다. 정신 물리 발전 설비의 여분 동력으로 바닷물을 증류하기 때문에, 담수는 풍족하다고 했다.

벽에 붙박인 작은 전기 시계를 보면서 존이 말했다.

"조금 있으면 식사 시간이에요. 저기 보이는 긴 건물이 식당이죠. 그 옆에 있는 게 주방이에요."

존은 나무들 사이에 있는 나지막한 목조 건물을 가리켰다. 건물 앞에는 식탁이 놓인 테라스가 있었다.

나는 그 섬에서의 첫 식사를 잊지 못한다. 내 양옆에는 존과 로가 앉았다. 식탁 위에는 낯선 음식이 그득했다. 열대와 아열대의 과일, 생선, 희한한 빵 등이 나무 그릇이나 조개껍질에 담겨 있었다. 주방을 드나들며 새 음식을 내오는 것으로 보아, 마리안과 중국인 소녀 둘이 요리 담당인 것 같았다.

응군코의 흑색 피부에서 시그리드의 풍성한 담황색에 이르기까지 가지각색의 피부들이 있는 광경에, 학교 소풍이라도 떠나온 듯 따스한 분위기 속에서 다 같이 식탁에 모여 앉아 입을 오물거리는 모습을 보자니, 도깨비들의 섬에 흘러든 것 같았다. 그런 느낌이 든 것은 커다란 머리들과 망원경 렌즈만큼 큰 눈들이 두 줄로 늘어서 있는 데다, 어울리지 않게 커다란 손들이 바쁘게 음식을 집어 가는 모습 또한 한몫을 했다. 물론 섬의 거주민 전부가 어린 괴물들이었지만, 그 집단 자체의 기준으로 보아도 더욱 괴물 같은 존재가 몇 있었다. 구순열이 있고 망치 머리를 한 젤리가 그랬고, 붉은 고수머리에 눈이 짝짝이인 응군코가 그랬다. 티베트 소년인 초모트레의 머리는 목 없이 어깨에서 바로 솟아난 것 같았다. 중국 아이인 환터의 손은 누구보다도 컸으며, 정상적인 손가락 외에 아주 쓸모 있는 엄지가 하나 더 있었다.

양충이 죽었기 때문에 남은 것은 (삼보를 포함한) 소년이 열한 명, 인도인 아이를 포함한 소녀가 열 명이었다. 총 스물한 명 중 꼬마 셋과 소녀 하나가 티베트인, 소년

둘과 소녀 둘이 중국인, 소녀 둘이 인도인이었다. 나머지는 전부 유럽 출신이었고 워싱토니아 정만이 예외였다. 아시아 출신들 중에서 가장 뛰어난 능력을 가진 것은 목 없는 텔레파시 전문가 초모트레와 과거로 직접 들어가 탐색할 수 있는 중국인 셴퀴였다. 셴퀴의 나이는 존과 비슷했다. 그는 성품이 온화하면서 한편으로는 유약해 보이는 젊은이였다. 그에게는 특별히 좋아하는 음식이 주어졌으며, 초인들 사이에서 가장 '깨어 있는' 인물이라는 평을 받았다. 존은 언젠가 반쯤 농담처럼 이렇게 말한 적이 있다.

"셴퀴는 아들란의 환생이에요."

처음 도착한 날 오후, 존은 나를 데리고 섬 주변을 구경시켜주었다. 가장 먼저 들른 곳은 부둣가에 있는 석조 건물, 즉 발전소였다. 문밖에는 아기 삼보가 돗자리를 깔고 누워서 구부러진 검정 다리로 발길질하고 있었다. 희한하게도 삼보는 다른 초인들보다 변화가 적어 보였다. 삼보의 다리는 여전히 너무 약해서 몸을 지탱할 수 없었다. 우리가 지나가려 하자 삼보가 새된 소리로 존에게 말했다.

"안녕! 얘기 좀 들어줄래? 문제가 있어."

존은 삼보의 상태를 살펴보지도 않고 대답했다.

"미안. 지금은 너무 바빠."

건물 안에는 응군코가 있었다. 그의 등은 땀으로 번들거렸다. 응군코는 모래와 말라붙은 진흙을 삽으로 퍼서 가마에 쓸어 넣고 있었다.

내가 웃으며 말했다.

"진흙을 태울 수 있다니 편리하네."

응군코는 일손을 멈추고 씨익 웃더니 손등으로 눈썹을 훔쳤다. 존이 설명했다.

"우리는 지금 정신으로 분해하기 아주 쉬운 원소를 사용하고 있어요. 그러나 실제 일어나는 반응의 양은 매우 적어요. 물론 이 정도의 양을 모조리 분해하고 폭파시키면 섬 전체가 날아가겠죠. 하지만 원료 중에서 우리가 원하는 원소는 100만 분의 1 정도밖에 안 돼요. 가마는 필요한 원자를 재의 형태로 바꿔주는 역할만 할 뿐이죠. 그 재를 다른 재와 함께 정제해서 저기 보이는 밀봉 용기에 넣는 거예요."

존은 나를 다른 방으로 데려가더니 아주 작고 단단해 보이는 장치를 가리켰다.

"저게 진짜 중요한 장치예요. 응군코는 가끔 여기 와서 끈적거리는 판 위에 재료를 조금 놓고 저 안에서 펑 터뜨린 다음 '최면을' 걸어요. 그러면 그 물질은 보이지도 않고 만질 수도 없고 실제로 존재하지 않게 돼요. 적어도 일반적인 목적으로는 사용할 수 없어요. 잠에 빠져서 어떤 것에도 반응하지 않으니까요. 응군코가 잠을 깨우면 엄청난 양의 힘이 터져 나오면서 엔진으로 흘러 들어가고 발전기를 돌려요. 아니면 스키드호나 다른 곳에 쓰기 위해서 운반하죠."

다음으로 들어간 방은 상당수의 통과 막대와 바퀴와 관과 다이얼 등이 뒤엉킨 기계장치로 가득 차 있었다. 그 기계의 뒤쪽에는 거대한 발전기가 세 대, 또 그 뒤에는 바닷물을 증류하는 설비가 있었다.

우리는 실험 단지로 이동했다. 마을과는 조금 떨어진 곳에 목조 건물이 여기저기 흩어져 있었다. 로와 환터가 현미경을 붙들고 씨름하는 중이었다. 로는 '옥수수 재배와 관련된 벌레를 찾는 중'이라고 설명했다. 그곳은 여느 실험실과 다르지 않았다. 각종 용기와 시험관, 증류기 등이 잔뜩 갖춰져 있었다. 물리학과 생물학을 연구하는 장소였으나 생물학 쪽이 더 우세해 보였다. 방 한쪽에는 작은 찬장을 연결한 커다란 설비가 있었다. 발생학에 쓰는 배양기들이었다. 나는 나중에 자세한 설명을 듣기로 하고 그곳을 나왔다.

도서관 겸 회관은 석조 건물이었다. 내구성과 미관을

모두 염두에 두고 지은 것이 분명했다. 도서관은 아주 작고 단층이었다. 그래서 대부분의 책은 나무 오두막에 보관하는 중이라고 했다. 그러나 책장에는 가장 중요한 책이 가득 차 있었다. 건물 안에는 책더미에 둘러싸인 젤리, 셴퀴, 샤힌이 있었다. 건물의 일부는 회관으로 사용 중이었다. 회관 벽에는 이상한 나무들이 꽂혀 있었고 독특한 조각품이 장식되어 있었다. 몇몇 작품은 혐오스럽거나 흥미로웠지만, 아무런 감흥을 주지 못하는 것도 있었다. 존에 의하면, 전자는 카르기스의 작품이었고 후자는 젤리의 것이었다. 내가 젤리의 작품에서 아무런 인상도 받지 못하는 것은 당연했다. 존은 큰 감동을 받았기 때문이다. 놀랍게도 티베트 소녀 랑코르가 그곳에 있었다. 랑코르는 꼼짝도 하지 않고 작품들 앞에 서서는 입술만 움직이고 있었다. 존은 그녀를 보더니 목소리를 낮춰 말했다.

"쟤는 지금 멀리 가 있어요. 방해해서는 안 돼요."

우리는 도서관을 나선 다음, 젊은이 여러 명이 일하고 있는 커다란 밭을 지나 섬의 두 산봉우리 사이로 난 골짜기를 따라 올라갔다. 그러면서 옥수수밭과 어린 오렌지나무 및 왕귤나무 숲을 통과했다. 때가 되면 풍성한 수확물을 제공할 작물들이었다. 섬에서 자라는 식물 품종들은 주로 열대에서 아열대에 걸쳐 있었지만, 온대 품종도 있었다. 멸종된 원주민 개척자들은 튼튼하고 매우 귀중한 코코야자와 빵나무, 망고, 구아바 등을 이 섬에 들여왔다. 공기 중의 염분 때문에 제대로 번성한 것은 코코야자뿐이었다. 후에 초인들은 염분을 중화시키는 분무기를 만들어서 이 문제를 해결했다. 향기로운 관목들 사이로 난 길을 따라 골짜기를 빠져나오자, 바위로 된 넓은 산 중턱이 나타났다. 메마른 심해의 진흙이 그 장소를 덮고 있었다. 여기저기 풍화식물의 씨가 자리를 잡고 생장해서 작은 식물의 군락을 이루고 있었다. 산등성이에 도달하자 존이 손가락을 뻗으며 말했다.

"저게 우리 섬에서 가장 멋진 관광 상품이에요."

존이 가리킨 것은 목조선의 부러진 용골이었다. 태평양의 심해에서 이 섬이 솟아오르기 전에 난파당해 가라앉은 배의 잔해였다. 그 안에는 깨진 그릇과 인간의 유골이 있었다.

그 작은 산의 정상에는 짓다 만 천문대가 있었다. 벽은 1피트(약 30센티미터) 정도만 올린 상태였고 다른 곳은 폐허나 마찬가지였다. 저게 무엇인지 묻자 존이 대답했다.

"우리는 남은 날이 얼마 없다는 것을 알고 나서 이런 작업을 전부 중단했어요. 대신 어떻게든 완결할 수 있는 것들에만 집중하기로 했죠. 거기에 대해서는 나중에 애기할게요."

이제 내가 이 책에서 가장 자세히, 효과적으로 서술하고 싶었던 부분에 도달했다. 하지만 여러 번의 시도 끝에 그 일이 내 능력으로는 불가능하다는 결론에 도달했다. 나는 초인들의 식민지를 인류학적이고 정신분석학적인 관점에서 설명하기 위해 여러 번 계획을 세웠고, 그때마다 실패했다. 내가 제공할 수 있는 것은 앞뒤가 맞지 않는 몇 가지 관찰 사례뿐이다. 예를 들어 초인들의 감정적 삶에는 어딘가 '비인간적'이고 이해 불가능한 구석이 있다는 사실 정도는 얘기할 수도 있겠다. 물론 응군코의 일관됨이나 카르기스의 괴팍스러움, 로의 완벽한 침착성에 이르기까지 초인들의 행동 양태는 다양했지만, 정상적인 상황에서 보이는 감정적 반응은 지극히 평범했다. 하지만 일상에서 드러나는 가장 친절한 표현에도 묘한 자기 관찰과 그리 '인간적'이지 않은 초연함이 묻어 있다는 데는 의심의 여지가 없었다. 심각하고 예외적인 상황, 특히 재난이 닥치면 섬의 초인들은 호모 사피엔스와 확연히 다른 그들만의 본질을 여지 없이 드러냈다. 이 사실을 단적으로 보여주는 예가 있다.

시메이라는 이름의 중국인 소녀가 있었는데, 우리는 흔히 메이라고 불렀다. 내가 도착한 지 며칠 되지 않아

이상한 존

메이가 발작을 일으켰고, 그 결과 비참한 사건이 벌어졌다. 메이의 초인적 본성은 고도로 발달해 있었지만 매우 불안했다. 그녀의 발작은 보통 상태로 퇴행할 때 일어났고, 그 과정은 왜곡되었으며 폭력적이었다. 하루는 메이가 최근에 짝이 된 샤힌과 함께 낚시를 하러 나갔다. 메이는 아침부터 상태가 좋지 않았다. 그러더니 갑자기 샤힌에게 달려들어서 물어뜯고 손톱으로 할퀴었다. 난투극 끝에 보트가 뒤집혔고, 운명처럼 상어가 나타나 메이의 다리를 물었다. 다행히 샤힌이 가죽집에 든 칼을 갖고 있었다. 생선 손질용 칼이었다. 샤힌은 그 칼로 상어를 공격했다. 운 좋게도 상어는 새끼였다. 절박한 사투 끝에 그 짐승은 먹잇감을 놓고 도망쳤다. 상처 입고 지친 샤힌은 죽을힘을 다해 메이를 데리고 섬으로 돌아왔다. 샤힌은 그 후 3주간 쉬지 않고 메이를 간호했다. 다른 사람들이 교대해준다고 해도 모조리 거절했다. 메이는 정신 이상에 시달렸으며 다리는 거의 끊긴 상태였다. 간혹 온전한 정신이 돌아올 때도 있었으나 혼수상태이거나 광란할 때가 더 많았다. 샤힌은 메이가 그와 자신에게 상처를 주는 모습을 더 이상 견딜 수 없었다. 메이가 회복의 징조를 보이자 샤힌은 기뻐서 날뛰었다. 하지만 결국 병세는 악화되었다. 어느 날 아침, 나는 샤힌의 아침 식사를 들고 두 사람이 사는 오두막으로 갔다. 샤힌은 수척하면서도 평온한 얼굴로 인사하더니 말했다.

"메이의 정신은 갈가리 찢어졌어요. 다시는 낫지 못할 거예요. 오늘 아침에는 나를 알아보더니 팔을 뻗쳐서 내 손을 잡았어요. 하지만 본래의 메이가 아니었어요. 공포에 떨고 있었죠. 그러고는 두 번 다시 날 알아보지 못했어요. 오늘 아침에도 여느 때처럼 메이의 옆을 지키겠지만, 잠들면 죽일 거예요."

나는 두려움에 떨며 존에게 달려갔다. 하지만 존은 내 얘기를 듣더니 한숨을 쉬고 이렇게 말했다.

"샤힌이 알아서 할 거예요."

그날 오후, 샤힌은 개척민 모두가 바라보는 가운데 메이의 시체를 항구 뒤쪽에 있는 커다란 바위로 가져갔다. 그는 메이의 몸을 정중히 내려놓고 한동안 물끄러미 바라보더니 뒤로 물러서서 동료들 곁으로 돌아왔다. 존은 정신 물리 기술을 이용해 메이의 육신에 있는 적당한 수의 원자들을 붕괴시켰다. 원자들의 에너지가 격렬하게 흘러나오자, 메이의 몸이 눈부신 화염 속에서 빠른 속도로 타올랐다. 이 일이 끝나자, 샤힌은 이마에 손을 얹고는 케미, 시그리드와 함께 카누가 있는 곳으로 걸어갔다. 세 사람은 그날 내내 그물을 수선했다. 샤힌은 거리낌 없이, 때로는 즐겁게 메이에 대해 얘기했다. 메이의 정신이 암흑의 힘과 절망적으로 싸웠던 대목에서는 웃기까지 했다. 그 후 샤힌은 일을 하면서 종종 노래를 불렀다. 나는 그런 모습을 보며 혼잣말을 했다.

"여기는 정말로 괴물들의 섬이다."

이쯤에서 얘기하고 넘어갈 점이 있다. 나는 내 주위에서 무언가 기이하고 고상한 활동이 계속되고 있다는 생생한 인상을 받았다. 하지만 그 정체가 무엇인지는 알 수 없었다. 나는 보이지 않은 영혼들과 함께 장님 놀이를 하는 느낌을 받았다. 실체 있는 눈 하나가 아무런 방해도 받지 않고 어린 초인들의 명민한 인식 세계와 태평스러운 육체적 활동을 감시하고 있었다. 하지만 감시의 눈에는 눈가리개가 씌워져 있었고, 귀로는 이해할 수 없는 사건들의 희미한 암시만 들을 수 있을 뿐이었다.

초인들의 섬에 살면서 가장 당황스러웠던 점은 대화가 대부분 텔레파시를 통해 이뤄진다는 사실이었다. 내가 보기에 초인들 사이에서는 음성 대화가 사라지는 추세였다. 어린 구성원들은 여전히 말을 소통 수단으로 사용했고, 나이 든 초인들은 순전히 재미로 말을 썼다. 우리가 버스를 타는 것보다 걷는 것을 더 좋아하는 것처럼 말이다. 말은 주로 미학적인 가치 때문에 존중을 받았다. 섬의 주민들은 교양 있는 일본인들처럼 운이 있는 시를 지어서 돌려 보곤 했다. 또한 정확한 보격과 유운과 각운을 넣어서 대화하는 것도 즐겼다. 순수한 감정을 표현하기 위해 의식적으로, 때로는 무의식적으로 말을 사용하는 경우도 있었다. 이 섬에 남아 있는 인간 문명의 흔적이라고는 '젠장'이나 '제기랄', 출판 검열에 걸릴 만한 감탄사 몇 가지뿐이었다. 다른 사람의 인성에 대한 반응에서도 말이 중요한 역할을 했다. 말은 경쟁, 우정, 사랑을 표현하는 도구로 가끔 쓰였다. 하지만 그런 분야에서도 더 섬세한 소통은 텔레파시를 통해 이뤄졌다. 말은 주제에 대한 생략할 수 없는 반주 정도에 불과했다. 심각한 토론은 반드시 텔레파시와 침묵 속에서 이뤄졌다. 그러나 감정적인 중점을 두어야 하는 부분에서는 사전에 고려하지 않은 텔레파시 연설의 부속물로 말을 사용하기도 했다. 이런 상황에서 튀어나오는 말은 잠꼬대처럼 단편적이었고 의미가 불분명했다. 텔레파시 대화에 참여할 수 없는 사람이 그런 웅얼거림을 들으면 두려움이 느껴질 정도였다. 나도 처음에는 그런 경우에 처할 때마다 이유 없는 불쾌감을 느꼈다. 섬 주민 여러 명이 밭이나 다른 장소에서 침묵을 지키며 일을 하다 갑자기 웃음보를 터뜨리는 상황을 상상해보라. 물론 그 웃음은 텔레파시 농담에 대

이상한 존

한 반응이었다. 나도 나중에는 그와 같은 기이한 광경을 '신경에 거슬리는' 오싹함 없이 받아들일 수 있었다.

일상적인 텔레파시 대화보다 훨씬 더 기이한 일도 있었다. 섬에 도착한 지 사흘째 되는 날이었다. 모든 개척민이 회관에 모였다. 존은 그 회합이 정기적인 12일 모임이며 '우주와 관련한 그들의 위치를 점검하기 위한' 자리라고 설명했다. 나는 참석하라는 권유를 받긴 했지만 지루하면 언제든 가도 좋다는 승낙을 받았다. 초인들 모두는 벽을 둘러싸고 문양이 새겨진 나무 의자에 앉아 있었다. 고요했다. 나는 퀘이커 교도들의 모임에 가본 적이 있기 때문에 처음에는 전혀 불편하지 않았다. 하지만 어느 순간 무시무시한 절대적 침묵이 좌중을 휩쓸었다. 살아 있는 모든 생명체의 특징인 전체적인 요동과 미세한 움직임이 사라졌다. 그 부재감 속에서 움직이는 것은 무엇이든 주의를 끌었다. 나는 석상이 가득한 방 안에 있는 것 같았다. 진중하면서도 심각하지는 않은 침착한 집중, 더 나아가 희미한 즐거움과 같은 것이 각자의 얼굴에 떠올랐다. 그런가 싶더니 갑자기 모두의 눈이 나를 향하더니 날카롭게 노려보았다. 나는 급격한 혼란 상태에 빠졌다. 하지만 곧 모든 이들의 진지한 얼굴에 안심을 주는 미소가 떠올랐다. 그 후의 경험에 대해서는 다음과 같이 표현할 수밖에 없다. 나는 초인 정신의 존재를 직접적으로 느꼈고, 텔레파시를 통해 압도적이면서도 모호하게 그들의 미숙한 위대함을 느꼈으며, 그들과 같은 단계로 성장하고파서 발버둥치는 나 자신을 느꼈고, 그 긴장 속에서 붕괴하는 나 자신을 느꼈다. 결국 나는 왜소하고 고립된 인간 이하의 자아로 도망쳤다. 그리고 거대한 노역 끝에 잠드는 자가 품는 감사의 마음과 추방자가 품는 외로움을 동시에 느꼈다.

눈동자들은 이제 나를 보지 않았다. 그 고매한 젊은 정신들은 내 손이 닿지 않는 곳을 날고 있었다.

이윽고 목 없는 티베트인, 즉 초모트레가 하프시코드처럼 생긴 악기를 가져오더니 기이한 음정을 튕기며 조율했다. 섬의 거주민들은 그 음을 좋아했다. 초모트레는 음악을 연주했다. 형언할 수 없이 불쾌한 음악이었다. 나는 비명을 지르거나 개처럼 짖고 싶어졌다. 연주가 끝나자 몇몇 초인들이 무의식적으로 웅얼거리며 찬성의 뜻을 나타냈다. 샤힌이 자리에서 일어서더니 날카로운 시선으로 로에게 의견을 물었다. 로는 주저하다가 일어섰다. 초모트레는 망설이는 듯싶더니 다시 연주를 시작했다. 그동안 로는 커다란 상자를 열고 그 안을 잠깐 뒤지더니 접힌 천을 꺼냈다. 로가 천을 흔들자 풍성한 비단이 물결치며 흘러내렸고 오색의 줄무늬를 이루었다. 로는 그것들을 몸에 감았다. 음악은 한 번 더 분명한 형태를 이루었다. 로와 샤힌은 미끄러지듯 움직이며 진중한 춤을 추었고, 이윽고 춤이 빨라지면서 폭풍처럼 격렬한 율동이 되었다. 비단은 소용돌이치며 공중을 떠다녔고 그 틈새로 로의 황갈색 사지가 보였다. 혹은 비단들이 자부심과 모멸감을 담아 로의 주위로 모여들었다. 샤힌은 로의 주위로 마구 뛰어다니며 그녀를 밀어붙였다가 밀려나고 반쯤 받아들여졌다가 다시 쫓겨났다. 거리낌 없는 성적 접촉의 순간들이 나타났다 사라졌고, 양식화한 다음 춤의 반복 속에 녹아 들어갔다. 두 연인이 서로에게 집착하다가 거대한 혼돈 속으로 빠져버리는 것이 춤의 결론인 것 같았다. 두 사람은 공포와 고양감을 표하며 위와 아래를 두루 쳐다보다가 승리의 번득임으로 서로를 바라보았다. 그들은 보이지 않는 습격자를 안에서 밖으로 밀어내는 것 같았으나 그 힘은 점점 약해졌고, 마침내 두 사람은 함께 바닥으로 가라앉았다. 샤힌과 로는 갑자기 뛰어오르더니 따로 떨어지고는 느린 동작으로 우스꽝스러운 인형을 흉내 냈다. 나는 그 동작이 무슨 의미인지 알 수 없었다. 음악이 멈추고 춤이 끝났다. 로는 자리로 돌아가면서 무언가를 묻는 도발적인 눈빛으로 존을 보았다.

나는 나중에 이 사건을 기록한 다음 로에게 보여주었다. 로는 슬쩍 곁눈질을 하더니 이렇게 말했다.

"늙은 멍청이 같으니라고. 요점을 놓쳤잖아요. 사랑 얘기로 만들어놨네요. 물론 글 자체는 괜찮지만 완전히 틀렸다고요, 이 불쌍한 양반아."

춤이 끝나자, 일동은 다시 침묵과 부동의 상태에 빠져들었다. 10분 후, 나는 슬쩍 빠져나와서 산책하며 정신을 가다듬었다. 돌아가보니 분위기가 바뀐 것 같았다. 나에게 신경을 쓰는 사람은 아무도 없었다. 어린아이들이 성인처럼 엄숙한 표정으로 공허를 들여다보는 광경은 말로 표현할 수 없을 만큼 오싹했다. 가장 신경 쓰이는 것은 삼보였다. 그는 넓은 의자에 앉아 있는 검고 자그마한 인형 같았다. 눈에서 흐른 눈물이 뺨 위를 흘렀고, 작고 부드러운 입은 자부심과 연륜을 내보이며 굳게 닫혀 있었다. 나는 몇 분간 더 지켜보다가 밖으로 나갔다.

모임은 다음 날 새벽까지 계속됐다. 아침이 밝자 개척지의 일상이 제자리로 돌아왔다. 나는 존에게 그 모임에서 무슨 일이 있었던 건지 물었고, 존은 설명해주었다. 처음에는 그저 자신들의 동기를 되새겼을 뿐이었다. 특히 그 부분에 있어서 어린 초인들은 모르는 것이 많았다. 또한 어린 측과 나이 많은 측은 상호 관계를 더욱 깊게 다졌다. 인간 종족은 아직 짐작도 못 하는 높은 차원의 관계였다.

모든 개척민은 서로에 대해 가능한 한 많은 것을 알리고 또 배워갔다. 또한 모든 초인은 자신의 마음이 더 효과적으로, 적절하게 움직일 수 있도록 수련에 몰두했다. 그들이 수련하는 자리에는 정신적인 조언자 랑가체가 함께했다. 물론 랑가체가 그들을 인도했다. 초인들은 랑가체와 함께 형이상학에 대해 명상했다. 또한 '순간'을 확장해서 시간과 날을 받아들이는 방법을 배웠다. 그리고 반대로 축소하는 과정을 통해 과거의 모기 날갯짓과 현재를 구분하는 방법을 배웠다.

존이 말했다.

"그리고 먼 미래를 탐색하죠. 셴퀴가 큰 힘이 돼요. 셴퀴는 그 분야에서 독보적이니까요. 우리는 일종의 천문학적 의식도 성취했어요. 우리 중 몇은 무수히 많은 다른 지성체의 세계를 감지했고, 심지어 항성과 성운의 정신과도 접촉했어요. 우리가 곧 죽을 거라는 사실도 아주 분명하게 봤죠. 그리고 당신에게 얘기하지 말아야 하는 것들도 있어요."

섬 생활이 항상 숭고한 공동체 활동으로만 이루어졌던 것은 아니다. 초인들은 고된 현실적 노동에도 많은 힘을 기울여야 했다. 두세 척의 카누로 매일같이 바다에 나가 고기를 잡아야 했다. 그물과 배와 작살은 항시 수리해야 했다. 텃밭과 과수원과 옥수수밭에는 매일같이 할 일이 있었다. 끊임없이 나무와 돌로 된 건물도 지어야 했다. 그러나 임박한 운명이 어떤 것인지 깨닫고 난 후로는 그일은 더 이상 필요 없었다. 그럼에도 사소한 목공 작업은 끝나지 않았다. 상당수의 '그릇'들은 나무로 만들어졌고, 조개껍질과 조롱박이 부족한 분량을 메웠다. 기계 설비와 스키드호는 항상 정비해야 했다. 나는 스키드호가 폴리네시아 군도를 수없이 오가면서 개척지의 수공품과 지역 원주민의 특산품을 물물교환했다는 사실을 알고는 놀랐다. 나중에 안 사실이지만, 이 항해에는 또 다른 목적이 있었다.

이 모든 일상적인 작업은 노동이라기보다는 운동이었다. 강제적인 것은 하나도 없었기 때문이다. 모든 초인이 진지하게 관심을 두는 것은 전혀 다른 종류의 문제였다. 나이 어린 초인들은 도서관이나 실험실에서 많은 시간을 보내면서 하위 종족들의 문화를 익혔다. 나이 먹은 초인들은 자신들의 육체적, 정신적 속성을 장기간 연구했다. 초인 종족의 젊은 여성은 몇 살부터 안전하게 임신할 수 있는가? 또는 숙주를 이용하는 것만이 유일한 방법인가?

이상한 존

자손이 초인인 동시에 살아남게 하려면 어떻게 해야 하는가? 이런 문제야말로 실험실의 최대 과제였다. 원래는 실용적인 목적 때문에 시작했던 연구였지만 멸망이 얼마 안 남았다는 사실을 발견한 후로는 이론적인 흥미 때문에 이와 같은 생물학적 실험을 계속했다.

실험실에 가보니 초인 몇이 연구에 열중하고 있었다. 로, 카르기스, 중국인 소년 둘이 연구를 담당하고 있었다. 연체동물, 어류, 특별히 들여온 포유류의 생식 세포를 이용한 세밀한 실험이 진행 중이었다. 보통 인간 및 초인의 난자와 정자를 이용한 고난도의 실험 역시 이루어지고 있었다. 서른여덟 개의 살아 있는 인간 태아가 보육기 속에서 자라고 있었다. 그것만으로도 충격적이었지만 수정과 포획에 관한 얘기는 더욱 충격적이었다. 나는 공포에 떨며 윤리적인 분노를 느꼈다. 하지만 그리 오래 지속되지는 않았다. 가장 오래 생존 중인 태아의 나이는 3개월이었다. 아버지는 샤힌이었고, 어머니는 투아모투 군도에 사는 원주민 여성이었다. 초인들은 그 불운한 여인을 납치해서 섬으로 데려온 다음, 시술하고, 마취가 깨지 않은 상태에서 죽였다. 더 최근에 태어난 견본들은 좀 더 온화한 방법으로 얻었다. 로가 모친에게 폭력을 가하지 않고 수정란을 얻을 수 있는 방법을 고안했기 때문이다.

최신 견본들의 경우, 모친들은 알지 못한 채로 자신의 보물을 내주었다. 고향 섬을 떠날 필요도 없었다. 그들은 그저 초인 아버지에게 일련의 지시를 받고 그에 따르도록 설득당했다. 이 기술은 육체적, 정신적 기법을 결합한 것이었다. 여인들에게는 숭고한 종교 의식을 치렀다는 기억만이 남았다.

훨씬 더 어린 다섯 개의 견본도 있었다. 그것들은 체외 발생으로 얻은 수정란들이었다. 이 경우는 부모가 모두 개척지의 일원이었다. 로가 견본 하나를 제공했다. 아버지는 초모트레였다.

로가 말했다.

"아시겠지만, 나는 아직 가임 연령이 안 됐어요. 하지만 내 난자는 실험 목적으로 쓰기에는 적당해요."

나는 의문이 생겼다. 나는 이 섬에서 성교가 행해진다는 사실을 잘 알고 있었다. 그렇다면 왜 난자를 인공적으로 수정시켜야 하는가? 나는 최대한 세련된 단어를 사용해서 의문점을 물어보았다. 로는 다소 신경질적으로 대답했다.

"아, 당연하잖아요. 나는 초모트레를 사랑하지 않거든요."

성이 주제로 떠올랐으므로, 얘기를 좀 더 해보겠다. 응군코와 젤리처럼 어린 축에 드는 개척민들은 이제 막 사춘기에 접어들고 있었다. 그럼에도 그들은 육체적으로나 정신적으로나 서로에게 민감하게 반응했다. 게다가 육체적인 발달은 느렸지만, 그들은 존과 마찬가지로 (이른바) 상상의 힘을 통해 성숙한 상태였다. 따라서 그들은 성적인 사랑의 정신적인 면에 있어서는 놀랄 만큼 발달해 있었다.

나이 든 축의 경우에는 당연히 더 진지한 애정이 존재했다. 그들은 자발적이고 직접적인 조종을 통해 임신하는 방법을 알고 있었고, 따라서 결합에 실질적인 어려움은 전혀 없었다. 그러나 감정적인 압박이 속출했다.

나는 그동안 들은 사실을 종합해보고, 이 섬의 주민들과 보통 인간들의 연애 경험에는 미묘한 차이가 있다는 결론을 내렸다. 그와 같은 차이점은 초인들의 두 가지 특성에서 비롯되었다. 자신과 타인을 더 명확히 아는 것 그리고 더 큰 애정이었다. 자신과 타인의 의식을 정확히 안다는 것은 곧 일상적인 관계 속에서의 더 고차원적인 상호 이해, 관용, 연민을 의미했다. 그 결과 이 기이한 존재들의 사랑은 즉각적으로, 유난히 활발하게 진행됐고 대부분은 아주 조화로웠다. 어쩌다가 노골적인 청년기의 감정이 쇄도하면서 이와 같은 통찰을 흐리는 경우가 발생하면 주체인 두 사람은 결별해서 재앙을 미연에 방지했다. 커다란 정신적 차이가 있는 샤힌과 랑코르가 욕망의 충돌을 자주 겪으면서도 정열적인 관계로 발전할 수 있었던 것은 그래서였다. 우리 같은 보통 인간이라면 끊임없이 싸웠을 것이다. 하지만 초인들의 경우 상호 통찰과 자기 관조가 양자의 정신 속에서 빛을 내고, 따라서 충돌이 아니라 둘 모두가 정신적으로 강화되었다. 불행했던 워싱토니아의 경우 샤힌에게 마음이 흔들렸고, 원초적인 충동이 그녀의 내면에서 주도권을 잡으면서 경쟁자를 증오하게 되었다. 초인들은 그처럼 비합리적인 감정을 단순한 정신 이상으로 치부했다. 워싱토니아는 자신의 혼란을 두려워했던 것이다. 마리안이 환터보다 카르기스를 더 좋아했을 때도 비슷한 일이 벌어졌다. 하지만 중국인 청년의 경우 혼자 힘으로 스스로를 치유했다. 엄밀히 따지자면 도움이 전혀 없었던 것은 아니다. 섬의 거주민들은 자신들의 연애 경험을 습관처럼 멀리 프랑스에 있는 여인, 자클린에게 보고했다. 자클린은 때때로 현자 역할을 하면서 그들을 다독여주었고, 복잡하고 미숙한 젊은 존재들과 정신적으로 접촉하면서 영향을 미쳤다.

이 젊은이들은 몇 달에 걸쳐 난교하며 서로를 탐닉한 다음, 새로운 단계로 나아갔다. 그들은 관계를 차츰 정리하고 짝을 지어 지속적인 관계를 유지했다. 몇 쌍은 함께 지내기 위한 오두막을 새로 지었다. 하지만 대개 상대방의 개인 집은 내버려두었다. 이처럼 영구적인 '결혼'에도 불구하고 단기적인 결합 또한 적지 않았다. 하지만 그로 인해 진지한 관계가 깨지는 일은 없는 것 같았다. 어느 시점이 지나자, 거의 모든 소년이 거의 모든 소녀와 관계를 맺었다. 이렇게 설명하면 섬의 주민들 간에 난교가 끊이지 않은 것처럼 보일 수도 있다. 하지만 실제는 전혀 달랐다. 그들의 성적 충동은 격하지 않았다. 섬의 주민들 사이에서 성교가 매우 드문 사건이긴 했지만, 양측이 모두 원할 경우에는 스스럼 없었다. 또한 절정을 향해 치닫는 성적 행동이 드물기는 했지만 섬의 일상생활은 쾌활하고 품위 있는 성적 활동 덕분에, 말하자면 원기가 넘쳤다.

내가 알기로, 섬의 주민 중 단 한 명의 남성과 단 한 명의 여성만이 서로의 품에 안겨 밤을 보낸 적이 없었다. 두 사람은 포옹조차 한 적이 없었다. 그 두 사람은 놀랍게도, 오랜 관계와 깊은 우정과 존경을 지니고 있었다. 다름 아닌 존과 로였다. 두 사람 모두 영구적인 짝이 없었다. 두 사람 모두 쾌활한 난교 속에서 맡은 역할을 했다. 나는 그와 같은 거리감이 단순히 성적 무관심에서 기인한 것이라고 생각했다. 하지만 내 생각은 틀렸다. 나는 서투른 표현으로 로와 단 한 번도 사랑에 빠지지 않았다니 놀라운 일이라고 존에게 말한 적이 있다. 존은 간단하게 대답했다.

"하지만 나는 로를 항상 사랑하는걸요."

나는 로가 존에게 끌리지 않는가 보다 생각했다. 존은 내 생각을 읽고 말했다.

"아뇨, 우린 서로 사랑해요."

"그럼 이유가 뭐야?"

존이 대답하지 않았으므로 나는 다시 한번 질문을 되풀이했다. 존은 보통 인간처럼 수줍어하며 시선을 피했다. 내가 캐물은 것에 대해 사과하려 했더니, 존이 말했다.

"나도 몰라요. 아니, 절반은 알고 있어요. 로가 나한테는 손도 못 대게 하는 거 눈치챘어요? 나도 로에게 손대는 게 두려워요. 어떨 때는 로는 생각도 읽지 못하도록 차단해요. 그러면 마음이 아파요. 나는 로에게 텔레파시로 말을 거는 것조차 두려워요, 그쪽에서 먼저 말을 걸지 않을 때, 로가 원하지 않을 때는 그래요. 하지만 나는 로를 잘 알아요. 물론 우리는 아주 어려요. 우리는 각자 많은 사랑을 나눠봤고 그에 대해 많은 것을 배웠지만, 내 생각에 우리는 서로에게 아주 큰 의미를 두고 있고, 실수를 저질러서 관계를 망칠까 봐 두려워하는 거예요. 삶의 기술에 대해서 훨씬 더 많이 알기 전에 관계를 시작할까 봐 무서운 거죠. 우리가 20년을 더 살 수 있다면…… 하지만 그럴 수가 없어요."

'그럴 수가 없다'는 말에 비통함이 흘렀기 때문에 나는 충격을 받았다. 나는 존이 순전히 개인적인 감정에 흔들릴 수 있다고 생각해본 적이 없었다.

나는 기회를 봐서 로에게 존과의 관계를 물어보기로 마음먹었다. 어느 날, 내가 어떻게 하면 적절하게 물어볼 수 있을까 고심하고 있을 때 로가 텔레파시로 내 의도를 간파하고 말했다.

"나와 존의 문제는…… 나는 존을 멀리하고 있어요. 우리가 아직 서로에게 최선을 다할 위치에 있지 않다는 것을 알기 때문이죠. 존도 알고 있어요. 자클린이 조심하라고 하더군요. 그 말이 맞아요. 아시겠지만, 존은 어떤 면에 있어서는 신기할 정도로 발달이 늦어요. 우리 대다수보다 더 영리하긴 하지만, 어떤 일에 대해서는 아주 단순하죠. 그래서 그가 이상한 존인 거예요. 내가 그보다 어리지만 나이가 많은 것 같은 생각이 들어요. 존이 정말로 성장하기 전까지는 존과 함께할 수 없을 거예요. 여기서 존과 함께 보낸 나날들은 그 자체로도 너무 아름다웠어요. 5년만 더 있었다면 존과 나는 준비가 됐을 텐데. 하지만 우리는 곧 죽을 테니까 너무 오래 기다려서는 안 돼요. 나무가 파괴될 거라면 익기 전에 과일을 뽑아버려야 해요."

앞서 얘기한 바 있는 섬에서의 생활에 대해 다 적은 후 교정을 위해 살펴보니, 그처럼 작은 공동체의 정신 중 내가 인지할 수 있었던 부분만 전달하는 데도 완전히 실패했다는 사실을 깨달았다. 하지만 내가 아무리 노력한다고 해도 그 섬의 생활상을 특징짓는 가벼움과 진지함, 광기와 초인들만의 온건함, 고상한 상식과 색다른 무절제의 조합을 구체화할 수는 없을 것이다.

그 문제는 이쯤에서 포기하겠다. 이제는 개척지가 어떤 과정을 거쳐 파괴되었는지, 또 그 구성원들은 어떻게 죽음에 이르렀는지 얘기하려 한다.

이상한 존

21장

끝의 시작

내가 섬에 도착한 지 4개월쯤 되었을 때 영국 탐사선이 우리를 발견했다. 우리는 텔레파시를 통해 그 배가 우리 쪽으로 오고 있다는 사실을 미리 알고 있었다. 그 배는 태평양 남서부 지역의 바다 상태를 조사하는 임무를 띠고 있었다. 그 배가 자이로스코프를 장착하고 있다는 사실 또한 알고 있었다. 배의 항로를 교란하는 일이 어려울 것은 분명했다.

문제의 바이킹호는 조사 지침에 따라 몇 주나 바다를 헤맸다. 무수히 갈팡질팡하던 바이킹호는 우리 섬 쪽으로 접근했다. 배가 우리 쪽 변류기의 범위 안에 들어오자, 장교들은 자성 나침반과 자이로스코프가 일치하지 않는 것을 보고 당황했다. 하지만 배는 원래의 항로를 제대로 유지하고 있었다. 첫 번째 접근했을 때, 바이킹호는 섬에서 20마일(약 32킬로미터) 떨어진 지점을 지나갔다. 하지만 밤이었다. 다음번에 접근할 때도 우리를 못 보고 지나칠까? 그렇지 않다! 남서쪽에서 접근하던 바이킹호는 좌현 이물 쪽에서 우리의 모습을 발견했다. 그 지점에 섬이 있을 턱이 없었으므로 장교들은 태양의 관측 결과에도 불구하고 자이로스코프가 고장났다고 생각했다. 그렇다면 이 섬은 투아모투 군도의 일부가 틀림없다. 바이킹호는 그렇게 결론 내리고 방향을 바꿔 멀어졌다. 텔레파시를 담당하는 초모트레의 보고에 의하면, 바이킹호의 장교들은 어둠 속에서 길을 잃은 듯한 심정이었다.

한 달 뒤, 바이킹호가 다시 나타났다. 이번에는 방향을 바꿔서 곧장 섬으로 향했다. 우리는 배가 다가오는 모습을 지켜보았다. 장난감처럼 작은 흰색 배였고 굴뚝은 황갈색이었다. 배는 전후좌우로 흔들리면서 점점 커졌다. 그리고 수 마일 내로 접근하자 섬을 돌면서 살폈다. 배는 1~2마일 정도 다가오더니 리드를 사용해서 속도를 절반으로 낮추고 다시 한번 원을 그렸다. 그리고 닻을 내렸다. 모터보트가 수면에 내리더니 바이킹호에서 멀어진 다음 해안을 따라 전진하다가 항구로 들어오는 입구를 발견했

이상한 존

다. 보트는 바깥 항구의 물가로 다가섰고, 장교 한 명과 선원 세 명이 상륙했다. 그들은 관목 덤불을 따라 안쪽으로 전진했다.

그때까지만 해도 우리는 그들이 형식적인 조사만 마치고 돌아가기를 바랐다. 안쪽 항구와 바깥 항구 사이에는 바깥 항구 자체의 경사를 따라서 야생 관목이 밀집한 곳이 있었다. 어떤 탐험가라도 걸음을 멈출 만한 곳이었다. 안쪽 항구로 진입하는 진짜 통로는 해안을 따라 둘러놓은 밧줄에 식물을 매달아서 만든 장막으로 감춰져 있었다.

침입자들은 비교적 넓은 공간에서 한동안 머뭇거리더니 보트로 돌아갔다. 그중 한 사람이 갑자기 허리를 구부리더니 뭔가를 집어 들었다. 존은 내 옆에서 숨어 있다가 네 사람의 몸과 마음속을 들여다보니 고함을 쳤다.

"저 사람이 당신의 빌어먹을 담배꽁초를 발견했어요. 그것도 최근 걸로요."

나는 공포에 휩쓸려 벌떡 일어서서는 소리쳤다.

"그럼 나만 발견하면 되잖아."

나는 언덕을 뛰어 내려가며 소리쳤다. 침입자들은 몸을 돌리더니 나를 기다렸다. 나는 발가벗었고, 더러웠으며, 관목에 여기저기 심한 상처를 입고 있었다. 내가 다가

가자 그들은 놀라서 입을 쩍 벌렸다. 나는 마구 뛰는 가슴을 부여잡고 즉석에서 이야기를 지어냈다. 나는 이 섬에 난파한 범선의 유일한 생존자다. 오늘 마지막으로 남은 담배를 피웠다. 그들도 처음에는 내 얘기를 믿었다. 그들은 보트로 함께 돌아가면서 질문을 시작했다. 나는 맡은 역할을 그럭저럭 소화했다. 하지만 바이킹호에 도착하고 나자 그들의 의심은 점점 커졌다. 나는 마구 뛰어내려온 탓에 겉으로 보기에는 더러웠지만 전체적으로는 단정했다. 머리칼은 짧았고 수염이 없었으며 손톱 또한 짧고 깨끗했다. 바이킹호의 함장은 나를 엄중하게 심문했다. 나는 혼란에 빠져 비통해하면서 결국 모든 것을 사실대로 말했다. 당연히 그들은 나를 미친 사람처럼 취급했다. 함장은 섬을 더 자세히 조사하기로 결정했다. 함장도 직접 상륙했다. 그들은 쓸모가 있을 거라는 판단하에 나를 끌고 갔다.

나는 그들이 아무것도 찾지 못하기를 바라며 완전히 정신 나간 사람처럼 행동했다. 하지만 그들은 위장용 장막을 발견했고, 그 너머로 보트를 몰아 안쪽 항구로 들어갔다. 마을이 전면에 드러났다. 존과 다른 초인들은 더 이상 숨어봐야 소용없다는 생각에 부두로 나와 우리를 기다렸다. 우리가 다가가자 존은 앞으로 나와 인사를 했다.

이상한 존

존은 무뚝뚝했지만 당당했고 그의 백색 머리칼에서는 빛이 났으며 눈은 야행성 짐승 같았고 몸은 날씬했다. 존의 뒤에는 머리가 무시무시하게 생긴 나체의 소년 소녀들이 모여 있었다. 바이킹호의 장교 하나가 소리쳤다.

"세상에! 이게 웬 괴물들이야!"

침입자들은 젊은 여성들, 특히 그중 백인 여성들의 나체를 보고 동요했다.

우리는 장교들을 식당의 테라스로 데려가 우리가 가진 것 중 가장 고급 샤블리 포도주를 비롯해 다과를 제공했다. 존은 개척지에 대해 비교적 상세하게 설명했다. 물론 그들은 이 대모험의 미묘한 측면은 이해하지 못했다. 그들은 솔직하게, 그러나 정중하게 '새로운 종족'이라는 개념을 이해하지 못하겠다고 말하며 동정심을 보였다. 그들이 이해한 부분은 전체의 돌연변이적 측면이었다. 또한 그들은 내가, 즉 이 청소년기의 괴물들 사이에서 유일한 성인이자 홀로 정상적인 외형을 갖춘 인간이 이 섬에서는 전혀 중요하지 않은 인물이라는 점에 깊은 인상을 받았다.

이윽고 존은 그들에게 발전소를 구경시켜주었다. 그들은 설명을 믿지 않았다. 스키드호를 보고는 무엇보다도 놀랐다. 그들의 눈에 스키드호는 광기와 질서의 불가사의한 조합이었다. 존은 그들에게 나머지 건물과 사유지를 소개했다. 나는 존이 그토록 모든 것을 다 보여주고 싶어 한다는 사실에 놀랐다. 또한 섬과 거주민들에 대해 보고하지 말아달라고 함장을 설득할 생각이 조금도 없는 것을 보고 더욱 놀랐다. 하지만 존의 수법은 더 미묘했다. 소개가 끝나고 나자 존은 보트에 남아 있는 부하들을 전부 식당으로 불러서 다과를 들게 하게끔 함장을 설득했다. 함장 일행은 그곳에서 반 시간가량을 더 머물렀다. 존과 로와 마리안이 장교들과 대화했다. 다른 거주민들은 부하들과 얘기를 나눴다. 마침내 일행은 부두에서 작별을 나눴다. 함장은 이 섬에 대해 완벽하게 보고할 테니 걱정하지 말라고 존에게 장담하며 거주민들을 높이 칭찬했다.

우리가 지켜보는 가운데 보트가 떠나갔다. 섬의 거주민 몇은 환희에 젖었다. 존은 자신들이 대화 내내 함장 일행에게 적절한 심리적 처치를 가했으며, 그들이 바이킹호에 도착할 때쯤이면 섬에서 있었던 사건에 대한 기억이 아주 희미해져서 쓸 만한 보고는 전혀 할 수 없을 것이고, 동료들에게 이번 일에 대해 설명할 수도 없을 거라고 말했다.

"하지만 이건 종말의 시작이에요. 우리가 배의 승무원

416
이상한 존

전체의 기억을 완전히 조작할 수 있다면 문제가 없겠죠. 하지만 그럴 수 없기 때문에 왜곡된 사실 몇 가지가 흘러 나갈 테고, 당신네 종족의 호기심을 불러일으킬 거예요."

섬에서의 생활은 그 후 3개월 동안 아무 방해도 받지 않았다. 하지만 생활 자체에는 변화가 있었다. 종말이 얼마 남지 않았다는 사실 때문에 모든 인간관계와 사회적 활동에 신선하고 정열적인 의식이 깃들었다. 거주민들은 작은 사회 안에서 새롭고 정열적인 사랑을 발견했다. 또한 눈앞에 적을 맞이한 그리스의 도시국가들이 그랬듯, 숭고하고 강렬한 애국심이 생겨났다. 하지만 신기하게도 애국심에는 증오가 전혀 없었다. 섬의 거주민들은 다가오는 재앙을 인간의 습격이 아니라 눈사태와 같은 자연재해로 여겼다.

섬에서 벌어지고 있던 활동의 일정 또한 크게 재조정되었다. 몇 달 내로 결실을 맺을 수 없는 일은 모조리 중단되었다. 초인들은 가능하다면 종말이 다가오기 전에 완결해야 할 궁극적인 목표가 있다고 내게 말해주었다. 깨어 있는 정신의 진정한 목표는 두 가지였다. 세계 창조의 실질적인 임무를 돕는 것, 그리고 모든 능력을 동원해서 지성 숭배에 기여하는 것. 거주민들은 전자의 기치 아래 영광스러웠지만 덧없는 소우주, 즉 세계의 축소판을 만들었다. 하지만 실질적인 목표의 더 원대한 부분, 즉 새로운 종의 기반을 확립하는 일은 결실을 맺지 못할 운명이었다. 따라서 그들은 두 번째 목표에 전력을 기울였다. 그들은 최대한 정확히, 전심을 다해 실존을 이해해야 했고, 최고로 빼어난 우주 안에서 그것을 찬양해야 했다. 이것이 목적이라면 랑가체의 도움을 받아 원하는 수준까지 달성할 수 있었다. 지금 당장은 그에 훨씬 못 미치지만 그들 중 가장 원숙한 정신이 이미 그 경지를 목격한 바 있었다. 초인들의 실재적이고 독특한 경험, 그리고 다가오는 종말에 대한 의식을 이용하면 앞으로 몇 달 안에 절대적인 정신에게 매우 찬란하고 고유한 숭배의 보석을 바칠 수 있었다. 위대한 랑가체조차도 혼자서, 좌절을 겪어가며 그것을 만들어낼 수는 없었다.

모든 임무 중에서 가장 고상하고 가혹한 그 임무를 성공적으로 완수하기 위해서는 카누와 밭에서 보내는 일상적인 노동을 제외한 모든 것을 포기해야 했다. 그들의 능력을 지나치게 혹사시킬 위험이 있었으므로 정신적인 훈련에 할당할 만한 시간도 그리 많지 않았다. 따라서 긴장을 충분히 풀어줄 필요가 있었다. 그동안 개척지의 생활 대부분은 오락에 치중되어 있었다. 초인들은 상어가 없는 항구에서 더 많이 수영했고, 더 많은 사랑의 결실

이 있었으며, 더 많은 춤과 음악과 시가 있었고, 색과 형
태를 이용한 심미적 곡예가 더욱 풍부해졌다. 거주민들
을 심미적으로 평가한다는 것은 나로서는 어려운 일이었
다. 하지만 이 시기에 있어 자신들의 예술품에 보인 반응
으로 보건대 종국에 다다랐다는 감각이 그들의 감수성을
더욱 날카롭게 만든 것만은 분명했다. 공동체가 곧 사라
질 것이라는 사실 때문에 인간관계의 영역에서도 사회성
에 대한 열정이 나타났다. 고독이 주는 매력은 사라져버
렸다.

어느 날 밤, 텔레파시 감시를 맡고 있던 차르구트가 영
국 순양함에 대해 보고했다. 그 배는 수많은 바이킹호 승
무원의 정신 상태를 일시적으로 훼손시킨 이상한 섬을
조사하라는 명령을 받은 상태였다.

몇 주 후, 그 순양함이 변류기의 영역 안으로 들어왔
다. 순양함은 아무 어려움 없이 항로를 유지했다. 승무
원들은 나침반 바늘이 이상 현상을 보이리라고 예상했
기 때문에 자이로스코프에만 전적으로 의지했다. 몇 번
심각하게 모색한 끝에 순양함이 섬에 도착했다. 거주민
들은 위장하려는 어떤 노력도 하지 않았다. 우리는 시계
가 좋은 산등성이에 올라 회색 선박이 닻을 내리고 파도
를 맞아 천천히 흔들리며 흘수선 아래 붉은색을 드러내

는 것을 보았다. 보트가 출발했다. 보트가 가깝게 다가오
자, 우리는 신호를 보내 항구 쪽으로 유도했다. 존은 부두
에서 방문객을 맞이했다. 부관은(흰 제복 차림에 목깃은 빳
빳했다) 영국 해군을 대표하는 인물로서 위엄을 드러내고
싶어 했다. 벌거벗은 백인 소녀가 평정심을 흔들었으므
로 부관은 더욱 오만하게 굴었다. 하지만 은밀한 심리적
처치와 다과가 한데 어우러지자 분위기는 금세 우호적으
로 바뀌었다. 나는 고급 포도주와 잎담배를 준비해둔 존
의 기지에 다시 한번 감탄했다.

  호모 사피엔스와의 두 번째 접촉을 자세히 기술할 만
한 여유는 없다. 불행하게도 순양함과 해안을 오간 인원
의 수가 너무 많았고, 그 결과 거주지를 목격한 모든 사
람에게 최면을 주입해 관리하는 것이 불가능했다. 하지
만 거래의 결과는 괜찮았다. 함장이 직접 방문했다는 것
이 특히 다행이었다. 함장은 머리가 반쯤 센, 친절한 바다
사나이였다. 존은 텔레파시를 통해 함장이 상상력과 용
기를 겸비한 사람이며, 자신의 방문을 유별난 파견으로
생각하고 있다는 것을 간파했다. 존은 해군 몇 명이 약간
의 심리적 처치만으로도 도망쳤던 것을 고려해서, 함장
에게 '사실 망각' 기술을 시행하는 대신 더 어려운 작업
을 실시했다. 존은 상대의 마음속에 개척지에 대한 압도

적인 흥미와 개척지의 목표에 대한 충성심을 불러일으켰다. 함장은 독서에 많은 시간을 보내는 특이한 뱃사람 중 하나였다. 그의 정신에는 존이 시도하는 기술을 받아들이기 쉬운 관념적 배경이 있었다. 함장은 그리 머리가 좋은 사람은 아니었지만 유행하는 과학과 철학을 가지고 놀기 좋아했으며, 가치 관념에 있어서는 직관적으로 판단했으나 계발되지 않은 채였다.

순양함은 며칠 동안 섬에서 떨어져 있었고, 그동안 함장은 육상에서 많은 시간을 보냈다. 함장의 첫 공식 행동은 섬을 대영제국에 합병시키는 것이었다. 나는 울새와 다른 새들이 인간의 목적과 상관없이 채소밭과 과수원을 합병시키는 모습을 떠올렸다. 하지만 이번 경우에는 울새가 열강을 상징했다. 그야말로 이 자그마한 진짜 인류의 텃밭을 습격하는 강력한 정글이었다.

섬에서 겪은 체험을 기억에서 삭제당한 것은 함장 한 명뿐이었지만 다른 방문객들도 나름의 처치를 받았다. 최면술은 그들에게 개척지를 인지하고 해야 할 일이 있다는 관념을 심어주었다. 물론 영향을 받지 않은 사람도 있었지만, 대다수에게는 어느 정도 효과가 있었다. 모든 사람은 자신들의 상상력을 강제로 총동원해, 이 개척지가 적어도 즐겁고 낭만적인 실험이라고 생각하게 되었다. 당연한 얘기지만, 그들이 개척지를 이해하는 인식은 매우 조잡했고 전혀 사실도 아니었다. 그러나 함장을 제외한 한두 사람은 원시적이고 내성적인 정신적 잠재력 덕분에 낯설고 불편하게 행동했다.

마침내 방문객들이 섬을 떠날 시간이 왔다. 나는 그들의 태도가 처음 도착했을 때와는 다르다는 것을 눈치챘다. 공식성이 많이 사라졌고, 장교와 사병 간의 장벽이 낮아졌으며, 기강이 다소 흐트러졌다. 또한 이전에는 젊은 여인들을 비난의 눈길이나 욕망의 시선 또는 둘 모두로 바라보았던 사람들이, 이제는 예의를 갖추고 여인들의 투박한 아름다움을 이해하며 우호적으로 작별 인사를 했다. 더 예민한 사람들의 얼굴에는 불안감이 드러나 있었다. '집으로 돌아왔다'는 느낌을 못 받는 것 같았다. 함장의 얼굴은 창백했다. 그는 존과 악수하면서 이렇게 중얼거렸다.

"최선을 다하겠지만, 큰 기대는 하지 말게."

순양함은 떠났다. 우리 측 텔레파시 담당자들이 강한 흥미를 느끼며 배 위에서 있었던 사건의 자취를 추적했다. 초모트레와 차르구트와 랑코르는 다음과 같은 사실을 보고했다. 섬 위에서 있었던 모든 일에 대한 기억 상실이 빠르게 퍼져나갔다는 사실. 아직도 과거를 뚜렷하게 기억하는 사람들은 정신적인 격변과 배와 섬의 차이 때문에 고통스러워했으며 그 결과 모든 기강과 애국심을 잃어버렸다는 사실. 두 명이 자살했다는 사실. 모호한 공황 상태가 확대되고 있으며 그들 사이에서 광기가 준동한다는 감각이 퍼지고 있다는 사실. 선장과는 별개로 거주민과 직접적으로 접촉했던 사람들은 예외 없이 혼란스럽고 믿을 수 없는 기억만 가지고 있다는 사실. 가혹한 심리적 처치에서 빠져나갔던 사람들 또한 아주 혼란스러워하고 있지만, 위험의 소지가 될 만큼의 기억은 갖고 있다는 사실. 함장이 전 승무원을 모아놓고는 상륙하면 자신들이 최근에 겪었던 경험에 대해 절대 발설하지 말라고 명령하고 간청했다는 사실. 물론 함장 자신도 해군 본부에 보고할 의무가 있었지만, 승무원들에게는 겪었던 모든 일을 공식적인 기밀로 취급하라고 지시했다. 믿을 수 없는 얘기를 퍼뜨려봐야 문제만 되고, 배의 명예를 떨어뜨릴 것이 분명했다. 함장은 철저하게 사실에만 입각한, 그리고 무해한 보고를 올리자고 개인적으로 마음먹고 있었다.

몇 주 후, 텔레파시 담당들은 또 다른 사실들을 공지했다. 해군에 괴상한 섬에 대한 소문이 떠돈다는 사실. 외국에서 '태평양의 영국령 섬에 위치하는, 부도덕하고 공산주의적인 어린아이들의 개척지'에 관한 참고 자료를 만들고 있다는 사실. 외국 첩보 기관에서 그 섬의 존재가 정치적으로 유용할 것에 대비해 진실을 추적하고 있다는 사실. 영국 해군 본부에서 비밀 청문회를 열고 있다는 사실. 순양함의 함장이 거짓 보고를 한 죄목으로 군에서 강제로 퇴역당했다는 사실. 소비에트 정부가 섬에 대해서 상당량의 정보를 수집했으며, 영국에게 망신을 주기 위해 개척지와 직접 접촉할 비밀 원정대를 조직하고 있다는 사실. 영국 정부가 이런 의도를 파악하고 즉시 섬을 비우기로 결정했다는 사실. 우리는 세계 전체가 이 일에 대해 실질적으로 아무것도 알지 못한다는 사실 또한 알게 되었다. 〈브리티시 프레스〉는 이 일에 대해 보도했다는 이유로 경고를 받았다. 〈포린 프레스〉는 일개 신문사가 보도한 불확실한 소문에 별다른 관심을 두지 않았다.

두 번째 순양함의 방문도 첫 번째 사건과 비슷하게 끝났다. 하지만 한 가지, 절박한 수단을 동원해야 했다는 차이가 있었다.

두 번째 함장은 그 강경한 성격 때문에 선발된 것이 틀림없었다. 실제로 그는 골목대장 같았다. 게다가 그의 명령은 강경했고 그의 머릿속에는 명령을 즉시 실행에 옮겨야 한다는 생각뿐이었다. 함장은 보트를 보내더니 다섯 시간 안에 짐을 싸서 옮겨 타라고 했다. 부관은 '신경 과민인 상태'로 돌아가서는 명령이 실행되지 않았다고 보고했다. 함장은 무장한 병력을 데리고 상륙했다. 어떤 예외도 허용하지 않을 생각이었다. 그는 호의적인 제의를 거절했고, 모든 거주민은 즉시 배에 타라고 명령했다.

존은 정상적인 대화로 함장을 끌어들이려고 노력하면서 설명을 요구했다. 그는 거주민의 대부분이 비영국인이라는 점을 지적했고, 개척지가 누구에게든 어떤 해도 끼친 적이 없다고 해명했다. 하지만 아무 소용이 없었다. 함장은 일종의 가학 성욕자였고, 옷을 입지 않은 여성의 육체를 보자 잔인함이 끓어올랐다. 그는 개척지의 모든 주민을 체포하라고 명령했다.

존은 진중하게 목소리를 바꾸고 앞을 가로막았다.

"우리는 살아서 이 섬을 떠나지 않습니다. 당신들이 손대는 사람은 그 자리에서 죽을 겁니다."

함장이 웃었다. 선원 둘이 마침 가장 가까이에 있던 차르구트에게 다가섰다. 차르구트는 존을 바라보더니 선원이 손을 대자마자 쓰러졌다. 선원들이 차르구트의 몸을 검사했다. 생명의 징후가 없었다.

함장은 동요됐다. 하지만 냉정을 되찾고 다시 명령을 내렸다. 존이 말했다.

"조심하십시오! 당신들이 이해 불가능한 존재와 마주하고 있다는 사실을 아직도 모르겠습니까? 우리들 중 누구도 산 채로 데려갈 수 없습니다."

선원들이 주저했다. 선장이 날카롭게 소리쳤다.

"명령에 따라라. 안전을 위해서 여자아이부터 시작해."

선원들은 시그리드에게 접근했다. 시그리드는 존을 보고 밝게 웃더니 등 뒤로 손을 뻗어서 짝인 카르기스와 접촉했다. 선원 중 하나가 주저하면서 그녀의 어깨에 부드럽게 손을 얹었다. 시그리드는 뒤로 무너지면서 카르기스의 팔에 안긴 채 죽었다.

함장은 완전히 흥분했고, 선원들은 명령에 따르지 않을 기세였다. 함장은 거주민들이 배에서 친절한 대접을 받을 것이라고 장담하면서 존을 설득하려 들었다. 하지만 존은 고개를 저을 뿐이었다. 카르기스는 시그리드를 안고 바닥에 앉아 있었다. 그의 얼굴은 시체 같았다. 함장은 잠깐 카르기스를 응시하더니 말했다.

"해군 본부와 상의하겠다. 그동안은 여기 있어도 좋아."

함장과 부하들은 보트로 돌아갔다. 순양함이 떠났다.

항구 옆의 큰 바위 위에는 두 구의 시체가 누워 있었

다. 우리 모두 둥글게 서서 한동안 침묵을 지켰다. 갈매기가 울었다. 차르구트에게 애정을 가졌던 인도 소녀가 정신을 잃었다. 그러나 카르기스는 더 이상 슬퍼하지 않았다. 시그리드가 죽어서 품 안으로 쓰러지는 순간, 그의 얼굴에 떠올랐던 우울한 표정도 금세 사라졌다. 초인 정신은 필연적으로 무의미할 수밖에 없는 감정에 오래 굴복하지 않았다. 카르기스는 잠깐 서서 시그리드의 얼굴을 뚫어져라 응시했다. 그러더니 갑자기 웃었다. 존과 흡사한 웃음이었다. 카르기스는 상반신을 숙이고 짝의 차가운 입술에 부드럽게, 그러나 미소와 함께 입을 맞췄다. 카르기스는 옆으로 물러났다. 존이 다시 한번 정신 물리 기술을 사용했다. 격렬한 불꽃이 일었다. 시체들은 불타버렸다.

나는 나중에 왜 그 두 사람을 희생했는지, 도대체 왜 거주민들이 영국과 타협할 수 없는지 물어보았다. 개척지가 해체될 거라는 사실에는 의심의 여지가 없었다. 하지만 구성원들은 각자의 나라로 돌아갈 수 있었고 강렬한 경험을 겪고 활동하면서 오래 살 수도 있었다.

존이 머리를 저으며 대답했다.

"설명할 수가 없어요. 내가 말할 수 있는 것은, 이제 우리는 하나이며 떨어져 사는 게 불가능하다는 거예요. 우리가 당신 말대로 인간 종족의 나라로 돌아가서 산다고 가정해보세요. 우리는 감시당하고, 조종당하고, 박해받을 거예요. 우리 삶의 목적이 우리에게 죽으라고 손짓하고 있어요. 하지만 아직은 준비가 안 됐어요. 우리의 임무를 끝낼 때까지 한동안은 종말을 막아야 해요."

두 번째 순양함이 떠난 직후 일어난 사건 때문에, 나는 섬 거주민들의 정신을 새롭게 이해할 수 있었다. 응군코는 한동안 개인적인 연구에 몰두하고 있었다. 그는 어린아이의 자만심과 비밀주의 때문에 실험이 끝날 때까지는 아무 설명도 하지 않겠다고 공언했다. 그리고 어느 날 자부심과 흥분으로 씨익 웃으면서, 응군코는 초인들 전부를 실험실로 불러놓고 자신의 작품에 대해 자세히 설명했다. 그는 텔레파시로 연설했다. 그 뒤에 이어졌던 토론도 마찬가지였다. 나의 기록은 존과 셴췌 그리고 다른 초인들이 전해준 정보에 근거하고 있다.

응군코는 호모 사피엔스의 침입을 영원히 막을 수 있는 무기를 발명했다. 그 무기는 원자 붕괴로부터 끌어낸 파괴 광선을 발사했다. 광선을 이용하면 40마일 밖에 있는 전함이나 같은 반경 내의 전 고도에 있는 비행기를 제거할 수 있었다. 발사기를 두 산 봉우리 중 높은 곳에 설치하면 지평선 전체를 쓸어버릴 수 있었다. 설계는 세부에 이르기까지 완성된 상태였다. 하지만 실제로 제작하기 위해서는 대규모의 협동 작업이 필요했다. 그리고 비밀리에 미국이나 일본에 주물과 연철 부품 등을 주문 제작해야 했다. 그러나 작은 부품들은 끈기만 있으면 지금부터라도 섬에서 만들 수 있었다. 또한 그렇게 만든 소형 장치를 스키드호와 비행기에 장착하면 몇 달 내로 일어날 다음 공격에 대응할 수 있었다.

정밀 조사 끝에 응군코의 발명품이 실제로 그가 호언장담했던 모든 능력을 갖추고 있다는 사실이 확인되었다. 토론은 무기를 제작하는 데 따른 세부적인 문제로 접어들었다. 그때 셴쿼가 끼어들더니 이 계획을 중단할 것을 촉구했다. 그는 이 무기를 쓰려면 섬의 에너지를 전부 쏟아야 하며, 그러면 얼마가 될지는 모르지만 아주 오랫동안 위대한 정신적 임무를 보류해야 한다고 지적했다.

셴쿼가 말을 이었다.

"어떤 형태로든 우리가 저항하면 열등 종족 전체가 우리를 대적할 거야. 그러면 우리가 세계를 정복할 때까지 평화는 없겠지. 그것도 오랜 시간이 걸릴 거야. 우리는 어리고, 우리 인생에서 가장 결정적인 순간을 전쟁에 소비해야 해. 그렇게 위대한 살육을 끝낸 후에 과연 우리가 진짜 임무, 즉 더 나은 종족의 생산과 숭배라는 목적에 걸맞은 정신 상태를 유지하고 있을까? 그렇지 않아! 우리는 타락하고 정신은 왜곡되어서 희망은 사라질 거야. 폭력적이고 실질적인 사업은 우리가 진정한 삶의 목적으로 나아가기 위해서 획득한 통찰을 영원히 더럽힐 거야. 우리가 서른 살씩 나이를 더 먹었다면, 진짜 임무가 불가능할 만큼 정신적으로 피폐해지지 않고도 10년 동안 전쟁을 벌일 만큼 원숙했겠지. 하지만 지금 상태로는 무기 제작을 단념하고, 우리가 멸망하기 전에 이미 받아들였던 숭배의 정신적 임무를 최대한 충족시키기로 결심하는 것만이 현명한 선택이야."

　나는 표정을 관찰하는 것만으로도 거주민들이 이전에 겪어보지 못했던 의지의 충돌로 진통을 겪는다는 사실을 알 수 있었다. 문제가 되는 것은 삶과 죽음이 아니었다. 그것은 기본적인 신념 중 하나에 불과했다. 셴쿼가 말을 마치자, 반대와 논쟁의 아우성이 들끓었다. 그중 상당수는 실제 음성이었다. 거주민들이 크게 흔들린다는 증거였다. 얼마 안 있어 결정을 하루 미루자는 결론이 났다. 한편 회관에서는 진중한 모임이 있었다. 정신적 일치와 올바른 결정에 도달하기 위한 가장 성실한 방편으로서, 모두가 서로의 마음을 깊이 탐색했다. 회합은 침묵 속에 여러 시간 동안 진행됐다. 나는 응군코와 존을 포함한 모

이상한 존

두가 확신과 기쁨을 담아 셴쿼의 의견에 동의했다는 사실을 전해 들었다.

몇 주가 지났다. 우리는 텔레파시 감시를 통해, 두 번째 순양함이 우리를 떠난 다음 섬에 상륙했던 승무원들 사이에 심각한 기억 상실과 정신적인 혼란이 발생했다는 것을 알았다. 함장의 보고서는 모순되고 신뢰성이 없었다. 첫 번째 함장과 마찬가지로 그도 불명예 전역했다. 전 세계의 외무부에서는 각자의 첩보 기관을 통해 최근 사건에 대한 정보를 최대한 뒤졌다. 그들은 사건의 진상을 전혀 파악하지 못하고 터무니없이 과장된 진실의 단편만 끌어모았다. 외교적인 일격이나 영국 정부의 망신보다 더 큰 무언가가 다가오고 있다는 의식이 공통적으로 생겨났다. 계산의 범주를 훨씬 뛰어넘는 기이한 일이 외딴섬에서 일어나고 있었다. 세 척의 배가 쫓겨났고, 승무원들은 정신적인 혼란에 빠졌다. 육체적으로 괴이하고 도덕적으로 정도를 벗어났다는 점은 차치하더라도, 그 섬의 거주민들은 어떤 힘, 이전 시대였다면 악마적이라고 할 만한 힘을 갖고 있는 것 같았다. 호모 사피엔스는 막연한 잠재의식 속에서 자신의 패권을 노리는 도전자가 생겼다는 사실을 자각하기 시작했다.

두 번째 순양함의 함장은 자신이 속한 나라의 정부에

그 섬의 거주민들이 다국적이라는 사실을 알렸다. 정부는 입장이 극히 미묘하다는 것을 깨달았다. 조금만 잘못 행동했다가는 아이들을 살해했다는 비난을 받을 위험이 있었다. 하지만 정부는 공산주의자들이 이 기회를 이용하기 전에 상황을 신속하고 확실하게 해결해야 한다고 생각했다. 그래서 다른 열강에 협조를 요청하고 책임을 분산하기로 결정했다.

한편 소비에트 소속 선박은 이미 블라디보스토크를 출발해서 남반구의 바다에 진입한 상태였다. 우리는 어느 늦은 오후에 그 배를 발견했다. 소박한 외양의 작은 무역선이었다. 배는 닻을 내리더니 금빛 연장이 그려진 붉은 깃발을 내걸었다.

선장은 농부의 웃옷을 입은 반백의 사내였다. 내가 보기에는 아직도 내부적으로 내전의 고통을 떨쳐버리지 못한 사람 같았다. 그는 우리에게 아첨으로 가득한 모스크바의 전언을 전달했다. 우리는 러시아 영토로 이주할 수 있도록 초청받았으며, 우리의 개척지를 우리 식대로 운영하기 위해 자유롭게 떠날 수 있다고 했다. 우리의 공산주의와 성 문화 때문에 자본주의 열강으로부터 핍박받을 필요가 없다고도 했다. 그가 느리지만 훌륭한 영어로 연설을 계속하는 동안, 그의 부하임에 분명한 여인이 삼보에게 친한 척하며 앞으로 나섰다. 삼보는 앞으로 기어가 여인의 장화를 살펴보았다. 여인이 웃으면서 몇 마디 말로 애정을 표했다. 선장이 연설을 끝내자 삼보가 여인을 올려다보더니 말했다.

"동무, 사람을 잘못 찾았수."

삼보는 여전히 갓난아기처럼 보였기 때문에 러시아인들은 뒤로 물러섰다.

존이 웃으면서 말했다.

"맞아요. 동무들, 사람을 잘못 찾았어요. 당신들처럼 우리도 공산주의자이지만, 그와 동시에 다른 주의자이기도 해요. 당신들에게 있어 공산주의는 목표죠. 하지만 우리에겐 시작이에요. 당신들에게는 집단이 신성하지만, 우리에게 집단이란 개인이 모여서 만드는 양상에 불과해요. 우리가 공산주의자이긴 하지만, 우리는 그걸 넘어서 새로운 개인주의자예요. 우리의 공산주의는 개인주의적이죠. 우리는 여러 가지 의미에서 새 러시아의 업적을 존경해요. 하지만 우리가 당신의 제안을 받아들인다면 얼마 안 있어 당신네 정부와 충돌할 거예요. 우리의 시각에서 볼 때 열강의 노예가 되기보다는 차라리 개척지를 파괴시켜버리는 게 나아요."

존은 그다음부터 상당히 빠른 러시아어로 말하기 시작

21장 끝의 시작

했다. 가끔은 동료들을 돌아보며 자신의 주장에 대해 확인받기도 했다. 방문객들은 한 번 더 뒤로 물러섰다. 그들은 존의 말에 끼어들더니 자기들끼리 토론을 시작했다. 토론은 점점 과열되는 것 같았다.

이윽고 모두가 식당의 테라스로 옮겨 갔다. 방문객들은 다과를 대접받았고, 그들을 대상으로 한 심리적 처치는 계속됐다. 나는 러시아어를 모르기 때문에 존이 그들에게 무슨 말을 했는지 알지 못한다. 하지만 표정으로 보건대 그들이 무척이나 흥분한 것은 분명했다. 몇 사람은 당황하면서 열의를 토해냈다. 나머지 사람들은 자중하면서, 이 괴상한 존재들이 자신들의 종족, 특히 혁명에 대해 진정한 위험 요소라고 깨달았다.

러시아인들이 떠났을 때, 그들의 정신 상태는 완벽한 혼돈이었다. 텔레파시 담당들의 보고에 따르면, 그 결과 그 선장은 정부에 아주 간략하고 자기모순적이며 믿기 어려운 보고서를 제출했다. 그리고 정신 이상을 이유로 지위에서 밀려났다.

러시아가 원정대를 파견했으며, 섬의 거주민들이 러시아 휘하로 들어갔다는 소식이 돌았다. 열강들은 이 소식을 듣고 자신들의 우려를 확신했다. 그 섬이 공산주의의 전초 기지라는 사실은 명백해졌다. 지금쯤이면 뉴질랜드와 오스트레일리아에 해군과 공군을 보내 공격하기 위한 강화 요새로 탈바꿈했을지도 모르는 일이었다. 영국 외무부는 태평양 연안의 열강들을 설득해 즉각적으로 행동을 취하기 위해 노력했다.

러시아 선원들의 앞뒤가 맞지 않는 이야기를 들은 크렘린은 안절부절못했다. 본래의 의도는 섬의 거주민들을 러시아 영토로 이주시킨 다음, 소비에트 언론을 통해 그들이 영국에 박해받았던 이야기를 책으로 펴내는 것이었다. 하지만 모든 일이 미궁으로 빠져버리는 바람에 당국은 난처해졌고, 급기야는 문제의 섬에 관한 언급을 일절 금지했다.

이때 러시아 당국은 영국의 문제에 간섭한 것에 항의하는 외교 문서를 받았다. 러시아가 훌륭한 열강이라는 것을 세계에 증명하고 싶던 소비에트 정부 내의 일파가 이 일로 인해 우위를 점했다. 러시아는 답신을 통해, 영국이 제안한 국제 원정대에 참여하게 해달라고 요청했다. 영국은 음흉한 만족감을 느끼며 러시아의 요구를 수락했다.

섬의 거주민들은 텔레파시를 통해 아시아와 아메리카에서 출발한 함대가 모이는 것을 지켜보았다. 선박들은 피트케인 제도에서 합류했다. 며칠 후 지평선 위로 연기가 한 줄기 피어오르더니 수가 하나둘씩 늘어났다. 선박 여섯 척이 시야에 들어왔고, 그 모두가 우리 쪽을 향했다. 그들은 각각 영국, 프랑스, 미국, 네덜란드, 일본 그리고 러시아의 깃발을 내걸었다. 진정한 '태평양 열강'이었다. 선박들은 닻을 내리고는 선미에 각자의 국기를 꽂은 보트들을 띄웠다.

항구가 보트의 선단으로 북적거렸다. 존은 부두에서 방문객들을 맞았다. 호모 수페리어가 소수의 호모 사피엔스 무리를 마주했다. 호모 수페리어가 진정으로 우월하다는 사실은 금세 드러났다. 인간들의 본래 계획은 모든 거주민을 즉시 체포하는 것이었다. 그런데 이상하고 사소한 문제가 생겼다. 대표로 나섰던 영국인이 할 말을 잊은 것 같았다. 그는 더듬거리면서 뜻 없는 말을 몇 마디 꺼내더니 프랑스인을 보며 도움을 청했다. 두 사람은 불안하게 속삭이며 의논했고, 나머지 일행이 그들을 중심으로 둥글게 모였다. 거주민들은 침묵 속에서 그들을 바라보았다. 이윽고 영국인이 다시 앞으로 나서더니 숨도 제대로 쉬지 않고 말을 꺼냈다.

"영국 정부의 이름으……."

그는 말을 멈추고 복잡한 심경으로 존을 쳐다보았다. 프랑스인이 한 걸음 앞으로 나왔으나 존이 가로막았다.

이상한 존

"신사 여러분."

존이 손가락을 펴서 위를 가리키며 말했다.

"저기 그늘진 곳으로 올라가시죠. 몇 분이 햇볕을 너무 오래 쬐신 것 같네요."

존은 몸을 돌리더니 성큼성큼 걸어갔다. 열등한 종족 의 무리가 고분고분하게 그 뒤를 따랐다.

테라스에 포도주와 잎담배가 등장했다. 프랑스인이 집 어 들려고 하자 일본인이 소리쳤다.

"먹지 마시오. 마약이 들어 있을 테니."

프랑스인이 멈칫하더니, 손을 빼고 마리안을 보며 비 난하듯 웃었다. 마리안은 포도주와 담배를 담은 쟁반을 식탁 위에 내려놓았다.

영국인은 다시 말문이 트이자, 전혀 공식적이지 않은 말투로 내뱉었다.

"너희를 전부 체포하러 왔다. 물론 정중한 대접을 받을 것이다. 지금 즉시 짐을 싸라."

존은 입을 다물고 잠시 물끄러미 바라보다가 붙임성 있게 말했다.

"제발 설명해주세요. 죄목이 뭐죠? 그리고 무슨 권한 으로 오셨죠?"

불운한 영국인은 조리 있게 말할 능력을 또 한 번 빼앗겼다는 사실을 알았다. 그는 "태평양 열강이"와 "소년 소녀가 방종한"이라는 말을 더듬거리더니, 하소연하듯 시선을 돌려 동료들에게 도움을 구했다. 저마다 한마디씩 하느라 소란스러웠지만 정상적으로 말하는 사람은 아무도 없었다. 존은 기다렸다. 이윽고 존이 입을 열었다.

"말을 제대로 할 수 있게 될 때까지 개척지에 대해 알려드리죠."

존은 전체 사업에 대해 설명을 해나갔다. 나는 그 설명에서 섬 거주민들의 생물학적 특이성에 관한 얘기가 빠졌다는 것을 눈치챘다. 존은 자신들이 민감한 존재이며, 자유롭게 살고 싶은 괴이한 생물이라고 주장했을 뿐이다. 그러더니 세계의 비극적인 상황과 섬 거주민들의 목가적인 삶을 비교했다. 존의 연설은 변론의 완성판이라 할 만했다. 하지만 나는 연설보다 그동안 방문객들이 받는 텔레파시적 영향이 훨씬 더 중요하다는 사실을 알고 있었다. 그들 중 몇은 진심으로 감동받았다. 잠재적이고 억눌렸던 모든 충동이 그들의 내부에서 생명을 되찾았다. 그들은 존과 존의 동료들을 새로운 눈으로 바라보았다. 자신들 서로에 대해서도 마찬가지였다.

존의 이야기가 끝나자, 프랑스인이 스스로 포도주를 한 잔 따랐다. 동료들에게도 잔을 채우고 개척지를 위해

축배를 들자고 청했다. 그는 이 젊은이들의 영혼에는 진정으로 고귀한 것이 있으며, 프랑스 정신에 가까운 무언가가 있다고 짧지만 설득력 있게 연설했다. 만약 그의 정부가 이 사실을 알았다면 이처럼 작은 사회를 억압하려 들지 않았을 거라고도 말했다. 그는 자신들 모두가 섬을 떠나 각자의 정부와 연락을 해보는 것이 올바른 길이라고 동료들에게 제안했다.

포도주병이 식탁 위를 돌고 모두가 잔을 채웠지만 한 사람만은 예외였다. 일본 대표자는 존의 연설 내내 전혀 감동받지 않았다. 존의 웅변에 완벽하게 영향받을 만큼 제대로 이해하지 못한 것 같았다. 혹은 동료들과 달리 그의 정신은 텔레파시의 지배를 완전히 받지 못하는 것 같았다. 그러나 나중에 존이 알려준 바에 따르면, 일본인이 텔레파시에 성공적으로 저항할 수 있었던 진짜 이유는 따로 있었다. 존을 파멸시키고 싶어 했던 헤브리디스 제도의 아기가 텔레파시를 통해 계획적으로 그 자리에 있었다. 일본인은 그 아기의 영향하에 있었다. 일본인을 바라보는 존의 표정에는 즐거움, 불안 그리고 존경이 섞여 있었다. 이 말쑥하면서도 무시무시하고 왜소한 사내가 마침내 자리에서 일어서더니 입을 열었다.

"여러분은 속고 있습니다. 저 꼬마와 동료들은 유럽이

이해할 수 없는 신비한 힘을 갖고 있어요. 하지만 우리는 이해합니다. 나는 느꼈어요. 나는 거기에 맞서 싸웠습니다. 나는 속지 않았지요. 저것들은 소년도 아니고 소녀도 아닙니다. 악마예요. 저것들을 내버려두면 언젠가 우리를 파멸시킬 겁니다. 저들이 세계의 주인 자리에 오를 겁니다. 우리가 아니라요. 여러분, 우리는 우리의 명령에 복종해야 합니다. 태평양 열강의 이름으로 나는, 나는,"

일본인은 혼란에 사로잡혔다.

존은 그의 말을 끊고 거의 위협에 가까운 어조로 말했다.

"기억하십시오. 우리 중 누구라도 체포하려 들면 우리는 죽습니다."

일본인의 얼굴은 이제 무시무시한 색으로 변했다. 그는 자신의 마지막 말을 끝맺었다.

"나는 너희들 전부를 체포한다."

그는 일본어로 명령을 외쳤다. 무장한 일본 선원들이 테라스로 올라왔고, 그들의 지휘를 맡은 부관이 존에게 다가갔다. 존은 즐거움과 경멸이 담긴 시선으로 그를 마주 보았다. 부관은 존과 몇 야드쯤 떨어진 곳에 멈춰 섰다. 아무 일도 일어나지 않았다.

일본인 지휘관이 직접 체포하려고 앞으로 걸어 나왔다. 샤힌이 그의 앞을 가로막으며 말했다.

이상한 존

"나를 먼저 데려가야 할 거다."

일본인이 그를 붙잡았다. 샤힌은 쓰러졌다. 일본인은 몹시 놀라며 내려다보더니 샤힌의 몸을 넘어서 존을 향해 이동했다. 그러나 다른 장교가 앞을 막았다. 모든 사람이 동시에 이야기를 시작했다. 그들은 얼마 후 호모 사피엔스의 지도자들이 각자의 정부와 연락할 때까지 섬의 거주민을 평화롭게 내버려두자고 결론지었다.

방문객들은 떠났다. 다음 날 아침, 러시아 선박이 닻을 올리고 항해를 시작했다. 다른 배들도 하나둘씩 뒤를 따랐다.

22장

끝

*

존은 개척지가 살아남으리라는 환상은 품지 않았다. 존은 이런 말을 했다.

"유예 기간이 3개월만 있어도 현재 진행 중인 임무를 끝낼 수 있을 텐데."

과학에 관한 기록을 마무리 짓고 나에게 맡겨서 인간 종족을 이롭게 하는 일에 쓰도록 하는 것은 그 임무 중 사소한 편에 속했다. 문서 중에는 놀랍게도 우주의 모든 내력을 설명할 의도로 작성된 것도 있었다. 존이 직접 쓴 것이었다. 그 내용이 평범한 사실의 진술인지, 아니면 시적인 공상인지 나로서는 알 수가 없다. 그 다양한 문서는 이제 타자기로 옮겨져 분류되고 나무 상자 속에 쌓일 예정이었다. 내가 섬을 떠날 시간이 다가오고 있기 때문이었다.

존이 말했다.

"여기 더 있으면 우리들하고 같이 죽을 거예요. 그러면 기록도 사라지겠죠. 그것들이 남든 말든 우리야 전혀 상관없지만, 당신네 종족 중에 더 개화된 일원이 있다면 관심을 가질지도 몰라요. 시간이 한참 흐르고 각국 정부가 아픈 기억을 잊기 전에는, 출간은 꿈도 꾸지 마세요. 아, 그리고 원한다면 그 일대기를 세상에 영원히 남기세요. 물론 소설로요. 안 그러면 아무도 안 믿을 테니까요."

어느 날, 초모트레가 보고했다. 특정 정부의 요원들이 비밀리에 우리를 파멸시킬 병력을 준비하고 있다는 얘기였다. 그 정부가 어디인지는 여기서 밝히지 않겠다.

나무 상자들은 내 짐과 함께 스키드호에 실렸다. 개척지의 구성원 전부가 부두에 나와 나에게 작별 인사를 했다. 나는 그들 모두와 차례대로 악수했다. 로가 입을 맞춰 주었기 때문에 나는 깜짝 놀랐다.

"파이도, 우리는 당신을 사랑해요. 인간들이 전부 당신처럼 길이 들었다면 아무 문제도 없었을 텐데. 우리 이야기를 쓰면 잊지 마세요, 우리가 당신을 사랑한다는 걸."

삼보는 자기 차례가 오자, 응군코의 팔에서 내 팔로 기어 오더니 얼른 되돌아갔다.

"내가 이 속물들하고 엮이지만 않았어도 따라갔을 텐데. 근데 이놈들 없인 살 수가 없거든."

존의 마지막 말은 이랬다.

"그래요. 내가 당신을 아주 많이 사랑했다고 일대기에 써주세요."

나는 아무 대답도 하지 못했다.

스키드호를 맡고 있는 케미와 마리안은 벌써 밧줄을 풀고 있었다. 우리는 작은 항구를 빠져나온 다음, 바깥 곶 사이를 통과하면서 점점 속도를 높였다. 섬에 있던 두 개의 피라미드가 점점 줄어들더니 사라졌고, 어느새 지평선 위에는 구름밖에 보이지 않았다.

우리는 프랑스령 군도 중에서 가장 별 볼 일 없는 섬에 내렸다. 유럽인이 아무도 살지 않는 섬이었다. 우리는 밤을 틈타 보트로 짐을 옮기고 한적한 해변에 부렸다. 그리고 작별 인사를 나눴다. 스키드호는 승무원들과 함께 재빨리 어둠 속으로 사라졌다. 아침이 되자 나는 원주민을 찾아 나섰고, 짐과 나를 문명 세계로 실어다 줄 배편을 예약했다. 문명이라고? 아니, 나는 그 전에 이미 문명 세계와 영원히 결별했다.

나는 개척지의 종말에 대해 거의 알지 못한다. 나는 몇 주 동안 적도 남쪽에 머물면서 정보를 모았다. 마침내 나는 개척지의 최후에 한몫을 담당한 깡패 한 사람을 만났다. 그는 웬만해서는 입을 열지 않으려 했다. 비밀을 털어 놨다가 목숨이 위험할까 봐 겁을 먹기도 했지만, 진짜 이유는 그 사건에는 그의 신경을 강하게 건드리는 부분이 있기 때문이었다. 하지만 결국 뇌물과 술이 그의 혀를 돌아가게 만들었다.

자객들은 쓸데없는 짓을 하지 말라는 경고를 받았다. 상대는 겉으로 보기에는 애들이지만, 악마처럼 영악하고 위험하다고 했다. 기관총을 사용해도 상관은 없지만, 대화만은 절대 안 된다고 했다.

든든하게 무장한 대규모의 침입자 무리가 항구의 외곽에 상륙한 다음 거주지 쪽으로 전진했다. 그 악당들이 너무 천박해서 기존의 침입자에게 사용했던 기술이 통하지 않으리라는 사실을 거주민들은 알고 있었을 것이다. 그 자들이 상륙하자마자 원자 붕괴로 폭파시켜버리는 편이 나았을지도 모른다. 하지만 살아 있는 육체의 원자를 붕괴시키는 것이 시체보다 훨씬 어렵다는 얘기를 들은 기억이 난다. 거주민들이 그 기술을 사용하지 않은 것은 분명했다. 존은 그 대신 더 새롭고 불가사의한 방어 수단을 고안했던 것으로 보인다. 정보원에 따르면 침입자들은 곧 '이곳에 악마가 살고 있다는 느낌을 받기 시작했다'. 그들은 정체 모를 공포심에 휩싸였다. 소름이 돋고 사지가 떨렸다. 한낮인 데다가 태양이 따갑게 내리쬐고 있었기 때문에 공포심은 더욱 심했다. 초인들이 텔레파시를 통해 자신들의 존재감을 무섭고 불길하게 드러내는 미지의 방법을 사용한 것이 틀림없었다. 침입자들이 망설이면서 관목숲을 뚫고 전진하자, 압도적인 존재의 공포감이 점점 더 거세졌다. 게다가 그들은 서로에게도 미칠 듯한 공포를 느끼기 시작했다. 그들 모두 두려움과 증오가 가득한 눈으로 옆 사람을 흘겨보았다. 갑자기 모든 사람이 칼, 총, 이빨, 손가락을 사용해 서로를 공격했다. 싸움은 고작 몇 분 동안 이어졌을 뿐인데, 여러 명이 죽었고 부상자도 많았다. 그들은 부리나케 도망쳐서 보트로 향했다.

배는 해안에서 떨어져 이틀을 보냈다. 선원들은 격렬하게 논쟁을 벌였다. 이번 일을 그만두자는 사람도 있었다. 하지만 누군가가 빈손으로 돌아가면 끝장이라고 얘기했다. 그들을 사주한 인물이 후한 보상을 약속하기도 했지만, 실패하면 가차 없이 처벌하겠다고 으름장을 놓았던 것이다. 다시 도전하는 것밖에는 방법이 없었다. 그들은 상륙조를 다시 편성하고 상당량의 럼주를 준비했다. 결과는 이전과 같았다. 하지만 가장 많이 취한 사람이 그 불길한 존재의 영향을 가장 덜 받았다는 사실도 알았다.

자객들은 사흘이 더 지난 후에야 다시 한번 상륙할 용기가 났다. 죽은 동지들의 시체가 산허리에 걸려 있었다. 얼마나 많은 사람이 저 오싹한 일행에 동참할 운명일까? 상륙조는 노를 젓기 힘들 만큼 술을 마셨다. 큰 소리로 노래를 불러서 기운을 북돋웠다. 나무통에는 독한 술도 채워두었다. 땅을 밟자 섬뜩한 존재가 다시 느껴졌지만, 이번에는 럼주와 술주정의 힘을 빌려 그에 대답했다. 그들은 비틀거리고, 서로에게 매달리고, 무기를 떨어뜨리고, 나무뿌리와 동료의 발에 걸려 넘어지면서, 그러나 반항적으로 노래하면서 언덕의 돌출부를 넘어 전진했다. 아래쪽으로 항구와 거주지가 드러났다. 침입자들은 허우적거리면서 비탈을 내려갔다. 누군가가 실수로 자신의 허벅지에 대고 총을 발사했다. 그는 넘어져서 고함을 질렀지만, 다른 사람들은 계속 달려갔다.

그들은 비틀거리면서 발전소 근처에 모여 있던 초인들과 마주했다. 습격자들은 소심하게 몸을 가누고 일어섰다. 럼주의 기운은 어느 정도 빠져나간 상태였다. 눈앞에는 크고 고요한 눈을 가진 괴상한 존재들이 미동도 하지 않고 서 있었다. 침입자들은 당황했다. 그리고 갑자기 도망쳤다.

그들은 여러 날 동안 말다툼만 하면서 배를 떠나지 않았다. 다시 상륙할 엄두가 나지 않았다. 그렇다고 돌아갈 엄두도 나지 않았다.

하지만 어느 날 오후, 언덕의 뒤쪽에서 거대하고 눈부신 불길이 뿜어져 나오며 땅과 바다가 환히 밝아졌다. 습격자들은 그 광경을 보고 어리둥절했다. 뒤이어 둔탁한 포효가 천둥처럼 구름에 메아리쳐 들려왔다. 불길은 사그라들었지만, 더욱 놀라운 현상이 그 뒤를 따랐다. 섬 전체가 가라앉기 시작했다. 물결이 언덕을 기어 올라가는 것처럼 보였다. 이윽고 내려두었던 닻이 침강하는 해저에서 저절로 빠져나오더니 배가 표류했다. 섬은 계속해서 가라앉았고 바닷물이 그 위를 덮쳤다. 배는 회전하다가 물에 잠긴 나무의 꼭대기에 걸렸다. 두 개의 봉우리가 물에 잠겼다. 몰려드는 물결이 봉우리 정상에서 만나면서 바다 위로 거대한 물기둥을 뿜어 올렸다. 바닷물의 뿔이 아래로 내려오면서 물살이 사방으로 퍼져 나갔다. 배가 뒤집혔다. 상부 돛과 보트와 갑판실 대부분이 부서져 나갔다. 승무원의 절반이 배 밖으로 사라졌다.

이 지각 격변이 발생한 것은 정확히 1933년 12월 15일이었다. 물론 이것은 순전히 자연 현상일 수도 있다. 하지만 나는 이 소식을 처음 듣자마자 그렇지 않을 거라고 생각했다. 섬의 거주민들은 고귀한 정신적 임무를 완성할 시간을 며칠 더 벌기 위해 습격자들을 만에 묶어두었는지도 모른다. 혹은 더 이상 희망이 없거나 발전이 불가능한 상태까지 도달하기 위해 그랬는지도 모른다. 나는 세 번째 상륙조가 물러난 후 며칠 동안 초인들이 목적을 달성했을 거라고 믿고 싶다. 그러고 나서 초인들은 코앞에 닥친 멸망을 기다리다가 저급한 인간 종족의 손에, 저 짐승 같은 앞잡이들에 의해서건, 아니면 열강의 군대에 의해서건, 잡혀 죽지는 않겠다고 결심했을 것이다. 초인들은 그 자리에서 죽으면서 일생을 끝낼 수도 있었을 것이다. 하지만 자신들의 수공품을 스스로와 함께 파괴하고 싶었을 것이다. 그들은 고향과 제 손으로 꾸몄던 아름다움을 인간 이하의 존재들에게 넘겨주고 싶지 않았을 것이다. 따라서 그들은 자의로 발전소를 폭파시키고 그렇게 해서 자신뿐 아니라 거주지 전체를 파괴한 것이다. 더 나아가, 이 강력한 격동이 아래로 퍼지면서 섬의 불안정한 지반까지 도달했고, 그 충격이 너무나 커서 섬이 붕괴했을 것이라고 나는 짐작한다.

나는 가능한 한 모든 정보를 주워 모으고 나서, 보물처럼 소중한 문서들을 가지고 팍스에게 이 소식을 어떻게 전해야 하나 고심하면서 서둘러 집으로 돌아왔다. 팍스가 이미 존에게 소식을 들었을 것이라고는 생각하지 않았다. 영국에 도착하니, 팍스와 토머스가 기다리고 있었다. 그녀의 얼굴을 보니 마음의 준비가 되어 있는 것 같았다.

갑자기 팍스가 말했다.

"말을 돌려 할 필요는 없어요. 우리도 중요한 부분은 알고 있거든요. 존이 보여줬어요. 존이 술 취한 짐승들을 쫓아내는 모습도 봤어요. 그 며칠 후에는 행복한 일들을 많이 봤어요. 존과 로가 함께 해변을 건더라고요. 마침내 연인이 된 것 같았어요. 하루는 벽화가 있는 방에 젊은이들이 전부 모여 있더군요. 회관이 틀림없었어요. 존은 이제 죽을 때가 됐다고 말했어요. 모두 다 일어서더니 삼삼오오 모여서 밖으로 나갔어요. 그리고는 돌로 된 건물의 문 앞에 모였어요. 그게 발전소겠죠. 응군코가 삼보를 안고 문 안으로 들어갔어요. 갑자기 눈부신 빛이 보이고 굉음이 들리고 고통이 느껴졌어요. 그리고 아무것도 없었어요."

옮긴이의 글

《이상한 존》은 올라프 스테이플던이 1935년에 발표한 작품으로, 평균적인 인류보다 우월한 존재를 본격적으로 다룬 소설이다.

SF 장르에는 다양한 캐릭터가 등장한다. 애매한 표현이지만 '평범한 인간'을 기준점으로 삼아 그와 구분되는 캐릭터를 살펴볼 수 있을 것이다. 과학자는 학습을 통해 정보를 선점하고 뛰어난 지식을 얻고 활용한다. 지적 외계 생명체는 인류보다 진일보한 기술을 이용해 우주를 자유자재로 여행하거나 거대한 제국을 세운다(지성은 있으나 인류보다 기술 개발이 더딘 외계 생명체도 물론 등장한다). 외계 생명체와 인간의 차이는 후천적으로 획득하는 지식과 능력에만 국한되지는 않는다. 예를 들어 영화 〈에 일리언〉 시리즈에 등장하는 외계 생명체는 생물학적으로 인간과 완전히 다른 종인 동시에 다른 강점이 있다. 오감 과 사고 능력을 가진 인간과 달리 텔레파시를 통한 소통 능력을 선천적으로 지닌 외계 지성체도 종종 영화에 등 장한다.

그뿐만이 아니다. 평범하지 '않은' 인간 또한 SF에서 자주 볼 수 있는 캐릭터다. 이 소설은 그처럼 특별한 인 간, 또는 인간이면서 동시에 인간이 아닌 존재에 관한 이 야기를 본격적으로 다룬다.

이처럼 지면을 할당해가면서 SF에서 만날 수 있는 '특 별한 존재'를 나열한 데는 이유가 있다. 옮긴이로서, 주 인공인 존을 포함해 원문에서 호모 수페리어, 초월적 존 재 등으로 표현되는 존재에 대해 조금 더 설명할 필요를 느끼기 때문이다.

이 글을 적고 있는 시점에서, SF 장르에 심취하지 않은 독자라 해도 특별한 인간의 이야기는 한 가지 이상 접해 보았을 것이다. 마블과 DC라는 코믹스 레이블의 원작들 을 바탕으로 삼아 만든 할리우드의 슈퍼히어로 영화가 상당한 흥행을 거두었기 때문이다. 그중에는 아이언맨과 배트맨처럼 기술과 재력을 이용해 능력을 획득한 캐릭터가 있는가 하면, 돌연변이나 사고를 통해 특별한 힘을 지니게 된 캐릭터도 있다. 《이상한 존》이 1935년에 발표된 작품임을 감안하면 주인공 존은 슈퍼히어로의 원조쯤에 해당할까?

코믹스와 할리우드의 슈퍼히어로들이 발휘하는 능력은 대개 직접적이고 물리적이다. 엑스맨 시리즈의 프로페서 엑스나 데스티니 같은 슈퍼히어로들은 타인의 정신을 조종하거나 미래를 보는 등 간접적인 능력을 갖고 있지만, 결국 물리적인 위기를 해결하는 데 그 힘을 쓴다. 존과 동료들도 물질로부터 끌어낸 에너지를 파괴 행위에 사용할 수 있고 미래를 들여다볼 수 있어 능력만 놓고 본다면 슈퍼히어로에 견줄 수 있지만, 목적 면에서는 적지 않은 차이가 있다.

우리는 인간이면서 평범한 인간이 아닌 존재를 또 하나 알고 있다. 철학자 프리드리히 니체가 내세웠던 위버멘슈Übermensch다. 위버멘슈는 구시대의 가치 체계와 권위(이를테면 기독교식 도덕이나 유일신)로부터 벗어나 생명과 인생을 그 자체로 긍정하고 사랑하는 새 인간상을 가리킨다. 니체가 떠올렸던 새 인간이란 염세와 허무주의를 극복하고 인간 실존의 중요성과 한계를 있는 그대로 수용하는 인간이었던 셈이다. 그런 유형의 인간이 살아가기 위해서는 새로운 가치 체계와 질서도 필요하다는 게 니체의 주장이었다.

《이상한 존》에서 존이 규정하는 '우월한 존재'의 정의를 읽어보면 위버멘슈라는 개념에서 직접적으로 영향을 받았음을 알 수 있다. 하지만 그와 동시에 존(과 동료들)은 실제로 돌연변이라고 할 수밖에 없는 물리적인 능력을 갖고 있다. 그들의 힘은 슈퍼히어로와 마찬가지로 우리가 알고 있는 물리법칙을 넘어서서 작용한다.

이제 《이상한 존》의 성격을 한 문장으로 정리할 수 있을 것 같다. SF는 추상적인 가치를 구상적으로 그려내기에 아주 적합한 장르다. 그리고 이 작품은 니체 철학 중 위버멘슈라는 용어가 대변하는 요소의 SF 장르적 변용이다. 또는 존과 동료들이 위버멘슈와 슈퍼히어로의 교집합이라고 표현할 수도 있겠다. 그들이 고민하고 결단하는 방향이 21세기 할리우드 영화에서 등장하는 슈퍼히어로와 어떻게 다른지 비교해보는 것도 좋은 감상법이 될 것이다.

독자들이 조금이라도 혼동하지 않도록, 그러면서도 작가와 원문의 의도를 왜곡하지 않기 위해서 대안을 고심하다가 전통적인 표현을 그대로 쓰기로 마음먹은 단어들이 있다. 예를 들어 superior being 등을 옮기면서 상황에 따라 사용한 '초인'이 그렇다. 고전의 향기가 지나치게 풍기기도 하고 독자에 따라서는 슈퍼히어로를 가리키는 것으로 오해할 수도 있지만, 앞서 말했듯 니체 철학과 《이상한 존》의 연관성이 크기 때문에 한때 니체의 저작을 우리나라에 소개하며 쓰였던 한자어를 그대로 사용했다. 과하게 시대착오적인 표현이 있을 경우 옮긴이의 판단하에, 오해를 최소화하는 선에서 생략하거나 다른 표현으로 대치하기도 했다.

올라프 스테이플던의 여러 작품은 후대 SF 작가들에게 크게 영향을 미친 것으로 유명하다. 부디 독자들이 개성적인 그의 작품이 품고 있는 힘을 느끼길 바란다.

《이상한 존》 다시 쓰기

마스터 존과의 해후 그리고 꽃의 맛

✳

강정

1971년 부산에서 태어나 1992년 계간 〈현대시세계〉 가을호로 등단했다. 시집 《커다란 하양으로》 외 7권, 산문집 《파충류 심장》 외 4권을 냈다. 시로여는세상 작품상, 현대시 작품상, 김현문학패를 수상했다. 록밴드 보컬 및 연극배우로도 활동 중이다.

입구는 두 군데였다.

오른쪽엔 나무에 흰 칠을 한 아치가 공중에 드리워져 있었다. 아름답기보다 섬뜩한 느낌이었다. 그럼에도 쉽게 시선을 뗄 수 없었다. 군데군데 녹슨 철사를 꿰어 가시철망처럼 엮어놓았는데, 생화인지 조화인지 모를 붉은 꽃송이가 매달려 있다. 어떤 그림에서 그 모습을 본 것만 같았다. 아니, 영화였는지도 모른다. 꽃잎이 벌어지면서 작은 뱀이 튀어나오는 장면. 문득 떠올리자, 그림이나 영화에서 본 게 아니라 아치를 올려다보는 순간 즉흥적으로 떠올린 거라는 생각이 들었다. 이상한 착종이었다. 처

이상한 존 다시 쓰기

음 방문한 이곳이 왠지 낯익다는 느낌은 이후 지속됐다. 꾸다가 만 꿈속으로 다시 들어가는 기분이었다. 아치 위로 드리운 하늘은 유난히 맑아 보였다. 시선을 돌렸다.

왼쪽엔 점토를 덕지덕지 붙여 토굴처럼 만들어놓은 입구가 있었다. 낚싯줄로 여기저기 꿰어놓은 거미줄 형태가 여럿 보였다. 오른쪽 입구에 비해 훨씬 어두워 보였다. 문득 떠오르는 게 있었다.

* * *

요왕이 열두 살쯤 되었을 무렵일 거다. 요왕에게 수학 순열을 가르치고 있을 때였다. 새카만 거미 한 마리가 책상 끄트머리를 어슬렁대고 있었다. 어른 엄지손가락 한 마디 정도 크기였다. 요왕의 시선이 자꾸 거미 쪽으로 쏠렸다. 볼펜으로 책상을 툭툭 쳤다. 거미는 꼼짝도 하지 않았다. 되레 슬금슬금 펼쳐놓은 책 근처를 움직이고 있었다. 죽이기도 께름칙해서 책상에 놓여 있던 유리컵을 거꾸로 뒤집어 거미를 가둬버렸다. 거미는 꼼짝도 하지 않았다. 요왕의 시선은 더 집요해졌다. 순열 공식은 들여다보려고도 하지 않았다. 도저히 집중하기 힘들어 수업을 일찍 마쳤다. 요왕은 컵 속에 갇힌 거미에게서 여전히 시선을 떼지 않았다.

"선생님은 이 거미가 어떻게 될 것 같아요?"

"그냥 두면 굶어 죽겠지."

"제 생각은 달라요. 거미는 어떻게든 탈출할 거예요."

요왕이 단호하게 말했다.

"글쎄, 두고 봐야 하지 않을까?"

"컵은 죽어 있는 거지만, 거미는 살아 있는 동물이에요. 컵 따위가 거미를 굶겨 죽이지 못할 거예요."

"살아 있는 동물이라면 언젠가는 죽게 되어 있어. 컵은 죽지도, 살아 있지도 않은 물체일 뿐이고."

"컵은 사람이 만든 거예요. 사람이 만든 건 다 죽은 생물과 같아요. 그리고 그게 또 사람을 죽이죠."

요왕의 길쭉한 얼굴이 새삼 더 길게 느껴졌다. 거의 귀 끝까지 찢어진 눈매가 팽팽하게 올이 선 거미줄처럼 이마를 가르고 있었다. 거대한 메뚜기와 성난 독수리가 한데 뒤섞인 듯한 얼굴이었다.

"어떻게 그런 생각을 하는 거니? 사람은 사람이 더 잘 살려고 어떤 물체를 만들어내는 거야. 죽기 위한 물건은 무기밖에 없어."

"무기는 사람이 만들어낸 것 중에 가장 분명하게 살아 있는 척해요. 그래서 더 강하게 죽은 물건이에요. 목적이

465

너무 분명하고 한정되어 있어요. 무기는 가장 정직하기도 하죠."

"도통 알 수 없는 말이구나. 어떻게 너는 그런 생각을 할 수 있는 거지?"

"생각은 제가 하는 게 아니에요. 열 살짜리 아이가 도대체 무슨 생각 따위를 제대로 할 수 있겠어요. 그냥 느껴질 뿐이죠."

"더 알 수 없는 말이구나. 아빠한테 알리진 않을게."

"아빠는 그냥 아빠일 뿐 내가 누구인지조차 모르는 사람이에요. 하나님은 더 모르고."

"아무튼…… 거미가 어떻게 되는지 두고 보자꾸나."

* * *

일주일 뒤, 요왕을 찾아갔다. 요왕은 책상 위에 여전히 놓여 있는 컵을 보란 듯이 가리켰다. 컵 안엔 거미줄이 여러 방향으로 질서 없이 마구 뒤엉켜 있었다. 거미는 보이지 않았다.

"보세요. 제 말이 맞죠? 거미는 탈출한 거예요."

내가 컵을 들어 올리려 하자, 요왕이 제지했다.

"그대로 두셔야 해요. 선생님은 지금 새로 탄생한 우주를 그냥 바라보기만 하셔야 해요."

요왕에게서 장난기가 느껴지진 않았다. 만화 같은 상상을 하고 있는 아이라고 하기엔 표정이 사뭇 진지했다. 요왕은 늘 이랬다. 요왕의 아버지 이 목사가 내게 요왕의 교육을 맡긴 이유를 이럴 때 깨닫곤 한다.

나는 이 목사를 부산에서 처음 만났다. 내가 스물세 살 때였다. 어느 목회 자리에서 처음 만났다. 나는 마침 대학원 입학 수속을 마친 상태였다. 그러다 아버지가 사업에 실패했다. 아버지가 내게 이 목사를 소개시켜줬다. 아버지와 이 목사의 인연까지는 내가 알 수 없다. 이 목사가 내 대학원 학비를 전면 지원해줬다. 내가 막 대학원을 마칠 즈음, 이 목사가 교회를 지으려고 하는데 도와달라는 것이었다. 이 목사는 괴상한 사람이었다.

"나는 하나님께 갚아야 할 빚이 있네."

이 말을 할 때, 이 목사는 반쯤 넋이 나간 표정이었다. 외동아들이 하나 있는데, 자랄수록 이상한 말과 행동을 한다는 것이었다. 마치 사물을 뒤집어서 보거나, 세상을 거꾸로 인식하는 것 같다는 얘기도 덧붙였다. 막 열 살이 지났다고 했다.

"그 나이면 별스러운 것도 나쁘지만은 않을 거예요."

"글쎄, 과연 그렇기만 할까……? 내가 죄를 지은 것

같아."

"죄라뇨? 아이가 태어난 게 죄일 리가요."

"모든 탄생이 축복만은 아닐 거야. 감당을 못 하겠어……."

말끝을 흐리는 이 목사의 표정은 지네라도 입에 물고 있는 느낌이었다.

아무튼 나는 그렇게 요왕의 가정교사가 되었다. 나보다 딱 열두 살 어린 요왕은 대체로 말이 없는 아이였다. 나는 일주일에 두 번 혹은 한 번 정도 요왕의 집을 방문했다. 요왕의 학습 능력은 굉장히 뛰어났다고 말할 수밖에 없다. 그런데 그 뛰어남이 짐짓 징그러울 때가 있었다.

장미가 잔뜩 피어 있는 어느 초여름이었다. 요왕의 집을 방문했더니, 요왕이 방바닥 위에 노랗고 빨간 장미 꽃잎들을 낱낱이 뜯어 잔뜩 뿌려놓고 있었다.

"밟으시면 안 돼요. 꽃들이 태어난 길을 찾는 중이니까요."

"꽃들이 태어난 길이라니. 요왕아, 꽃이 태어난 길은 사람이 걸어다니는 길과 똑같지 않단다. 꽃은 땅에 뿌리 내린 식물에서 발아해 바람과 비와 시간을 통해서 자라는 거야. 발아가 무슨 말인지는 알지?"

이상한 존

"그 정도는 저도 알아요. 하지만 저는 제가 실제로 보고 확인하지 않은 건 믿을 수가 없는걸요. 꽃잎을 잘 보세요. 색깔도 모양도 분명하지만 왠지 가짜 같아요. 마치 저 커튼처럼요."

그러면서 요왕은 창가에 반쯤 드리워진 베이지색 커튼을 가리켰다. 살짝 열어놓은 창문 틈새로 바람이 들어 커튼이 흐물흐물 춤을 추고 있었다.

"꽃들은 무서워요. 그래서 재미있어요."

요왕은 책상 서랍에서 조그만 알루미늄 상자를 하나 꺼냈다. 뚜껑을 열자 온통 말라붙은 꽃잎들이 가득했다. 대충 쑤셔 넣은 듯싶었으나, 자세히 보니 네모반듯한 상자에 가득한 꽃잎들이 기묘한 얼굴 형상을 하고 있었다. 언뜻 요왕의 얼굴과 닮아 보였다. 요왕이 말했다.

"제 무덤이고 제 초상이에요. 저는 이렇게 죽을 거예요."

선득한 기운이 등골을 죄어왔다. 이후, 왠지 그 얼굴이 진짜 요왕의 얼굴 같다는 느낌을 떨쳐버릴 수 없었다.

"어때요, 살아있는 시체를 보는 느낌이? 저는 꼭 이렇게 죽을 거예요. 내일이라도 당장. 아니면 10년 후, 아니면 30년 후. 아니, 시간은 중요하지 않아요. 언제라도 이렇게 될 수 있으니까요,"

이상한 존 다시 쓰기

그게 내가 마지막으로 기억하는 요왕의 유년 시절이었다.

* * *

대학원을 마치고 학부 조교로 일하면서 요왕과의 만남이 줄어들었다. 그러다가 박사 학위를 마치고 이곳저곳 시간 강사 노릇을 하면서 자연히 요왕과 멀어졌다. 요왕의 아버지는 이후 미국으로 떠났다. 요왕도 당연히 따라갔을 거라고 여겼으나, 사실은 그렇지 않았다.

어느 날, 영국의 한 이메일 계정으로 낯선 연락이 왔다. 'igguas'라는 아이디였다. 스팸으로 처리하려다가 문득 본문을 보니 한글로 적혀 있는 게 눈에 띄었다. 요왕이 보낸 것이었다. 영국에서 건축 공부를 하고 있다는 내용이었다. 부모님이 미국으로 떠날 때 자신은 영국으로 날아갔다는 사연도 덧붙여 있었다. 10여 년 전이다. 지금 시점에서 환산해보면 요왕이 스물두어 살 정도 됐을 무렵일 거다. 별 특별한 내용은 없었다.

"꽃들이 태어난 길을 찾는다"는 요왕의 말이 언뜻 떠올랐을 뿐, 심상한 안부 정도로 여겼다. 교수 임용 준비를 하느라 경황이 없었던 탓이기도 했다. 첨부된 파일에 거미가 집을 짓는 모습의 이미지가 있었다는 것도 기억나지만, 그게 뭘 의미하는지 생각해보지도 않았다. 그림이었는지 사진이었는지도 구분이 가지 않았다. 요왕이 건물을 설계한다면 엉뚱하고 기발한 모양이지 않을까 상상하며 잠깐 미소를 깨문 것도 같은데, 당시 내 상황이 허튼 상상이나 하며 웃음을 지을 수 있는 계제가 아니었다. 약혼까지 했다가(당시 내 나이 38살이었다) 상대측의 일방적인 요구로 파혼한 직후였다.

죽음까지 생각할 정도로 심각한 우울에 휩싸이기도 했으나, 그럴수록 코앞에 닥친 일에만 전념하려 애쓰는 상황이었다.

그런데 이제 와 문득 짚이는 게 있다. 요왕이 보낸 메일에 '사랑'에 대한 언급이 있었다는 기억이다. 정확한 문구는 기억나지 않는다. '유리'와 '고립' 그리고 '해체'와 '생산' 등의 단어 등이 맥락 없이 떠오르는데, 그 단어들이 어떻게 연결되어 있었는지도 지금으로선 조립 불가능하다. 읽을 당시엔 무난하고 명백한 문장 같아 무심히 넘겼던 것 같다. '사랑'이라는 단어에 예민하게 짓눌리는 상황이라 애써 곱씹으려 하지 않았던 것 같기도 하다. 뜬금없어 보이지만 당시로선 전체 문맥과 그다지 동떨어져 있지 않았기에 외려 자연스레 흘려 넘겼을 수도 있다. 이

후, 나는 요왕을 다시 잊었다.

* * *

요왕의 근황이 인터넷을 통해 한국 각지에 알려진 건 2년 전쯤이다. 요왕은 영국에서 록 뮤지션이 되어 있었다. 그런데 그가 한국 사람이라는 사실을 아는 사람은 드물었다. 요왕은 '마스터 존Master John'이라는 이름으로 '피그 스파이더스Pig Spiders'라는 밴드의 리더로 활동하고 있었다. 눈가에 짙은 스모키 분장을 하고 머리카락을 길게 길러 정수리를 뾰족하게 동여맨 요왕의 모습을 나도 처음엔 알아보기 힘들었다. 동양 사람일 거라고는 생각조차 못 했다. 한국에선 노래 한두 곡이 알려졌는데, 그 중 〈I Wll be Heart of Earth(나는 지구의 심장)〉'이라는 곡이 마니아층의 호응을 이끌어냈다. 한글로 후렴구를 옮겨본다.

나는 지구를 낳을 것이고,
지구는 나를 먹을 것이며,
태양은 발밑에 조아리리라

472
이상한 존

그리고 도입부는 이랬다.

꽃들의 잎은 말이 없는데
사람의 눈이 발가벗긴 사연들
새들의 날개는 끝을 모르는데
선을 그어 멋대로 새긴 저 한계들

이 구절에서 요왕의 어린 시절 일화가 떠오르는 건 나로선 당연지사일 수도 있다.

피그 스파이더스를 알게 된 건 우연이었다. 강의 중 쉬는 시간에 한 학생이 스마트폰으로 음악을 틀었다. 처음엔 묘한 쇳소리가 섞인 중저음의 음색이 살짝 거슬렸다. 그런데 묘하게 영어로 된 가사가 쏙쏙 들어왔다. 화장실 들르는 것도 잊고 노래를 튼 학생 곁으로 다가가 유심히 귀를 기울였다. 뭔가 낯익은 냄새 같은 게 느껴졌달까. 가사로 전달되는 메시지나 음색이 기묘한 빛깔의 형태로 허공에서 꾸물꾸물 춤을 추는 듯한 느낌을 받았다. 냄새라니, 어이없게 들릴지도 모르겠다. 하지만 그건 분명 소리보다는 냄새에 가까웠다. 꽃향기와 진창이 뒤섞여 풍기는 악취 같기도, 중앙아시아 어느 나라의 고유한 향신

료 냄새 같기도 했다. 몽혼하게 취한 기분에 사로잡혀 그 날 나머지 강의를 어떻게 마쳤는지도 기억나지 않는다.

집에 돌아와 유튜브로 피그 스파이더스를 검색했다. 영국을 비롯해 유럽 전역에선 선풍적인 인기를 끌고 있었다. 하드록과 포크록, 일렉트로닉을 기반으로 서양에선 흔치 않은 묘한 세 박자 형태의 곡들이 엇박으로 뒤섞인 사운드였다. 그렇다고 거기서 요왕의 냄새를 확신한 건 아니었다. 다만 잊고 있던 요왕의 존재가 불현듯 상기되었을 뿐이다.

"꽃들이 태어난 길을 찾는다."

그 말이 식도 깊숙한 곳에 파묻혀 있다가 벌컥벌컥 목구멍 밖으로 튀어나와 입에서 꽃송이가 자라는 느낌이었다. 지독한 이물감과 함께, 알싸한 쾌감이 느껴졌다. 갑자기 요왕의 근황이 궁금해졌다. 피그 스파이더스의 공연 동영상을 찾아봤다. 길쭉하고 강팍하게 야윈 얼굴과 양쪽 귀 끝까지 찢어진 눈. 요왕의 어린 시절 얼굴을 오버랩하자 영락없어 보였다. 확신이란 그런 거다. 아무도 믿지 않는 것을 오로지 자신만의 감각적 필터로 제어하여 구체화하는 것. 나는 마스터 존이 요왕일 거라고 추호도 의심하지 않았다. 그리고 얼마 안 가 사실이 되었다.

이상한 존

＊＊＊

몸의 이상 징후는 결국 정신의 교란과 동시적이다. 어떤 게 먼저랄 것도 없다. 그냥 스쳐 지나가는 감기마저도 그렇다.

코로나19가 잠잠해진 초봄, 심한 몸살을 앓았다. 코로나 확진은 아니었다. 체온도 정상이고, 딱히 스트레스를 받을 일도 없었다. 난데없이 몸에 시커먼 털이 자라는 꿈을 사흘 연속 꾸고 나선 몸이 정상이 아니었다. 사물이 서너 겹 겹쳐 보이고, 때론 땅이 빙그르르 돌고 있는 듯한 느낌도 받았다. 생리통도 심하게 겪었다. 하혈이 평상시와 달리 잦고 짙었다. 생리가 끝나도 이상한 증세는 이어졌다. 혼미한 상태에서도 자꾸 피그 스파이더스의 노래를 흥얼거리게 되는 게 신기했다. 뭔가가 끝났거나 시작되는 느낌이었으나, 그 무렵, 딱히 '뭔가'라 말할 만한 특별한 일도 일어나진 않았다.

그러다가 문자를 받았다. 피그 스파이더스의 공연 포스터였다. 다른 문구는 없었다. 한남동 근처 어느 극장이었다. 그 문자를 받고 나자 괴이하게도 몸이 서서히 균형을 잡아갔다. 내 전화번호를 어떻게 알았는지 궁금하지도 않았다. 그냥 요왕을 만나는구나 싶었을 뿐이다. 반가

움도, 서먹함도, 이상한 공포도 뒤따랐다.

그리고 오늘이 그날. 나는 피그 스파이더스의 공연장을 찾은 것이다.

* * *

공연장이라기엔 모든 게 휑뎅그렁했다. 매표소도, 진행 요원 따위도 전혀 없었다. 두 군데 입구 중 어디로 들어가야 할지 알 수 없었다. 관객이라 할 만한 사람도 전혀 보이지 않았다. 유럽에서의 인기와는 달리 한국엔 팬이 전무하구나 싶었다. 처음 피그 스파이더스를 들려준 그 학생도 보이지 않았다. 왼쪽 입구에 다가가 살짝 귀를 기울였다. 윙윙거리는 전자음에 섞여 사람들이 웅성거리는 소리가 들렸다. 이미 공연이 시작된 것일까. 오른쪽 아치 쪽으로 걸음을 옮겼다. 갑자기 반투명한 아교질의 그물 같은 게 시야에 들러붙었다. 뿌리치려 했으나 그물의 점성은 강력했다. 순식간에 온몸이 그물에 감겨 발이 땅에서 들렸다. 그물이 천천히 입구 안으로 내 몸을 이끌었다. 퀴퀴한 냄새가 코를 찔렀다. 귀청이 떨어질 정도로 새된 전자 사운드가 어두운 공간 전체를 두드려대고 있었다. 파랗고 노란 조명이 사선으로 빗발치며 시야를 어지럽히고 있었다. 사람들 함성이 데시벨을 높였다가 낮춰다가 하며 울렁댔으나 사람의 모습은 눈에 띄지 않았다. 문득 어떤 커다랗고 시커먼 덩어리 같은 게 꿈틀꿈틀 움직이는 게 보였다. 사람 허벅지의 두 배는 되어 보이는 다리가 느릿느릿 움직이고 있었다. 전체적인 모습을 관찰하는 건 불가능해 보였다. 그럼에도 쿵쿵거리는 소음 사이로 어떤 소리가 명확하게 들리는 건 확실했다. 새되고 웅장한 소리였다. 영어도, 한국말도 아니었다. 하지만 그 소리가 암시하는 뜻 같은 게 뇌리에 상형문의 형태로 새겨지고 있는 것만은 확실했다.

나는 지구를 낳을 것이고,

지구는 나를 먹을 것이며,

태양은 발밑에 조아리리라

인식이나 감각 이전의 차원이었다. 알아들을 수 없는 소리가 분명한 문장이 되어 뇌 속을 헤집고 있었다. 쿵쿵거리며 거대한 덩어리가 내 앞에 다가왔다. 찢어진 눈이 사람의 얼굴만 했다. 시커멓게 번쩍이면서 숫제 내 몸을 삼킬 듯 느릿하게 껌벅거리고 있었다. 아주 낯익은 눈. 그러면서도 전혀 낯설고, 지구에선 단 한 번도 마주친 적

없는 눈빛이었다. 돌연 요왕이 보내왔던 메일의 문구가 머릿속에서 조립되고 있었다.

세상은 유리의 동굴, 유리를 해체하면 고립은 영광이 되리. 나는 사랑을 재생산하리라.

왜 당시엔 이 문장의 요사스러움과 괴이함을 알아차리지 못했을까. 누군가에게 버림받은 상태에서 그 문장 자체가 나의 모든 의지와 힘을 되살리기도 말살시키기도 했던 탓일까. 낯설고 괴이한 것이 무던한 것으로 받아들여지는 상태는 희열일까, 더 깊은 고통의 수렁일까. 블랙홀 속으로 빨려들 듯 커다란 덩어리의 아가리 속으로 빨려들면서 계속 그 문장을 되새겼다. 고래 배 속의 요나의 심정이 이랬을까. 내가 세상에 먹히고, 날 잡아먹은 세상에서 또 다른 무언가를 낳아 그것을 잡아먹는 상상을 하며, 나는 그 덩어리 속에서 잠깐 행복했던 것 같다.

* * *

그로부터 일주일이 지났다. 모든 게 기억 속에서 재만 남긴 채 산산조각 났으나, 내 몸에 변화가 생겼다. 진단

478
이상한 존

결과 임신이었다. 최근 몇 년 동안 나는 그 어떤 남자와도 잠자리를 갖지 않았다는 사실을 부언하는 건 쓸모없는 일일 테다. 그래도 꼭 그랬다고 말하고 싶다. 아무도 믿지 않을 거라는 사실을 너무도 분명히 잘 알고 있으면서도 말이다.

* * *

식욕이 완전히 떨어진 상태에서 나는 지금 꽃만 먹고 있다. 쓰고 달고 어쩌고 없다. 노랗고 빨갛고 파랗고도 상관없다. 그저 꽃의 맛일 뿐이다.

이상한 존 다시 쓰기

지은이..올라프 스테이플던Olaf Stapledon

1886년 영국 시컴에서 태어났다. 철학자이자 SF 작가인 스테이플던은 어린 시절 이집트 포트사이드에서 6년을 지냈고 영국 명문 기숙학교인 애보츠홈 학교와 옥스퍼드 베일리얼 대학을 다녔고 리버풀 대학에서 철학박사 학위를 받았다. 한때 맨체스터 그래머 스쿨에서 교사로 잠시 일했으며 1910년에서 1912년 동안 리버풀과 포트사이드에 있는 선박 사무실에서 근무했다. 1차 세계대전이 발발했을 때 양심적 병역 거부를 하기도 했으나, 프랑스와 벨기에에서 구급차 운전사로 활동했고 프랑스 무공 십자훈장을 받았다.

1930년에 출간한 《최후 인류가 최초 인류에게Last and First Men》가 성공을 거두자 전업 작가로 전향하고 이후 소설과 철학 분야에서 많은 책을 내놓았다.

스테이플던의 소설은 현대 과학소설에 많은 영향을 끼쳤으며, 아서 클라크, 브라이언 올디스, 스타니스와프 렘, 버트런드 러셀 등 수많은 작가에게 직접적인 영향을 주었다.

주요 작품으로는 《최후 인류가 최초 인류에게》(1930) 《런던의 마지막 인간Last Men in London》(1931) 《이상한 존》(1935) 《별 창조자Star Maker》(1937) 《시리우스Sirius》(1944) 등이 있다.

옮긴이..김창규

작가, 번역가. 2005년 과학기술창작문예 중편부문 당선. 2014년, 2016년, 2017년에 각각 SF 어워드 단편 부문 최우수상, 2015년에 우수상 수상. 작품집으로 《우리가 추방된 세계》 《삼사라》 《우리의 이름은 별보다 많다》가 있고, 《뉴로맨서》 《이중도시》 《유리감옥》 《블라인드사이트》 등을 번역했다. 대학에서 장르 스토리텔링을 강의하고 있으며, SF 드라마 제작에 작가로 참여하고 있다.

표지그림..장종완

마운틴 메로나 / 린넨에 아크릴릭 과슈, 안료, 글리터 / 227.5x364.3cm / 2023 / FOUNDRY SEOUL photo by 노경

이상한 존

1판 1쇄 찍음 2024년 1월 9일
1판 1쇄 펴냄 2024년 1월 26일

지은이 올라프 스테이플던
옮긴이 김창규
펴낸이 안지미
CD Nyhavn
편집 한흥
표지그림 장종완

펴낸곳 (주)알마
출판등록 2006년 6월 22일 제2013-000266호
주소 04056 서울시 마포구 신촌로4길 5-13, 3층
전화 02.324.3800 판매 02.324.7863 편집
전송 02.324.1144

전자우편 alma@almabook.by-works.com
페이스북 /almabooks
트위터 @alma_books
인스타그램 @alma_books

ISBN 979-11-5992-395-1 04800
ISBN 979-11-5992-366-1 (세트)

알마출판사는 다양한 장르간 협업을 통해 실험적이고 아름다운 책을 펴냅니다. 삶과 세계의 통로, 책book으로 구석구석nook을 잇겠습니다.